U0690692

批评文体的
理论建构与言说实践

东华理工大学科技创新团队经费资助出版

李小兰 等 著

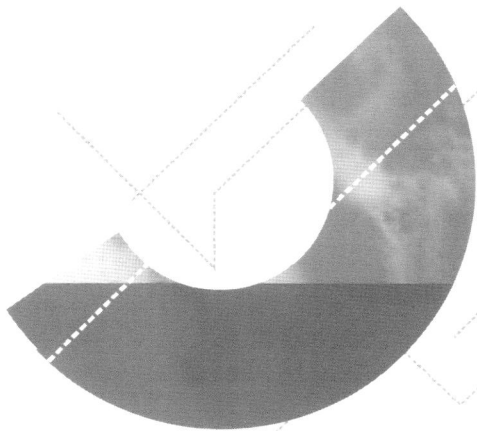

武汉大学出版社
WUHAN UNIVERSITY PRESS

图书在版编目(CIP)数据

批评文体的理论建构与言说实践/李小兰等著.—武汉:武汉大学出版社,2018.12
ISBN 978-7-307-20667-0

Ⅰ.批…　Ⅱ.李…　Ⅲ.中国文学—古典文学研究　Ⅳ.I206.2

中国版本图书馆 CIP 数据核字(2018)第 273934 号

责任编辑:白绍华　　　责任校对:李孟潇　　　版式设计:马　佳

出版发行:**武汉大学出版社**　(430072　武昌　珞珈山)
　　　　　(电子邮箱:cbs22@whu.edu.cn　网址:www.wdp.com.cn)
印刷:北京虎彩文化传播有限公司
开本:720×1000　1/16　印张:21　字数:302 千字　插页:1
版次:2018 年 12 月第 1 版　　2018 年 12 月第 1 次印刷
ISBN 978-7-307-20667-0　　定价:79.00 元

目　　录

导论　批评文体古典样式

批评文体作为文论思想的载体，有着极其鲜明的时代印记。因为时风变化和文学发展，每个时代总会催生出一种或几种批评文体，也总会创造出属于这个时代的主流批评文体。一个时代有一个时代之批评文体，如先秦语录、两汉序跋、魏晋骈赋、唐元论诗诗、宋代诗话词话、明清小说戏曲评点等，它们历时性出现，却又共时性存在，彼此衔接又彼此渗透，构成中国古代文论批评文体丰富多彩的形态特征。各类文体名称和写作规制历代沿袭，有一定规范可资把握。一旦某种批评文体诞生，此体必然表现出不同于他体的体制特征。而这种体制特征作为该体的标志会世代相袭，文体因这种沿袭而体现出某种稳定性。但是，新的批评文体和旧的批评文体之间，并不完全没有瓜葛，很多新文体是在已有文体的基础上，通过或组合或分离或微变的方式创造出来的。新旧文体禅中有续，续中有禅。

一、禅让：变文之数无方

一时代有一时代之批评文体。一部"中国文学批评史"可谓一部"批评文体嬗变史"。几乎每个重要的时代，都会产生一种具有代表性的文体，强烈彰显着这个时代的理论成就。批评文体在文论史上既相续又相禅，以独特的个性卓然挺立于它生根发芽的时代土壤，推动整个文论史向前发展。时代创造和选择了文体，文体也代表和凸显了时代。①

----

① 这里的"时代"不仅仅是历史的分期，更是个综合因素的代名词，包括审美风尚、学术形态、文学背景等一切隶属于该时代的东西。

　　先秦时代的批评文体是寄生式的语录体。① 在中国文化的滥觞期，没有严格意义上的文学理论批评，有的只是文学批评思想的灵光闪现，如孔子的"兴观群怨""尽善尽美""文质彬彬""思无邪"，孟子的"知言养气""知人论世""以意逆志"，庄子的"言不尽意""形神""虚静"，墨子的"尚质""言有三表"，十五国风的"心之忧矣，我歌且谣""维是褊心，是以为刺"，等等。这些"批评"以句子的形式存在于文化典籍(经、史、子、集)之中，在成为文化典籍一部分的同时，又可以独立出来作为文学批评的语录或要言。也就是说，先秦文论，以一种无文体的形态，以一种"语录"或"要言"的形式，寄生于文化典籍的诸种文体之中。这些具有鲜明的文学批评性质的"语录"或"要言"，不得不以寄存于整部文化典籍中的方式得以保存、流传并泽被后世。而作为母体的文化典籍，可能是语录体的(如《论语》)，也可能不是或主要不是语录体的(如《左传》、《孟子》、《诗经》等)。

　　汉代批评文体最具代表性的是序跋体和书信体。两汉时期，随着文学的发展，文学批评意识也渐次觉醒，汉代批评的文体形态逐渐独立。《毛诗序》《太史公自序》《两都赋序》《楚辞章句序》等的出现，标志着批评文体"序"的出现，它呈现出一种不同于先秦文学批评仅以只言片语存在于各类典籍之中的体式。两汉的"序"可分为两类，一类是诗文评点，如《诗》之大小序，又如王逸"楚辞章句"的总序和分序；另一类是自序，多为作者在作品完成之后追述写作动机，自叙生平际遇，如司马迁的《太史公自序》。"跋"之称，始见于北宋②；而汉代的"序"多置于全书之后，其位置与后来的"跋"相同。序跋体不仅在汉代是主流文学批评样式，在整个文论史上都有着极其重要的地位。

　　汉代批评文体，除了序跋体，还有书信体。书信多半是不公开

---

　　① 参见李建中：《古代文论的诗性空间》，湖北人民出版社 2005 年版，第 95-99 页。该书对每个时代批评文体的主要特征进行概括和阐释。

　　② 褚斌杰：《中国古代文体概论》，北京大学出版社 1998 年版，第 393 页。

的，是朋旧之间交流"心声"、抒写性灵的工具，因此它自然而不做作，心意真挚，体现的个人色彩更为强烈。书信体的作者可以挥洒自如，不为物和世所累，打破实用性和功利目的的局限，保持自己独特的个性。随着社会交往的频繁，书信更加流行，许多文人深刻地意识到用书信这种文体阐述文学观点所具有的自由轻松的特质，纷纷在与友人往来的书信中表现自己的文学观念。司马迁阐述"发愤著书说"的《报任少卿书》，融叙事、抒情、议论为一体，更因其书信之体而愈显情真意切，悲切动人。汉代以降，文论家多用书信体来言说文论，经典之作如曹丕《与吴质书》、白居易《与元九书》等，无不具有情真意悲之基调，千载之下仍然能够深深激荡读者的心灵。

　　魏晋南北朝之批评文体最具时代特征的是诗文体和选本体。六朝时期，文学和批评都已经高度"自觉"，批评文体呈现鲜明的文学性特征。此时期最具代表性的文论巨著《文心雕龙》和创作论专篇《文赋》，都采取了纯粹的文学样式：骈文和赋。陆机和刘勰的这种选择既非个别亦非偶然，它是文学自觉时代的文论家对批评文体文学化的自觉体认。魏晋时期，"选本批评"大量出现。由孔子删诗可知，"选本批评"的观念在先秦已经产生，《诗经》三百零五篇的版本，实开选本批评之先河。① 选本批评在汉魏六朝得到了很大的发展，集大成者是南朝萧统的《文选》，这是一部从周到汉时期优秀诗文的选集。它辑录网罗，保存文献，又鉴裁品藻，去芜存精，体现出选者的选诗思想与批评观念。同时一些其他批评文体中的因素，如批点、评注、引、缘起、叙、集论、发凡、凡例等都被纳入选本，为其所用。"读者通过选者在这一部分的具体指导，也可以更快捷更深刻地把握、了解选取者的文学思想、批评观念，使选本的批评价值获得最充分的实现。"②由于多种批评文体因素的渗

---

　　① （清）江藩编著、方国渝校点：《经解入门》，天津市古籍书店影印，1990年版，第6页。清代经学家江藩说："古诗本三千余篇，孔子最先删录，既取周诗，上兼商颂，凡三百十一篇，以授子夏，子夏遂作序焉。"

　　② 邹云湖：《中国选本批评》，上海三联书店2002年版，第9-10页。

透，选本的形式更加灵活，最终发展成中国文论较为常见的批评样式之一。

最能体现唐代批评特色的文体是论诗诗。中国是诗的国度，唐代是诗的王朝，唐人以"诗"这一文体来说诗论诗，则是真正的"文变染乎世情"。杜甫是论诗诗的创始人，继之者为白居易、韩愈诸人。以诗论诗，"一经杜、韩倡导，就为论诗开创了一种新的形式"①。唐代文论家用这种"新的形式"，不仅一般性地品评诗人诗作、泛议诗意诗境，还集中地、系统地专论某一个较为重要的诗歌理论问题。论诗诗以其体制、语体和体貌的文学性，在中国文学批评史的诸多批评文体之中占据着独特的位置。

宋代出现一种崭新的批评文体——诗话。它一出现，便成了中国古代文论最常见的批评文体。诗话还带动了词话、文话、曲话、赋话等系列"话体"的出现。《六一诗话》为历代诗话之创体，欧阳修开章明义，自云"居士退居汝阴，而集以资闲谈也"，这就为后来的诗话定了一个轻松随意的文体基调。郭绍虞在《历代诗话》的"前言"中写道："由形式言，则'惟意所欲'，'人尽可能'，似为论诗开了个方便法门；而由内容言，则在轻松平凡的形式中正可看出作者的学识与见解，那么可深可浅，……"②郭绍虞所陈述的诗话的长处，也正是该批评文体在文论史上历久弥新的原因所在。何文焕《历代诗话》所辑宋人之作，从欧阳修到严羽，共有十五种之多。丁福保《历代诗话续编》所辑宋金元诗话亦有十六种之多。明清两代，诗话更多，"至清代而登峰造极。清人诗话约有三四百种，不特数量远较前代繁富，而评述之精当亦超越前人"③。

元明清时代的批评文体比较突出是评点体。此时期戏曲小说蓬勃发展，批评文体除了诗话等之外，又兴起小说戏曲评点。评点被

---

①　郭绍虞主编：《中国历代文论选》，上海古籍出版社 1979 年版，第 2 册第 132 页。

②　(清)王夫之等撰：《清诗话》，上海古籍出版社 1963 年版，上册第 1 页。

③　郭绍虞编选，富寿荪校点：《清诗话续编》，上海古籍出版社 1983 年版，上册第 1 页。

运用于文学批评，在现实中扮演着重要的角色。开始是书商本着打开作品销路的目的，对作品进行推介和对字句进行简单解释与点评，后来文人越来越多地参与到评点中来，小说戏曲评点的理论性大大增强，极大地促进了小说戏曲创作的发展。小说戏曲评点在明清蔚为大观，名家名作迭出。戏曲评点如李卓吾的评本、汤显祖的评本、冯梦龙的评本、孔尚任的评本、金圣叹的评本等，小说评点如《三国志通俗演义》《西游记》《水浒传》《金瓶梅》《红楼梦》的评点本，这些评点本充分体现出评点家的文论思想、审美情趣和哲学观念，还保存了极其丰富的戏曲小说理论资料，具有重要的学术价值。

二、承续：设文之体有常

不同的文体如何区分？该以什么作为文体的标志？文体的体制是最具客观性的，因此往往被拿来做辨体的标尺。后代的人在进行文体分类时，首先就从文章的体制结构特征去辨别和把握，然后将之归类。明代吴讷《文章辨体序说》引《金石例》中语曰："学力既到，体制亦不可不知，如记、赞、铭、颂、序、跋，各有其体。不知其体，则喻人无容仪，虽有实行，识者几人哉？"还引倪正父语云："文章以体制为先，精工次之。失其体制，虽浮声切响，抽黄对白，极其精工，不可谓之文矣。"①

划分文章体裁的标准，应该是历史上稳定下来的语言形式、组织结构和篇幅大小等外显形态。刘勰在《文心雕龙·明诗》篇中说"诗有恒裁"，又在《通变》篇中说："夫设文之体有常，变文之数无方，何以明其然耶？凡诗赋书记，名理相因，此有常之体也；文辞气力，通变则久，此无方之数也。"黄侃先生解释说："文有可变革者，有不可变革者。可变革者，遣辞捶字，宅句安章，随手之变，人各不同。不可变革者，规矩法律是也，虽历千载，而粲然如

---

① （明）吴讷，于北山校点；（明）徐师曾著，罗根泽校点：《文章辨体序说；文体明辨序说》，人民文学出版社1982年版，第14页。

新。"①也就是说，文章的文辞虽处于不断发展变化中，但它的规格体制会固定为约定俗成的规范，被历史地继承下去。正是文章体制表现出的"常态"及历史继承性，保证了文学稳定而连续地向前发展。下面就以中国古代批评文体的几种主要样式为例，具体分析其区别于它体的"常态"特征。

1. 语录体

"语录"一词，最早见于《旧唐书·经籍志》所著录的杂史类之孔思尚《宋齐语录》十卷。但语录作为一种文体或曰文章样式，在先秦时期就已出现。②《论语》是语录体著作的典范，记录讲学、交际时的问答和口语。著作的结构形式属于段落式，每一段落独自成文，完整回答某个问题，与其他段落没有逻辑与因果上的联系。汉代以降，随着儒学地位的提升，《论语》的语录体例与言谈风格被推崇与仿效。西汉末年扬雄仿《论语》体例而作《法言》，隋末王通仿《论语》体例而作《中说》，俨然有代圣人立言之口吻。唐以后语录体主要用于禅宗佛徒记录其禅师的言谈。后来理学家门人也用语录体来记录其师论学之语，《朱子语类》《二程遗书》《陆九渊集》中都有许多记录教学和学术交流情形的语录，其内容大多是用当时的口语来讲学论道、说事明理。

语录作为一种文体样式或话语方式，被用之于各类文章的写作，于是出现许多语录体著作，其中有文学性的散文著作，还有哲学著作和历史著作。那么中国文论史上，除了从文化著作（经、史、子、集）挖掘出的文学批评的语录或要言，到底有没有真正纯粹的语录体文论著作呢？答案是肯定的。北宋唐庚、强行父著的《唐子西文录》一卷，共35条。强行父尝与唐庚同寓京师，日从之游，归记庚口述论诗文之语。庚卒，行父旧所记无存，乃追忆而成

---

① 黄侃：《文心雕龙札记》，上海古籍出版社2006年版，第91页。
② 陈忠：《中国古代常用文体规范读本·语录》，吉林人民出版社2004年版，第2页。该书认为中国最早的几部语录体著作包括《周礼》《尚书》《诗经》《周易》《春秋》《老子》等。

是书。《四库全书》收于集部诗文评类。是书为语录体。又，苏籀著《栾城先生遗言》一卷，《四库全书》收于子部杂家类。是书为籀追记所闻于祖辙之语，以示子孙，故曰"遗言"。《四库全书总目提要》称其"辩论文章流别、古今人是非得失，最为详晰"。《栾城先生遗言》的体式和《论语》等的语录体式完全一样。还有，韩驹、范季随著《陵阳室中语》，该书为范季随录韩驹论诗言论，也为语录体。此外，清代吴乔《答万季野诗问》、王士祯《师友诗传录》等诗文评著作，也采用了语录体的形式。

语录体作为一种批评文体，有两种形态：一种是寄生在文化著作(经、史、子、集)中的文学批评语录或要言，一种是完整纯粹的语录体文论著作。两者在体制结构上还是有些差别，故下面分为两部分来讨论。

首先看由《论语》发轫的语录体著作的体制特征。语录，顾名思义，言语之记录。语录作为文章样式，主要是记录传教、讲学、论证及交际等的问答口语，它的行文采取问答、自曰、直论式结构方式。① "问答式"语录直接记录讲学时老师与学生、传教时禅师与佛徒之间的问与答。后来推而广之，闲谈和对话也纳入其中；"自曰式"语录则为一种虚拟性问答，由问答的口语向书面语过渡；"直论式"语录则是将自己的思想直接讲述出来，使用书面化的著作语言，用语简约。纯粹的语录体文论著作中，《栾城先生遗言》属于"问答"和"直曰"相结合的体式。如"东坡与贡父会语及不获已之事，贡父曰：'充类至义之尽也。'东坡曰：'贡父乃善读《孟子》软。'"此为问答式。再如"公曰：子瞻之文奇，吾文但稳耳。"此为直曰式。《栾城先生遗言》中，直曰式语录占大多数，简洁精炼，是一种方便记忆的语言构式，没有过程，只有决断式结论，如同《论语》，不同情境之下，说着不同的话语，语言环境及思辨过程毫无交待，只是推出结论，至于思辨过程需要读者自己去推测。佛教尤其强调悟，禅师宣讲的更是只有结论，不仅没有过程，就是结

---

① 　具体论述详见陈忠：《中国古代常用文体规范读本·语录》，吉林人民出版社2004年版，第43页。

论的回答与所提的问题都差之千里，让听者自己去领悟理解。语录体文论著作继承了这个只有结论没有过程的行文特点。《唐子西文录》和《陵阳室中语》属于直论式，没有实在的问与答，也没有虚拟的问与答，只是用口语与书面并存的语言将自己的思想表达出来。这是一种更为直接而纯粹的结论式话语，如《唐子西文录》："杜子美《秦中纪行诗》，如'江间饶奇石'，未为极胜；到'暝色带远客'，则不可及已。""《琴操》非古诗，非骚词，惟韩退之为得体。退之《琴操》，柳子厚不能作；子厚《皇雅》，退之亦不能作。"只把结论告诉读者，任由他们去思考和体会。

除了问答式文本结构外，语录体著作还有条目式文本样式。语录体著作虽然也叙事、抒情和说理，但基本上是哲思短语式。随着文学的发展与创作技巧的进步，语录体的话语表达由简约日趋繁复，在论证过程中也会采用以例类比等论事手法，或加入许多客观的叙述和主观的抒情，文学色彩渐次浓重，但与舒展自如的论说性文体相比，文字仍要简短许多，而且每个条目（段落）一个主题，文字看上去很清晰，整体主旨却多维而朦胧。

再看寄生在文化著作（经、史、子、集）中的文学批评语录或要言。先秦时期，文学批评借以依托的典籍多为语录体著作，像《论语》中有很多条是孔子师徒以问答形式谈诗论艺，文学批评作为语录的特点非常明显。这里我们把从非语录体典籍中独立出来的文学批评要言也称为语录，它们是如遗珠散贝点缀在各类典籍中的文学批评，一旦单独拎出，其简短的条目式文本样式和语录体的条目相合相契。当然这种寄生语录体与典型的语录体还是有差别的。典型的语录体因为产生于一问一答之间，语言颇为口语化，自然而流畅，如《论语》中孔子师徒或"因事及诗"或"因诗及事"。而寄生式（或非典型的）语录体在原文中多为理论思想的概括总结，从原文中择出后，语言颇多对仗，警策而精辟，如《荀子》"《诗》《书》之博也，《春秋》之微也"，正是这种寄生形式的语录体言说。寄生式语录成为中国古代文论的一种重要话语形态，一直为后世所沿用，并延续了整个文论史。归根结底，这种寄生形式的语录是文学批评寄生形态的一种具象化，或者说是一种特写。

2. 序跋体

作为一种批评实践，序在西汉时就已出现，并单独成篇。有的对文章或著作进行说明，如《诗大序》①、孔安国的《尚书序》、王逸的《楚辞章句叙》、许慎的《说文解字叙》等，也有的介绍作者的生平、创作的动机、缘由、文章或书的体例。一些附在诗文赋之前的文字，用来分析或说明写作该文章的原因、背景、题目与文章的含义等，也可目为序，只是在题目中未曾标明，如司马相如的《大人赋》言："相如拜为孝文园令，见上好仙，乃遂奏《大人赋》"。②序的出现并非毫无来由，刘勰《文心雕龙》曰："序以建言，首引情本。"明确指出序所具有的开篇明义之批评功效。跋则出现的较晚③，亦称题跋、跋尾、后序、后记等，写于书的后面。明徐师曾《文体明辨序说》云："题跋者，简编之后语也。凡经传子史诗文图书之类，前有序引，后有后序，可谓尽矣。"④也就是说序与跋在体制上其实相同，稍稍不同的只是一居文首，一居文尾而已。序与跋正因为体制略同，内容、性质相似，故合称序跋体。

序跋形成和使用得较早，序跋批评在文论史上有着非常显著的地位，因此在古近代关于文章体裁的论著中，序跋体是一个独立且重要的门类。南朝刘勰的《文心雕龙》较早提到作为文体的"序"："故论说辞序，则《易》统其首；诏策章奏，则《书》发其源；……"

---

① （明）吴讷，于北山校点；（明）徐师曾著，罗根泽校点：《文章辨体序说；文体明辨序说》，人民文学出版社 1982 年版，第 42 页。"序之体，始于《诗》之'大序'。首言六义，次言《风》《雅》之变，又次言《二南》王化之自。其言次第有序，故谓之序也。"梁代萧统把《诗大序》作为第一篇序文，收入《文选》里。

② （清）严可均校辑：《全汉文》卷二十一，见《全上古三代秦汉三国六朝文》第一册，中华书局 1985 年版，第 244 页。

③ （明）吴讷，于北山校点；（明）徐师曾著，罗根泽校点：《文章辨体序说；文体明辨序说》，人民文学出版社 1982 年版，第 136 页。该著云："跋、书起于宋"。

④ （明）吴讷，于北山校点；（明）徐师曾著，罗根泽校点：《文章辨体序说；文体明辨序说》，人民文学出版社 1982 年版，第 136 页。

这里作者论文章体裁之别，把文体分别纳入五经范围，认为序与论、说等同源，皆生于《易经》。与刘勰同时代的萧统，其《昭明文选》将文体分为 39 类，"序"单独作为一类，与诗、赋并列。自刘勰、萧统之后，从南朝到清代，古代文体分类中"序跋"经常被列为独立的文体大类：如清储欣辑《唐宋十大家类选》，分文体六门三十类，序为六门中的第二门；清吴曾祺撰《涵芬楼古今文抄》，分文体十三大类二百一十三小类，序跋体为其中的第二大类；清姚鼐《古文辞类纂》也将文体分十三类，序跋为第二类，与论辩类、奏议类、书说类并列。近现代，薛凤昌《文体论》，将文体分为十五体九十三类，序跋列为第二大体。由此可见，序跋类文体在我国古代文体分类中确实占着十分重要的位置，从创作实践到理论研究都被看作一种大类文体。即使到了当代，序跋仍然是批评家使用最频繁的一种文体形式，适用范围极其广泛。

"序跋"体制分明，极好辨别。"序"一般写在书籍或文章前面，也有列在后面的，"宋咸《重广注扬子法言序》中说：'观夫《诗》《书》，小序并冠诸篇之前，盖所以见作者之意也。《法言》每篇之序，皆子云亲旨，反列于卷末，甚非圣贤之法。今升之于章首，取合经义，第次之由，随篇具析。'"①由此可见，《法言》中的序原来是放在书后的。司马迁的《太史公自序》、班固的《汉书·叙传》、王符的《叙录第三十六》等都是如此。《说文》有许慎及其子许冲两篇序文，均置书末，为了以示区分，后人才将之分别称为《说文序》《五百四十部目后叙》。大约从六朝至唐，为了方便读者阅读，序一般放在前面，放在后面的序就会在题目中加以说明，如韩愈的《张中丞传后序》、曾巩的《先大夫集后序》、苏明允的《族谱后录》等。序也作"叙"或称"引"，有如今日的"引言""前言"，用以说明全书意旨、出版缘由、编次体例、作者概况等，也可包括对作家作品的评论和对有关问题的研究阐发。姚鼐《古文辞类纂》序有云："《诗》《书》皆有序，而《仪礼》篇后有记，皆儒者所为，其余诸子，或自序其意，或弟子作之，《庄子·天下篇》《荀子》末篇皆是

---

① 　（汉）扬雄撰、韩敬注：《法言注》，中华书局 1992 年版，第 370 页。

也。……惟载太史公，欧阳永叔表志序论数首，序之最工者也。"①
列于书后的称为"跋"，或称"跋尾""题跋"等。金人韩孝彦《篇海》
说："足后为跋，故书文字后曰跋。"用徐师曾的话说，就是"简编
之后语"②。跋和序虽为一类，但是序和跋是有区别的。"跋者，
随题以赞语于后，前有序引，当掇其有关大体者以表彰之，须明白
简严，不可堕人窠臼。"③也就是说，一般而言，跋比序短，跋以简
劲为要。

序这种文体一开始不是单独存在的，而是依他文或书而存在，
用来表明文章或书写作的原因、背景、体例等。由于内容及书写方
式的不同，序有了不同的类型。如"毛诗在每篇之前均有题解，而
《关雎》一篇题解前有一篇对《诗经》的总论，后人称各篇题解为小
序，总论为大序"④。这样，大序、小序以及对作品之字词句的注
释与《诗经》原文构成了一个完整的统一体。两汉的"序"大致可分
为两类，一类是他人对诗文的评点，如《诗》之大小序，又如王逸
《楚辞章句》的总序和分序；另一类是自序，多为作者在作品完成
之后追述写作动机，自叙生平际遇，如司马迁的《太史公自序》。
此外，有书序如孔安国《古文孝经训传序》《家语序》等，诗序如《毛
诗序》《四愁诗序》，赋序如班固《两都赋序》，颂序如蔡邕《〈陈留
太守行县颂〉并序》，铭序如班固《〈封燕然山铭〉并序》，箴序如胡
广《百官箴序》等。序跋就这样紧紧依附着书籍或文章，一首一尾，
和正文构成一个有机的整体。文学史上唐宋时期还曾出现一种以序
为名的文章，考索其文体渊源，显然是饯别之类的诗序派生、演化
而来的。因其只有序之名而失却了序之实，文体学将之单独命名为

---

① （清）姚鼐编，边仲仁标点：《古文辞类纂》，岳麓书社 1988 年版，
第 4 页。
② （明）吴讷，于北山校点；（明）徐师曾著，罗根泽校点：《文章辨体
序说；文体明辨序说》，人民文学出版社 1982 年版，第 136 页。
③ （明）吴讷，于北山校点；（明）徐师曾著，罗根泽校点：《文章辨体
序说；文体明辨序说》，人民文学出版社 1982 年版，第 45 页。
④ 郭绍虞主编：《中国历代文论选》，上海古籍出版社 1990 年版，第 1
册第 67 页。

赠序，不归属序跋体。此不赘。

发题、释题、引、叙、题、题辞、前记、凡例、解序、题词、引言等诸种文体，其功能与"序"大体相同；后记、后序、补后语等，其功能则与"跋"相同。二者可分别视为序与跋的代名词。如宋代林希逸《庄子口义发题》文末题"虞斋林希逸序"；宋代徐霖《庄子口义后序第二》文末题"景定辛酉十一月己巳三衢徐霖景说跋"等。① 序体之设文有常且前后相续，由此可见一斑。

3. 诗文体

用诗歌、骈文、赋等纯文学文体进行文学批评，是中国古代文论史上的一个独特现象，这种状况从《诗经》时代就已出现。那时，文学批评还只是以片言只语寄生在各类文学作品中。到魏晋时期，批评意识开始自觉，文学批评迎来了批评文体的文学化。陆机的《文赋》和刘勰的《文心雕龙》是这方面的典型例子：二者分别用"赋"和"骈文"的形式写就。唐代杜甫《戏为六绝句》开以诗论诗之先河。自此，后世纷纷仿效，于是论文赋、骈体文论、论诗诗等文论著作不绝如缕。本来是诗文体即文学文体的赋、诗以及骈文，在文学批评史上备受关注，也被重新定位，纳入了批评文体。在这里，笔者以诗文体来涵盖那些脱胎于纯文学文体的批评文体。"我国古代文学，总的说来，大体上可以分为诗和文（即有韵之文与无韵之文，亦即韵文与散文）两大类。单就文来说，又可分骈文与散文两大类。句尾押韵或不押韵，是前两者的基本区别。句法整齐调谐与句法不整齐调谐，是后两者的基本区别。"②批评文体对"诗文体"的借用，主要有以下三种：

第一种是赋体。

从汉代刘歆《七略》首列"诗赋略"可知，赋是我国文学史上较

① 谢祥皓、李思乐辑校：《庄子序跋论评辑要》，湖北教育出版社 2001年版，第 21 页。

② 程千帆选编，曹虹、程章灿注释：《程千帆推荐古代辞赋·前言》，广陵书社 2004 年版，第 3 页。

早出现的文体之一，它是一种综合性文学体裁，介于诗与散文之间。赋像诗，讲究韵律，有较整齐的句式，词藻华丽，所以刘熙载《艺概·赋概》说："赋无非诗，诗不皆赋。"①赋与诗之区别，陆机《文赋》讲得较为清楚："诗缘情而绮靡。赋体物而浏亮。"赋区别于诗正得于它像散文的那些因素：内容往往以体物叙事为主，兼具描写和议论，笔势自由奔放，形式灵活多变，散行单句，长短不拘，艺术表达上注重铺陈直述。赋吸收诗歌、散文的优长，形成自己的特色，其基本性质是韵散结合。这种新文体，比原有的文学样式更富有生机和活力，它可叙事状物，可抒怀写景，可议论说理。它有着相当广阔的表现领域，举凡宇宙自然，社会人生，朝章国典，人物事件，草木禽兽，山水器皿，等等，皆可组纂成文。文字优美，音韵谐适，词彩缤纷。赋作为一种美文，深受才子士人所喜爱。

《文心雕龙·诠赋》篇谈赋体渊源，"赋也者，受命于诗人，拓宇于楚辞也"。刘勰认为赋从诗和骚演化而来，从作为诗歌铺陈手法的赋以及不歌而诵的赋，发展到作为一种文体的赋。清代章学诚在继承刘勰的基础上，对赋的渊源作了一些补充，其《校雠通义·汉志诗赋第十五》中说："古之赋家者流，原本《诗》《骚》，出入战国诸子。"②指出赋体在写作方法上深受诸子之影响。赋上承周代，振绪扬波于两汉，繁荣发展延至清代。赋之内涵甚广，历代对赋的分类层出不穷。汉代扬雄《法言·吾子》区分赋为"诗人之赋"和"辞人之赋"；晋代挚虞《文章流别论》分为"古诗之赋"与"今之赋"；梁代刘勰在《文心雕龙》中以作品的内容题材、体制结构为标准把辞赋分为"鸿裁雅文"的"大赋"和"小制奇巧"的"小赋"两类；萧统《文选》以"体物写志"即题材内容为依据将赋分为十五类：京都赋、郊祀赋、耕籍赋、畋猎赋、纪行赋、游览赋、宫殿赋、江海赋、物色赋、鸟兽赋、志赋、哀伤赋、论文赋、音乐赋和情赋；明徐师曾的《文体明辨》以时代和风格的不同，明确将赋分为古赋、俳赋、

---

① （清）刘熙载：《艺概·赋概》，上海古籍出版社1978年版，第87页。

② （清）章学诚著，王重民通解：《校雠通义通解》，上海古籍出版社1987年版，第117页。

律赋、文赋四类。笔者以为，总体而言，赋当分为大赋和小赋。包罗万象的大赋在汉末就已式微，专题小赋逐渐崛起，论文赋即为其中一种。从陆机《文赋》以及后代的论文赋可看出，赋作为批评文体，在体式上，既保留了赋文体那种宏整的结构、铺陈体物的表现手法和形象化的语言风貌，又抛弃了大赋僵化的假设问答、编排故事以及夸张声势。随着赋文体的发展演变，论文赋体制也发生了流变。

赋作为批评文体有着鲜明的文学性，其体制特征大致如下：

首先是以赋名篇。《历代赋汇》①选录论文赋6篇，分别为唐李益撰《诗有六义赋》、明袁黄撰《诗赋》、晋陆机撰《文赋》、唐白居易撰《赋赋》、宋王微撰《咏赋》、唐王起撰《掷地金声赋》。《万家辞赋》收录论文赋1篇，为唐司空图《诗赋》②。论文赋基本上以赋名篇，使人一目了然。

其次是多为骈体、律体，通篇押韵。骈赋以四言、六言为主，杂以三言、五言，如陆机《文赋》。在魏晋南北朝骈偶、声律盛行的时风影响下，赋体吸收骈文、新体诗、声律理论以丰富自己，从而形成一种新的体格——骈体赋。它的基本特点是属对精切，声调谐和，通篇以四字句和六字句为基本句式，追求用典，文词华丽。而律体赋皆于题下标韵名，律体韵数不同，其体则一。如《诗有六义赋》《赋赋》《掷地金声赋》。唐代以诗、赋取士，所考的赋是律赋，因此唐代以降，律赋大盛。白居易《赋赋》是律赋，以"赋者古诗之流为韵"，内容论赋的渊源和赋的体要。该赋具有唐代律赋的优点：篇幅短小、对偶工整、用典贴切、声律铿锵、文辞典雅。唐司空图《诗赋》为整齐四言，此赋从创作角度揭示诗歌审美意境的构思过程。除此之外，论文赋还承袭赋体文学宏整的结构，论述相当辩证而且周备。

---

① （清）陈元龙编：《历代赋汇》，江苏古籍出版社、上海书店1987年版。

② 李安纲主编，张志江等编：《万家辞赋》，中国社会出版社2004年版，第341页。

第二种是骈体。

骈偶作为一种修辞手法，早在先秦时期就已经被运用。六朝时期，骈体文广为流行，但仍只是被看作文学的一种语言表现形式，未提升为一种体制；唐代古文运动时，骈文才正式作为古文的对立面，升格为一种体制形态。经过唐宋古文运动，骈文在宋元明时期被压缩到公牍文、应酬文领域，只有个别几种文体才允许用骈体写作。清代，骈文复兴，与古文平分秋色，文章的几乎所有种类，都可用骈体来写。作为与散体文相区别的一种语言表达，骈文凭借着特异的格式和特点，成为中国文学史上一种独特的文体。

骈文本来就以语言为标榜，因此它的主要特征也和语言有关。骈体文的主要特征，有以下四点：语言对偶、声律和谐、使事用典、词藻华美。这四点成了骈文的标志，是构成骈文的必备条件，也成为判断骈文的标尺。

首先看对偶和声律。骈体文讲求句式平衡对称，词语对仗精工。上下相对的句子不仅结构对称，相同位置词语的词性也要相同，并且词义还要相关相对。对偶是在先秦就已出现的修辞手法，在长期的实践过程中，形成了很多技法。如刘勰《文心雕龙·丽辞》篇提出语言对偶有四种：言对、事对、反对、正对。唐时日本高僧遍照金刚《文镜秘府论·论属对》总结出反对、类对、双声对、叠韵对等二十九种。对偶的相比相衬加强了文章的美文特征，也令文章内容更为充实，有些还带有极强的辩证性。骈体文的对偶句基本上用四字句和六字句组成（故宋代又称为"四六文"），当然在四、六基本句式之外会掺杂二、三、五、七言，骈中带散，以散带骈，令文章严整通脱，充满气势。

骈文和散文相对，也和韵文相对。骈文一般是不押韵的，但有些如赋、箴、铭、赞、颂、诔词等有韵之文，当它们用骈体写时，也就成了有韵的骈文。南北朝时期，"四声八病"之声律说大盛，诗文创作皆重平仄。骈体文也非常讲究平仄，有一套严格的平仄格律要求，平仄相互交替，骈体文章就这样"带着镣铐跳舞"，形成强烈的节奏和美感。

再看用典与藻饰。用典，即刘勰《文心雕龙·事类》篇所云：

"据事以类义，援古以证今者也。"中国自古以来就是个崇尚权威的国度，说话做文章，总喜欢征引"《易》曰""子曰"之类。历史故事、神话传说、哲人语录、前代诗文等成为骈文之中用典使事的不竭之源。骈文肆意用典，极大充实了文章的内涵，文章风格亦显含蓄典雅。

在语言词汇方面，骈体文"糅之金玉龙凤，乱之朱紫青黄"（杨炯《王子安集序》）①，用词遣语富丽堂皇，字句颜色丰富浓重。从词采上看，骈文带给人一种视觉冲击，满目艳美。

第三种是诗歌体。

自唐杜甫《戏为六绝句》问世，论诗诗这样一种文学批评样式逐渐步入人们的视野。其实在这之前甚至之后，大量的遗珠散贝似的批评理论在诗歌作品中大量存在着，但像杜甫如此系统完整地以诗论诗尚属首次。后世纷纷效仿杜甫论诗诗，出现了大量的作品。论诗诗体制，遍及古、律、绝诸体，以绝句最为普遍。

诗的语言句法和文章自不相同。作为诗，论诗诗也讲究押韵。传统诗歌凭借着汉语特殊的四声变化，讲求声调上的抑扬顿挫和韵律上的和谐动听，正所谓"诵之如行云流水，听之如金声玉振。"②如杜甫的《戏为六绝句》，它每首的一、二、四句末字都入韵，读来朗朗上口，大大增强了诗歌语言流畅、和谐、悦耳的音乐美，容易记忆和传诵，同时也加强了诗歌结构的完整性和整体感。像其中"庾信文章老更成，凌云健笔意纵横""尔曹身与名俱灭，不废江河万古流""清词丽句必为邻""转益多师是汝师"③等名句至今仍传诵不衰，韵律的谐美是其中一个重要的因素。

诗歌注重含蓄蕴藉，意在言外，强调整体直观，故疏于具体的条理分析，所以郭绍虞《杜甫戏为六绝句集解》序说论诗诗在语言

---

①　（唐）王勃：《四库唐人文集丛刊　王子安集·原序》，上海古籍出版社 1992 年版，第 4 页。

②　（明）谢榛：《四溟诗话》，人民文学出版社 1961 年版，第 6 页。

③　郭绍虞集解、笺释：《杜甫戏为六绝句集解　元好问论诗三十首小笺》，人民文学出版社 2001 年版，第 11、17、36、45 页。

上，"为韵语所限，不能如散体之曲折达意，故代词之所指难求，诗句之分读易淆，遂致笺释纷纭，莫衷一是。杜甫诗学，求明反晦。解人难索，为之兴叹"。① 因此有不少论诗诗前面有小序，后面有小注，这些序和注，与诗有机地组合在一起，成为一个整体。这些序、注或记录相关轶事，或发表作者的看法，或说明创作原委，给读者提供了更多的参考。

"诗文体"类的批评文体，除了上述三种之外，还有词、曲等文学性文体也被文论家用来进行理论阐述。

4. 诗话体

中国古代文论批评文体，由寄生于文化典籍的"语录体"到借用文学文体的"诗文体"，至宋一代终于有了"诗话体"——一种真正属于文学批评自身的文体样式，"诗话体"因此也就成为最具民族特色的批评文体之一。诗话是论诗的理论著述，虽曰"话"，却或多或少有着"论"的性质②，其批评对象主要是诗歌，由此而涉及诗本事和作者的诗学观念、审美感受。诗话以诗为中心，偶尔旁涉赋、词、曲等相关文学样式。

张伯伟在《中国诗学研究》一书中引清人沈涛《匏庐诗话·自序》的论述："诗话之作起于有宋，唐以前则曰品，曰式，曰条，曰格，曰范，曰评，初不以诗话名也。"③宋人极喜议论品评，平时高谈阔论的点点滴滴，虽断断续续，但无不有灵动的思想在。以记录式、片段式的组织结构为突出特征的诗话便应运而生。就渊源而言，诗话虽定型于宋代，但在唐乃至在魏晋南北朝时期，大量的论诗专著诸如诗品、诗格、诗式、诗例以及本事诗的出现，为诗话体的出现奠定了坚实的基础。就创始人而言，欧阳修是宋代文坛领

---

① 郭绍虞集解、笺释：《杜甫戏为六绝句集解　元好问论诗三十首小笺》，人民文学出版社 2001 年版，第 3 页。

② 蔡镇楚：《诗话学》，湖南教育出版社 1990 年版，第 31 页。该书提出诗话"是诗之'话'与'论'的有机结合，是诗本事与诗论的统一。"此言颇有见地。

③ 张伯伟：《中国诗学研究》，辽海出版社 2000 年版，第 262 页。

袖，政治上也颇有地位，北宋古文运动正是在他的号召和引领下才开展得如火如荼，成效卓著。凭借着他的声望与地位，诗话一出现，后继者纷纷。首先作出呼应的便是著名的历史学家、政治家司马光，其后仿效者更是不断，以致诗话创作蔚为大观，成为最流行的批评文体之一。

从《六一诗话》始，诗话便被定下了"以资闲谈"的基调，采取随笔体式，由一条一条内容互不相干的论诗条目连缀而成，行文轻松活泼。《六一诗话》作为笔记体文字，采用了不自觉的"著史式文字"①，比如每则诗话的开头，颇类似列传，像"苏子瞻，学士，蜀人也""吴僧赞宁，国初为僧录。颇读儒书，博闻强记，亦自能撰述，而辞辩纵横，人莫能屈""闽人有谢伯初者，字景山，当天圣、景祐之间，以诗知名"，等等，体现了欧阳修的史家心态和史家笔法。司马光作诗话，在《续诗话》前明白标榜自己仿效欧阳修，称："《诗话》尚有遗者，欧阳公文章虽不可及，然记事一也，故敢续书之。"②在司马光看来，"记事"实际上就是著史。也就是说，他们都是以史家的眼光看待记事，诗话的记事便带有了史传的实录性质，文人间的谈笑议论被真实记录下来，文字通俗诙谐，充满生气。

随着诗话的发展，最初闲谈式的记事逐渐转向严肃的诗学理论，诗话的理论色彩逐渐加重，如《沧浪诗话》和《原诗》，结构上也发生了变化，变得较为完整系统，不再是由若干个毫不相干的句段组成，篇幅明显加长，逻辑性也大大增强。欧阳修《六一诗话》中提到许多"佳句"，但只谈了自己的直观感受，明代谢榛《四溟诗话》则通过审美判断，具体分析何谓"佳句"，"佳"在何处，令"佳句"之说条理化、系统化和理论化了。在发展过程中，诗话内容逐渐扩大，集诗事、诗评、诗法、考释为一身，如《彦周诗话》所说

---

① 李清良：《论六一诗话写作动机与内在逻辑》，《江海学刊》1994年第3期。

② （清）何文焕辑：《历代诗话》，中华书局2004年版，第265、271、274页。

的：“诗话者，辨句法，备古今，纪盛德，正讹误也。”①诗话出现，影响深巨，带动了词话、曲话、文话、赋话等系列文学批评专论的出现，其体制形式和理论形态为这些话体提供了模式，形成了诗话这一批评形式特有的风貌，诗话因而在中国文学批评史上占有极其重要的地位。

5. 评点体

评点体是中国古代特有的批评文体，评点对象几乎涉猎了所有的文学体裁，如诗、词、曲、赋、骈文、散文、小说、戏剧等。若要追溯评点体的渊源，应该可以上溯至唐代。当时两本著名的选集《河岳英灵集》(殷璠)和《中兴间气集》(高仲武)体例相同，都集序、文、评为一体。“序”是表白对唐以来诗歌的评价、编撰此书的取舍标准和书名的由来，“文”则是入选的文学作品，“评”是在作家简介之下附加的一小段评语。殷、高二人的选本将选诗与评诗直接结合，开创了作品与评论相结合的新体例，这种体例为后世评点文学奠定了一个基础。南宋，诗文评点出现。散文评点本《古文关键》(吕祖谦)有总评(书前和文前)，有旁批(句旁)，并开始用点抹的方法提示读者注意文句的关键；诗赋评点本《文章正宗》(真德秀)有书前总评、旁批，文末按语，分段用一条粗黑横线划出；诗歌评点本《注解二泉选唐诗》(谢枋得)有诗注、尾批；词的评点本《花庵词选》(黄升)也是选评结合，有题批、词批，还有词人小传。南宋末年刘辰翁的出现是中国评点史上的一件大事。辰翁是一个文学评点大家，评点了各种文体的作品，包括诗歌、散文还有小说，成为我国评点文学的奠基者，在评点史上具有极其重要的地位。其中小说评点本《世说新语》开始用眉批和双行夹批(包括释义性批语、校勘性批语、批评性批语，比较简略)，开明清小说评点的先河。之后，元代方回《瀛奎律髓》也是集序、选、评为一体，前有总评，诗后有评语，诗中还加圈加点。明清时代，是戏曲小说

---

① 杜占明主编：《中国古训辞典》，北京燕山出版社 1992 年版，第 534页。

评点的繁荣时代。名作名家层出不穷，评点创作蔚为大观。如果说诗文评点的形式大多仅为题下批、眉批、夹批或尾批四种，评点语言也都较为严肃认真，小说戏剧评点语言则生动活泼多了，还创立了许多特定的评点名目和专用词汇，形式上也增加了回评、论赞、读法等新的方法。评点体的体制特征，从总体上说就是文本加评点，评点依附文本。但是不同文体作品的评点，形态各异，颇有差别。

由以上分析可知，中国文论史上每种批评文体，一方面以自身鲜明的体制特征迥异于它体，另一方面其自身的嬗变有着明显的相承相续的特征，故刘勰所说的"设文之体有常"是古代文论批评文体之嬗变的重要形式规律。

三、无方与有常的悖立整合

从文论史发展的总体规律上看，存在着批评文体的延续、杂糅、重组和创新。各种文体的发生、发展、演变，本来就是前后继承，相互渗透的。文体的发展在不断的否定与继承中走向创新与完善。新的时代，必将选择和产生新的文体样式，和文学艺术一样，文论也始终要走向未来，它的变革是永恒的。新时代的批评文体，并不只是单纯的文体样式创新，它是人们新的审美观念的必然反映。新时代的新文体的生成，并非比它之前的旧时代的旧文体高明，它的兴起只是人们在新的时代对文体样式有了新的需求。新的文体形式在生成过程之中，总是在不断地师承和借鉴旧时代的艺术经验，并从中汲取营养，获得启示，从而在传统的文体样式的基础之上一步步萌芽、生成和发展出新的文体。在这样一个复杂的过程中，文体的相禅让与相承续，或者说变文之数的"无方"与设文之体的"有常"既是悖立的又是整合的，即是相生相济的又是相悖相逆的。下面举例说明之。

诗话体是一种独特的论诗形式，它和语录体属于截然不同的两种文体，但诗话体的兴起却与语录体密切相关。徐中玉先生《诗话之起源及其发达》一文指出："佛家语录之特点，为文字之平易通俗。理学家之语录，大体亦尚能保持此种特点。窃以为语录给予诗话之影响，主要亦即在此种特点。语录之影响，虽不能使诗话全用白话文撰述，但至少已使诗话能不再以韵文著作，而改用一种比较更接近白话之通俗文言。"①

　　具体而言，语录体对诗话体的影响有二。首先，语录体的口语化对诗话语言的通俗化产生了影响；其次，语录体的体制对诗话也有影响。我们以"体制"为例。宋诗话在其产生之初，是由一条条内容互不相关的论诗条目连缀而成，和语录体条目式体制完全一样；宋诗话中多有问答之语，录载了当时文人学士说诗论诗的实况，这种问答的形式一直延续到清代，如清代《师友师传录》《续师友师传录》《修竹庐谈诗问答》《竹林答问》等诗话论著明显带有语录体问答式的痕迹。在名称上，两者有时重合，名为"语录"，实为诗话，如《唐子西语录》《三山老人语录》《漫斋语录》，等等，实际上就是诗话。不仅如此，凡涉及论诗内容的语录，皆可以视为诗话。苏轼、朱熹本无诗话之著，但其弟子或后人却辑其论诗之语为《东坡诗话》《晦庵诗话》。语录体对诗话影响之大，诗话和语录体关系之密切，由此可以概见。随诗话而起的又有词话、曲话、文话、四六话、赋话，还有剧话、小说话、画话、书话、棋话、琴话之类，几乎每一种文学艺术门类都有自己的"话"。这些由诗话而产生的系列话体，都继承了诗话的条目式体制。清代词话，以其体式而论，有语录体，由一则一则内容不相关的论词条目连缀成篇；有评点体式，由评点词集之语录汇辑而成。

　　就诗话本身而言，它也有一个发展变化的过程。北宋滥觞时期的诗话是"以资闲谈"，由一条条内容互不相关的论诗条目或诗歌本事连缀而成，格调轻松悠闲。到了南宋，最初闲谈式的记事逐渐转向严整的诗学理论，诗话理论色彩逐渐加重，结构上也发生了变化，变得较为完整系统，不再是由若干个毫不相干的句段组成，篇幅明显加长，逻辑性也大大增强，此时，诗话吸收了论体的元素，和论体逐渐接轨。

---

　　①　徐中玉：《诗话之起源及其发达》，《中山学报》（广州）第 1 卷第 1 期，1941 年 11 月。

　　再以评点体为例。文学评点与选本、诗话、序跋等批评文体是不同而同，同而不同，它们之间有着很深的渊源关系。评点体从体制到方式，实际上熔选本、序跋、诗话等文学批评形式为一炉，从而成为一种综合性的文学批评样式。尤其是后起的小说戏曲评点，它一般前有总评（或总序），后有各章回（折）之分评，这就颇似各类选本批评中的大小序；它有即兴而作的眉批、侧批、夹批、读法、述语、发凡等，这又与随笔式的诗话相仿。评点体附着在它所评点的文学作品之中，仿佛是这部作品的注解与诠释，这又和选本批评的文体样式和批评方法极为吻合。总之，后起之评点体既有着与前代诸种批评文体相异相悖之处，又是对前代诸种批评文体各要素的综合呈现。

第一章　批评文体生成的历史语境

中国古代文论批评文体是在中国文化史的大背景下生成和发展的，古代文论批评文体与古代的哲学、历史、政治、伦理、宗教、文学等相融交错、息息相关。批评文体的生成不是偶然的或一蹴而就的事情，在丰富而多样的历史事实背后，有着更加丰富多样而且复杂多元的历史语境。本章将从文学思想史、学术史和批评史三个不同的层面，分析中国古代文论批评文体生成的历史语境，分析历史语境对批评文体生成所产生的巨大而深刻的影响。

第一节　文学观念变迁与批评文体生成

在中国文学思想史的语境下考察，文学观念的演变大体上经历了三个历史阶段：先秦时期的泛文学观念，两汉之后的文学独立，近现代受西方文论影响而逐渐形成的纯文学观念。中国的文学理论批评家在不同历史阶段文学观念的统照和主宰下，依据一定的理论，运用一定的方法选择文体来评判和观照文学现象，从而造成文论史上批评文体多姿而繁复的体制和体貌。① 在泛文学观念占主流时，文学理论批评都是"寄生"在各种文化典籍和文学作品之中，以片言只语的面目出现。② 当文学观念逐渐走向独立和成熟之时，

---

① 关于"批评文体"的概念界定可参见李小兰：《近 30 年中国古代文学批评文体研究述评》，《襄樊学院学报》2007 年第 3 期。

② 关于批评文体的"寄生性"特征，可参见李建中、阎霞：《从寄生到弥漫——中国文论批评文体原生形态考察》，《华中师范大学学报》2004 年第 5 期。

批评文体也理应走向独立；但是，由泛文学观念积淀而成的大文体意识根深蒂固，在文学独立时期仍然影响着文学理论批评家的文体选择，使得他们自然而然地将目光停留在主流文学文体上，从它们中去择取，于是出现了批评文体对文学文体的"借用"现象。在文学独立的漫长历史进程中，批评家的文体意识日趋成熟，对文体的分辨日趋明晰和细密，对各种文体的驾驭水准日趋提高并趋于娴熟，这在某种程度上促成了批评文体的多元性或多样化。这种批评文体的多样性直到近现代西学东渐之后才日渐消退。

一、泛文学观念下的文体寄生

泛文学观念是在先秦大文化背景下形成的，轴心期时代的汉语言文化，文史哲不分，诗乐舞一体，文学混杂于诸子百家之中，是政治、外交、伦理、哲学、历史、文化的构成部分，独立自觉的文学意识远未形成。随着社会的发展，文化的进步，文学作品开始出现，《诗经》作为我国第一部诗歌总集，和《楚辞》一起，成为影响后世深巨的双璧。

有文学就有文学批评，有文学批评的行为和意识就有文学观念。先秦泛文学观念在儒、道两家的典籍中或隐或显地表露着。《论语》中孔子说《诗》，妙语连珠如："《诗三百》，一言以蔽之，曰：思无邪。"(《为政》)"小子何莫学夫诗？诗可以兴，可以观，可以群，可以怨。迩之事父，远之事君，多识于鸟兽草木之名。"(《阳货》)还有，孔子常常和他的门生讨论《诗经》，或"因事及诗"，或"因诗及事"。这些"事"，并非文学批评之事，而是人格修炼之事，是孔儒文化之事。即便是后人用于文学内容与形式之分析的"文质彬彬"，实则也是孔子对"君子人格"的描述："质胜文则野，文胜质则史。文质彬彬，然后君子。"(《雍也》)这些都表现出孔子的泛文学观念。孟子亦然。孟子提出的"以意逆志""知人论世""知言养气"等，后人视之为文学理论，视之为文学批评方法，其实是孟子读书做人的方法。这也是泛文学观念。《庄子》是哲学著作，它提出"朴素而天下莫能与之争美"的主张，崇尚自然之美、纯粹之美，和"言意"说、"形神"说等一道，成为大文学观念中的批评思想和审美理想。

由此可见，轴心期时代的先秦汉语批评，并非真正意义上的文学批评，它们或者是道德批评(比如儒家)，或者是哲学批评(比如道家)，从属于政治、伦理、哲学和历史。在文学作品《诗经》中也有文学批评的存在，如"作此好歌，以极反侧"(《小雅·何人斯》)、"君子作歌，维以告哀"(《小雅·四月》)讲创作动机，"王欲玉女，是用大谏"(《大雅·民劳》)表现诗人对诗歌社会作用的认识，等等。先秦哲人(包括诗人)在他们的文学(如诗经)与非文学(如语、孟、老、庄等)文本中表达着泛文学观念；或者这样说，在泛文学观念的统驭下，先秦哲人和诗人们别无选择地用"寄生"的方法书写他们的文学理论和批评。因此，寄生于各类文化典籍和文学作品之中，是先秦文学批评在泛文学背景下的一种生存方式，也是批评文体的必然选择。这种"寄生体"的批评方式对后世文学批评产生了极其深远的影响，在中国文学批评史上，各种形态的寄生性批评一直存在着。

从汉代开始，随着文学创作的繁荣，文学的独立意识开始萌生，纯文学文体(诗和赋)的发展尤为醒目，班固《汉书·艺文志》特立"诗赋略"即为明证。汉代的文学批评渐渐发展，主要是围绕《诗经》《楚辞》、汉赋这些纯文学作品展开。在文学独立观念的影响下，汉代文学批评由先秦"寄生"式的片言只语，逐渐发展为用注疏、书信、序跋、选本等形式来承载文学批评思想，表现出较为明显的文学批评性质。文学有文学文体，按道理，文学理论和批评也应该有自己的文体。然而在很长的时期内，这种现象都没有出现，根源还是因泛文学观念的影响。在文化发展的早期，文学理论批评滞后于文学创作，文学观念的泛化导致批评意识的不自觉，而批评意识的非自觉性则导致批评文体的非独立性。到了汉代，虽然文学观念开始走向独立，批评意识也慢慢走向自觉，但先秦时期的泛文学观念已经先在地内化为大文体意识，而大文体意识已经以"客观"的社会意识或曰"共性标准"存在，深刻地影响着文学批评。由此，汉代的文学理论批评家仍然选择将批评内容"寄生"于其他文体之中，文学批评依然没有独立的或者说专属于自己的文体样式。前面提到的承载批评内容的诸多文体样式如注疏、书信、序跋、选本等，仍然带着较强的寄生性。

汉代是经学统治的时代，自西汉宣帝在石渠阁讲论经义，注经风气大炽，注疏体随之出现。释经的主要方式是注经与说经，注经是只解释经书的字义，说经则重视义理的阐发。"传"与"注"从此成为注经者诠释经典的两种基本方式。"注"，即注解，通过训诂经书的字义，在注中阐释义理，表达自己的见解。"传"不是单纯训诂字义，其阐发的范围，已经超出秉承经说，而发展为根据经书义例演绎新的义理。"经"其实就是儒家学派的代表性著述，在"罢黜百家，独尊儒术"的时代，儒家典籍被奉为经典，多少人皓首穷经，无怨无悔。注经着眼的是儒家典籍的字义解释，义理的阐发也是从政治和道德伦理角度来进行，因此，注经虽意味着对作品的评论和批评，但这批评却不是独立的，而是内蕴于经书的注释中，在注释中寄生地存在着。

书信，是古人与亲朋好友沟通感情、互通信息的桥梁，也是与政见不同者相互交流的通道。书信多抒情表意之作，或畅谈人生理想，或感叹世事艰辛，或指陈时政弊端，或申明政治立场……许多书信因其情真理切、辞佳语美而被视为文学作品并流传千古。此外，书信体也因其"潜对话"性质而带着天生的自然、亲切、随和等特点，文人间的通信少不了诗词曲赋的唱和，对文学的见解和主张也包含其中，书信于是也成为文学批评的一个重要载体。历史上很多书信都是文论名篇，如司马迁《报任少卿书》、曹丕《与吴质书》、曹植《与杨修书》、白居易《与元九书》等。虽然如此，真正纯粹书信体的文论专篇是微乎其微的，书信依然只是文学批评的又一个寄生场所而已。

随着文学创作的发展，文人将作品结而成集，别集、总集多而见繁，又出现选本。无论是别集、总集还是选本，集者与选者都有自己的选择标准和辑录主张，有些还将之书写于序或跋中，批评于是又在选本或序跋中出现了。萧统的《文选》是古代一部具有总结性的权威选本，收录魏晋至齐梁的名篇佳作，时流已有定评，收录数量的多少，很能代表编者及其时代的评价。《文选》收录曹植作品非常多，赋1首，各体诗25首，七体1首，表2首，书2首，诔1首，总计32首，从数量上比较，曹植是曹丕的3.5倍，比其他的人更不知多了多少倍。由此可见，《文选》举曹植为建安文学之代表，对他的文学成就推崇备至，其辑录标准和文学主张也就鲜明地体现出来了。因此，别集、总集、选本亦是文学批评寄生的载体。

《诗经》以降，诗歌作品里面包含文学理论和文学批评之语不绝如缕。杜甫之前，李白很多诗歌作品蕴含批评，如《古风》其三十五用"丑女来效颦，还家惊四邻。寿陵失本步，笑杀邯郸人"讥刺诗坛的模拟之风，又以"清水出芙蓉，天然去雕饰"之意象拟喻灵运一派诗风。杜甫之后，以诗论诗蔚然成风："捕逐出八荒""百怪入我肠"（《调张籍》），是韩愈追求诗歌意境奇崛险怪的自白；"两句三年得，一吟双泪流"是贾岛"苦吟"创作方式的自我剖白；苏轼的"扫地收千轨"（《次韵张安道读杜诗》）则以赞赏的口吻，充分肯定杜甫创作集大成的特点。而"诗从肺腑出，出辄愁肺腑。有如黄河鱼，出膏以自煮"（《读孟郊诗二首》），则是东坡对孟郊一味醉心于穷愁苦吟、意境不高等缺陷的善意批评。这些诗论，像遗珠散贝一样，零星地点缀在诗人们的作品之中。当然除此之外，词、曲、赋等也一样成为文学批评的载体。

从以上分析可知，中国古代泛文学观念贯穿始终。在泛文学观念的影响下，文学理论批评家对批评文体持一种泛文体态度，这个泛文体其实就是无文体，什么文体都可以成为批评文体。文学批评的寄生性由此生成并蔓延，泛文学观念下的文学批评以各种文体形态呈现，如水适瓶，瓶的形状就成了水的形状。

二、文学独立进程中的文体借用

鲁迅曾经说过，"用近代的文学眼光来看，曹丕的一个时代可以说是'文学的自觉时代'，或如近代所说，是为艺术而艺术的一派"。①

---

① 鲁迅：《魏晋风度及文章与药及酒之关系》，《鲁迅全集》第3卷，人民文学出版社1981年版，第504页。

此语在很长时间里成为一个颠扑不破的论断而被广泛使用。但张少康对这个说法提出了质疑，他在《论文学的独立和自觉非自魏晋始》一文中反驳说："从文学观念的发展演进、专业文人创作的出现和专业文人队伍的形成、多种文学体裁在汉代的发展和成熟、汉代文学理论批评发展的特点等方面来看，文学的独立和自觉有一个较长的发展过程，它从战国后期开始初露端倪，到西汉中期已经相当明确，这个过程的完成可以刘向对图书的分类作为基本标志。"[1]文学意识的自觉以及文学真正的独立有一个长期的发展过程，汉代之前，文学已在慢慢地走向独立，文体形式也在不断酝酿和积累，至汉便进入了一个快速的发展阶段，专业文人出现，古诗、大赋、抒情小赋取得了辉煌的成就，乐府民歌、散文等也取得了很大的成绩。但汉代依然只能算是积累的一个阶段而已，并未达到文学意识的真正自觉。

笔者认为，文学真正独立的标准就是：文学是否具有艺术性，而且是自觉地追求艺术性。从这个角度而言，我们持的是一种纯文学标准，而不是贯穿古代文学史始终的那种"大文学"概念。汉代之赋如从艺术的眼光看，词藻确实富丽华美，但其华美不是从文人心灵深处流淌而出，其出发点只是"润色鸿业"，歌颂时代，取悦统治者而已，没有达到真正意义上的文学独立和文学性自觉。到魏晋时代则迥然不同了，时代和政治的原因，文学成为个人精神的安慰，是对苦闷心情的一种解脱，因此在追求美的享受时，对创作的审美特征提出比较高的要求。文人心无旁骛，开始自觉追求文学的艺术性，诗赋和以前相比，进入了一个讲求艺术技巧的新时期。除此之外，文人还制造出文学艺术的精品——骈文，一切体式都如鲁迅所言，是"为艺术而艺术"，而且从曹丕开始，"讲求文辞的华美，文体的划分，文笔的区分，文思的过程，文作的评议，文理的

---

[1]　张少康：《论文学的独立和自觉非自魏晋始》，《北京大学学报》1996年第 2 期。

探求，以及文集的汇纂，都是前所未有的现象"。① 文学观念走向
了真正的自觉，文学也获得了真正独立的地位。

　　在文学观念从觉醒到独立的过程中，文学批评受其影响，也在
逐渐发展变化，最明显的是由探求文学发展的外部规律转向寻求文
学发展的内部规律。先秦时代，文学思想和文学批评都蕴含或寄生
于子史著作之中，而汉代批评则在逐渐的发展中具有了较为鲜明的
文学批评性质，如围绕《诗经》《楚辞》、汉赋等纯文学作品展开的
批评，不仅对文学的外部规律诸如文学和时代、文学和现实、文学
的社会教育功能等问题进行了较全面的论述，而且对文学内部规律
即文学创作过程中一些基本问题也作了比较充分的阐述，诸如文学
内容和形式的关系、文学的体裁、文学的语言等。魏晋时期文学理
论批评发生了更大的变化，特别强调充分表现作家的创作个性，并
进一步加强了对文学的艺术形式的研究。文学批评由重视和强调文
学作品的思想内容和社会教育作用，向重视和强调文学作品艺术形
式方面转化。② 语言形式批评在六朝蔚然成风，追求美的文章成为
这个时代人们的普遍观念。曹丕《典论·论文》不仅强调文章的独
立价值，首次对文学体裁进行了区分，还指出作家的才情气质对于
风格形成的影响；刘勰《文心雕龙》则更从体裁到语言，从构思到
风格，从创作到鉴赏，对先秦以来各类文体"原始以表末""释名以
章义""选文以定篇""敷理以举统"，进行了深入的剖析，并对艺术
构思、艺术风格以及各种艺术技巧诸如声律、对偶、比兴、夸张、
用典、章句等进行了全面的讨论。

　　文学批评滞后于创作，从批评文体角度看也许更加明显。批评
者没有也不可能一开始就会创造出一种全新的批评文体来。先秦时
期，在泛文学观念主导下，文学批评选择"寄生"的文体形态。汉
魏以降，文学走向独立，文学观念趋向自觉，因而文论家开始选择

---

　　①　李泽厚：《美的历程》，天津社会科学院出版社 2004 年版，第 160
页。

　　②　参见张少康：《论文学的独立和自觉非自魏晋始》，《北京大学学报》
1996 年第 2 期。

"借用"现有的主流文学样式书写他们的文学理论和批评。陆机《文赋》、刘勰《文心雕龙》、杜甫《戏为六绝句》、司空图《二十四诗品》，要么是文论专篇，要么是文论专著，在中国文论史上均有着举足轻重的地位，然而它们全部借用了纯粹的文学文体——赋、骈文和诗歌(七言诗和四言诗)。为什么会这样？因为文学走向独立，文学观念走向自觉和成熟，时代和社会对文学有着飞扬的热情。文学以其丰沛的生命力和不可遏制的激情似乎要冲破一切，也似乎要主宰一切。西晋陆机时代，赋大行于世，深受文人的青睐；齐梁刘勰时代，骈文之盛达到登峰造极的地步；盛唐李杜时代是诗歌发展的黄金期，后世无法企及。这样的文学背景，加上这样的文学独立的潮流，催生了兼创作与批评于一身的文论家的共性意识：批评即是创作。于是，批评家自然也是自觉地选择他们最擅长的、也最容易获得时代和社会所认可的主流文学文体，书写各自的文学理论和批评，阐发各自的文学思想和观念。

三、纯文学观念下的文体独立

当文学批评的存在方式(即文体样式)从"寄生"走向"借用"之时，中国古代文论批评文体的"独立"也就随之到来了。

我们这里所说的"独立"有两层含义：一是指中国古代的文学批评有了专属于自己的文体，如诗话、词话、曲话、小说评点等；二是指某类文体样式虽然并非专属于文学批评，但如果文论家使用这类文体完整系统而非片断随意地书写自己的文学理论和批评，那么这类批评文体也可以说是"独立"的，如《毛诗序》《典论·论文》《文赋》等。虽然"序""论""赋"诸体均非专属于文学批评，但上述这些文本却是纯粹的经典的因而也是独立的文学理论批评。这就像现当代文论的论(著)体，它既可以被任何一个学科或专业的作者用作自己的文体，但它同时又是文学理论批评家独立地系统地表达自己文学思想的主要的甚至是唯一的言说方式。这也就是我们所说的纯文学观念下的文体独立。

从东汉初年开始，随着文学创作的发展，对文学的关注、评论以及理论总结也走向成熟，这是一个渐进的过程。随着批评活动的频繁和批评意识的自觉，汉代批评的文体形态逐渐走向独立。《毛诗序》《离骚序》《楚辞章句序》《两都赋序》等的出现，标志着文学批评"序"体的独立，它呈现出一种不同于先秦文学批评仅以只言片语存在于各类典籍之中的体式。"毛诗在每篇之前均有题解，而《关雎》的题解前有一篇对《诗经》的总论，后人称各篇题解为小序，总论为大序。"①这样，大序、小序以及对作品之字词句的注释与《诗经》原文构成了一个完整的统一体。两汉的"序"体可分为两类：一类是诗文评点，如《诗》之大小序，又如王逸《楚辞章句》的总序和分序；另一类是自序，多为作者在作品完成之后追述写作动机，自叙生平际遇，如司马迁的《太史公自序》。"跋"之称，始见于北宋②；而汉代的"序"多置于全书之后，其位置与后来的"跋"相同。序跋体不仅在汉代是主流文学批评样式，而且在汉代之后的整个文学批评史上都有着极其重要的地位，这一点只需看看郭绍虞主编《中国历代文论选》四卷本的目录就明白了。

到了魏晋南北朝，从曹丕、陆机到刘勰、钟嵘，文学批评的自觉意识也越来越明确。这一时期的文学理论批评家，已开始自觉地用文学理论来指导文学创作和文学批评，曹丕《典论·论文》从创作的角度提出了"文气"说，指出作家的才情气质对风格形成的影响，分析文学批评中"文人相轻""贵远贱近""信伪迷真"等种种弊端，同时提出"审己以度人"的批评态度。陆机《文赋》，专论文学创作中带有规律性的问题，深入探讨"作文利害之所由"，总结历代创作经验，融会自己的心得，对文学创作的一系列理论问题和艺术技巧进行了精辟的分析。钟嵘不满于当世文坛的"庸音杂体，人各为容"，不满于当世文学批评"喧议竞起，准的无依"以致朱紫相夺，美丑不辨，不满于前代文论的"不显优劣""曾无品第"，于是作《诗品》用以"辨彰清浊，掎摭利病"。这些文论著述都体现出强

---

①　郭绍虞主编：《中国历代文论选》第一册，上海古籍出版社 1990 年版，第 67 页。

②　褚斌杰：《中国古代文体概论》，北京大学出版社 1998 年版，第 393 页。

烈的理论自觉，其理论对当时及后世的文学创作与批评发挥了重要的指导作用。

从文体角度而言，《典论·论文》作为第一篇文学批评专论，开启了批评文体迈向独立的步伐，古代文论批评文体从此由"寄生""借用"走向"独立"。《典论·论文》以纯粹的"论"体出现在中国文学批评史上，具有划时代的意义。虽然，曹丕的"论"体与现代意义上的系统性、逻辑性很强的"论"体还有着较大的距离；但是，《典论·论文》有着自己的中心话题（对建安七子的批评），有着自己的理论范畴（文气、文体、文用等），甚至还有着内在的逻辑思路：文人相轻——七子各有其文气——文以气为主——文本同而末异——文章经国之大业。据此，我们完全有理由说，《典论·论文》是中国文学批评史上独立的批评文本，曹丕所使用的"论"体是独立的批评文体，它的诞生的确是一件令人欢欣鼓舞的大事。到了南朝，钟嵘《诗品》以具体作家作品为对象作诗歌专论，具"诗话"体之雏形，是"专门名家勒为成书之初祖也"①。"品"有法度、准绳之意，《诗品》促成了后世以"品评"为特点的批评论著的出现。如果说，曹丕《典论·论文》是前述第二种意义上的文体独立，那么钟嵘《诗品》则是另一种意义的文体独立。

宋代是文学观念充分独立和自觉的时代，因而也是批评文体充分独立和自觉的时代。欧阳修《六一诗话》首次以"诗话"名体，使中国文学批评的"诗话体"名正言顺地亮相于文坛艺苑，为中国文学批评提供了一种近似于炉边谈话式的亲切的说诗方式。词体是宋代极为兴盛的文体之一，随着创作的发展，批评也随之发展起来。在诗话的基础上，又产生了词话，后来又出现了文话、四六话、曲话、赋话等。此外，宋人还发明了评点的批评方式，这一方式后来由诗文拓展到戏曲、小说，成为中国文学批评中特有的形式之一。尽管传统的寄生性的文学理论批评不乏真知灼见，但终显零散碎乱。独立的批评文体出现，使得中国古代文学理论批评向理论化、

---

①　（清）章学诚著，叶瑛校注：《文史通义校注·诗话》中华书局1985年版，第559页。

系统化方向发展，对文学创作规律和审美特征的探讨也达到一个新的高度，理论之花得以绚丽绽放。

中国文学思想史上，从泛文学观念的弥漫，到文学一步一步走向独立，到纯文学观念的萌生，是先后有别的三个阶段，是一种历时性呈现；而这三种情状又有共时性存在的一面，它们共同对批评文体产生着影响，使得批评文体呈现出一种兼容和整合的状态，我们从"小说评点"这一批评文体的形成及构成中可以清楚地看到这一点。小说评点最初是评点者在小说作品之中做眉批、夹批或旁批，小说批评与小说文本结合，或者说这些"批"（即评点）是"寄生"于小说作品之中的。继而出现回前总评（序）、回末总评（跋），而或"序"或"跋"均有着某种"借用"的性质。最后，眉批、夹批、旁批、回前评、回后评还有读法等，被人"打包"（即从小说作品中摘取辑录出来而单独成篇甚至成书），于是有了独立的小说评点，或者说有了作为批评文体之一的"评点"体的"独立"。我们看到，在小说评点中，所谓"寄生""借用"和"独立"是三位一体的，是集于一身的。无须讳言，在中国文学思想史上，泛文学观念一直存在着。在这种历史评境之下，批评文体的"寄生""借用"和"独立"不可避免地也是自始至终地共存着。这一点，我们在下一章讨论"批评文体的文学性生成"时还要提及。

第二节　学术的多样形态与批评的文备众体

上一节在中国文学思想史的语境中，考察了古代文论批评文体从"寄生"到"借用"再到"独立"的生成过程，并特别指出这三种形态既是历时性的又是共时性的。古代批评文体之"寄生""借用"和"独立"的三位一体，又与中国学术史的语境密切相关。

众所周知，中国传统学术在不同的历史时期有不同的文体形态：如先秦子学、汉代史学和经学、魏晋南北朝玄学、宋明理学、清代朴学，等等。学术形态的存在并非封闭静止，而是有着强大的生命力和深远的影响力。特定历史时期的学术形态，不仅会超越时空继续发展演变，而且能顽强地渗透到后出现的新的学术形态中去。因此很多学术形态不仅并存一时，甚至在主体精神、方法论和文本样式等方面存在某些交叉，如子学和史学、史学和经学、子学和玄学、经学和玄学、经学和理学、理学和朴学等莫不如此，它们共同影响着中国古代文学批评的发展，也影响着批评文体的创造与选择。时代变迁，学术分合，鉴于学术形态复杂交错的客观事实，研究学术形态对批评文体生成的影响，明智的做法是理清本末，存本去末。选择一些最具代表性的学术形态，找出其中最富特征的、影响批评文体最深刻的方面来谈。有鉴于此，本节将在一个更为广泛的语境(即传统学术的多样形态)中考察古代文论批评文体生成的另一个重要特征：文备众体。

"文备众体"一说出自宋人赵彦卫《云麓漫钞》，赵氏称唐传奇"文备众体，可以见史才、诗笔、议论"①。"文备众体"既适用于文学文体，亦适用于批评文体，而我们借用赵氏"文备众体"一说，是想表明古代文论批评文体的多样性与古代学术形态多样性之关系，是想说明中国学术形态的多样性如何构成古代文论批评文体之"文备众体"的历史语境。② 受先秦子学的对话模式影响，古代文论长久呈现出一种"以说为论"的批评形态；上古以来的史学的叙事传统，孕育了中国古代的文论叙事，汉代出现的序跋和宋代以后大量涌现的诗话、词话，是古代文论叙事的最为常见的文体；治经的学者阐释经文，采用"传""注""章句"等形式，这种方式直接启发了后世评点，评点中的夹批、旁批和评注等皆由此而来；受玄学"得意忘言"方法论影响，古代文论家在讨论某些难以理喻、难以示范的理论问题时常常借助于隐喻，隐喻体于是成为古代文论中重要的批评体式。

一、子学与对话体

先秦时代百家争鸣，学术未尝定于一尊，学术创造取得了辉煌

---

① (宋)赵彦卫撰，傅根清点校：《云麓漫钞》，中华书局1996年版，第135页。

② 关于中国古代文学理论批评的"文备众体"，可参见李建中：《文备众体：中国古代文论的言说方式》，《文艺研究》2006年第3期。

的成就。先秦诸子的学说及其言说方式在中国学术史上占据着重要地位，为后世学术也为后世的文学批评及批评文体提供了思想滋养和方法论启示。西方学人说他们的一切都是古希腊所给予的，中国的同行们同样可以说他们的一切都是先秦所给予的。

何谓诸子学说？《文心雕龙·诸子》篇云："诸子者，入道见志之书。太上立德，其次立言。百姓之群居，苦纷杂而莫显。君子之处世，疾名德之不章。唯英才特达，则炳曜垂文，腾其姓氏。"刘勰心目中的诸子学说是立德立言，炳曜垂文，是"入道见志之书"。这里的"道"，应该是指先秦诸子在认识自然和社会的过程中所总结出来的规律。刘勰将诸子学说视为立德、立言之学，认为只能由特达英才的君子写成。事实确实如此。"先秦士人阶层凭借着彼时极为特殊的历史语境，得到了建构自己话语体系的大好时机。古代贵族等级制度的轰毁、政治中心的多元化、君权系统对文化建构的无暇顾及以及诸侯国为自身的生存发展而对文化人才的急需，等等，都成为士人阶层之主体精神空前挺立的巨大推动力。因此先秦士人在人格理想的追求与学术文化的创造上，均表现出令后世士人艳羡不已而又绝然无法企及的气魄和成就。"①刘勰《文心雕龙·诸子》篇由衷感叹：先秦诸子"越世高谈，自开户牖""志共道申，标心于万古之上，而送怀于千载之下，金石靡矣，声其销乎"！

先秦诸子由于代表着不同的社会群体和文化派别，其思想主张千差万别。思想和理论的自由，个性和才能的张扬，使得子学文本的言说方式即文体样式呈现出多样化、个性化的姿态，如老子的哲理诗，庄子的寓言体，孔子的语录体，孟子的论辩体，等等。然而，细读先秦诸子文本，不难发现不同的文本有着大体相同或相似的言说方式：对话。先秦诸子喜欢在主客问答的对话中表达他们的思想，阐述他们的理论观点。

诸子学说大多是在游说、讲学和论辩中产生的，诸子文本多为这些对话行为的真实记录，故"对话"理所当然成为先秦学术最为

① 李春青：《宋学与宋代文学观念》，北京师范大学出版社 2001 年版，第 4 页。

基本的形态或表达方式。《论语》是"孔子对话录",谈话的对象有孔子家人,有孔门弟子,有孔子的朋友和敌人,也有当时的统治者。《论语》的很多章节写出了生动的谈话场面,其间人物对话的口吻、神态、情志都表现得维妙维肖。《墨子》是墨翟及其门人的言语记录,其中《耕柱》《贵义》等五篇是对话体,语言朴实明晰,条理清楚,且富有逻辑性。《孟子》也是对话体,是孟轲游谈论辩的记录。与《论语》相比,《孟子》的论辩语言已相当铺张。孟子能言善辩,善于向别人陈述自己的主张,语言明晰流畅,形象生动,辞无不达,意无不尽。《庄子》是庄周一派著述的辑录,其中不少是庄周与弟子、朋友和时人的谈话记录。《庄子》三言,其中"重言"是标准的对话,即借重贤者的对话;"寓言"之中,庄子虚构了各种人物各种风格的对话。《庄子》中参与对话的人物,无论是神通广大的至人、神人、圣人,还是缺臂少腿、形貌丑陋的王骀、申徒嘉、叔山无趾、哀骀它等,甚至那些形形色色、稀奇古怪的动物和植物,都能出口成章而且妙语连珠。完全可以说,庄子是写"对话"的大师。一直到了先秦后期,《荀子》和《韩非子》才逐渐与对话体疏离,走向了专题的"论"和"说"。尽管如此,借对话形式阐述理论观点或理论思想仍时有存在。①

　　从《论语》到《韩非子》,我们可以窥见诸子文本中主客对话形式由实(真实)到虚(虚拟)发展到虚实相间,然后逐渐演变成为一种议论手法的历史过程。不管是描写还是议论,主客问答即对话形式是先秦诸子运用得最为普遍的表达方式。对话体裁既有着较强的思辨性,更具有鲜明的审美特性:论证形象直观,行文具有审美张力和雅俗共赏的魅力。由"说"成"论"于是成为子学的一个突出特征。"论"与"说"本来就存在互相融合的可能性,"论"之思辨性与"说"之教谕性、"论"之情感性与"说"之形象性,相反相成,相悖相济。先秦诸子学说的对话模式以及由"说"成"论"的学术形态,对中国古代文论的批评文体产生极大的启示作用,古代文论长久呈

---

　　①　参见季镇淮:《略述诸子散文的艺术性》,《上海师范大学学报》1995年第 1 期。

现的"以说为论"的批评形态就是一个显著的证明。

汉代以降虽然没有先秦百家争鸣的言论环境，文人士大夫也逐渐丧失了高昂的论辩精神，但他们骨子里对立德立言的追求从来没有改变过，对先秦诸子人格精神的向往也从来没有终止过。历代士子无不崇尚先秦诸子，他们读子书、研子学、习子体，这股研习诸子的热情延至近代都没有消退。刘勰深刻地洞察到这点，《文心雕龙·诸子》篇说："夫自六国以前，去圣未远，故能越世高谈，自开户牖。两汉以后，体势浸弱，虽明乎坦途，而类多依采。"先秦子学对中国文论的影响是持久而深厚的，以扬雄的《法言》为代表的汉代诸子之书，如陆贾《新语》，贾谊《新书》，刘向《说苑》，王符《潜夫》，崔实《政论》，仲长《昌言》，杜夷《幽求》，等等，使用的都是那种用"言""语"来立"论"的言说方式。扬雄他们的著作大多标榜"或叙经典，或明政术"，但正如刘勰所说，"虽标论名，归乎诸子"。这些著述沿承子学文本的对话模式，在"或问""或曰"等拟设虚构的对话中，文学批评思想得以形象呈现。从文本言说形态上，我们可以看到先秦诸子"对话体"的影响。

诸子"对话"的学术形态对于批评文体的影响，最典型的例子莫过于"诗话"。诗话自诞生始，就带有诸子"对话"的痕迹。《六一诗话》讲"以资闲谈"，"闲谈"就是对话，故诗话最初是一种口头的社交话语形式，后来行之于文字，变成书面文本，就成为对那些口头闲谈的追忆性记录。当然，诗话对"闲谈"的追忆，包括了诗歌创作、诗歌评论、诗歌本事、诗人佚事、诗人交往等内容。这些原始记录，因其对话的现场感而轻松活泼、生动有趣。如果说"诗话"最初确实是凭借着欧阳修在文坛的声望发展起来的，那么它最终能成为古代文论使用最广的一种批评文体，靠的还是自身独特的魅力。诗话不仅著述繁富，蔚为大观，还带动了一系列类似文体诸如赋话、词话、曲话的出现，形成中国文论史上一道亮丽的风景。追寻诗话的历史根荄，可以上溯到先秦的诸子学术，其"以说为论"的对话形态在诗话这里又一次得到发扬，而诗话亦凭借着"以说为论"的形态使其自身成为一种独特的文体形式，彰显出独特的风格和魅力。

二、史学与实录体

在中国诸多传统学术形态中，史学占据相当重要的地位，它与其他学术有着千丝万缕的关联，又是其他学术发展演变的重要基石，说到底，每种学术史都是一种史学。因此史学成为我们研究古代文论批评文体之生成的重要语境。

早在上古时期，人们就有了以史为鉴的意识，《诗经·大雅·荡》有这样的诗句："殷鉴不远，在夏后之世。"以夏商史事为借鉴，周代人才能更好地处事。到春秋战国时期，以史为鉴意识变得愈发强烈，《战国策·赵策一》提出："前事之不忘，后事之师。"史学虽为历史记录之学，但其所蕴含的经世致用精神，透过历史记录表现出来，因此历朝历代统治者都十分注重史的现实作用，把前朝兴亡盛衰的经验教训，当成治理现世的明鉴。

中国的史学产生于春秋时代，刘勰《文心雕龙·史传》溯史传体之源，称古者左史记事，右史记言，"言经则《尚书》，事经则《春秋》"。刘知幾《史通·叙事》讨论史官文化的叙事传统及叙事原则，亦视《尚书》《春秋》为滥觞："历观自古，作者权舆，《尚书》发踪，所载务于寡要；《春秋》变体，其言贵于省文。"①《尚书》是最早的历史文献汇编，《春秋》是最早的编年体国别史，而"务于寡要""贵于省文"则是它们的语体特征，这也就是《文心雕龙》反复论及的《尚书》辞尚体要、《春秋》一字褒贬。《尚书》《春秋》的体势及体貌，构成中国史官文化的叙事之源。

史学与史官密切相连，从上古时代的南史与董狐等被称为良史以来，中国史学据事直书的传统确立。这种实录精神，以后则成为以儒家价值观为中心之传统史学的重要标准，也提高了中国史学表述的客观性，因此中国史书皆是叙述一个事件接着再叙述另一个事件的形态，事件之间似乎没有联系性，但实际上，那些史料是经过一番筛检，按照一定原则整理出来的事实。史书体裁基本上可分为

---

① （唐）刘知幾撰，黄寿成校点：《史通·叙事》，辽宁教育出版社1997年版，第50页。

编年体、纪传体、纪事本末体三种。编年体史书以时间为经，史事为纬，反映出各历史事件的关系。纪传体的重要特征是以大量的人物传记为主要内容，呈现出记言与记事相结合的状态。纪事本末体以记事为主，详细记述历史上各项大事件的来龙去脉，完整叙述整个事件的过程。秉笔直书，客观叙述，这是中国传统史学的基本特点，表现了古代史家高度的社会责任感。史学提倡实录精神，其主题包括显亲尽孝、张扬忠义、劝励风俗和政治鉴戒。史学叙事"务于寡要""贵于省文"的方法则来源于实录的精神，"不虚美，不隐恶"，秉笔直书，如实叙事才能与这种特点相契合。

史书的实录性叙事极大地影响了古代文论的言说方式。《尚书》与《左传》关于"诗(乐)言志"的记载，实为古代文论叙事性言说之滥觞。语出《尚书》的"诗言志"和语出《左传》的"季札观乐"，都是在历史叙事的语境中出场的。如果谁要写一部叙事体的《中国文学批评史》，第一章的标题就应该是"大舜命夔典乐，季札观乐言志"。《尚书·尧典》对"诗言志"的记载，有人物(舜与夔)，有事件(舜命夔典乐)，有场景(祭祀乐舞)，有对话(舜诏示而夔应诺)，叙事所需具备的元素一应俱全。《左传·襄公二十九年》的"吴公子札来聘"实为"乐言志"，与舜帝的"诗言志"相映成趣。季札观乐而明"乐言志"，也是在历史叙事中生成的。之后司马迁著名的"发愤著书"论也是诞生于历史的叙事中，《史记·太史公自序》详细地叙述了著《史记》的前因后果，描述了自己的家世和人生遭际以及发愤著书的过程。史学的叙事传统，孕育了中国古代的文论叙事。汉代出现的序跋和宋代以后大量涌现的诗话词话，是古代文论叙事的最为常见的文体。序跋最初是作者在文章或著作写成后，对其写作缘由、内容、体例等加以叙述、说明的文字。明代徐师曾解释说："按《尔雅》云：'序，绪也。'字亦作'叙'，言其善叙事理，次第有序，若丝之绪也。"他又说序文"其为体有二：一曰议论，二曰叙事。"①也就是说，议论与叙事本来就是序文的两种功

---

① (明)徐师曾著，罗根泽校点：《文体明辨序说》，人民文学出版社1982年版，第135页。

能，二者并没有绝对的界限，大量的序跋在议论中叙事，在叙事中议论，彼此交融。宋代李清照的《金石录后序》是为丈夫赵明诚的《金石录》作的序，序文叙写了他们夫妇一生的悲欢离合；文天祥的《指南录后序》是为自己的诗集《指南录》作的序，序文也记叙了自己出使元朝的经过和多次面临危险的境况。

　　"诗话"之体远肇六朝志人小说，而"诗话"之名却近取唐末宋初之"说话"或"平话"。"说话"是小说，是文学文体；"诗话"是文论，是批评文体。"民间说话之'说'，是故事，文士诗话之'说'，也一样是故事；二者所不同者，只是所'说'的客观对象不同而已。"①"说话"与"诗话"，虽然叙事内容有别，但叙事方式却是相同的。当然，"说话"（文学叙事）可以完全虚构，"诗话"（文论叙事）则以征实为主，后者与中国史官文化的信史传统及实录精神血脉相联。北宋欧阳修早年撰写过《新五代史》和《新唐书》，史书经世致用的实录型叙事，深刻地启发了他晚年的诗话创作，那些"退居汝阴"之后写下的"以资闲谈"的诗话，秉承的就是历史追忆性的微小叙事传统。欧阳修之后，司马光也同样进行两类叙事：史学实录和文论叙事，前者有《资治通鉴》，后者有《温公续诗话》。

　　除此之外，史学著作的体例对古代文论批评文体的影响也极为深巨。"论赞"是史著一种独特的评论方式，史学家往往在详记史实后于篇末对历史现象和历史人物进行直接评述。《左传》"君子曰"成为史论之滥觞，之后司马迁《史记》每篇的篇末都有"太史公曰"发表他自己的史评、史论、史观。后《史记》时代，篇末史评（史书撰者对历史事件和历史人物之评价）遂成定制：班固《汉书》用"赞曰"，范晔《后汉书》除用"赞曰"之外还另加"论曰"，陈寿《三国志》用"评曰"。中国古代史著这一体例影响了后世文学评点，史著的"篇末论赞"成为小说评点篇末（或回末）总评的直接来源。明代历史小说评点，还直接保留了"论曰"这一形式，如万卷楼本《三国志通俗演义》题"论曰"、《征播奏捷传通俗演义》题"玄真子

---

　　①　顾易生、蒋凡、刘明今：《宋金元文学批评史》下册，上海古籍出版社 1996 年版，第 462 页。

论曰"、《列国前编十二朝传》题"断论"等，① 可见明显的史著体的
文体痕迹。

三、经学与传注体

经学始于汉代，两汉经学是对先秦儒学经典的诠释，但经学与
儒学又并非是同一个概念，虽然二者有着极为密切的联系，以至于
很难将它们分开。儒家创始人孔子提出"臣事君以忠"，主张君君、
臣臣、父父、子子，臣对君要尽力服事，忠诚不二。西汉大儒董仲
舒更是强调了君主的绝对权威，认为"君权神授"，于是就有了汉
武帝的"罢黜百家，独尊儒术"。儒学在汉武帝的时代定于一尊之
后，儒家典籍的地位也相应地上升至经典，"经"也就成了刘勰《文
心雕龙·宗经》篇所说的"恒久之至道，不刊之鸿教也"。经学是关
于儒家经典的学问，通过阐释儒家经典的思想内涵，指导人们的思
想和实践。经学最基本的研究对象就是儒家学说的重要典籍"十三
经"，"十三经"的内容包括哲学、伦理学、法学、社会学、历史
学、地理学、语言学、文学、艺术、教育、宗教以及自然科学等方
方面面的理论与知识。从个人角度言，学好儒家经典可以"修身、
齐家、治国、平天下"，可以实现自己的伟大抱负；从政权角度
言，儒家经典确立了君权的绝对权威，令天下士子臣服在君主的脚
下，甘愿为大一统的政权服务。这样来看，儒家经典的价值确实是
无与伦比的。经学的根本任务就是揭示这种价值，从而发挥儒家学
说的治世效能。清代学者朱彝尊的《经义考》，著录两汉到清初的
经学著作8400余部，经学家4300多名。据此，不难想见古代经学
的繁荣状况。② 经学研究者在不同的时期走着不同的治经路径。汉
儒具有重小学训诂与名物考订的治学风格，其学术特点是注重训诂
文字，考订名物制度，务实求真，不尚空谈。发展到宋明理学，其

① 参见谭帆：《中国小说评点研究》，华东师范大学出版社2001年版，
第9-10页。
② 参见田汉云：《六朝经学与玄学》，南京出版社2003年版，第2-13
页。

学术要旨在于阐发儒家经典所蕴含的义理，褒贬议论，重视对理论的发挥。可见，经学是不断根据现实政治的需要，以原始儒家的思想理论为核心，以学术研究为方式，为统治阶级建构一种政治理论体系的活动。

　　无论如何，汉代最为流行的解经形式"传""注"与"章句"，成为历代经学最基本的言说方式。根据《汉书·艺文志·六艺略》的分类，我们可以清楚地看到：《诗》类，《毛诗》传、笺各一种；《书》类，《尚书》传一种；《礼》类，《周礼》注一种，《仪礼》注一种，《礼记》注一种；《春秋》类，《春秋公羊传》解诂一种；另外还有不属于六经范围而被后世视为"经注"的《战国策》注一种，《孟子》章句一种，共计九种。西汉经类传注的产生与不断出现，是适应了当时经学传布需要的：让更多的人准确把握儒家思想的"微言大义"，从而揭示和发挥儒家经典中所隐含的义理，进而达到诠释经学义理和揭示儒家经典宗旨的目的。

　　治经的学者采用"传""注"与"章句"形式细致而充分地阐释经文，一方面对字、句的意义加以解释，包括句读点勘；另一方面又对经书作分章阐说，从而使读者获得对经书从宏观到微观的多层面的理解。这种方式直接启发了后世的文学评点，可以说，"文学评点中的总评、评注、行批、眉批、夹批等方式，是在经学的评注格式基础上发展起来的"。① 发展到魏晋，在经注之外，子、史、集三大门类的典籍都进入了注释的范围，裴松之《三国志》注释、郦道元《水经》注释等在当时以及后世产生了很大影响。再历经唐宋，直至明清，从孔颖达的《五经正义》、李善的《文选》注到吕祖谦的《古文关键》、真德秀的《文章正宗》，再到明代中期唐宋派诸家的评点选本，评点这一文体样式被经学家和文论家所广泛运用，之后又运用于对戏曲和小说这两种文学样式的批评之上，更是蔚为大观了。

　　经学之传注体对文学评点的影响主要表现在体例上，经学的

---

　　① 吴承学：《评点之兴——文学评点的形成和南宋的诗文评点》，《文学评论》1995 年第 1 期。

"经、注一体"是后世文学评点"注文与正文一体"的体例之源。经学家将传注或附于经文之下，或附于整部经文之后，或附于各篇各章之后，甚者将传注与经文句句相附，都是为了方便读者的阅读和理解。而文学评点中的夹批、旁批、评注以及回评、总评等也是出于同样的目的。于是，运用文字、音训等治经方法进行文学批评，或者说用经学"传注"的话语方式从事文学批评，是经学语境下文学批评家必然的文体选择。

四、玄学与隐喻体

美学大师宗白华先生对魏晋这个时代有个著名的论断："汉末魏晋六朝是中国政治上最混乱、社会上最痛苦的时代，然而却是精神史上极自由、极解放，最富于智慧、最浓于热情的一个时代。因此也就是最富有艺术精神的一个时代。"①从汉末开始，社会动荡不安，大一统的观念瓦解，正统的儒家思想失去了约束力，魏晋士人看透社会的黑暗，开始以一种出世的心态和追求来面对多变的社会，于是思想观念、生活情趣、生活方式也随之发生变化，从统一的生活规范，到各行其是，各从所好，任情纵欲。魏晋玄学就是在这样一个特定的社会背景下所产生的企图调和"自然"与"名教"②的哲学思潮。南朝刘宋时期，玄学与儒学、史学、文学并称"四学"。玄学在魏晋南北朝时期非常流行，代表着魏晋的时代精神，它把人从两汉繁琐的经学中解放出来，以老、庄、易（三玄）思想为核心，用思辨的方法讨论天地万物存在之根据亦即本体论问题。从学术史的层面看，玄学是对汉朝学术的一种扬弃。相对于两汉经学来说，魏晋玄学起着思想解放的作用，用形而上的"本体论"取代了形而下的"宇宙论"；但它又不是纯粹的老庄哲学，而是对先秦老庄思想的一种发展，因为玄学纳入了《周易》，调和了儒道。

---

① 宗白华：《美学散步》，上海人民出版社 1981 年版，第 208 页。
② 汤一介：《魏晋玄学论讲义》，鹭江出版社 2006 年版，第 124 页。该著解释这一对概念时说："自然"是《老子》的重要概念，如"道法自然"是"自然而然"的意思；"名教"是等级名分道德教化的意思。

　　一种新的哲学思潮出现，其内容和方法必定是创新的。魏晋玄学在内容上主要探讨"有无""本末""才性""言意"的关系问题，摈弃有名有形的具体事物，而专言形而上的抽象本体和绝对精神。汤用彤先生曾总结说："夫玄学者，谓玄远之学。学贵玄远，则略于具体事物而究心抽象原理。论天道则不拘于构成质料，而进探本体存在。论人事则轻忽有形之粗迹，而专期神理之妙用。夫具体之迹象，可道者也，有言有名者也。抽象之本体，无名绝言以意会者也。迹象本体之分，由于言意之辨，依言意之辨，普遍推之，而使之为一切论理之准量，则实为玄学家所发现之新眼光新方法。"①针对如此抽象的本体论问题，玄学家们必然要提出思考问题的新方法，王弼所推崇的"得意忘言"之法就是其中最为著名的。

　　"得意忘言"语出《庄子·外物》篇："荃者所以在鱼，得鱼而忘荃；蹄者所以在兔，得兔而忘蹄；言者所以在意，得意而忘言。"荃，通"筌"，捕鱼工具；蹄，捕兔工具。庄子这段话强调在言意关系中，"言"是工具，"意"是目的；"言"的目的在于"得意"，即在于表达意思，因而不能拘泥和执著于作为工具的"言"而忘却了"得意"的目的，相反，只要意思表达清楚，能够使人领悟，忘却了"言"也无妨。"得意忘言"成为玄学家们思考问题、阐述观点的基本方法，也揭示出唯有透过丰富而具体的语言，才能理解玄学抽象问题的本质所在。因此隐喻成为玄学论著中常见的修辞格，一种主要的言说方式。隐喻作为一座桥梁，引渡人们通向意义的彼岸。大量的隐喻中，花草虫鱼、山川景物成为喻体，但它们所喻的对象不是某一个概念或事物而是一种完整的思想，所喻示的意义包含在对喻体的整体理解之中，隐喻使人们对崭新而抽象的哲学思想的特点有较为深刻和准确的把握，从而为玄学思想的传播提供了一种修辞学的路径。

　　玄学对魏晋文论影响深远，玄学中著名的"有无""本末""才性""言意"之辨，直接进入魏晋文论，成为魏晋文学理论批评的题

<hr>

　　① 　汤用彤：《魏晋玄学论稿》，上海古籍出版社 2005 年版，第 19-20 页。

中之义。就批评文体即言说方式而言，魏晋文论受玄学"得意忘言"方法论的影响，亦将"隐喻"修辞用之于文学批评。魏晋文论家在讨论某些难以理喻、难以示范的理论问题时，常常借助于隐喻。既然无法直接地把握住文艺作品中言和意、形式与情感等变动不居的关系，那么求助于隐喻当然是最佳途径。① 隐喻体于是成为魏晋文论乃至整个中国古代文论重要的言说方式。

历代批评家通过构筑一系列的意象来隐喻批评意旨。陆机《文赋》论创作构思阶段的物、意、文之关系：

> 其始也，皆收视反听，耽思傍讯，精骛八极，心游万仞。其致也，情瞳眬而弥鲜，物昭晰而互进。倾群言之沥液、漱六艺之芳润。浮天渊以安流，濯下泉而潜浸。于是沉辞怫悦，若游鱼衔钩，而出重渊之深，浮藻联翩，若翰鸟缨缴，而坠曾云之峻。收百世之阙文，采千载之遗韵，谢朝华于已披，启夕秀于未振。观古今于须臾，抚四海于一瞬。②

倾沥液、漱芳润、浮天渊、濯下泉，以及游鱼、翰鸟、朝华、夕秀等，一连串的形象隐喻，令人目不暇接。受陆机影响，刘勰《文心雕龙·神思》篇在论及创作构思及艺术想象时，也使用了一连串的隐喻，比如珠玉之声、风云之色、玄解之宰、独照之匠，等等。《文心雕龙》还有另一种隐喻：喻体与本体不仅构成修辞学意义上的隐喻关系，而且从根本上说二者是同质同构的，比如《原道》篇用"天地之文"隐喻"人之文"。

用"象喻"说诗论诗，不仅是六朝也是后来唐代文论最常用的话语方式。如果说作诗用"象喻"肇自风骚，那么论诗用"象喻"则盛于李唐。据《旧唐书·文苑·杨炯传》，初唐张说叙论当世之诗

---

① 参见蒋原伦、潘凯雄：《历史描述与逻辑演绎——文学批评文体论》，云南人民出版社1997年版，第56页。

② 郭绍虞主编：《中国历代文论选》，上海古籍出版社1979年版，第1册第170-171页。

人多用象喻，诸如"悬河注水，酌之不竭""孤峰绝岸，壁立万仞""丽服靓妆，燕歌赵舞"，等等，一连串的象喻评说一系列的诗人，佳句如潮，颇具规模和气势，令人应接不暇。唐代论诗诗中用隐喻最为绝妙者当属《二十四诗品》。《二十四诗品》想说什么？说诗歌的二十四种风格和意境；《二十四诗品》怎么说？用诗歌的风格和意境。在《二十四诗品》中，"象喻"繁多，司空图用来品貌诗之风格意境的，既有人物形象，亦有自然景象，还有植物、动物、器物等。唐代诗文理论的象喻之法，至唐末表圣蔚为大观。南宋严羽《沧浪诗话》以禅喻诗，是最为典型的隐喻式言说。严羽在推举盛唐诗之"兴趣"时，使用了诸多禅语来喻指，如"不涉理路，不落言筌""羚羊挂角，无迹可求""空中之音，相中之色，水中之月，镜中之象""金翅擘海，香象渡河"①等。严羽借禅的意象来隐喻诗境的灵动之美、虚实交合之美以及韵味无穷之美。

金人元好问的《论诗三十首》使隐喻批评文体有了新的发展，他注重画龙点睛式的精细批评，如论建安诗歌：

> 曹刘坐啸虎生风，四海无人角两雄。可惜并州刘越石，不教横槊建安中。②

用"坐啸虎生风"这样颇具力量的形象来隐喻建安时期诗歌风格的刚健与豪放。清代刘熙载《艺概》也使用隐喻，如：

> 花鸟缠绵，云雷奋发，弦泉幽咽，雪月空明：诗不出此四境。③

---

① 郭绍虞主编：《中国历代文论选》，上海古籍出版社 1979 年版，第 2 册第 424 页。

② 郭绍虞主编：《中国历代文论选》，上海古籍出版社 1979 年版，第 2 册第 449 页。

③ 郭绍虞主编：《中国历代文论选》，上海古籍出版社 1979 年版，第 2 册第 43 页。

用四种"景"隐喻四种"境"，此种隐喻式言说，形象而简洁，深刻而生动。

古代文论家用隐喻这种话语方式进行阐释和判断，表达自己的批评见解，其理论效果正如《文心雕龙·比兴》篇所云："物虽胡越，合则肝胆。"构成隐喻的两个部分（喻体与本体）看似毫不相干，通过融汇互动则可以缀为一体并形成一个全新的概念，从而极好地发挥隐喻体的语词张力，激发读者丰富的联想，为读者进入批评对象开拓多重路径。批评家的目的并不是要读者停留在具体的喻体上，他们的深层动机是希望人们"得意"而"忘言"，真切地理解他们的理论观点，把握他们的为文之用心，这与玄学家的动机是相似的。由此可见，我们研究古代文论批评文体的"隐喻"式言说，只有将其放回到中国学术史的玄学语境中去，方能明其本源，方能得其真谛。

第三节 批评功能与文体功能

中国古代文论批评文体生成的历史语境，除了文学思想史和学术史的层面，还有文学批评史的层面；而就批评史语境对批评文体生成的影响而言，最为直接也是最为关键的，是批评功能对批评文体的影响。有学者指出，文学批评的功能是指"文学批评在整个文学活动和社会生活中所具有的价值和作用，它是在与相关领域的互动关系中实现的"。[①] 既然文学批评的对象是以文学作品为中心的整个文学活动，而不是哲学、历史或语言著作类的东西（文化发展早期文史哲不分的状况除外），批评的价值和文学的价值不可分离。美国马约·杰·互尔戴斯在《批评的功能》一文中总结文学有两个"作为自己存在和意图之根据的基本属性"，一个是"作为语言

---

① 胡亚敏：《论当今文学批评的功能》，《社会科学辑刊》2005 年第 6期。

的价值"，一个是"自我认识的价值"①。批评与现实不是没有瓜葛的独立个体，相反它们以文学为纽带，以对话或对立的形式，形成一种密不可分的关系。批评首先从文学作品和文学活动中挖掘的应该是服务于现实生活的价值、为社会需要而存在的价值。因此文学至少应该具有三类价值：社会实用价值、语言审美价值和自我认识价值。批评的评判围绕这三者进行，批评在评判文学价值的同时，也体现着自己的价值。批评的功能于是出现，体现在社会功能、审美功能和自我认识功能三个方面。

中国文论史上，文学批评的功能不是从批评诞生之初就永恒不变地存在着，人们对它的认识是一个不断发现和发展的过程。在不同批评功能论的影响下，文论家自然选择不同的批评文体进行文学理论的阐释与文学作品的批评：序跋和评点主要是批评的社会功能影响下的产物；批评的审美功能促使了骈文、赋和论诗诗等批评文体的出现；在批评自我表现功能的推动下，文论家喜用自由的书信和诗话等文体来承载理论的内涵。这些批评文体历时性出现，却又共时性存在，共同形成中国文论繁复多姿的体貌。

一、通作者之意，开览者之心

袁无涯刻本《水浒传》卷首"发凡"对小说评点的作用有如下概括："书尚评点，以能通作者之意，开览者之心也。"这里讲的，实际上是文学批评所具备的人际沟通和社会交往功能。批评的社会功能首先对批评对象——文学创作产生极大影响，促使文学创作为提升社会价值和现实意义而努力。为促使作品社会意义和现实价值的实现，"艺术批评同作品发生相互作用，它理解作品的意义，并且围绕着作品制造舆论。艺术决不出半成品，只是由批评来把这些半成品变成审美消费品。批评作为催化剂，有力地加强了公众对作品

---

① ［美］马约·杰·互尔戴斯撰，蒋永青译：《批评的功能》，《南方文坛》1988 年第 1 期。该文提出：文学语言的价值，即是一种语言内蕴潜力的最精心的表达；文学自我认识价值，即是读者和作者获得自我认识的最直接的形式之一。

所包含的艺术观念的理解和掌握"。① 基于此，批评的社会功能使得批评务必要"通作者之意，开览者之心"，通过阐释文学作品的艺术构思、语言技巧、修辞方式等来传达作者的创作旨趣和作品的隐含意蕴，从而开启读者的审美感知，于此方能产生广泛的社会效应。从某种程度言，文学作品作为具体的审美对象，其间所涵括的社会思想和社会精神，是在文学批评的过程中实现的。诚如托马斯·门罗所说："如果没有批评家，世人对艺术的需要就会大大减少，同时人们的艺术欣赏能力也将大大降低。即使批评家的批评是错误的，它也可以引起争论，从而增加人们对艺术的兴趣。"②为了更好地达到批评的社会功效，文论家便会选择一些易于掌握也易于传播的文体来进行文论创作，序跋和评点便是批评的社会功能影响下的产物。

序被指为"序典籍之所以作"（宋·王应麟《辞学指南》），在某种意义上，序文的产生是为了消解著作者和读者之间的交往障碍，从而促进文学交流，让文学作品中的隐含意义为读者所发现和领会，让作者的意旨和追求获得社会认同。先秦时代未有正式的序文出现。《庄子·天下》篇可看作《庄子》一书的序文，它对先秦诸子中的代表性学派作出既概括性的又有褒贬的介绍，从而成功地"通作者之意，开览者之心"。文学批评史上的"序"正式出现于汉代，如《毛诗序》《诗谱序》《太史公自序》《离骚序》《楚辞章句序》等。汉代文学批评的序文在起着目录、条例和提要作用的基础上，开始显现出批评的社会功能效应。《毛诗序》通过对《诗经》的阐释而褒扬"后妃之德""王者之风"，揭示文学与社会政治之盛衰的关系，提出"讽谕美刺"的文学主张。《太史公自序》则在个体心灵史和民族文化史的双重背景下，通过对历史变迁与个人写作之关系的洞察和表述，提出著名的"发愤著书"的命题。

---

① ［苏］尤里·鲍列夫：《美学》，《美学文艺学方法论》，文化艺术出版社1985年版，第392页。

② ［美］门罗著，石天曙、滕守尧译：《走向科学的美学》，中国文联出版公司1985年版，第468页。

汉代序文对社会功能的看重深刻地影响了后世，如《隋炀帝艳史·叙》："种种媚人，种种合趣，种种创万祀之奇，种种无道学气，无措大气，亦无儿女子气，并无天子气者，则孰非可惊可喜，而称艳者乎？试问古今来，孰有如隋之炀帝者？试问炀帝之何以艳称，请君试读炀帝之艳史。"①这样欲语还休的序文召唤着读者去阅读，这样激情热烈的议论蕴含着作者的褒贬。还有李贽和金圣叹的《水浒传》序，也有这种效果。"序"这种文体之所以为古代文论家所青睐，是因为在次第有序的叙述、申说中，在或冷峻或热烈的议论、抒情中，批评的社会功能得以成功地实现。

文学批评对社会现实的影响，或者说文学批评之社会功能的实现，最终是要通过读者来完成的，因而启发读者对作品的欣赏和领悟是文学批评的重要目的。但读者需要批评家的帮助，因为读者受一定生活经验和艺术经验的制约，在理解作者的意图、用心和作品的旨趣、形式技巧方面有或大或小的障碍和困惑，评点体于是应运而生。金圣叹谈他评点《水浒传》的动机时说："今人不会看书，往往将书容易混帐过去。……吾特悲读者之精神不生，将作者之意思尽没，不知心苦，实负良工，故不辞不敏，而有此批也。"②因此，"明清之际的小说戏曲批评和诗评专著，大都是将原作和批语合在一起的随文批评，其特点是先有序言、读法，概论全书大旨和批评原则、方法，次录作品原文，每一折和每一首前有总评，分析其独具的思想艺术特色，正文中有眉批、旁批、夹批，指点筋节，以清眉目"。③ 这种传统的阐释体制，对读者的文学接受，起到了极为重要的作用。袁无涯刻本《水浒传》在卷首"发凡"中谈小说评点的种种作用："得则如着毛点睛，毕露神采；失则如批颊涂面，污辱本来，非可苟而已也。今于一部之旨趣，一回之警策，一句一字之

① 大连图书馆参考部编：《明清小说序跋选》，春风文艺出版社1983年版，第136页。
② 马蹄疾编：《第五才子书水浒传·楔子批语》，《水浒资料汇编》，中华书局1980年版，第129页。
③ 赖力行：《中国古代文学批评学》，华中师范大学出版社1998年版，第25页。

精神，无不拈出，使人知此为稗家史笔，有关于世道，有益于文章，与向来坊刻，复乎不同。如按曲谱而中节，针铜人而中穴，笔头有舌有眼，使人可见可闻，斯评点所最可贵者。"①明代袁宏道高度评价李贽《水浒》评点的社会功能和价值："若无卓老揭出一段精神，则作者与读者，千古俱成梦境。"②可以说，没有小说评点家的努力，没有小说评点这种批评文体起着沟通作家和读者的桥梁作用，批评的社会功能亦当随梦而化耳。

当然，批评文体的社会政治功能也就是文学批评的社会政治功能；而对文学批评社会政治功能的看重，是中国古代文论的传统，准确地说，是在儒家意识形态制约和影响下所形成的批评传统。所以，批评文体生成的这种文学批评史语境，说到底是以儒学为主导的中国文化史语境。从古至今，注重批评之社会功效的传统一直延续着。"文学批评并不只对文学文本做出阐释，它还将触角伸向广阔的社会领域，通过对作品的阐释向社会发言，通过文学批评中的价值导向，影响人们的意识和行为，提高读者理解现实生活、辨别美丑善恶的能力，从而维护或批判某种意识形态，推动社会的进步。"③批评的社会功能使得批评主体以或隐或显的方式表达对社会的理解和评价。文学批评与文化传统和时代特征，与社会政治和日常生活联系在一起，成为批评文体之社会政治功能形成和发生的历史语境。

二、游文章之林府，嘉丽藻之彬彬

标题中的这两句话出自陆机《文赋》，陆机的本意是讲作家创作之前的文学阅读状态，或者说是对作家在文学阅读时那种欣乐与惬意的描述，因此这两句话也可以视作对文学批评之审美愉悦功能

---

①　引自宋子俊等主编：《中国古代小说戏剧研究丛刊　第2辑》，甘肃教育出版社2004年版，第225页。

②　曾祖荫等：《中国历代小说序跋选注》，长江文艺出版社1982年版，第71页。

③　胡亚敏：《论当今文学批评的功能》，《社会科学辑刊》2005年第6期。

的表述。中国文论史上，和儒家"兴观群怨"的文论观并足而行的是道家"法天贵真"的文论观，后者是老庄以"自然""本真"为核心的哲学观在文学批评上的折射。道家独到的哲学视角，使其超功利的文论观更契合文学发展的内部规律。批评家从专注于作品内涵、作品意义上移开视线，把文学语言、写作技巧、修辞方法（庄子称之为"神乎技"）等创作特征纳入研究视野，尽情凸显文学的语言审美特征。在这种情形下，批评的审美功能也被唤醒，批评应该也可以唤醒人的审美感知，满足读者的审美要求，提高他们的审美能力。文学批评同文学创作一样，也显示出审美创造力来，而且批评呈现出的艺术生命力一点也不逊色于文学创作。正如李贽在《水浒传》评点中所喟叹的："若令天地间无此等文字，天地亦寂寞了也！"

随着文学批评审美功能的增强，文学批评的创作本质逐渐凸显出来。应该说，文学批评在本质上同作家的创作一样，也是一种审美创造。文论家同时也是文学艺术家，批评主体的视、听等主要审美器官高度发展，人们的感官日益审美化，开始注意和欣赏艺术形式美，而不再被政治功利目的遮蔽审美视线。美国自由主义批评家亨·路·门肯说："无法想象，一个多少真正有些才能和独创性的人，一般被认为有这些素质的人，会把整整一生花在评价与叙述别人的作品上面。"①也就是说，文学批评并不局限于就作品论作品，它有一定的创造性，尤其是卓越的文学批评本身具有创造的成份，甚至本身就是一种创造。

从实用的社会功能发展为艺术的审美功能，完成其转化的契机是主体情感，情感性是审美性的必要条件。文学批评的理性色彩很强，但情感本性、生命本能的涌动，配合理性的规范，使得文学批评的审美功能颇具典型性。批评的审美功能使得文论家在选择批评文体时，更多考虑语言形式的审美性，用具有美感的文体形式来承载批评理论的思想内涵。这种状况到魏晋时期初见端倪。可以说，

---

①　中国社会科学院文学研究所编：《现代美英资产阶级文艺理论文选》，知识产权出版社 2010 年版，第 322 页。

"魏晋时期人的觉醒正是从最原始的生理感知力的复苏开始的，感性的觉醒正在为人的全面的、精神上的觉醒做准备"①。

文学家兼文论家陆机、刘勰等对形式的选择是主动的、自觉的。在批评理论上，《文赋》讲"理扶质以立干，文垂条而结繁"，讲"其会意也尚巧，其遣言也贵妍。暨音声之迭代，若五色之相宣"，讲"或藻思绮合，清丽芊眠。炳若缛绣，凄若繁弦"……字里行间，陆机非常认同文章词藻就应该如锦绣般色彩富丽、光彩鲜艳。在批评实践中，陆机用精美的赋体写就了《文赋》，对所描述的对象、所陈述的观点，作尽可能全面的铺陈和展开，并调动一切语言手段，灵活机动地运用多种修辞技巧，诸如排比、隐喻、拟人、夸张等，使得所表现的事物形象全面完整和鲜明可感，语言精工华美，声律回环和谐。

与陆机相似，刘勰《文心雕龙·原道》开篇便曰"文之为德大矣，与天地并生"，赋予"文"（其中含有"文采""文符""文饰""文丽"诸义）以崇高的地位，而他心目中的"文"，是"日月叠璧，以垂丽天之象；山川焕绮，以铺理地之形"，是"云霞雕色""草木贲化"，是"林籁结响""泉石激韵"，是一切"郁然有采"的感知对象。刘勰由文及采，突出挖掘华饰的色彩之美，侧重挖掘文中能触发、唤醒人的审美感觉的东西。在批评实践上，《文心雕龙》以华美的骈文写就。尽管刘勰深谙论说之道，也写过佛学论文，但《文心雕龙》采用骈体写作，是刘勰在批评审美功能之影响下的必然选择。骈文追求视觉形式及观念形态上的对偶整饬，同时追求听觉上的声韵美感。骈文为了取得精美工整的审美效果，不但讲究四、六字句有规律交互的形对，而且重叠或连续使用偏旁部首相同的词，或干脆用成组的叠字，来强化作品的内涵，达到一种声情并茂、意象迭出的境界。

唐代诗歌大盛，是一个艺术味道极浓的时代。在语言形式上要求甚严的唐代格律诗，极为精深地发掘了汉语词汇特有的音韵之

---

① 徐迎新：《从"文质说"到"情采论"》，《锦州师范学院学报》2001年第3期。

美、结构之美和形体之美，将形式美规律在文学创作中的应用推向了一个新阶段。格律诗的成熟体现出文学表现方式的成熟，同时标志着古代诗人之心灵对形式美的真正敞开和向往，标志着中国审美文化从偏于善的价值向重视美的韵味的转变和飞跃，标志着审美意识的真正自觉和独立。大诗人杜甫主张诗歌创作要文质兼修，对语言形式极为重视，其《戏为六绝句》曰："龙文虎脊皆君驭，历块过都见尔曹。""龙文"和"虎脊"都是毛色斑驳的骏马，杜甫以此来比喻初唐四杰绮丽的词采，赞美四杰能够驱遣瑰玮的文辞，并经得起时间的考验，让那些嗤笑的人望尘莫及。而"不薄今人爱古人，清词丽句必为邻"两句则表现了杜甫在理论上赞成文章写作应该有取于清词丽句的技巧，用完美的形式来表现充实的内容。在以审美功能为中心的批评理论的影响之下，杜甫的批评文本《戏为六绝句》，毫无疑问地要选用审美性极强的诗歌形式来写就。不唯杜甫，唐代诗人从李白到韩愈、柳宗元再到司空图，都是自觉地选用文学文体来书写自己的文学理论和批评。我们只有在唐代文学批评注重批评之审美功能的语境下，才能理解唐代文论之批评文体的诗性选择。

三、圣叹批《西厢记》，是圣叹文字

金圣叹《第六才子书读法》中自谓："圣叹批《西厢记》，是圣叹文字，不是《西厢记》文字。"①《西厢记》的文字是王实甫的文字，是剧作家自抒情感、自我表达的文字；而圣叹批《西厢记》的文字是金圣叹的文字，是批评家自明理思、自我表达的文字。此处"圣叹文字"四字，直率而又真切地道出文学批评的自我表现功能及其对批评文体的影响。所谓自我表现，当指文学批评表现出的理思和情感是批评家个人特定心理的显示物。换言之，在批评家心灵中存在的理思、感情，与存在于批评作品中的理思、感情，应当同声相应、同气相求。就中国文学批评史的语境而言，批评主体性逐渐高扬，使得文学理论批评谋求自身的独立地位，故批评文体的自我表

---

① （清）金圣叹著，曹方人、周锡山标点：《金圣叹全集》，江苏古籍出版社1985年版，第19页。

现功能渐次展露。

文学批评的最初动机和文学创作的一样，是探求人类社会的真善美，抨击现实生活的假恶丑，希望实现一种适意的生存。创作需要批评，因为杰出的批评家不但是文学价值的评判者，同时也是自我价值的创造者。正如文学创作是为了实现文学家自己的人格价值和创造价值一样，批评家的价值就在于批评。"批评家尽可能展示自己的知识、气质、风格，纵情于解析、重构的快感中。在这中间，批评家感到的是自身价值的伸扬和舒张。这种伸扬和舒张正是人的价值得以实现的途径和标志。"①

亨·路·门肯说过："批评家始终只不过是想表现自己。他只不过是想抓住相当多的一批读者，把他们作为对象，让他们注意他，用自己思想的魅力与新奇来影响他们，引起他们对他的良好（或是惊愕）的印象，他想因此使内在的自我得到一种欣慰的感觉，仿佛感到一个使命已被完成，紧张的心情松弛下来，得到了一次导泄。"②虽然严肃的批评家更关心的不是自我表现，而是建立正确的评价标准，用它来准确地观察事物，但是建立正确的评价标准又谈何容易呢？在具体的批评活动中，即便是作家的知音挚友也未必能够与作家的审美经验达到最大限度的耦合。宋代诗人欧阳修对此深有体会，他曾说道："昔梅圣俞作诗，独以吾为知音。吾亦自谓举世之人知梅诗者莫吾若也。吾尝问渠最得意处，渠诵数句，皆非吾赏者。以此知披图欣赏，未必得秉笔之人本意也。"③每个时代的作家们都会让批评家们吃惊和措手不及；反过来说，每个时代的批评家也会让文学家吃惊和措手不及，因为每个批评者都用他自己的方式重新解读，都是一个新的独立的表现。应该说，对每一个批评对象，批评主体的建构能力非常强，他不仅能够多角度地接纳批评对

---

①　任运松：《文学批评功能论》，《三峡学刊》1996 年第 4 期。

②　中国科学院文学研究所西方文学组编：《现代美英资产阶级文艺理论文选》下册，作家出版社 1962 年版，第 6 页。

③　（宋）欧阳修著，肖丁、杨梦东、赵晓曼整理：《唐薛稷书》，《欧阳修集》下册，国际文化出版公司，第 1596 页。

象，而且通过开拓自己的审美趣味和审美视野来实现对作品的鉴赏，从而提供出连作家自己都没有意料到的理思和情感。

进行文学理论批评时，批评文体不仅是文论作品的表达工具，还是文论家内心世界和情感的文本化呈现。文学理论批评的历史进程中，每一步进展都与文体的形式密切相关就是这个原因。"一件优秀的艺术品所表现出来的富有活力的感觉和情绪是直接融合在形式之中的，它看上去不是象征出来的，而是直接呈现出来的。……音乐听上去事实上就是情感本身。"[1]形式是内容的表现，而且内容也由形式生成，因此克莱夫·贝尔说文体是"有意味的形式"。就中国古代文论而言，批评的自我表现功能促使文论家选择最能真实且自由传达内心情愫的文体来阐释作品和进行理论的概括。

首先是书信体。书信是表现形式最自由的一种文体。刘勰说："书者，舒也。舒布其言，陈之简牍。"[2]书信多半是不公开的，是朋旧之间交流的"心声"，是抒写性灵的工具，因此它自然而不做作，心意真挚，体现的个人色彩更为强烈。鲁迅说："从作家的日记或尺牍上，往往能得到比看他的作品更其明晰的意见，也就是他自己的简洁的注释。"[3]书信让他们挥洒自如，不为物所累，打破社会生活实用价值和功利目的的局限，保持了自己的独特个性。书信在写法上极为灵活，叙事、说理、抒情无所不可，骈散长短各式俱宜，根据不同的对象选择不同的表达方式。随着社会交往的频繁，书信更加流行，古代文人深刻地意识到用书信这种文体阐述文学观点所具有的那种自由轻松的特质，纷纷在与友人往来的书信中表现自己的文学观念。因此中国古代书信，实际上远远超越了它本身的实用性的存在价值，以其独特的文体优势，成为了文论园地的一枝奇葩。

---

① ［美］苏珊·朗格著，滕守尧译：《艺术问题》，南京出版社2006年版，第29页。

② （梁）刘勰著，周振甫注：《文心雕龙注释》，人民出版社2002年版，第277页。

③ 鲁迅：《且介亭杂文二集》，人民文学出版社1973年版，第166页。

　　书信体文论影响最大的是司马迁的《报任安书》，钱锺书认为"此书情文相生，兼纤徐卓荦之妙"①，全信三千余言，向朋友吐露胸中压抑已久的愤懑之气，反复陈述和慨叹，感情真挚而激烈。在尽所欲言中，"大抵贤圣发愤之所为作也"就这样气盛情激地喷薄而出，酣畅淋漓。批评家选择用书信进行文学批评，因为书信更能详尽地反映时代的文艺思潮和文坛的创作倾向，更能真实地反映作家的生活遭遇、感触、个性与他们创作之间的关系，书信完美地体现了批评的力量。而且文人还把书信当作表现个人艺术修养、精神品质、文学功力的绝好途径，于是他们无不尽心尽力，使形式与情感俱佳，从而令书信体文学批评具有浓郁的内在审美特征。

　　其次是诗话。《六一诗话》为历代诗话之创体，欧阳修开章明义，自云"居士退居汝阴，而集以资闲谈也"，这就为后来的诗话定了一个轻松随意的文体基调。章学诚曾称诗话之作是"人尽可能""惟意所欲"而"不能名家"②。"不能名家"之言已被郭绍虞反驳了，郭绍虞在为《清诗话》所作的"前言"中写道："由形式言，则'惟意所欲''人尽可能'，似为论诗开了个方便法门；而由内容言，则在轻松平凡的形式中正可看出作者的学殖与见解，那么可浅可深，又何尝不可以名家呢？"③郭绍虞所陈述的诗话的长处，也正是该批评文体在文论史上历久弥新的原因所在。"人尽可能"和"惟意所欲"，章学诚说是诗话的缺点，郭绍虞说是诗话的优点。我们说这正是"诗话"作为一种批评文体的自我表现功能之所在。宋人极喜议论品评，平时谁都可以高谈阔论，指点一二。虽然点点滴滴，虽然断断续续，但无不有灵动的思想在，以记录式、片段式的组织结构为突出特征的诗话便应运而生。诗话还带动了词话、文话、曲话、赋话等系列"话体"的出现。何文焕《历代诗话》所辑宋人之作，

①　钱锺书：《管锥编》，中华书局1979年版，第935页。
②　（清）章学诚著，叶英校注：《文史通义校注》上册，中华书局1985年版，第560页。
③　（清）王夫之等撰：《清诗话》上册，上海古籍出版社1963年版，第2页。

从欧阳修到严羽，共有十五种之多。丁福保《历代诗话续编》所辑宋金元诗话亦有十六种之多。明清两代，诗话更多，"至清代而登峰造极。清人诗话约有三四百种，不特数量远较前代繁富，而评述之精当亦超越前人"①。诗话的蔚为大观不是偶然的，这与批评主体意识的高扬，批评自我表现功能的实现有关。在轻松自由的氛围下，随事衍文，随理生说，有话则长，无话则短，各则各条目之间的排列并没有固定和必然的联系。批评者在诗话这里找到了自我表现的最佳途径。

再次是小说评点。袁枚《程绵庄〈诗说〉序》说："作诗者，以诗传；说诗者，以说传。传者，传其说之是，而不必尽合于作者也。"②袁枚充分肯定了文学批评的独立的精神文化价值，指出批评与创作一样具有自我表现功能。小说评点这种文体发展到后期最大限度地实现了批评的自我表现功能。小说评点历经出版商评点到文人评点再到大师评点三个发展过程。明代中叶以后，小说评点有了长足的发展，出现了像金圣叹这样以批书为主要乐趣的批评家。金圣叹倾其一生心血，大量批解名家名著，他这么劳神焦思地去对诗、文、小说、戏曲作精细深入的琢磨和探寻，动力正是来自内心深处的对艺术的挚爱。小说评点成为金圣叹发表对社会人生的看法、发抒丰富情感的重要途径。用别林斯基的话说，"我们是自愿做这项工作的，被出于本能的愿望引导着，想和别人分有自己的美好的感觉，告诉他们我们所认识到、但也许他们还不知道的美学享受的源泉"。③批评家"仅仅依靠理性而没有感情参与的理解，是死的、无生命的、虚伪的理解"。④文学家的批评是感情和生命的

---

① 郭绍虞编选，富寿荪校点：《清诗话续编》上册，上海古籍出版社1983年版，第1页。

② （清）袁枚著，王英志主编：《袁枚全集（第二集）　小仓山房文集》卷二十六，江苏古籍出版社1993年版，第495页。

③ ［俄］别林斯基：《别林斯基选集》第1卷，上海译文出版社1979年版，第513页。

④ ［俄］别林斯基：《别林斯基选集》第2卷，上海译文出版社1979年版，第14页。

投入，他们用自己的想象力与艺术直觉能力，对文学作品及各种文学现象进行独到的艺术把握。批评正是在自我表现功能的促使下，成为批评家内在感情和生命力的体现。小说戏曲评点大师们就这样把自己的愤世嫉俗之情融进小说戏曲的批评文字之中，藉批评文字来抒发自己的情怀。

第二章　批评文体生成的文学性因缘

从理论上讲，中国文化的三大门类（文、史、哲）都应有自己的文体；就"文"而言，文学创作有自己的文体，文学理论和批评也应有自己的文体。但是，在文化发展的早期，文学批评滞后于创作，批评意识的不自觉必然导致批评文体的非独立性，批评者不可能一开始就创造出一种全新的独立的批评文体来，加上中国古代的"文学"概念一直是宽泛而模糊的，大文学观念形成的大文体意识指导着批评选择现有的主流文学样式来进行实践活动。待到文学及批评的自觉时代，大文体意识已经内化为无意识，因此批评文体和文学文体之间，始终有着扯不断的关联。比如，刘勰和萧统都有自觉的文体意识和批评意识，然而《文心雕龙》这部文论巨著却采用了"骈文"这一纯粹的文学文体，而《文选》则将陆机的文论专篇《文赋》归于文学性的"赋类"之下。至于后来的论诗诗、诗话、词话、曲话等批评文体，或者本身就是文学体裁，或者具备文学文体的语体和风格。

在中国文学批评史上，几乎没有纯粹的文学批评家。古代中国，"文学理论批评"既不是现代意义上的某一种"专业"，更不是现代意义上的某一种"职业"。文学理论批评的书写，对于作者来说充其量是一种业余的爱好而非终生的事业。因此，中国古代文人缺乏一种"批评家"的自我认同，也不存在职业意义上的单纯的"批评家"，诗人就是批评家，批评家就是诗人，二者合为一体。对于书写文学批评的诗人来说，写诗与评诗是没有区别的；要说有什么不同的话，那只是笔下所描述的对象发生了变化：由描述山水人情变成描述文学现象。恰恰就是这一变化产生了文学批评，古代文人的双重身份和由此而衍生出的文学创作与文学批评在文体选择上的交错甚至同一，铸成了批评文体和文学文体源头上的重叠与分流后的交叉。

第一节　一"体"二用

用现代文学理论的眼光看，创作与批评界域分明，不仅文本内容迥异，而且在文体样式、表现手法、行文风格等方面也是判然有别。但中国文论史上长期存在着一"体"二用的现象：这个一"体"，就是文学文体；这个"二用"，就是既可用之于文学创作，又可用之于文学理论及批评亦即用文学文体来书写文学理论批评。此种"一体二用"的文体现象是一定社会历史条件下的产物。先秦时期人们还没有明确的文学观念，文学、哲学、历史、政治等不同类别之间没有清晰的界限，对文学的看法隐含在对总体文化的认识之中。《庄子》是一部哲学著作，却运用文学形象来阐明深奥的哲理，其哲学观点浸透在文学形象之中，其丰富奇特的文学性想象和变幻莫测的文学性描写，使得《庄子》成为优美的文学性散文。《左传》是一部历史著作，它也运用了文学创作方法来记事和描写人物，夹杂许多神话传说和寓言故事，还有许多生动的对话，因此有不少算是纪事性的文学散文。《史记》更是被誉为"史家之绝唱，无韵之《离骚》"。文学的方式可以用来写哲学，写历史，也可以用来进行文学批评，总结文学理论。《诗经》作为第一部纯文学的诗歌总集，诗中蕴含的文学思想和文学批评是显而易见的，可谓首开"以诗论诗"（即用文学文体进行文学批评）之先河。用文学文体进行文学批评，这个文体可以是散文，是骈文，也可以是诗，是词，是曲，是赋。

一、文学文体的批评功能

早在先秦时期，《诗经》作为一部诗歌总集，形式以四言为主，运用了赋、比、兴手法，重章迭句，一唱三叹，极富艺术性。《诗经》或抒情或叙事或明理，而所谓"明理"包括"明"文学理论和批评之"理"，其内容含蕴了颇为丰富的文学思想。比如《小雅·何人斯》"作此好歌，以极反侧"和《小雅·四月》"君子作歌，维以告哀"讲诗歌创作之心理动因，《大雅·民劳》"王欲玉女，是用大谏"讲诗歌创作之社会认识作用，等等。司马迁《史记·太史公自序》说："《诗》三百篇，大抵贤圣发愤之所为作也。"刘勰《文心雕龙·情采》篇也说："风雅之兴，志思蓄愤，而吟咏情性，以讽其上，此为情而造文也。"可见，作为史家的司马迁和作为文论家的刘勰，均深刻地洞察出《诗经》所蕴含的批评讽谏意义。也就是说，在司马迁和刘勰的心目中，《诗经》这种文学文体是具有文学批评功能的。《诗经》以降，诗歌作品包含文学批评内容的现象不绝如缕。唐代是诗歌发展的高峰时期，用诗歌进行批评在这个时代也达到高峰。杜甫《戏为六绝句》成为自觉地"以诗论诗"（尤其是以"组诗"来讨论诗歌创作）的开山之作。后来司空图的《二十四诗品》，也是以"组诗"论诗，其意境之优美、意蕴之隽永、意旨之深邃，堪称"论诗诗"之典范。

先秦时代诸子百家的文学思想和文学批评，都蕴含或寄生于子史著作中，汉代则逐渐发展为用书信、序跋、史传等形式来承载文学批评思想，其文学批评的性质日渐明晰。魏晋时期文学理论批评发生了更大的变化，批评家特别强调文学创作应该充分表现作家的创作个性，并加强了对文学的艺术形式的研究，文学批评由重视和强调文学作品的思想内容和社会教育作用，向重视和强调文学作品艺术形式方面转化。语言形式批评在六朝形成一种颇具影响力的理论气候。追求美的语言，撰写美的诗文成为这个时代人们的普遍观念。陆机《文赋》是中国文论史上一篇重要的批评文献，它全面系统地研究了文学创作的基本理论，对物、意、文的关系进行了深入而细致的剖析，字里行间表露出对言辞的重视。刘勰撰写的文学批评专著《文心雕龙》从哲学本体的高度论述文章形式的产生是"本乎道"，是自然而然的规律，它还为当时文章讲究辞采、声律、对偶等形式美寻找理论根据，并列专篇从声律、章句、丽辞、比兴、夸饰、事类、练字、隐秀等角度探讨语言形式问题。虽然陆机和刘勰都擅长用"论"体写作，但流风所至，他们的《文赋》和《文心雕龙》均没有使用论辩体，陆机选用的体裁样式是纯粹的文学文体——

赋，刘勰选用的也是文学文体——骈文。这两位魏晋南北时代的大批评家弃"论"而择"文"，乃至后来唐代诸多大诗人（李杜韩柳等）均选择以诗论诗，究其原因，除了时代风习及文体惯性的影响和制约，还有一个为后来研究者所忽略的原因：赋、骈文和诗歌这些文学文体，其实是具有批评功能的。

（一）赋体批评的阐释功能

赋作为纯粹的文学文体，以四六骈偶为基本句型，长短句穿插，是一种整齐又富有变化、铺张扬厉的美文形式，虽然这种文体在状物抒情方面是它的本色，但当用于批评、品判和论理时依然毫不逊色，继陆机《文赋》之后"论文赋"连绵不绝地出现便证明了这一点。唐大圆在《文赋注》中说：

> 赋乃韵文之至者也。欲辨文之利病中失，惟赋能备。是故依文为赋，读赋而文理自见；借赋论文，诵文而赋旨愈显。士衡所云"操斧伐柯，取则不远"者，殆谓是与。①

《文赋》等论文赋以赋论文，一方面在表现手法、结构模式、语言风格等方面保持了文学赋的特色，另一方面文学赋的本色特点又转化成批评的特色与强势，对论文赋的传旨达意起到极大的促进作用。赋体艺术的描述性与文学理论的显彰性两相契合，使论文赋能够清晰而细致地阐发文学批评理论及思想，其华美的词藻、丰富的事例和繁复的比喻一道，以气势和灵动感染读者的情绪，以内涵和事理激荡读者的心灵；而赋体宏大而充实的结构模式，使论文赋描述文学理论时具有了宏整性。正是结构的宏整和论述的完备，使得文学理论批评得以系统周密、淋漓尽致地表现。②

赋是一种竭尽罗列排比之能事的文体。刘熙载《艺概·赋概》曰："赋起于情事杂沓，诗不能驭，故为赋以铺陈之。斯于千态万

---

① 李天道：《20世纪〈文赋〉研究述评》，《文学评论》2005年第5期。
② 参见许结：《历代论文赋的创生与发展》，《文史哲》2005年第3期。

状，层见迭出者，吐无不畅，畅无或竭。"又曰："诗言持，赋言铺，持约而铺博也。"①《文心雕龙·诠赋》篇亦云："赋者，铺也。铺采摛文，体物写志也。"赋的本质在于"铺"，铺陈描叙是赋体的最主要的艺术手法。星辰日月、山岳江川等自然景观，宫殿屋宇、千什百物等人间万象，上下左右、东南西北等地理方位，天宫地府、天渊下泉等虚构世界皆入赋之笔端，展示的世界极其宏大，视野极其辽阔。文学赋如此，论文赋亦然。陆机《文赋》，通篇运用赋的铺陈手法，既视野辽阔又细致入微地分析文学创作的过程。《文赋》从"感于物""本于学"引起文思写起，接着辟专节讲构思由"其始也"到"其致也"的过程，然后写按意选词之艰难，并阐发文辞体式特点和行文之乐趣，接下来论作文利害的关键，再次论文章之病，最后首尾接应，重申序文之意。《文赋》充分利用"赋"之"体"物的特点，把文学创作这样一个题目放到一个大的语境中"说尽为止"，凡与之相关的方方面面几乎都说尽。有时为了表达一个论点，不仅从正反两个方面去阐述，更在不同的语境中反复地申说。有时充分表达了某个立场后，在后面还会对前面的立场加以补充。这样细致的分析，正是得力于赋的"铺陈"。铺陈之下，作者的理论观点得以全面而鲜明地阐释。

　　赋的铺叙不是漫无头绪的，这种铺陈始终在空间位置和时间序列之中纵横有致地展开。《西京杂记》载司马相如语："合纂组以成文，列锦绣而为质，一经一纬，一宫一商，此赋之迹也。赋家之心，苞括宇宙，总览人物，斯乃得之于内，不可得而传。"②赋作者经常按照事物的组成部分或阶段有条不紊、秩序井然地组织构建起宏观结构。在《文赋》里，我们首先看到创作的前提条件，然后是创作前的沉思，最后是与创作行为相关的思考。从物到意、从意到文，论述清楚，层次分明。为了透彻地阐明事理，赋作者总是一正一反辩证地展开分析。刘熙载《艺概·赋概》诠释"赋"体的表现手

---

① （清）刘熙载：《艺概》，上海古籍出版社1978年版，第86页。

② 徐志啸：《历代赋论辑要·序》，复旦大学出版社1991年版，第2页。

法:"赋兼叙列二法,列者一左一右,横义也;叙者一前一后,竖义也。"刘熙载所说的"叙列"兼有、"横竖"并存,既是文学赋也是论文赋的文体特征。论文赋为了说服读者,先标明一个论点的长处,然后再提出其相反论点的短处,《文赋》充满了诸如天渊与下泉、竭情与率意、"言穷者无隘,论达者唯旷"等相互对抗而构成理论张力的句式。论文赋正凭借着这种言而有序、辩证对比的结构,文思清晰、逐层深入地将问题的探讨掘进到一个相当的深度,显示出高度的思辨性和抽象性。

赋以描写外物为主,要求刻画事物清晰细致,形象鲜明,因此往往使用偶对押韵的句式,运用排比、比喻、用典等手法。《文赋》等论文赋述论明理,容纳了丰富的事例和繁复的比喻。用对偶说理,整炼畅达;用排比、比喻和典故说理,事理更为通透晓畅。

(二)骈体批评的论辩功能

《文心雕龙》在文学理论上取得了极高的成就,被誉为以骈体论文的最高典范。从刘勰的文体实践中,我们不难看出骈文强大的批评功能。范文澜先生指出:

> 《文心雕龙》五十篇,剖析文理,体大思精,全书用骈文来表达缜密繁富的论点,宛转自如,意无不达,似乎比散文还要流畅,骈文高妙至此,可谓登峰造极。①

王瑶先生也指出:"骈文自有它议论说理的方式,虽然和散行文字不同,但也可以达到这种使命;其效果并不比对于表情叙事更无力。"②

"无论骈文的样式有多少,说理的骈文总是最重要的。因为偶俪句最早就出现在论说体的文章中,……所以最早向骈文语言靠近

---

① 范文澜:《中国通史简编》第二编,人民出版社 1964 年版,第 418 页。

② 王瑶:《中古文学史论》,北京大学出版社 1986 年版,第 296 页。

的是'解释之文'。"①早在先秦，偶俪之辞多见于议论文中，荀子著书，文辞瑰丽，率多偶体。《荀子·劝学》篇："物类之起，必有所始；荣辱之来，必象其德。……故言有召祸也，行有召辱也，君子慎其所立乎!"荀子这一段议论条畅通达，逻辑周密严谨，用语明晰透彻，归功于对偶的运用。"说理之文，骈散互用，而曲折贯穿，义无不达，此惟周秦诸子独擅其胜。西汉承其余绪，犹有伟著。《淮南子》《扬子·法言》，其表表者，嗣后风流歇绝，虽有模仿，终愧先贤矣。""纯粹以偶辞俪语著书，而博得最高位置者，厥为《文心雕龙》。刘知幾《史通》一书，追摹《文心》。"②钱锺书在《管锥编》第四册《全陈文卷七》也说："……《荀子》排比整齐，已较《庄》《孟》为近乎骈偶；《庄子》立'意'树义，较《老子》'有限'，其'寓言'而不直白，作用剧类骈文隶事；……以为骈文说理论事，勿克'尽意''快意'者，不识有《文心雕龙》《翰苑集》而尤未读《史通》耳。"③也就是说，骈文水平最高的还是议论文，其审美特征决定了要把道理说得周备透彻，就必须照顾到许多相反对立的事物和观念，将它们全方位地以稳定的形式摆在那里，令人信服。刘勰的《文心雕龙》就是著例。

范文澜在为《文心雕龙·丽辞》篇作注时对骈文俪语的功能作了精当的阐释：

> 原丽辞之起，出于人心之能联想，既思云从龙，类及风从虎，此正对也。既想西伯幽而演《易》，类及周旦显而制《礼》，此反对也。正反虽殊，其由于联想一也。古人传学，多凭口耳，事理同异，取类相从，记忆匪艰，讽诵易熟，此经典之文，所以多用丽语也。凡欲明意，必举事证，一证未足，再举而成；且少既嫌孤，繁亦苦赘，二句相扶，数折其中。昔孔子

---

① 李躜：《骈文的发生学研究：以人的觉醒为中心之考察》，河北大学出版社2005年版，第364页。

② 刘麟生：《中国骈文史》，上海书店1984年版，第21、66页。

③ 钱锺书：《管锥编》第4册，中华书局1979年版，第1474页。

传《易》，特制《文》《系》，语皆骈偶，意殆在斯。又人之发言，好趋均平，短长悬殊，不便唇舌；故求字句之齐整，非必待于耦对，而耦对之成，常足以齐整字句。魏晋以前篇章，骈句俪语，辐辏不绝者此也。①

骈文强大的论辩功能首先要从对偶说起。骈文在表现同一时间和同一空间内的对立或对应的事物或情势时极有优势，其精工的对偶句可以把时间和空间浓缩于两句之中，在进行议论时，对偶不仅能表现出思维的周密、严谨，而且能够表现伴随思维出现的人的全面的精神世界，概括力极强。如《文心雕龙·情采》篇云："昔诗人什篇，为情而造文；辞人赋颂，为文而造情。何以明其然？盖《风雅》之兴，志思蓄愤，而吟咏情性，以讽其上，此为情而造文也；诸子之徒，心非郁陶，苟驰夸饰，鬻声钓世，此为文而造情也：故为情者要约而写真，为文者淫丽而烦滥。"文中通过比较的方法将"为情造文"与"为文造情"之不同特征及其表现阐释得清楚明白。正是骈文两两相对的句式，使得作者不能不进行辨证思考，在对仗的规则下锻炼出辨证思维和辨证技巧，迅速地由正及反，由此物联想到彼物。偶句俪辞的两两相对也使阅读者轻松理清作者论说的思维，通过正对、反对的相互参照来理解作者的思想和主张。

其次，骈文的用事和用典可以辅助说理。许多事例和典故并非"掉书袋"，而是用来举例注释、协助理解，如"《春秋》辨理，一字见义，五石六鹢，以详略成文，雉门两观，以先后显旨：其婉章志晦，谅以邃矣。"（刘勰《文心雕龙·宗经》）史事和典故的运用既增强理论观点的论辩效果，也令论文言简而意赅。

再次，骈文美丽的文辞和流畅的节奏让人印象鲜明而深刻，对理论阐释起到很好的推动作用。如"遵四时以叹逝，瞻万物而思纷；悲落叶于劲秋，喜柔条于芳春。心懔懔以怀霜，志眇眇而临

---

① 范文澜：《文心雕龙注》下册，人民文学出版社1958年版，第590页。

云。"(陆机《文赋》)如"若陈思《代马》群章，王粲《飞鸾》诸制，四言之美，前超后绝。少卿离辞，五言才骨，难与争鹜。桂林湘水，平子之华篇；飞馆玉池，魏文之丽篆。七言之作，非此谁先？"(萧子显《南齐书·文学传论》)如"若乃春风春鸟，秋月秋蝉，夏云暑雨，冬月祁寒，斯四候之感诸诗者也。嘉会寄诗以亲，离群托诗以怨。至于楚臣去境，汉妾辞宫；或骨横朔野，或魂逐飞蓬；或负戈外戍，杀气雄边；塞客衣单，孀闺泪尽；……"(钟嵘《诗品序》)如"寂然凝虑，思接千载；悄焉动容，视通万里；吟咏之间，吐纳珠玉之声；眉睫之前，卷舒风云之色：其思理之致乎！故思理为妙，神与物游。神居胸臆，而志气统其关键；物沿耳目，而辞令管其枢机"。(刘勰《文心雕龙·神思》)此等安雅典娓、气韵清绮的语言使读者仿佛身临其境，流连叹赏。在赏心悦目中体会文论之思想，岂不是一种极美享受？

　　总之，骈文具有其他语言形式不具备的特点，从这个角度言，正是骈体文裁对、隶事、敷藻、调声的形式要求造就了《文心雕龙》文章整体的气势和情韵之美。骈体之语言形式不仅赋予了《文心雕龙》诗化品格，更强化了它的论辩色彩，使《文心雕龙》形成了正反相对、理事相成的立论风格，从而在具有绚烂飞动的文采的同时，也具有了坚不可摧的逻辑力量。骈体文论迂回进退的论说方式对理论阐述的细说漫道非常有效，"这种文章不躁不矜，清微绵邈，若比起唐宋八大家来，一个像风流蕴藉的人，从容挥尘。一个便像村夫子说书，口沫横飞，声嘶力竭了"。① 从批评文体的特定层面论，刘勰的《文心雕龙》正是凭借优美典雅的骈体成为中国文学批评史上的文论瑰宝。

(三) 诗体批评的审美功能

　　19 世纪俄国文艺理论家别林斯基说过："感情是诗情天性的最

---

　　① 李升召、王朴编辑，瞿兑之：《人人袖珍文库　骈文概论》，海南出版社 1994 年版，第 34 页。

主要的动力之一；没有感情，就没有诗人，也没有诗歌。"①诗人在生活中感觉、发现和认识美，然后根据自己的情感和兴趣，通过塑造艺术形象，并用富有节奏和韵律的语言来表现这种美，因此诗歌是一种与感觉、趣味、景象相联系的审美感受活动，它以创造美为己任，具有鲜明的审美特性。诗歌充分展示美，使读者享受到审美快感，这成为诗歌审美性的一个重要功能。论诗诗，作为中国古代文论常见的批评文体，在评定作品优劣、指陈创作得失、品味艺术趣味、彰显理论判断之时，因诗歌体式所固有的艺术特征，而显现出迥异于其他批评文体的审美功能。

诗体批评，打破"以文论诗"的传统格局，运用具体的形象，品评诗人诗作，揭示诗歌艺术规律，与散文的逻辑说理大异其趣，从而具有鲜明的形象性。赞"四杰"之流芳千古，曰"不废江河万古流"（杜甫《戏为六绝句》其二）；言陶渊明诗歌自然清新，曰"豪华落尽"（元好问《论诗绝句》其四）；论杜诗韩文的独特魅力，曰"似倩麻姑痒处搔"（杜牧《读韩杜集》）；评陶渊明诗歌艺术造诣，曰"篇成能使鬼神愁"（陆游《读陶诗》），等等。论诗诗在短小的篇幅中藉象见意，在鲜明而生动的形象中饱含着丰富而深邃的诗学见解。

诗歌篇幅短小，故言简而意赅，含蓄而蕴藉。诗体批评要议论，要直陈己见，但又不宜通篇直露地议论，因此，很多论诗诗"深文隐蔚"，委婉含蓄地来表达见解，其方法正如清代陈衍所云："宋诗人工于七言绝句……大略浅意深一层说，直意曲一层说，正意反一层侧一层说。"②如陆游有一首赞美杨万里诗作的论诗诗："飞卿数阕峤南曲，不许刘郎夸竹枝。四百年来无复继，如今始有此翁诗。"（《杨廷秀寄〈南海集〉》）③诗中并不直接指出杨万里的诗

---

① 中国社会科学院外国文学研究所、外国文学研究资料丛刊编辑委员会：《外国理论家、作家论形象思维》，中国社会科学出版社1979年版，第74页。

② （清）陈衍：《石遗室诗话（一）》卷十六，辽宁教育出版社1998年版，第224页。

③ 张瑞君：《杨万里评传》，南京大学出版社2002年版，第141页。

歌创作是继承刘禹锡的《竹枝词》，也没有直夸杨万里堪与久负盛名的"刘郎"齐名，只说著名的诗人刘禹锡在杨诗面前无法自夸，以此言外之意来表达对杨诗成就的高度肯定，真可谓"直意曲一层说，正意反一层侧一层说"。这样，一首短小的论诗绝句读起来颇有几分曲折的韵味，而非直白议论那么毫无审美性。

受审美功能支配的论诗诗，其表达形式既不同于诗歌的情感抒发，又有别于散文式的逻辑描述，而是"诗"与"论"的综合呈现：既有"诗"之优美含蓄，又不乏"论"之严谨思辨。唐王昌龄《诗格》提出诗有"物境""情境""意境"三境。物境是"处身于境，视境于心，……了然境象，故得形似"，侧重于客观外物；情境是"驰思，深得其情"，侧重于主观心志；意境是"张之于意而思之于心，则得其真矣"①，突出的是真。意境是物境和情境的深化，是客观外物和主观心志融合的产物，也是诗歌审美特征的精髓所在。

"以诗论诗"这种用诗之形式显示诗之规律的批评方法，对后世影响极为深远，因而颇受赞誉，晚唐文学批评家司空图的《二十四诗品》，作为中国古代文论批评文体的经典文本，更有其独特的言说方式和独特的审判功能。清代杨廷芝说"表圣指事类形，罕譬而喻，寄兴无端，涉笔成趣；……别抒心得，以树一帜"②。孙联奎认为"得其意象，可与窥天地，可与论古今；掇其词华，可以润枯肠，可以医俗气"③。《二十四诗品》在有意无意间流露的风流自赏、绰约含蓄的情境中，塑造出状物、表情、达意的艺术形象，与所要阐述的理论融为一体，构成一个完整和谐的境界，因此被誉为"世界艺术批评史上的一个奇迹，一部永远值得中华民族骄傲的杰作"④。《二十四诗品》想说什么？说诗歌的二十四种风格和意境；

---

① 郭绍虞主编：《中国历代文论选》第 1 册，上海古籍出版社 1979 年版，第 88-89 页。

② （清）杨廷芝：《〈二十四诗品〉浅解》，见《司空图〈诗品〉解说二种》，山东人民出版社 1962 年版，第 73 页。

③ （清）孙联奎：《〈诗品臆说〉自序》，见《司空图〈诗品〉解说二种》，山东人民出版社 1962 年版，第 7 页。

④ 肖驰：《中国诗歌美学》，北京大学出版社 1986 年版，第 46-47 页。

《二十四诗品》怎么说？用诗歌的语言、风格和意境说。没有任何的论证，不加任何的判断，纯粹让读者在对二十四首诗歌的审美享受中，感知和体悟诗歌的不同意境和风格。

先看《典雅》一品："玉壶买春，赏雨茅屋。坐中佳士，左右修竹。白云初晴，幽鸟相逐。眠琴绿阴，上有飞瀑。落花无言，人淡如菊。书之岁华，其曰可读。"典雅是一种什么风格？有何要求？有什么效果？司空图没有说明，也不作界定，甚至全诗十二句中根本就没有出现"典雅"这两个字。作者用他的诗笔描绘了一幅图画，用白云、幽鸟、落花、飞瀑，写淡逸清寂之境象；用赏雨茅屋、眠琴绿荫，塑造出幽人佳士之形象；在人境俱清中，在"落花无言，人淡如菊"中尽显"典雅"之韵。这里白云幽鸟等是自然景象，由此折射出的典雅风格是诗美意象，司空图以自然之象引导读者联想某种风格的诗境与之相融，再由此求取这种诗歌风格的总体特征。当我们感知何为"典雅"时，不是概念的知道，而是从诗境的、意象的、审美的角度感知到了何谓"典雅"。对于诗中所描写的情、景、人、境，我们无需做诗歌鉴赏之类的分析，只要将自己放入诗中，就可以深刻体会到"典雅"之风格和境界，只需意会而无须言传。

再如《冲淡》一品，叙一位冲漠无睽、平居淡素的幽人，恍惚于太和、惠风之中，悠游于独鹤、修篁之间。春风淡荡，在可觉与不可觉之间，襟袖飘扬；声清境幽，在有意无意之间，长竹微动。什么是冲淡？"脱有形似，握手以违"这种可遇而不可求的微妙之境就是冲淡。司空图没有借助概念和总结，而是于画外寄意，让读者通过画意的启示去感受作者所要讲述的理论问题，读者只能也只有借助这若隐若现的诗性话语和唯美画面，才能品味何为"冲淡"，而"冲淡"之风格亦在此幽妙之境中得以生动而形象的呈现。

以"境"论诗，"思"与"境"谐，"思"从"境"来。"境"由于"思"的融入而显示原所不具有的生命力，而"思"从"境"中透露出来，变得生动具体、意蕴深厚。《二十四诗品》其实是纯粹的诗歌，完全可以将其当作山水诗、抒情诗来读，但在"典雅""冲淡"这样的标题指引下，我们才知道作者要告诉读者的，并非他所描摹的景物或渲染的气氛，而是借此归纳出的中国古典诗歌的二十四种意境。这是中国古代文论的高妙境界，也是诗体批评审美功能的极致化体现。

二、批评思想的诗性言说

中国古代的文论家，一方面在立论辩理，与此同时也是在抒情言志，他们笔下的文论于是具有了鲜明的情感色彩和个性特征。中国文学批评和文学理论自有一种不同于西方的诗性传统。传统诗学的重要特质是诗性地言说，诗性地表达。何谓"诗性"？在西方的学术辞典中，"诗性"是一个文化人类学概念，语出维柯《新科学》，特指原始人类在思维方式、生命意识和艺术精神等方面的特性。[1]而在汉语批评中所普遍使用的"诗性"一语，狭义上说是指诗歌的特性，广义上讲是指与逻辑性相对应的艺术性和审美性，这与维柯所说的"诗性"有着某种内在的关联。因此，我们在这里所说的"诗性"，是指由诗歌乃至于由各类文学文体所生发出来的言说方式的艺术性和审美性。几千年的中国文学批评史，在自己的领域内自始至终是以诗性的方式言说，从而形成独特的诗性传统。而批评思想的诗性言说又表现在三个方面：批评文体的文学性和艺术性，诗理的具象化和审美化表达，"人化批评"的大量出现。

（一）批评文体的文学性和艺术性

在中国文学和文论发展史上，诗的传统十分强大。虽然宋以降有了词、曲、戏剧、小说等文体，但这些诗之外的文体仍然抹不掉"诗"的巨大影响。词是"诗余"，曲和戏剧里面的唱词也是广义上的诗，即便以叙事为己任的小说，也经常"有诗为证"，少不了诗情与诗性。中国文论最为关注的是诗的创作，最擅长的是品诗、评诗、论诗，最推崇的美学境界是诗意和诗性。

中国古代文论的诗性言说，首先就表现在批评文体具有鲜明的文学性。先秦文论乃中国古代文论之滥觞，这个时期的文学批评言

---

[1]　李建中：《古代文论的诗性空间》，湖北人民出版社 2005 年版，第 6 页。

说多为语录体和对话体。比如孔子和孟子，皆以语录体为论，语录体一问一答，语言颇为口语化，通俗而自然，发展到后来更采用以例证类比等论述手法，语言亦颇多对仗，警策而精辟，为这些语录体和对话体言说增添了许多文学色彩。庄子以寓言体为论，"道"是玄奥难明的，语言文字难以凑泊，故庄子言"道"，不喜用说明性、概念性的语言剖析和论断，而是藉描述具体而鲜明的物象，来表征其抽象的理念。庄子寓意于物，寓意于言，"意"与"道"通过寓言中鲜明的形象和奇异的情节表现出来，让读者在叙事状物的寓言故事中默契神会，览玄于物中，得意于言外。比如著名的《庖丁解牛》，技艺高超之庖丁实则是对因顺任自然而出神入化的"体道"之圣人的隐喻，而庖丁所追叙的习技过程，实则是对体"道"之过程的隐喻。庄子还将动物植物及其它现象拟人化：禽兽说话，江河有灵，"智慧"与"混沌"各有自己的生命和故事。瑰丽奇伟的想象，神奇夸张的情节，自然之"道"在一个个奇异而形象的寓言中得以突显和张扬，《庄子》因此也被誉为先秦时期文学性最强的经典文本。《诗三百》间或地以诗为论，赋比兴的运用令《诗经》的以诗论诗散发着纯粹而隽永的诗味与诗性。先秦文论这些文学性极强的体式没有随风而化或停滞于历史时空，而是一直被后世所承续、所发扬、所光大，对中国文论产生着深远的影响，为后来的中国文论奠定了一个诗性言说的基调，并在之后的不断发展中获得了更加鲜活和旺盛的生命力。

汉代是一个经学和史学极盛的时代，文学批评也打上了经学和史学的烙印，史传、注疏、序跋都是为经学和史学服务的，但这些文学批评的重要体式，都或多或少或浓或淡地有着文学性特征。史传为历史传记，传统的传记文学是在一定的史实基础上进行写作，真实性原则和实录精神是中国传统传记的精华所在，但史传在实录之下仍带着强烈的情感色彩。史家也是批评家，他是敏感的，有着丰富的想象力、透彻的批判力和深厚的同情心。比如司马迁为屈原、贾谊写的传记，就始终为深挚而沉痛的情感所萦绕、浸染着，字里行间没法不表达出他由衷的崇敬与赞誉之情。汉代的史传体批评，以情运文，带着浓重的情感色彩，散发着文学的魅力。序跋也是可以写得有文学性的，比如司马迁的《史记·太史公自序》。另外值得一提的，还有汉代的书信体批评。书信本为抒情表意之作，因其对话性质而带着天生的亲切随和特点。文人在唱和诗词曲赋、畅谈人生理想、感叹世事艰辛之时，间或表达着自己对文学的深刻理解，情意流淌中措辞自然而优美。

魏晋南北朝是中国文论史上最为辉煌的时代，也是言说方式之诗意化最为彻底的时代。此时期最具代表性的文论巨著《文心雕龙》和创作论专篇《文赋》，直接采取了纯粹的文学文体：骈文和赋。刘勰和陆机这两位深谙"论说"之道并擅长"论说"之体的文论家，在讨论文学理论问题时，却舍"论说"而取"骈""赋"，表明了文学自觉时代文论的言说主体对言说方式文学化的自觉体认。当刘勰选择用"骈文"来结撰《文心雕龙》时，他实际上是选择了用"丽辞"（美文）来展开他的文论思想。《文心雕龙·丽辞》篇论骈俪时云："造化赋形，支体必双；神理为用，事不孤立。夫心生文辞，运裁百虑，高下相须，自然成对。"可见"骈偶"是一种最能体现中国古典文学形式之美的语言形态，它把汉语言"高下相须，自然成对"的形式特征以一种诗意的语体表现出来。古文论言说方式的文学性和诗意性在唐代再一次得到发展，杜甫《戏为六绝句》以诗论诗，司空图的《二十四诗品》使"论诗诗"这种批评文体的诗意性和审美性臻为极致。

唐以降，诗话、词话、曲话、小说戏曲评点成为古文论的主要文本形式，这些批评文体的言说主体不是理论家而是文学家（诗人），言说风格不是逻辑的思辨的而是美文的、诗意的，古文论诗性言说由此得到更为广泛的体现，诗性的生存方式和思维方式，凭藉诗性的语言方式呈现于外。

（二）诗理的具象化、审美化表达

鲁道夫·阿恩海姆说："艺术家与普通人相比，其真正的优越性，就在于：他不仅能够得到丰富的经验，而且有能力通过某种特定的媒介去捕捉和体现这些经验的本质和意义，从而把它们变成一种可触知的东西……一个人真正成为艺术家的那个时刻，也就是他能够为他亲身体验到的无形体的结构找到形状的时候。"①体验到别人没有体验到的东西，说出别人无法言说的感受，并用准确而精致的语言表达出来，令抽象的本质和意义变成可触可及的体验和感受。从这个角度言，中国古代的理论批评家无疑就是阿思海姆所说的"艺术家"了。

中国古代文论的语言方式是"文学"的、形象的而非"理论"的、抽象的。无论是诗理的论说还是对诗文的具体评论，论家都将复杂抽象的义理和微妙丰富的审美感受化为具体直观的形象，用比兴托物，以语言的隐喻性和形象性指向艺术的深层体悟，使抽象的理论化为可感知的物象，让人一触了然。此时，论者并不完全追求思维的严密，而是追求表达的生动和体验的深刻，而文论中以物喻人（事）或以物起情（理）等比兴手法的运用，更是直接促成了文论思想的审美化倾向和诗性特征，因此诗理的具象化、审美化成为中国古代文论的重要特点。

陆机《文赋》论创作过程的感受，言吐辞艰涩之状时说"若游鱼衔钩，而出重渊之深"，言泉思如涌之状时说"若翰鸟缨缴，而坠曾云之峻"。谈文章之意与辞的主从关系没有完全理顺时说"或虎变而兽扰，或龙见而鸟澜"；论作文要有秀句时说"石韫玉而山晖，水怀珠而川媚"。刘勰《文心雕龙》谈对文辞与情感的要求，曰"辞之待骨，如体之树骸，情之含风，犹形之包气"，其要表明的意思正如黄侃《文心雕龙札记·风骨》中所云："明体恃骸以立，形恃气以生；辞之于文，必如骨之于身，不然则不成为辞也，意之于文，必若气之于形，不然则不成为意也。"②以骨骼对人体的重要传达出文辞对情感的重要性。刘勰论"神思"则谓"登山则情满于山，观海则意溢于海"，说"风骨"则曰"若风骨乏采，则鸷集翰林；采乏风骨，则雉窜文囿"，谈"物色"则云："一叶且或迎意，虫声有足引心；况清风与明月同夜，白日与春林共朝哉！"钟嵘《诗品》同样如

---

① ［美］鲁道夫·阿恩海姆著，滕守尧、朱疆源译：《艺术与视知觉》，中国社会科学出版社1984年版，第228页。

② 黄侃：《文心雕龙札记》，上海古籍出版社2006年版，第88页。

此，他的诗歌评论或比较或比喻或知人论事或形象喻示，并无抽象的理性的分析。比如评范云、丘迟："范诗清便宛转，如流风回雪；丘诗点缀映媚，似落花依草。"两个比喻加两个形容词，"用自己创造的新的'批评形象'沟通原来的'诗歌形象'"，使人读后"有一种妙不可言的领悟，感受到甚至比定性分析更清晰的内容"①。论诗诗更是观物取象，以象见意，如杜甫以"龙文虎脊"喻词采奇丽，以"鲸鱼碧海"喻笔力劲健，韩愈以"刺手拔鲸牙"喻语言雄怪，以"举瓢酌天浆"喻诗风高洁，等等。

诗话、曲话评点类文论亦具文学性，文论家在任何著作任何文体中都将抽象的诗理具象化、审美化地表达出来。如南宋严羽《沧浪诗话》以禅喻诗，在推举盛唐诗之"兴趣"时，使用了诸多禅语来喻指，"不涉理路，不落言筌""羚羊挂角，无迹可求""空中之音，相中之色，水中之月，镜中之象""金翅擘海，香象渡河"②等禅的意象隐喻着诗境的灵动之美、虚实交合之美以及韵味无穷之美。明王骥德《曲律》谈作曲章法云："犹造宫室者然。"清李渔《闲情偶寄》谈填词结构，以"造物""建宅"作比，都将抽象之理具象化，让读者在感同身受中达到对理论思想的理解和接受。文论的具象化表达，要求以辞通达于志、通达于理，文学理论思想在具象化、审美化的呈现中得以张扬和凸显。

(三)"人化批评"

中国文论的诗性言说由众多元素造就，文学性很强的文体成为了古文论的文本样式，此其一；文论家将抽象的批评理论化为可感知的物象，此其二。除了上面所讨论的这两个因素之外，还有一个很重要的元素：古文论在长期发展过程中形成了一整套独具诗性精神的范畴和术语，如气、骨、风、神、韵、魄、文心、句眼、眉目、筋骨、血脉、神思、情采、体性、风骨、兴寄、气象，以及滋

---

① 曹旭：《诗品研究》，上海古籍出版社 1998 年版，第 166 页。
② 郭绍虞主编：《中国历代文论选》第 2 册，上海古籍出版社 1979 年版，第 424 页。

味说、意象说、取境说、妙悟说、性灵说、神韵说，等等。

前面谈到，"诗性"作为一个文化人类学概念，具有生命意识、艺术精神等方面的特性。天地间生命奇妙而灵动，以智慧的生存呈现着艺术的精神。中国文学批评向来讲究"文如其人"，常常用形容人格或人体的字样来形容诗文，并主张"文气说"，而气即是人之所以为人的重要特征之一，将气用之于文，文则不可避免地被灌注生命的灵性。正是基于这种观念，中国文论中"把文章通盘的人化和生命化"①的批评，成为一种独具民族特色的批评观念和批评方法，有学者将之称为"人化批评"②。

"人化批评"得力于中国传统的整体性思维，即古老的"万物有生""万物有灵"和"万物同情"的原始思维。原始时代，"由于人类心灵的不确定性，每逢堕在无知的场合，人就把他自己当作权衡一切事物的标准"。③ 当原始人类出于"无知"而以己度物时，外物也就被赋予了人的名称、形体、精神、灵魂，原始思维的诗性特征亦由此而来。"人化批评"被用于文学艺术批评的各个领域，中国文论构建了一整套以"（人）体"为出发点的美学范畴，这些范畴以审美感受为核心，铸造出中国传统的批评理论。作为中国文学艺术批评中最常用的批评方法，"人化批评"凭借其鲜活的生命感赋予批评思想灵动的生机和诗性的魅力。

钱锺书《管锥编》在讨论诗文批评之人格化和生命化时，引用了《文赋》《抱朴子》《颜氏家训》《梁书·文学传》等典籍中的材料，其中尤以李廌《济南集》卷八《答赵士舞德茂宣义论弘词书》的一段文字最具概括性："凡文之不可无者有四：一曰体，二曰志，三曰气，四曰韵。……文章之无体，譬之无耳目口鼻，不能成人。文章之无志，譬之虽有耳目口鼻，而不知视听臭味之所能，若土木偶

---

① 周振甫、冀勤：《钱锺书谈艺录读本》，上海教育出版社 1992 年版，第 391 页。

② 张家梅：《人化批评发展的历史脉络与表现形态》，《暨南大学学报》2000 年第 1 期。

③ ［意］维柯著，朱光潜译：《新科学》，人民文学出版社 1986 年版，第 82 页。

人，形质皆具而无所用之。文章之无气，虽知视听臭味，而血气不充于内，手足不卫于外，若奄奄病人，支离憔悴，生意消削。文章之无韵，譬之壮夫，其躯干枵然，骨强气盛，而神色昏懵，言动凡浊，则庸俗鄙人而已。有体、有志、有气、有韵，夫是谓成全。"①体、志、气、韵这一组基本范畴与人的身体、感官、精神、人格等息息相关，不仅仅是"文之不可无者"，更是古文论范畴之"不可无者"，推衍开来说，古文论的诸多范畴大多具有或显或隐或直接或间接的生命化、人格化之特征。

"以无生者为有生者""以非人作人看"②，即把无生命者当作有生命者，把非人当作人，"诗人"和"诗性的智慧"也就诞生了。中国古文论理论形态的生命化和人格化，发展到最高或最佳境界就是物我一体、心物交融，人把自己变成整个世界，也把世界变成了自己。而中国古代文论"人化批评"，就是这种诗性思维和诗性智慧在批评文体亦即言说方式中的典型体现。

第二节　批评文体的文学性生成

中国文论之批评文体，其多样性的体式和多元化的风格，均有着文学性特征。批评文体之"体裁"，很多就是文学文体（如诗、赋、骈文等）；批评文体之"语体"，很多就是文学性修辞（如作为表现手法的赋、比、兴，以及隐喻、夸张、拟人、排比等）；批评文体之"体貌"，很多就是文学性和艺术性风格（如含蓄、清虚、冲淡、或者率真、雄浑、悲慨等）。批评文体的文学化，是中国古代文论的重要特征之一。若细究中国古代文论批评文体的文学性生成之因，可从主客两方面入手。

一、论家原本是诗人

批评文体文学性生成之因，从主观方面来说，与文论家原本就

---

① 钱锺书：《管锥编》第四册，中华书局 1979 年版，第 1357 页。
② 钱锺书：《管锥编》第四册，中华书局 1979 年版，第 1357 页。

是文学家的身份以及文论家把文论当作心灵栖居之家园有关。

首先，文论家原本就是文学家。中国古代没有纯粹的文学理论家和批评家，倘若对文论家的身份稍加追问，出现在眼前的则是哲学家、散文家、诗人、词人、赋家、小说家等一系列头衔。每个"家"无不身兼数任，文论批评家只是众多身份之中的一个。有学者指出，"中国古人也很少有意识去做一个职业理论家或职业批评家，在他们，讨论文学问题或从事文学批评只是一种业余的爱好，而不会成为终生的事业"①。此言不假。在文学这一特殊的领域里，或许"写诗做文"和"做文人骚客"才可以成为他们的终生事业，许多人终其一生，创作不息，乐在其中。魏晋时期曹丕虽贵为帝王，却要在《典论·论文》中极力宣扬文章乃"经国之大业，不朽之盛事"；晚唐司空图虽写了不少的文论名篇，但他最引以为自豪的还是其文学创作，他在《与李生论诗书》中，极力排比自己"得于早春""得于山中""得于江南""得于塞下"的诗作，对自身文学创作成就的"自赏""自得"之情溢于言表。纵观几千年的中国文论史，不难发现，缺乏诗性的文论家是少见的，不会做诗的文论家更属罕见。刘勰文思致密，意无不达，京师名僧碑志，多出自他之手，也曾有文集传世，只是亡佚于隋唐，今人仅得见其《梁建安王造石城寺石像碑》和《灭惑论》两篇文章；钟嵘也曾作《瑞室颂》，"辞甚曲丽"②；小说理论家金圣叹同时也是小说的修改者，不仅加入到小说创作的队伍之中，而且写了大量的诗歌，今存有《沉吟楼借杜诗》，金昌高度赞誉其"诗不一格，总之出入四唐，渊涵彼土，而要其大致，实以老杜为归"。③

文人(或曰诗人)的内质决定了中国古代的文论家以诗人的情感内质、思维特征、表述方式来评说研究对象，来建构文艺理论，

---

① 张海明：《回顾与反思——古代文论研究七十年》，北京师范大学出版社 1997 年版，第 75 页。

② (唐)李延寿：《南史·钟嵘传》第二册卷 72 列传 62，中华书局 1975年版，第 594 页。

③ (清)金圣叹：《杜诗解·附录》，上海古籍出版社 1984 年版，第 276页。

使得古文论一开始便具有感悟、虚灵、自然、随意等特征，批评文体也就必然着染上个性化、人格化、诗意化、审美化等文学特征。可以说，正是诗人的内质使得中国古代文论家无法找到一种"理论家"的身份认同。既然没有单纯的"理论家"，也就没有职业的"文论家"，他们始终以文人的身份生活和创作，生存在诗意的状态之中，创作上常常以审美境界，或曰诗的境界为归结。"文学"和"文论"从未真正脱离，文学性成为中国文论通向个人心灵之"精神家园"的诗径。因而，对于书写着文学批评的诗人或曰文论家来说，写诗与评诗是没有区别的，文学创作与文学理论也是没有区别的。于是古文论家专注于对作品诗性的感悟，专注于对这种感悟的诗性传达，而并不着意于理论体系的建构和理性逻辑的推演。以诗悟诗，以诗传诗，用诗的精神气质、诗的思维方式来观照评论文学作品，成为中国文论的终极目标。司空图《二十四诗品》，一首四言诗描述一种文学风格，一品即为一组意象或一种诗性境界。在司空图之前，有大诗人杜甫开以七言绝句论诗之先河；而在司空图之后，中国文论的论诗诗以及诗话词话不胜枚举，一直延续到近代王国维。王国维《人间词话》以词释词境，以诗释诗境，既是品词作评词人，又是以诗心诗情观诗作诗。总之，文论家的诗人身份造就了传统文论的诗性特质，也是批评文体文学性生成的根本缘由。

其次，在古代文论家的眼里，文论创作不单是理论思想的表达，更是心灵归依的栖息地。古代中国是诗的国度，诗歌对于中国古人的意义非同一般。"逢人问道归何处，笑指船儿是此家"（陆游《鹧鸪天》），诗歌是一叶小舟，将诗人渡向彼岸，渡向他们的精神家园。古人在诗歌中忧国忧民、建功立业，在诗歌中淡泊名利、陶冶情性，在诗歌中体悟宇宙人生，在诗歌中张扬人格个性。中国诗歌的境界和中国诗歌的精神真谛吸引着人们，指引着人们走向它，亲近它，并融化于它。基于这样一个背景，中国古代的文论家品评识鉴作家作品，批评清理文学现象，并不仅仅是为了文学和文论本身，而是要借助他们的批评活动和文论文本，与他们的批评对象达到心灵上、人格上的沟通，最终寻到自己安身立命的精神家园。基于这样的批评动机，中国古代文论在揭示研究对象之诗性精神的同时，不可避免地赋予自身以诗性特征。

《文心雕龙》作为一部系统而全面的文学理论著作，一方面是议论说理，阐释文学家的"为文之用心"，用理语与美文相结合的文论书写，获得既一言难尽又可以不断被言说的阐释空间；另一方面却是《序志》篇所说的"文果载心，余心有寄"，旨在表现文论家自身的心灵之飞扬，寄托文论家自身的"为文之用心"。《文心雕龙》的批评文体舍"论"体而择骈文，不仅仅是时代风尚使然，也不仅仅因刘勰作为寒门士子期冀获得上层社会的认同，更重要的是"刘勰要用他的美文安放自己的心灵"①。《文心雕龙》思维缜密中不失"游于艺"之洒脱和栖息，其语言充满了生命和人生的大智大慧、大定大悟，具有典雅的诗性和韵味。《文心雕龙》每一篇都以一首四言诗作结，这充分说明，文心首先是诗心——诗人之心，然后才是文心——论文者之心。彦和用具有审美性与艺术性的话语方式，用独具诗性魅力的语言，构建一个可寄放心灵的"文"的世界，构建起一个超越尘俗的精神世界以安顿自己疲惫的心灵，在衰世浊尘之外构建自己的心灵家园。还有司空图，其《二十四诗品》"拟容取心""思与境偕"，没有任何论证，不加任何判断，纯粹让读者在对二十四首诗歌的审美享受中，感知和体悟诗歌的不同意境和风格，堪称中国文论的传神之作。司空图《与李生论诗书》称"盖绝句之作，本于诣极。此外千变万状，不知所以神而自神也"。杨振纲《诗品续解自序》云：

> 读者但当领略大意，于不可解处以神遇而不以目击，自有一段活泼泼地栩栩于心胸间。若字摘句解，又必滞于所行，不惟无益于己，且恐穿凿附会，失却作者苦心也。故必以不解解其所不解，而后不解者无不解。如欲以强解解所不必解，而其所解者或归于终不解。故吾愿读诗品者，持以不解之解，不必

---

① 李建中：《古代文论的诗性空间》，湖北人民出版社 2005 年版，第 96 页。

索解于不解，则自解矣。①

司空图坎禀于衰世，哀怨于黍离，用道家之"自然""疏野"和禅宗之"冲淡""飘逸"淡尽儒家之"悲慨""劲健"。"盖其人既脱离尘俗，如半天之朱霞，云中之白鹤，故能心空笔脱如是也。学者熟复而玩味焉，得其摹绘之工，师其造语之隽，作诗之妙具于斯矣；岂非后生必有读之要哉！"②《二十四诗品》以画境寄意，其"造语之隽"和"摹绘之工"，既体诗境之貌，亦表司空图"脱离尘俗"之心耳。那幽人佳士，冲漠无睽、平居淡素，恍惚于太和、惠风之中，悠游于独鹤、修篁之间，难道不是晚年司空图的精神写照么？因此批评文体的文学性呈现不是个别的偶然的，而是文论家自觉体认的结果。文论家选择文学性极强的文体样式，运用美丽的语言形态，展示文论诗意化的一面，其深层的主体性缘由，是要为自己的心灵找到皈依，找到家园，找到栖息之地。

二、五经皆含文也

就最基本的层面而言，一部中国文学史是由不同历史时期的文学作品构成的。那么，在中国文学的滥觞期亦即先秦时期，属于"文学史"的作品有哪些呢？各种版本的中国文学史教材，免不了讲《尚书》《春秋》《左传》《国语》《战国策》，更免不了讲《论语》《墨子》《孟子》《庄子》《荀子》《韩非子》，而且都是称之为"文学作品"。但严格说来，前一类属于历史文本，后一类属于哲学文本。既然这样，为什么还要将它们称之为"文学"呢？原因其实很简单：它们均不同程度地具有"文学性"，而先秦历史文本和哲学文本所具有的"文学性"使得它们获取了"文学"身份。"文学"与"非文学"能够混为一体；关于"文学"的理论和批评则理所当然地要与"文

---

① 杨振纲：《诗品续解自序》，见郭绍虞：《诗品集解·续诗品注》，人民文学出版社 1963 年版，第 68 页。

② 无名氏：《司空表圣二十四诗品注释叙》，见郭绍虞：《诗品集解·续诗品注》，人民文学出版社 1963 年版，第 74 页。

学""非文学"打成一片了。如果说，先秦文学毕竟还有《诗经》和
《楚辞》这两部堪称"纯文学"的文学文本；那么，先秦文学批评则
不仅没有"纯批评"的批评文本，而且连"不纯"亦即"广义"的"批
评文本"也没有。

　　郭绍虞《中国历代文论选》先秦部分选录八种，其中历史文本
一种，文学文本一种，哲学文本六种，唯独没有批评文本。就"批
评文体"这一特定层面而言，先秦文学理论和批评尚未独立成体，
还没有出现像后来汉代的《诗大序》和魏晋的《典论·论文》那样能
够称得上"批评文体"的文本。中国古代文论在先秦时期没有自己
的批评文体，其文学理论和批评的言说只能寄生于各类文化典籍之
中；而正是这种言说方式的"寄生性"，成全了先秦文论批评文体
的"文学性"。

　　《文心雕龙·宗经》篇云："扬子比雕玉以作器，谓五经之含文
也。"不仅仅是"五经含文"，先秦的诸多文化典籍，其言说方式或
多或少都是"含文"即包含有文学性的。抒情言志的《诗经》《楚辞》
自不待言，记言记事的《尚书》《春秋》《左传》以及纵论天下道术的
周秦诸子，均有各自的文学性言说。《文心雕龙》对先秦典籍的文
学性特征有着细致的描述，如《征圣》篇说：《礼记》举轻包重，是
"简言以达旨"；《诗经》联章积句，是"博文以该情"；《周易》夬象
断决、离象昭晰，是"明理以立体"；《春秋》微辞婉晦，是"隐义以
藏用"。又如《情采》篇说：《老子》是"五千精妙，则非弃美矣"；
《庄子》是"辩雕万物"，是"藻饰"；《韩非子》是"艳乎辩说"，是
"绮丽"……

　　包括批评文本在内的后世文章，尚能从先秦典籍中吸纳文学性
滋润；而直接寄生在这些典籍中的先秦文论，则得天独厚地秉承了
母体的文学性。乃至讨论文学问题，《论语》《孟子》用对话体，《尚
书》《春秋》《左传》用叙事体，《老子》《庄子》用隐喻体和寓言体，
《诗经》则用比兴兼理趣的诗歌体。先秦文化典籍的文学性，直接
孕育了先秦文论批评文体的文学性；而先秦文论的文学性，又成为
后世文论批评文体之文学性生成的文化之根与精神之源。从汉代开
始，中国古代文论逐渐有了自己的批评文体。当批评文体终于从母

体之中独立出来时，其文学性已先天地铸成了。

　　中国古代批评文体的文学性，孕育于先秦，成熟于六朝，六朝之后日渐显明。我们以刘勰为坐标。刘勰之前（包括刘勰），古代文学批评从先秦寄生、随意地说，到两汉叙事、抒情地说，到六朝骈赋、偶俪地说，批评文体大多具有文学性特征或者干脆就是文学文体。刘勰写《文心雕龙》，其骈体无疑是文学性语体，而每篇篇末的"赞曰"为四言诗，是纯粹的文学文体。我们甚至可以将《文心雕龙》之中的五十首四言诗视为最早的"论文诗"，视为后来"论诗诗"的肇始。刘勰之后，首先是唐代出现"论诗诗"，批评文本与批评对象采取了完全相同的文体样式。以诗论诗，文学批评诗性地说，意象地说，诗中有画，论中亦有画，于是论成了诗，批评文本弥漫着文学性，文学性统治着批评文本。这种文学性成分对批评文体的弥漫和统治，我们从后来的诗话词话和小说评点中亦能鲜明地感受到。在中国文学批评史的框架内考察，古代批评文体的文学性生成，无论是理论建构还是批评实践，应该说都是由刘勰完成的。

　　《文心雕龙》的批评文体以及其中所包含的文体学思想能够给我们重要的启示。一个文本是否具有文学性，不应只看它采用了何种体制（体裁），还应看它的语体和体貌。中国古代批评文本在她的无文体时代，从寄身其间的各类文本中吸纳了文学性。或者说，在寄生式言说的过程中生成了自己的文学性。而这种文学性一直保存并生长着，直到晚清，直到王国维。《人间词话》从体制到体貌，完好无损地保持了古代论批评文体的文学性；《红楼梦评论》虽说已具备现代学术文体的雏形，但其中的语体比如第一章"此犹积阴弥月，而旭日杲杲也"一段文字并不乏文学味道。关于古代批评文体的文学性对现代批评文体的影响，本课题将在最后一章深入讨论，此不赘述。

第三节　全在同而不同处有辨

　　批评文体的文学性生成，其主体性缘由是"论家原本是诗人"，其客体（即文体存在）之缘由则是"五经皆含文也"。而批评文体之文学性生成最为典型也是最为标准的方式，是批评文体与文学文体完全相同，如陆机《文赋》、刘勰《文心雕龙》、杜甫《戏为六绝句》、司空图《二十四诗品》等，因为这些理论批评文本所采用的文体(赋、骈文、诗歌等)本身就是文学文体。用文学文体来书写文学批评，构成中国古代文论史上亮丽的风景，也形成古代文论批评文体的重要特征。从形式的层面考察，古代文论的论文赋、论诗诗、骈体文论，与文学作品中的赋、诗歌、骈文，在"体制"(体裁，即文体样式)上是完全相同的，但在语体(文体修辞)和体貌(文体风格)上，却有着虽然是细微却无法忽略的差异，所谓"全在同而不同处有辨"也。辨别其中的同与不同，有助于我们更深入更透彻地理解批评文体生成的文学性动因。

一、赋者，铺也

赋者，铺也，铺陈直叙也。《周礼·大师》郑玄注："赋之言铺，直铺陈今之政教善恶。"刘勰《文心雕龙·诠赋》篇："赋者，铺也，铺采摛文，体物写志也。"朱熹《诗经集传》："敷陈其事而直言之者也。"直言、直陈、直叙，是"赋"的总体性特征，"铺采摛文，体物写志"是其文学性特征，而"铺陈今之政教善恶"是其论说性特征。此乃"文学赋"与"论文赋"的同与不同之辨。

在汉代，由于润色鸿业、礼赞太平之社会政治功能的刺激，"受命于诗人，拓宇于楚辞"的赋体文学的铺叙描写的倾向得到了充分发展。作为文学文体，赋的语言特征颇为明显：体物写志的模式、铺排辞藻的手法、主客问答的形式、丰富多彩的辞藻、骈散结合的句式、回环和谐的声律、贴切得体的典故、阴柔阳刚兼备的风格等。赋作为批评文体，在审美特点方面，与文学文体的相通，有着赋的典型形态、表现方法和风格神韵。但毕竟一为体物抒情，一为说事明理，赋与论文赋之间还是存在各种差别。以《文赋》为例，《昭明文选》首先将《文赋》与所有的文学赋归为"赋"之大类，然后在"赋"之大类之下为《文赋》专辟"论文赋"子类而存之，由此可证在《昭明文选》编纂者的心目中，《文赋》与其它的赋是有"同而不同"之处的。

　　首先，赋最大的特点是铺陈体物。然而，同样是使用铺陈手法，文学赋与论文赋还是判然有别。出于润色鸿业、礼赞太平之社会政治目的，以京殿、狩猎为代表的文学赋竭尽所能地体物铺排，将大量的山川草木、鸟兽虫鱼按类罗列，极力夸耀天子校猎的壮观。因美曰体物写志，结尾处作者没有忘记对天子进行委婉的讽谏，以表明自己之"志"，但这种劝百讽一实际上没有起到很大作用，最终只是流于形式，说教式的议论最终被词语密集的铺陈描述所淹没。《汉书·扬雄传》："赋者，将以风之，必推类而言，极丽靡之辞，闳侈巨衍，竞于使人不能加也，既乃归之于正，然览者已过矣。"尤其是大赋，极其讲究作品的结构空间，赋家或是严格按照建筑物的空间结构铺写宫殿或苑囿，或是以上下四方宇宙观念为参照，井然有序地对事物进行全方位观照。无论作者的描绘遵循的是空间架构还是宇宙观念，必当极尽铺排，将天地间千种物体万种意象尽悉纳入，从而最大化地彰显出作者对天地万物的体悟能力和对语言文字的驾驭能力。汉代末年，大赋向抒情小赋转化，内容由歌唱帝国转换成吟咏个体，赋成为作者"齐死生、等荣辱，以遣忧累焉"的抒情工具，但体物之特色依然没变，积淀在文人潜意识中的那种藉言语的铺排和驱遣来享受主宰时空秩序的神圣感和拥有世间万物的自豪感依然没变。如庾信《小园赋》将作家的主观印象完全融入自然景物，自然景物的有序排列和精心组合成为作家心灵与情感的寄托之所，有序和谐的结构便成为作者表述人生态度和心灵感受之所在，小赋运用偶对押韵的句式语词，运用排比、比喻、用典等铺陈辞藻，在灵活巧妙的叙事和抒情中，折射出作者丰富的内心世界和曲折的感情脉络。

　　论文赋也以铺陈见长，但铺陈不是为了体物抒情，而是为了描绘文理。《文赋》以赋体来讨论文学问题，敷陈作家的创作过程，直言作家为文的种种情状。陆机凭自己的甘苦心得，同时结合对他人之作的深切体会，敷陈和论述了文学创作过程中的诸种关键问题，从构思到遣词，从称物到逮意，从文病到应感，无不详陈，无不铺叙。尤其是对创作过程中的构思活动、灵感现象精微而不容易把握的重大问题，作者均用铺陈手法作了深入细致的描述。如谈创

作感兴(即灵感),文章运用了一段绝妙文字:

> 若夫应感之会,通塞之纪,来不可遏,去不可止。藏若景灭,行犹响起。方天机之骏利,夫何纷而不理。思风发于胸臆,言泉流于唇齿。纷葳蕤以馺遝,唯毫素之所拟。文徽徽以溢目,音泠泠而盈耳。及其六情底滞,志往神留,兀若枯木,豁若涸流。揽营魂以探赜,顿精爽而自求,理翳翳而愈伏,思轧轧其若抽。是故或竭情而多悔,或率意而寡尤。虽兹物之在我,非余力之所戮。故时抚空怀而自惋,吾未识夫开塞之所由。

灵感之去来,非意志而能控。来则文思泉涌,无往不得,去则笔底粘滞,苦索无获。作者将这种微妙的现象,描绘得何其生动!再如谈进入写作后意与辞的关系:

> 然后选义按部,考辞就班。抱景者咸叩,怀响者毕弹。或因枝以振叶,或沿波而讨源,或本隐以之显,或求易而得难,或虎变而兽扰,或龙见而鸟澜,或妥帖而易施,或岨峿而不安。罄澄心以凝思,眇众虑而为言,笼天地于形内,挫万物于笔端。始踯躅于燥吻,终流离于濡翰。理扶质以立干,文垂条而结繁。信情貌之不差,故每变而在颜。思涉乐其必笑,方言哀而已叹。或操觚以率尔,或含毫而邈然。①

一系列的"或"铺天盖地而来,把所能想见的情况尽相涵括,排比、比喻等手法也纷纷登场,文字极为精彩!由此可见,铺陈手法于论文赋而言,不仅令论析更为细密精微,论述更为周到完备,更令阅读者赏心悦目、豁然开朗。

其次,文学赋与论文赋表述风格有别。文学赋体物写志,敷陈

---

① 郭绍虞主编:《中国历代文论选》第 1 册,上海古籍出版社 1979 年版,第 170-175 页。

铺排，骈散结合，刚柔兼备，辞藻丰赡，声律谐和，修辞多样，磨砺出精美的语言，完全是美文学的艺术风格。而论文赋的作者，虽然是选用"赋"这种文学体裁作载体，也按照"赋"体的基本要求写作，但实际上，作者的主要目的不是要抒情言志，而是要在广泛阅读文学作品的基础上进行反复思考推敲，从理论上对文学现象加以系统归纳和概括，理论色彩浓重，条理性强。作为理论性文本，论文赋不能随心所欲，信笔而行，而是要提出自己的理论观点，然后围绕中心论点排列论据，展开论证，环环相扣，层层推进，使得文章完整、系统且有周密的逻辑性。

　　论文赋的作者既然选择了文学文体作为理论批评载体，他就要同时发掘出"赋"体的双重功能：文学功能与批评功能。比如《文赋》，"陆机是在同时完成两项任务，一是在进行理论著述，二是在创作一篇文学作品"①。文学理论著述和文学作品创作之间是既有共同点又有相异性。这不仅因为理论文本的框架与文学文本的框架有区别，还因为理论的表述与文学的表述有区别，更重要的是作者在理论表述时需要清醒和冷静，而在文学创作时则必须富于激情。《文赋》的表述原则既不是用纯粹抽象的概念、专业化的名词术语来进行系统严密地论述，也不是用纯粹感性的文学辞藻来描述。《文赋》理论的系统性是结合形象的完整性、连续性来体现的，概念的抽象意义是通过形象的具体特点来展开的，思维的逻辑过程是藉生动直观而又宛曲辩证的隐喻来呈现的，最终达到是抽象与具象的统一，理思与诗性的交融。论文赋既要向读者传达批评思想、文学观念并体现出文本的理论特色，又要让读者在阅读过程中获得"赋"体所特有的铺敷陈述、直言流畅之美，领略到那种冷静与激情、文理与诗情、思想愉悦与美文鉴赏的完美结合。如果能够达到上述目的，论文赋也就同时兼具了论文与美文的双重特征。

---

① 毛庆：《略论文赋对我国古代文论表述方式的贡献》，《江汉论坛》1998 年第 3 期。

二、二马相并曰骈

骈文是中国古代文学特有的文体，在非汉语言文学中是不可能出现。《红楼梦》里有"二马相驰曰骈，成双成对曰俪"。关于"骈文"的定义，现代学者有颇多论述，如谭家健认为骈文"是以对偶句为主介乎散文与韵文之间的一种美文"①，又如杨东甫认为骈文是"一种主要由偶句（又以四六为习见）构成、多用典故和华丽词藻、有一定音律要求的文体"。② 总体上说，骈文是一种对句艺术，而且将汉语言的对句美张扬到极致。骈文的形式美主要体现在对仗、用典、声韵、藻饰四大方面。骈体文论借用了骈文华美的语言外观，承载着丰富的理论内涵，兼具外在与内在之美。而骈文与骈体文论的首要区别在于：骈文是为情造文，因此无论叙事还是抒情，骈文均呈现出一种情趣之美；骈体文论则是为理造文，使用史论评相结合、经验概括与理性思考相统一、哲理式的抽象概括与形象化的具体描绘相结合的方法，呈现出别样的理趣之美。

苏珊·朗格在《艺术问题》一书中谈到情感与形式的关系时指出："艺术品也就是情感的形式或是能够将内在情感系统地呈现出来以供我们识认的形式。"③也就是说，情感与形式是一体的关系，艺术是情感的表现，艺术不能缺乏情感。骈文是中国文学的特产，完全可以称为艺术品，它以一种艺术的语言形式，表现了人的感情世界，是一种具有艺术性的情感形式。

从分类上讲，骈文兼具"文体"和"语体"两种特征。它首先是一种文体，同时也是一种语体，或者说是一种修辞方式。作为一种"语体"，骈文在语言形式上表现出三个方面的特点：一是语句用骈偶和"四六"（故骈体又称"四六句"或"四六文"），二是语音平仄

---

① 谭家健：《关于骈文研究的若干问题》，《文学评论》1996 年第 3 期。

② 杨东甫：《骈文杂论——兼与谭家健先生商榷》，《广西师院学报》1997 年第 3 期。

③ ［美］苏珊·朗格著，滕守尧、朱疆源译：《艺术问题》，中国社会科学出版社 1983 年版，第 24 页。

相对，三是词语大量用典并注重藻饰。骈文词句对仗精工，音韵协调，用典使事，雕饰藻采，形式上成熟而精美。

骈文之渊源可以追溯至先秦经、史、诸子中的骈辞俪句，如《尚书·大禹谟》"满招损，谦受益"，《易经·文言》"元者，善之长也。亨者，嘉之会也"《论语·卫灵公篇》"言忠信，行笃敬"等。此外，《诗经》《礼记》《左传》《战国策》《老子》《庄子》《荀子》中，也有许多句子以骈偶行文。这些骈偶句子的出现，往往在意义紧要处，代表作者的感情攀升到一个高潮。在单行散句的文章中，插入这样整齐的对偶句，可以收到警策和动人的效果。汉代，史书的主体部分是散行文字，但其中的赞论和序述，因为是撰史者自己的评论，带着强烈的主观色彩和情感倾向，用长短参差的散句不足于表达这种感情，于是文字逐渐由散而骈，使用起整齐的对句，甚至讲究音韵。这样，赞论和正文相配，用萧统《文选序》的话说，一是"义归乎翰藻"，一是"事出于沉思"，一骈一散，相得益彰。史书中的赞论和序述这种由散趋骈的变化，不仅仅是语言形式的转化，更是史家情感的释放，是史家寻求最佳表达方式的结果。汉代之后，不惟史家发表史论，其他的文类也有由散而骈的倾向。至魏晋南北朝，骈文发展极盛，骈文使用面极广，诸如诏诰制书、赞颂记序、铭诔祭文等公牍文和应酬之文，无一不使用骈体，至于写景抒情、体物言志的文学作品更是离不开骈体。在功能各别、风格各异的骈体文本中，作者的情感色彩或浓或淡地在骈四俪六之间弥漫开去。句法上的整齐排列，词义上的相反相成，辞采的精美华丽，音调的谐和流畅……完美的艺术形式为作家情感的表达提供了极大的便利。

如果说"赋"体的长处是体物，那么"骈"体的长处就是抒情。清代李兆洛《骈体文钞·目录》将骈文分为三类：第一类是"庙堂之制，奏进之篇"，第二类是"指事述意之作"，第三类是"缘情托兴之作"。① 显然，这是就骈文作品的内容来分类，而各类骈体作品

---

① （清）李兆落选辑：《骈体文钞》目录，上海书店 1988 年版，第 8、14、19 页。

内容虽不同，而语体的抒情性却是相同或相似的。我们对文学类骈文与批评类骈文之异同，亦可作如是观。无论是文学性的叙事文和抒情文，还是批评类的说理文和论辩文，借助骈体的语言形式，均能情动于衷，情溢于辞，情采飞扬，情趣盎然。作者浓烈的情感，藉骈四俪六和隶事用典，委婉含蓄地表达出来，并且由于骈文对偶和句式回旋往复的特点，产生了一唱三叹的艺术效果。①　如梁简文帝《与湘东王论文书》，伤故友之逝，抒沉痛之情，再看李密的《陈情表》，刘峻的《重答刘秣陵诏书》，纯真之至情在字里行间流溢，诸如此类的抒情性极强的骈体文论，不胜枚举。

　　骈体文论的说理议论，其表达效果相当显著。一般而言，叙事不是骈体的长处，骈体的长处是说理和抒情。历代骈文中说理议论之文很多，有长篇大论，也有短章小制，名作迭出，最为著名的骈体文论非刘勰《文心雕龙》莫属。由于骈文特别强调语言的修辞作用，特别关注语言的形式建构和艺术追求，加之比兴手法的运用和词藻的修饰，使得骈体文的议论说理有很强的生动性和形象性。刘勰作为文学理论和文学批评家，始终是以文学理论和文学批评的眼光来立论和写作的。从形而下的推演提升到形而上的抽象，其文体实践充满了理论色彩，其骈辞俪句完全纳入理论框架和批判体系之中。比如，在《文心雕龙·论说》篇中，刘勰并非就"论说"而论"论说"，亦非停留在对具体的论说文本的鉴赏之上，而是在分析和概括中蕴含了理论和批评，揭示了由个别性、特殊性而表现出的普遍性、一般性，从具体的个别的事物中发现普遍的一般性规律。同时，刘勰还广征博引，举一反三，往往从论说对象中引申出更为广泛的理论问题，从而使其论述具有超越性和普遍性，使理论的意义和价值得到充分的展开和申发。再者，刘勰关于文体辨析及其文体实际批评的四项基本则——原始以表末，释名以彰义，选文以定篇，敷理以举统——本身就具有强烈的理论色彩和鲜明的方法论倾向及价值。

---

　　①　参见钟涛：《六朝骈文形式及其文化意蕴》，东方出版社 1997 年版，第 161-165 页。

中国古代文论多形象化的描绘，概念也多形象化的表述，骈体文论更是如此。《文心雕龙》中的诸多范畴、概念和术语如骨、韵、风、气、势、格、神等，大多是从具象（如人的身体）和经验中抽象出来的。《文心雕龙》采用史、论、评相结合的方法，以具体的作家作品为立足点，在博览精研的基础上，对作家作品作出正确恰当的评价，从而总结出创作的经验与规律。这种从具体到抽象，由鉴赏经验的概括总结而构成的诗学体系，形成了中国古代文论显著的民族特色。抽象的理论概括建立在形象的经验总结上，哲理式的抽象概括与表现式的具体描绘相结合，骈体文论以瑰丽之辞发抒深湛之理，别具理趣之美。

就修辞手法而言，文学性骈文多用"兴"，而批评类骈文多用"比"。"比显兴隐""比"使骈体文论更为形象生动，"兴"使骈体文学作品更为含蓄蕴藉。

汉代的《毛诗序》首提"六义"说，云："故诗有六义焉，一曰风，二曰赋，三曰比，四曰兴，五曰雅，六曰颂。"但没对比、兴之区别作出解释。东汉郑玄笺注毛诗，对比、兴之异同作了具体的区分："比，见今之失，不敢斥言，取比类以言之。兴，见今之美，嫌于媚谀，取善事以喻劝之。"把比、兴看作表现不同内容的手段。晋代的挚虞对比、兴特点有新的看法："比者，喻类之言也。兴者，有感之辞也。"①挚虞认为"比"是用类似的事物打比方，"兴"则是诗人情绪受到外物触引和感发而发为言辞。这种解释对后人影响很大，刘勰就是持此种观点，《文心雕龙·比兴》篇说："故比者，附也；兴者，起也。附理者，切类以指事；起情者，依微以拟议。"刘勰明确指出"比显而兴隐""比"是先有某种事理和情感，然后寻找到相适应的具体事物形象地表现出来，在这个过程中，感情的生成在先，取用之物在后，由情及物，因而显。"兴"是由于外界物象的触动和启发，引起诗人的情感和客观物象的契合，由物及情。但由于客观物象自身的多面性和主体看待物象的多

① 郭绍虞、王文生主编：《中国历代文论选》第 1 册，上海古籍出版社 1979 年版，第 63、190 页。

角度性，这种契合是千姿百态的，因而隐。显隐对举，从而揭示出比兴的不同。

　　骈文对偶精工，文辞华美，使事用典，含蓄蕴藉。六朝是骈文发展的鼎盛时期，此时的庾信和徐陵之文可谓集骈文之大成。他们历经世事沧桑，故多伤世感时之作，其文多用"兴"，从外界事物入手，写出由此触发的深层感慨。徐陵《与齐尚书仆射杨遵彦书》云："岁月如流，平生何几？晨看旅雁，心赴江淮；昏望牵牛，情驰扬越。朝千悲而淹泣，夜万绪而回肠，不自知其为生，不自知其为死也！"很明显，文中写到"看旅雁"触发"赴江淮"之心、"望牵牛"引起"驰扬越"之情，表明作者的情感与自然物象相融合，由物及情；庾信《小园赋》"关山则风月凄怆，陇水则肝肠断绝"，也以眼前之物起兴，见关山而感风月凄怆，过陇水则觉肝肠俱断。徐庾骈文大量出现自然物象，有山川江湖、花卉草木、鸟兽虫鱼、剑匣琴台等，这些很多是用来起兴，成为触动作者心灵深处情感的重要导火索，作者运用"兴"这种表现手法，以典雅之笔写尽伤感之情。庾信《为梁上黄侯世子与妇书》"未有龙飞剑匣，鹤别琴台，莫不衔怨而心悲，闻猿而下泪"，既超妙自然，又古雅质实。

　　"赋比兴"这一诗歌艺术的传统表现方法，不仅广泛运用于诗词歌赋等文学作品，也为古代书画理论、诗论和古代文论所吸收。和诗歌运用比兴方法一样，古代文论的诸多概念术语，如"气""风骨""形神"等，都是在以物为喻的基础上形成的，因物寓意。用比喻来形象地说明某种抽象的道理，固然是古今中外一般文辞所常见的方式，但刘勰之骈体文论，不是对难明之理偶用比喻，而是几乎无理不喻，甚至有全篇内容，差不多自首至尾，都是用一个接一个的比喻组成的。为说明内容和形式相互依存的必然之理，《文心雕龙·情采》篇云："夫水性虚而沦漪结，木体实而花萼振，文附质也。虎豹无文，则鞟同犬羊；犀兕有皮，而色资丹漆，质待文也。若乃综述性灵，敷写器象，镂心鸟迹之中，织辞鱼网之上，其为彪炳，缛采名矣。"作者以水与波纹、树木与花朵的关系来起喻，说明形式要依赖内容而存在。以虎豹等动物皮与毛色、丹漆的关系来说明内容要靠一定的形式来表现。为说明文学创作的根本原则，即所谓"立文之本源"。《情采》篇除了"鸟迹""鱼网"之喻文字，还有"桃李不言而成蹊"与"男子树兰而不芳"之喻情感真伪，"翠纶桂饵""贲象穷白""正采间色""吴锦好渝，舜英徒艳"等之喻情采关系等。《风骨》篇为了说明风骨与文采的复杂关系，新创一组"禽系列"之喻："夫翚翟备色，而翾翥百步，肌丰而力沈也；鹰隼乏采，而翰飞戾天，骨劲而气猛也。文章才力，有似于此。若风骨乏采，则鸷集翰林；采乏风骨，则雉窜文囿；唯藻耀而高翔，固文笔之鸣凤也。"以野鸡喻作品有文无质，以鹰隼喻作品有质无文，而以凤凰喻文质相称的作品。《文心雕龙》可谓"比喻"之林、"比喻"之全：举凡天地山川、动物植物、珠玑宝玉、丝织锦绣等可视可闻可触可抚之物，皆可作为喻体，成为理解枯燥而抽象理论的突破口。《文心雕龙》中的"比喻"，除了阐明理论观点，还可用于对作家作品的评论。如《杂文》篇评"连珠"体的作者："杜笃、贾逵之曹，刘珍、潘勖之辈，欲穿明珠，多贯鱼目。可谓寿陵匍匐，非复邯郸之步；里丑捧心，不关西施之颦矣。唯士衡运思，理新文敏，而裁章置句，广于旧篇，岂慕朱仲四寸之珰乎！夫文小易周，思闲可赡。足使义明而词净，事圆而音泽，磊磊自转，可称珠耳。"由此可见，骈体文论中大量运用"比"的手法，借助具体事物来形象表达抽象的理论观点。"比"的运用，既将抽象的理论感性化，令读者很好地理解文论，同时也使文论文章生动活泼，妙趣横生。

就语言风格而言，文学性骈文可用俳说、嘲戏、书抄，而批评类骈文则持正、真实、"师心独见"。

骈文在极盛期被运用到每个领域，或论断历史，品评人物；或探讨学术，研求事理；或描摹山水、抒写情怀；或声讨政敌、讽刺世俗。魏晋南北朝，沈约的《宋书》传论，谢朓的书笺，任昉的书记，吴均的山水文，刘勰的《文心雕龙》，孔稚圭的《北山移文》，丘迟的《与陈伯之书》等，内容不同，情感各异，风格也千姿百态。到了唐代，骈文继续发展，出现一批名传千古的作品，如骆宾王的《代李敬业传檄天下文》，王勃的《滕王阁序》，李白的《春夜宴桃李园序》，李华的《吊古战场文》等。这些檄文、抒情文、叙事文、凭吊文，无不内容充实，形式完美。特别是刘知幾的《史通》，是用骈文写就的一部史学专著，不仅在史学史上颇负盛名，在骈文史上亦有极高的地位。还有陆贽的《翰苑集》，是骈体写成的奏议，被后人奉为奏议圭臬。明清时代戏曲的宾白有一些也用骈句写成，小说中还用骈文来描写环境、人物肖像和揭示人物内心情感，像《聊斋志异》中《席方平》和《胭脂》篇的判词、《花神》篇的檄文，《红楼梦》中的《芙蓉诔》等。除此之外，古代还用骈文写小说，唐张鷟的《游仙窟》，清代陈球的《燕山外史》等，写才子佳人故事，词采华丽，文情宛转。①

《文心雕龙》这部文论著作，本着"原道""宗经""征圣"的宗旨，站在儒家思想的立场来论文学，肯定"典诰之体""忠怨之辞"（《辨骚》篇），赞扬"顺美匡恶"的优良传统（《明诗》篇），批判"无贵风轨，莫益劝戒"的作品（《诠赋》篇），主张"摛文必在纬军国，负重必在任栋梁"（《程器》篇）。在《文心雕龙·论说》篇中，刘勰主张"论说"必须真实可信，主张"唯忠与信"。虽然他认为"论说"的语言形式应灵活生动，强调"论说"的"悦"的效果，但他认为语言"过悦必伪"，也就是说"巧"和"悦"是有限度的，过巧、过悦就适得其反，因而要做到适度和适中。而要做到适度就必须坚持诚信、坚持"论说"的真实可靠性。刘勰强调"论说"的真实可靠，源于儒家孔子的"修辞立其诚"和道家庄子的"真者，精诚之至也"。刘勰将真实引入文学理论中，不仅强调文学要真实，而且更强调"论说"要真实。如果背离了真实性原则，就会走向"俳说"，走向"嘲戏"："至如张衡《讥世》，韵似俳说；孔融《孝廉》，但谈嘲戏；曹植《辨道》，体同书抄；言不持正，论如其己。"

刘勰认为骈文应师其意不师其辞，其"论说"不可因袭他人，而是要"师心独见"，有自己的创见。虽然刘勰并不反对继承和学习古人与他人的传统和经验，从继承角度而言，"论说"师古也是必要的，尤其是他确定了"原道""宗经""征圣"的指导思想，继承和效法儒家思想文化是理所当然的。但刘勰的主导思想还是创新和

---

① 参见黄均：《历代骈文选·序》，湖南文艺出版社 1986 年版，第 17 页。

发展，继承的目的是为了创新，无论是文学创作还是论文写作都必须创新。因此，从创新角度而言，"师心独见"是非常必要的。评论、鉴赏、理论概括都须有自己独到见解，展示自己的思想、才华和个性。刘勰提出的通变观就是从文必创新出发的。

三、诗缘情与诗明理

论诗诗是我国古代富有民族特色的文学批评形式之一，其诗体类别遍及古、律、绝诸体，以绝句最为普遍。作为批评文体的论诗诗，与作为文学文体的诗歌一样，其话语方式有着意象性、隐喻性等审美特征，其语言讲究平仄和韵律，"其为韵语所限，不能如散体之曲折达意，故代词之所指难求，诗句之分读易淆，遂致笺释纷纭，莫衷一是。"①在"解人难索，为之兴叹"②的情况下，不少论诗诗也像某些诗歌作品一样，前加小序，后备小注，略微做些说明。这些序和注，与诗有机地结合在一起，成为一个整体。从写作动机来看，无论是文学性的诗歌，还是批评性的论诗诗，都是要"言志"，故"诗言志"是二者的共同特征。但是，二者所"言"之"志"又是有区别的：诗歌倾向于抒情，是缘情而发；论诗诗倾向于明理，明文学理论和文学批评之理。二者之间的差异还是比较明显的。

首先是表现对象上的不同。诗歌作为中国最早的文学体裁之一，其表现力极其丰富，内蕴极其深广，各种自然景观和人文社会景观，大至边塞战争之国家大事，小到花鸟虫鱼之身边琐事，无一不能作为创作的素材而进入诗作。《毛诗序》云："正得失，动天地，感鬼神，莫近于诗。"③刘熙载则概括说：诗，自乐是一种；自

---

① （唐）杜甫著，郭绍虞集解：《杜甫戏为六绝句集解·序》，人民文学出版社 1978 年版，第 3 页。

② （唐）杜甫著，郭绍虞集解：《杜甫戏为六绝句集解·序》，人民文学出版社 1978 年版，第 3 页。

③ 郭绍虞主编：《中国历代文论选》第 1 册，上海古籍出版社 1979 年版，第 63 页。

励是一种；自伤是一种；自誉是一种；自警是一种。① 白居易《与元九书》称诗人"小通则以诗相戒，小穷则以诗相勉，索居则以诗相慰，同处则以诗相娱"，诗歌创作与诗人生命可以说紧密相关融为一体了。

"《诗纬·含神雾》曰：'诗者，天地之心。'文中子曰：'诗者，民之性情也。'"②人们用诗歌来抒情言志，抒发天人之心。"诗之作，与人生偕者也。人函愉乐悲郁之气，必舒于言。"③以《诗经》中"匪我愆期，子无良媒""自伯之东，首如飞蓬""爱而不见，搔首踟蹰""既见复关，载笑载言"等观之，皆为凡夫怨妇动心而发，肆口而成。以杜甫诗中"恋阙劳肝肺""弟妹悲歌里""穷年忧黎元"等观之，诗歌源自人之情性，阐发人之至情，情由感而动，故喜怒哀乐随感而发。春风明月中隐含作者的情趣志向，流连光景中吟写作者的性灵。而诗之极致，为天人之合，可以动天地，感鬼神。

与诗歌表现广阔的社会生活以及人的丰富情感不同的是，论诗诗的表现对象是诗歌本身以及和诗歌相关的诗人、诗作和诗法等。论诗诗的主旨是论诗，是以诗的语言形式发表对诗歌创作和诗歌鉴赏的理论见解，品评诗人诗作和揭橥诗艺诗理，其特征主要是明理而不是言志，是议论而不是抒情。当然，论诗诗也能巧妙地运用比喻、象征、夸张、对比等艺术手法，在议论中也可以带着感情色彩，有时甚至可以寄寓一些深沉悠远的感慨。然而，以诗论诗的目的不是抒情言志，而是要透过形象化的语言概括性地传达出诗人诗作的本质特征，表现论诗者对诸家诗人诗作的见解和评价，提出自己独具慧眼胆识的诗歌理论主张。因此，论诗诗尽管不乏诗情画意，但更多的还是蕴含着深沉的理性思考。

其次体现在思维方式上的不同。诗歌注重意象思维。先秦时期

---

① （清）刘熙载：《艺概·诗概》，上海古籍出版社1978年版，第50页。

② （清）刘熙载：《艺概·诗概》，上海古籍出版社1978年版，第49页。

③ （宋）苏舜钦：《石曼卿诗集序》，《宋金元文论选》，人民文学出版社1984年版，第97页。

在哲学领域有所谓"立象以尽意"①之说。"象"在《易经》中指卦象，是外在表象的呈现形态，"意"本指《易经》所涵括的"道"，是内在意义的体现，即是人的主观思想观念。通过"象"去表达"意"，从而达到两方面的和谐一致。魏晋时期，王弼提出："夫象者，出意者也；言者，明象者也。尽意莫若象，尽象莫若言……象生于意，故可寻象以观意，意以象尽，象以言著。"②进一步阐释了意、象、言三者的关系。南北朝时，刘勰首次把"意象"这一概念用于文学批评理论中，描述诗人的创作状态："窥意象而运斤。"③在诗的国度，意象是诗歌构成的基本单位，"像格律一样，意象是诗歌结构的一个组成部分。"④"象"作为创作主体之外客观存在的物象，是受诗人主观意念驱遣，是诗人丰富变化着的情感感性体现，"感性的东西是经过心灵化了，而心灵的东西也借感性化而呈现出来了。"中国古代诗一向以抒发情志为主，即运用赋、比、兴三种主要手法，"叙物以言情""索物以托情""触物以起情"，不过，天下没有无缘无故的情，所以我国最早一部艺术专论《礼记·乐记》明确指出："凡音之起，由人心生也。人心之动，物使之然也。"《文心雕龙》也提出"情以物兴""物以情观"等命题。"以鸟鸣春，以虫鸣秋，此造物之借端托寓也。"⑤"山之精神写不出，以烟霞写之；春之精神写不出，以草树写之。故诗无气象，则精神亦无所寓矣。"⑥中国古典诗歌的创作，就这样运用意象思维，运用比兴手法，使诗歌形象生动，意蕴丰富，情韵悠长。

---

① 《周易·系辞上》，《周易正义》卷7，十三经注疏本，中华书局1980年版，第82页。

② 《周易略例·明象》，《文渊阁四库全书》（第七册），台湾商务印书馆本，第593页。

③ （梁）刘勰著，范文澜注：《文心雕龙注》，人民文学出版社1958年版，第493页。

④ ［美］韦勒克、沃伦：《文学理论》，生活·读书·新知三联书店1984年版，第234页。

⑤ （清）刘熙载：《艺概·诗概》，上海古籍出版社1978年版，第74页。

⑥ （清）刘熙载：《艺概·诗概》，上海古籍出版社1978年版，第82页。

　　论诗诗则是意象思维与抽象思维的结合。论诗诗是诗、论结合的产物，既有诗歌属性，又有文学评论属性。诗歌是主情的，文学批评则更多的是理性判断，这样，论诗诗的写作方式就是情理并重，认识价值和审美价值并存。论诗诗由杜甫创其格，而后世作者代不乏人。由于戴复古和元好问两人的推波助澜，论诗诗得以形成和散体、赋体、骈体等文学批评样式相抗衡的局面。论诗诗踵事增华，至清代更是蔚为大观、数不胜数了。论诗诗之中，有对诗人诗作的评论，还有作者对诗歌的独特感悟。中国古代的诗论家，可以说没有一个不是深谙诗格韵律的诗人，因此论诗诗并不是干巴巴的空洞说教，而是充满情韵，富有诗味，耐于咀嚼。我们知道，文学创作与欣赏之中的种种感应和神会，文学作品之中的种种奥秘和境界，无论是作者还是读者，往往只能会诸于心而难诉诸口，往往无法用理性分析和逻辑判断来把握。于是就需要"以诗论诗"。论诗诗大量运用比兴的手法，把枯燥艰涩的理论问题，以具体可感的意象表达出来。论诗诗精心选用形象化的语言，精心选用物喻和典故，精心选用引人入胜的修辞手法，从而避免了文学理论批评常有的晦涩和冗赘。

　　论诗诗虽然也用比兴，使理论变得生动形象，但论诗诗是以议论为主来发表评论，论诗意旨显明，指向性相当明确。在精辟概要中，深刻表现出文论家的理思和感悟。论诗诗的语言是形象和抽象的结合，寓抽象于形象之中。先用抽象的语言对诗人诗歌的风格特征作出总体判断，然后再用形象化的比喻对其作进一步描述，特别注重用各种新鲜生动的具有陌生化特征的词语来描绘诗歌的风格特点。因此文论家在创作论诗诗时，既使用形象思维，又使用抽象思维，追求立论与立美的统一，注重具象和抽象的结合。

　　还有审美风格上的不同。诗歌抒情而优美。感情是诗歌的生命，没有感情，就没有诗人，也没有诗歌。诗人把从生活中提炼出的美，用富有节奏和韵律的语言表达出来，令读者产生精神上的愉悦和心理上的满足。诗歌能够充分展示美，使得读者享受到审美快感，特别是传统诗歌为适应人们情感、情绪上的强弱愁欢、跌宕起伏，利用汉语四声的变化，非常注重声调上的抑扬顿挫和韵律上的谐美动听，正所谓"诵之如行云流水，听之如金声玉振"（谢榛《四溟诗话》）。读来朗朗上口，大大增强了诗歌语言流畅、和谐、悦耳、易记、易诵等功能，也加强了诗歌的音乐美。

论诗诗是抒情与议论、诗性与理思的结合，其表现形式既不同于诗歌的缘情而作，又有别于散文的逻辑描述，而是既有"诗"之优美含蓄，又有"论"之严谨明晰。杜甫的论诗诗，可谓独领风骚。其连章之作，多属有机组合，分则各自成篇，合则独立成体，完整而严密。以组诗来论诗，气局整严，警拔挺括，发一言而唱三叹，比起抽象的说理来，给人的印象更为深刻而具体。论诗绝句由于篇幅所限，往往采取"攻其一点"的方法。论诗绝句仅有四句，作者还要用一句甚至两句诗来摘录所论诗人的原作，而只用两三句来加以评论，这就更需要精炼准确，既点到为止，又一言中的，元好问《论诗三十首》就是如此。

第三章　欧阳修、苏轼批评文体研究

"华夏民族之文化，历数千载之演进，而造极于赵宋之世"①，宋代是一个极度重文的时代，由此造成宋代文人主体精神的高扬。正是这样高扬的主体精神，促使宋代文人对政治有着高昂的热情，而包括文学在内的学术与政治存在强烈的互动，文人于是在学术领域倾注着极大的心血。他们激扬文字，既为指点江山，也企盼着在立德、立功之外，能够立言并传之后世。现以宋代两位大家欧阳修和苏轼的批评文体为观照对象，总结他们在批评言说实践方面的理论贡献和典范意义。

第一节　欧阳修批评文体研究

欧阳修是著名的文学家、政治家、史学家，与唐代的韩愈、柳宗元，宋代的王安石、苏洵、苏轼、苏辙、曾巩并称为"唐宋八大家"，欧阳修甚至被称赞为"唐宋八大家"之首。欧阳修在文学理论方面成就突出，影响巨大，他的批评文体颇具典型性，具有较高的研究价值。

欧阳修凭借其深厚的文学功底，一生创作了大量的文论作品，其批评文体种类甚为丰富，有诗话体、论诗诗、序跋体、碑志体、祭文体和书牍体，等等。欧阳修批评文体在具有文体的普遍性特点之外，还具有他个人独特的审美特征，包括形态之美、行文之美和格调之美。其形态之美主要体现在他的文备众体之上，不仅文体种

---

① 陈寅恪：《金明馆丛稿二编》，上海古籍出版社 1980 年版，第 245 页。

类丰富，而且复杂多变；其行文之美则主要体现在以平易晓畅的语言阐释了深刻的意蕴；其格调之美则主要体现在他对于格调的追求上，这不仅体现在他的人格上，也体现在他的批评文本当中的文艺思想和语言上。而从心理学的角度去分析，欧阳修作为封建士大夫，其儒家思想根深蒂固，这也在很大程度上影响着欧阳修的批评文体。最后欧阳修的批评文体的文体学意义，最为耀眼的地方在于欧阳修创作的《六一诗话》，这是我国古代诗话体文学批评的开端，具有划时代的意义。欧阳修的批评文体在他所处的宋初时期，具有承前启后的作用，其批评文体主要师法唐代的韩愈和李白，而以韩愈为主，李白为辅，创作出了独具风格的批评文体。欧阳修是宋代古文运动的倡导者，他的批评文体也必然对整个宋初的文论家们产生了积极而且深远的影响。

一、欧阳修批评文体分类

欧阳修是北宋初期最早出现的大文学家，他的文学创作取得了举世瞩目的成就。纵观欧阳修的一生，他创作了大量的文学作品，其中不乏垂范后世的文论之作。欧阳修的批评文体形式主要有：诗话、诗、序跋、书牍、碑铭、记等。欧阳修运用了如此丰富多彩的文体形式，对许多文艺现象进行了独具特色的精彩评论，值得我们仔细推敲研究。

1. 诗话体

诗话，是指评论诗歌、诗人、诗派及记录诗人故实的著作，是中国古代一种特殊的批评形式。写作诗话之风在宋代非常盛行，而明、清两代的诗话作者也不少。以诗、词、文及史学闻名于世的北宋文学大家欧阳修，其诗话也卓有成就。欧阳修在退居汝阴期间的作品《六一诗话》，是他晚年最后的作品，共二十八条，全部都是论诗，且论诗方式在当时可以说非常特别，他所采用的是漫谈式的批评方法，这种灵活自由、不拘形式地发表看法的文体对之后的文人进行诗话创作产生了一定的影响。诗话体作为一种新型式样被之后的文人争相使用，《六一诗话》虽是如作者所谦称的"以资闲谈"的诗话，但它对诗话、诗论及史学仍颇有帮助、启迪之用，作为中国古代诗话体文论之开端的崇高地位更是毋庸置疑。

首先欧阳修的《六一诗话》包含了欧阳修一生几乎所有的文论思想，主要包括这几个方面的内容：

（1）"穷而后工"论。"穷而后工"思想是欧阳修在《六一诗话》当中重点阐释的观点。我们来看其第十条：

> 孟郊、贾岛皆以诗穷至死，而平生尤自喜为穷苦之句。孟有《移居》诗云："借车载家具，家具少于车。"乃是都无一物耳。又《谢人惠炭》云："暖得曲身成直身。"人谓非其身备尝之不能道此句也。贾云："鬓边虽有丝，不堪织寒衣。"就令织得，能得几何？又其《朝饥》诗云："坐闻西床琴，冻折两三弦。"人谓其不止忍饥而已，其寒亦何可忍也。①

欧阳修在这里先点出了孟郊、贾岛的生活困顿对他们的文学创作所产生的深刻影响。再后详述孟郊、贾岛穷困的生活，使其对饥寒有深切的体验，所以他们可以细腻生动地去描写，给读者留下如临其境之感。欧阳修的政治生活曾经有两次重创，使得他对文学的思考更为深入，因而总结出诗人越是经历艰辛就越能创作出好诗歌的规律。他甚为重视诗人自身的生活体验，孟郊之"暖得曲身成直身"，欧阳修引用他人话"非其身备尝之，不能道此句也"。又如第二十三条举出实例"闽人有谢伯初者，字景山，当天圣、景祐之间，以诗知名。……皆无愧于唐贤。而仕宦不偶，终以困穷而卒"。② 这里欧阳修认为，景山的仕途坎坷、命运之不幸，造就其文学作品之杰出。

（2）"意新语工"论。《六一诗话》中第十二条的前面一小部分，谈到了欧阳修的"意新语工"思想：

---

① （宋）欧阳修：《欧阳修集编年笺注（七）》，巴蜀书社2007年版，第141页。

② （宋）欧阳修：《欧阳修集编年笺注（七）》，巴蜀书社2007年版，第145页。

　　　　圣俞尝语予曰："诗家虽率意，而造语亦难。若意新语
　　工，得前人所未道者，斯为善也。必能状难写之景，如在目
　　前，含不尽之意，见于言外，然后为至矣。……①

这里欧阳修所谈到的"意新语工"，指的不仅仅是立意新颖、语句
精练，他还要求创作时需"状难写之景如在目前，含不尽之意见于
言外"；这实际上是要求诗文创作既要明白晓畅，又要含蓄隽永、
有余味可寻。

　　（3）"事信"论。欧阳修主张的"事信"是指在进行文学创作时
应当做到所写的内容要事理真实，实际上就是要求文学内容的真实
性需与真实生活相一致，仅仅为了语言而不去考虑其是否真实可信
是不对的。第十八则说道：

　　　　诗人贪求好句，而理有不通，亦语病也。……唐人有云：
　　"姑苏台下寒山寺，半夜钟声到客船。"说者亦云："句则佳矣，
　　其如三更不是打钟时。"……②

在欧阳修看来，文学艺术的真实应当是生活的真实，他反对只求好
句却不顾及事理是否真实、是否可信的做法。引用典故属于一种修
辞的方法，作者在文学作品中借用古代的一些人和事情，去表达不
易表达或不便直说的意思，这样更能丰富文章之意，从而获得一种
含蓄婉转之效果。另外如此以古证今，可以更好地表达思想、表达
情意。这里欧阳修认为在半夜打钟是违背作为人的生活常理的，批
评"诗人贪求好句，而有理不通，亦语病也"。欧阳修的这个说法
一出来，引起了众多北宋文人的注意，他们还去寻找证据来考证
此事。

────────

　　①　（宋）欧阳修：《欧阳修集编年笺注（七）》，巴蜀书社 2007 年版，第
142 页。
　　②　（宋）欧阳修：《欧阳修集编年笺注（七）》，巴蜀书社 2007 年版，第
144 页。

（4）风格优劣论。在《六一诗话》第十三则中：

> 圣俞、子美齐名于一时，而二家诗体特异。子美笔力豪隽，以超迈横绝为奇；圣俞覃思精微，以深远闲淡为意。各极其长，虽善论者不能优劣也。……语虽非工，谓粗得其仿佛，然不能优劣之也。①

在文中我们看到欧阳修说明了梅圣俞、苏舜钦文学作品的风格，虽都是文学大家，但他们的风格迥异，欧阳修说子美豪放奇绝，而圣俞深远闲淡，并对他们的作品之风格给予了很高的评论。诗风虽不相同，但是一样令人叹服，不分优劣。因此只有具有独特效果、"别具一家"之风格的文学作品才算好作品。欧阳修认为文人在进行文学创作时不能拘泥于某一种风格，风格是可以多变的，每一种风格都可以达到极致之美。

（5）"以文为诗"论。欧阳修的"以文为诗"，是指在进行诗歌创作当中，要吸收散文的字法、句法、章法和手法，以此扩大诗歌的表现力。在第二十七则当中：

> 退之笔力，无施不可，而尝以诗为文章末事，故其诗曰"多情怀酒伴，余事作诗人"也。然其资谈笑，助谐谑，叙人情，状物态，一寓于诗，而曲尽其妙。……余尝与圣俞论此，以谓譬如善驭良马者，通衢广陌，纵横驰逐，唯意所之。至于水曲蚁封，疾徐中节，而不少蹉跌，乃天下之至工也。……②

欧阳修对韩愈诗歌一直都是持高度赞赏的态度。这里我们看到"惟意所之"其实就是"以文为诗"的另一种描述，这里欧阳认为韩愈在

---

① （宋）欧阳修：《欧阳修集编年笺注（七）》，巴蜀书社 2007 年版，第142-143 页。

② （宋）欧阳修：《欧阳修集编年笺注（七）》，巴蜀书社 2007 年版，第146-147 页。

诗歌创作当中笔力非常，虽然以诗歌为"文章末事"，但其诗歌具有"以文为诗"之特点，使其在表情状物方面却有着极高的艺术效果，称赞韩愈的诗歌"乃天下之至工也"。欧阳修认为诗歌成功的散文化，在于保持作品诗的特质的前提下，吸收散文艺术的字法、句法、章法等长处，这样可以使诗作具有雄奇浑浩之气势和曲折严谨之布局。

其次，欧阳修的《六一诗话》采用的是自由活泼的随笔、信笔，有的论诗及事，有的论诗及辞，在有些语言上甚至是幽默的。例如诗话第二则当中有这样一句：

> ……有戏之者云："昨日通衢遇一辎軿车，载极重，而羸牛甚苦，岂非足下'肥妻子'乎？"闻者传以为笑。①

我们可以看到其中的"肥妻子"之比喻，这个比喻可以说让读者开怀一笑，但是欧阳修的幽默带给读者的不仅仅是一笑而已，同时又让我们发人深省。又如第六则当中吴僧赞宁的机智应答：

> ……尝街行遇赞宁与数僧相随，鸿渐指而嘲曰："郑都官不爱之徒，时时作队。"赞宁应声答曰："秦始皇未坑之辈，往往成群。"时皆善其捷对。鸿渐所道，乃郑谷诗云"爱僧不爱紫衣僧"也。②

吴僧赞宁在遭遇到嘲讽时沉着冷静的幽默对答，这种非常细致的针锋相对的描写，可以说在正统的如钟嵘的《诗品》当中是不可能出现的。这样的轻松话语氛围让读者在体会到吴僧赞宁的才华的同时，又享受到了幽默所带来的愉悦心情。

---

① （宋）欧阳修：《欧阳修集编年笺注（七）》，巴蜀书社 2007 年版，第139 页。

② （宋）欧阳修：《欧阳修集编年笺注（七）》，巴蜀书社 2007 年版，第140 页。

欧阳修的《六一诗话》并没有按照章节来划分，从结构上来看仅仅是由二十八则内容不相关，相互独立的诗论来成文的。这种写作内容的自由选择，和写作体例的自由编排，也体现了欧阳修在开篇小序所点出的"以资闲谈"之说。不过根据以上欧阳修的文论思想的分析我们可以看出，在表面形式自由化的特点下，实际上涵盖着较为严谨的文论体系，它阐释了欧阳修的诗"穷而后工"论、"意新语工"思想、"事信"论、以文为诗论和风格需多变的理论。

2. 论诗诗

所谓论诗诗，是指以诗歌的形式来议论、品评诗歌，是一种特殊的诗论形式。优秀的论诗诗作品首先语言上要精练，其次理论上要观点明确，短短几句就能够表现出诗人之意旨。郭绍虞的《中国文学批评史》上卷第六编专门列举了"论诗诗"一目，可以说是"论诗诗"术语确立的标志，并且郭绍虞还对宋代的论诗诗之流行缘由进行了一个总结："当时论诗风气之流行更可于论诗诗见之。论诗诗之流行于宋代亦自有故。盖以（1）宋诗风格近于赋而远于比兴，长于议论而短于韵致，故极适合于文学的批评；有时可以阐说诗学的原理，有时可以叙述学诗的经历，有时更可以上下古今，衡量前代的著作。（2）宋诗风气，又偏于唱酬赠答，往返次韵，累叠不休，于是或题咏诗集，或标榜近作，或议论断断，或唱和霏霏，或志一时之胜事，或溯往日之游踪。有此二因，则论诗诗之较多于前代，固亦不足为奇了。"①

欧阳修的论诗诗，形式上有五言古诗，如《读蟠桃诗寄子美》，七言古诗如《读张李二生文赠石先生》，七言律诗如《马上默诵圣俞诗有感》。但以古诗居多。欧阳修的古体诗实际上就是在韩愈诗风影响下的作品，是欧阳修的"以文为诗"理论的一种创作实践。欧阳修的《酬学诗僧惟晤》是一篇非常优秀的五言古诗：

　　诗三百五篇，作者非一人。羁臣与弃妾，桑濮乃淫奔。其

---

①　郭绍虞:《中国文学批评史》，百花文艺出版社 2008 年版，第 246 页。

言苟可取，庞杂不全纯。子虽为佛徒，未易废其言。其言在合理，但惧学不臻。子佛与吾儒，异辙难同轮。子何独吾慕，自忘夷其身。苟能知所归，固有路自新。诱进或可至，拒之诚不仁。维诗于文章，太山一浮尘。又如古衣裳，组织烂成文。拾其裁翦余，未识衮服尊。嗟子学虽劳，徒自苦骸筋。勤勤袖卷轴，一岁三及门。惟求一言荣，归以耀其伦。与夫荣其肤，不若启其源。韩子亦尝谓，收敛加冠巾。①

惟晤是一位慕名而来向欧阳修学习写诗的僧人，细读之下会发现欧阳修的描述语气较为严厉，他直言不讳地对惟晤之佛家思想进行批判："子佛与吾儒，异辙难同轮，子何独吾慕，自忘夷其身"，欧阳修认为儒家与佛教是势不两立的，"苟能知所归，固有路自新"，欧阳修对于后辈文人向来都是帮助与支持的，而这里他用到了"自新"这样较为严重的词语，充分表明欧阳修对惟晤倾向佛教的不满，这里也体现出欧阳修的论诗诗在言辞的使用上非常考究；最后欧阳修向惟晤指出自己对于文学思想的看法，他认为要创作出好的文学作品，需要回到儒家的立场上来："与夫荣其肤，不若启其源，韩子亦尝谓，收敛加冠巾。"——佛教的衣冠习俗实际上是对华夏习俗的一种破坏，而衣冠习俗又与儒家的孝与礼密切相关，欧阳修的最后一句以儒家思想对佛教的衣冠习俗的批判，并引用韩愈的"收敛加冠巾"之主张，"加冠巾"也就是回复到华夏孝与礼之正统的象征。《酬学诗僧惟晤》一方面体现了欧阳修对佛教的批判，另一方面也是欧阳修的文论观点中对文道关系的一种阐释。

欧阳修的论诗诗在学韩的同时，还受到了李白诗歌的影响。在古诗《太白戏圣俞》中，形象地说出了读李白诗后的感受，如"蜀道之难，难于上青天，李白落笔生云烟"②。而《庐山高赠同年刘中

---

① （宋）欧阳修：《欧阳修集编年笺注（一）》，巴蜀书社2007年版，第144页。

② （宋）欧阳修：《欧阳修集编年笺注（一）》，巴蜀书社2007年版，第211页。

允归南康》是一首七言古诗，此诗在韵律使用江韵，可以说与韩愈的《病中赠张十八》相近。江韵是一种险韵，因难见巧且愈险愈奇。但它语言疏畅，气韵流走，诗风雄奇变幻，气势豪放，是欧阳修与李白诗风相近的一篇得意之作，诗中有大篇幅的写景文字，意在表现刘涣之情操如同庐山一般崇高，刘涣之文采如同庐山一样俊美。在最后送友人归隐："君怀磊砢有至宝，世俗不辨珉与玒。策名为吏二十载，青衫白首困一邦。宠荣声利不可以苟屈兮，自非青云白石有深趣，其气兀硉何由降。丈夫壮节似君少，嗟我欲说，安得巨笔如长杠。"①青衫白首应着青云白石，刻画出友人高洁的情怀，称赞其君子怀宝、丈夫壮节。此诗长短错落，音调抑扬顿挫，风格俊逸明快，具有李白之平易特色，连欧阳修自己也曾表示只有李白之诗才能与之相比较。还有一篇论诗诗特别有名，那便是对他的好友石曼卿所做的一篇悼念文章《哭曼卿》：

> ……信哉天下奇，落落不可拘。轩昂惧惊俗，自隐酒之徒。一饮不计斗，倾河竭昆墟。作诗几百篇，锦组联琼琚。时时出险语，意外研精粗。穷奇变云烟，搜怪蟠蛟鱼。诗成多自写，笔法颜与虞。旋弃不复惜，所存今几余。往往落人间，藏之比明珠。又好题屋壁，虹霓随卷舒。遗踪处处在，余墨润不枯……②

此篇论诗诗属于五言古诗，欧阳修称石曼卿"信哉天下奇"，即欧阳修认为石曼卿"天下奇才"之美誉是毋庸置疑的。这里使用了一个语助词"哉"，体现了欧阳修的古诗当中运用虚词的一种习惯，也是他论诗诗散文化的形式特征。欧阳修在《哭曼卿》中以平易之风对石曼卿的诗歌才华、书法艺术进行了高度的赞扬，所谈到的

---

① （宋）欧阳修：《欧阳修集编年笺注（一）》，巴蜀书社 2007 年版，第203 页。

② （宋）欧阳修：《欧阳修集编年笺注（一）》，巴蜀书社 2007 年版，第47 页。

"时时出险语""穷奇变云烟"等，正是欧阳修对石曼卿诗文的典型艺术特征的一种概括。

又如《水谷夜行寄子美圣俞》中欧阳修论述了苏舜钦和梅尧臣的诗歌风格：

> ……其间苏与梅，二子可畏爱。篇章富纵横，声价相摩盖。子美气尤雄，万窍号一噫。有时肆颠狂，醉墨洒滂沛。譬如千里马，已发不可杀。盈前尽珠玑，一一难拣汰。梅翁事清切，石齿漱寒濑。作诗三十年，视我犹后辈。文词愈清新，心意虽老大。譬如妖娆女，老自有余态。近诗尤古硬，咀嚼苦难嘬。初如食橄榄，真味久愈在。苏豪以气轹，举世徒惊骇。梅穷独我知，古货今难卖。二子双凤凰，百鸟之嘉瑞……①

这是一首五言古诗，"可畏爱"是说苏梅二人是欧阳修值得敬佩的好友，说他二人文章才情和名声难分上下，这引出了后面对于二人诗作的评论。欧阳修先说苏舜钦的诗作"气尤雄"，万窍皆鸣。又暗用张旭(人称张颠)来称赞苏舜钦的书法，写其诗其字既多且好，欧阳修寥寥几句就塑造了一个才气横溢的诗人及草书家的形象，其尽情挥洒的风神之笔令诗人神往。后评梅尧臣之古淡诗风，欧阳修尊称大其五岁的梅尧臣为"梅翁"，说梅尧臣刻意追求"清切"之境界。还用流水穿过乱石的形象来比喻"清切"，可见诗的功力之深又显示了欧阳修对梅尧臣诗的尊崇。梅尧臣作诗很长时间且老而不衰，欧阳修用"妖娆女"来比喻其诗，亲切又幽默。他说梅尧臣的诗风由清切到古硬，功力更为深厚，普通人更难欣赏了。并且用"食橄榄"来比喻梅诗需要细细琢磨才能够品其滋味，非常贴切。欧阳修对梅诗重在赞其高超。后两句对苏、梅二人诗进行了总结评论，以"双凤凰"比喻二人非常贴切，照应了前面的"可畏爱"的说法，表现出他们的才德之高，理应像凤凰一样展翅翱翔受人尊重、

---

① (宋)欧阳修：《欧阳修集编年笺注(一)》，巴蜀书社2007年版，第75页。

爱护。欧阳修对于苏、梅二人的评论形象生动，善用比喻，而且蕴涵着丰富的情感。论述结构条理清楚、脉络紧凑，是欧阳修论诗诗的一首佳作。总之欧阳修的论诗诗体式多样，且诗风多取自韩愈、李白，具有以文为诗之特点且诗风奇险又平易。

3. 书牍体

书牍是简牍书信之类的总称。在古代，"书"是古代书信的总名，书信是文学逐渐发展出来的叫法。褚斌杰对书的文体有如此分类："古代臣下向皇帝陈言进词所写的公文与亲朋间往来的私人信件，均称为'书'。因此，古代以'书'名篇的文字，实包括两种文体。为了加以区别，一般把前者称为'上书'或'奏书'，属公牍文的'奏疏'（亦称'奏议'）类；后者则单称'书'，或称为'书牍''书札''书简'，属应用文的'书牍'类。"①欧阳修作为一代文宗且为官多年，他的公牍文自然是很多的，但是他的文论主要集中在褚斌杰所谈到的"书牍"，也就是亲朋间往来的私人信件，因此我们将针对书牍体来进行探讨。根据《欧阳修编年笺注》一书的统计，欧阳修所保留下来的书牍共有 47 篇。其中涉及文论的有十余篇，这些书牍篇幅一般都较长，大多是散文的形式。欧阳修写给朋友的书牍对朋友的诗文进行了评论，也对北宋的文风进行了评论，其中又阐述了自己的许多文论主张和见解。如在《代人上王枢密求先集序书》中说：

　　……某闻《传》曰："言之无文，行而不远。"君子之所学也，言以载事，而文以饰言，事信言文，乃能表见于后世。《诗》《书》《易》《春秋》，皆善载事而尤文者，故其传尤远。荀卿、孟轲之徒亦善为言，然其道有至有不至，故其书或传或不传，犹系于时之好恶而兴废之。其次楚有大夫者，善文其讴歌以传。汉之盛时，有贾谊、董仲舒、司马相如、扬雄，能文其文辞以传。由此以来，去圣益远，世益薄或衰，下迄周、隋，

———————

① 褚斌杰：《中国古代文体概论》，北京大学出版社 1990 年版，第 387页。

其间亦时时有善文其言以传者，然皆纷杂灭裂不纯信，故百不传一。幸而一传，传亦不显，不能若前数家之焯然暴见而大行也。甚矣，言之难行也！事信矣，须文。……故其间钜人硕德，闳言高论，流铄前后者，恃其所载之在文也。故其言之所载者大且文，则其传也章；言之所载者不文而又小，则其传也不章。①

欧阳修引用了"言之无文，行而不远"，可见其虽然重道重事，但也没有忽略文的重要性。欧阳修在这里谈到古文家的创作之功在"善闻其言"，并且题材的选择也对古文家的成功十分关键。"君子之所学也，言以载事而文以饰言，事信言文，乃能表见于后世。"欧阳修认为语言是用来记述事物的，而文采是用来润色语言的。欧阳修不像韩愈那样"文以明道"，认为文始终是从属于道的工具，而是单独将文列了出来，"事信"是指语言内容之真实性，"言文"是指语言运用之艺术性，不仅"事信"，而且"言文"才能传之于后世，这里欧阳修从理论上大大提升了文的地位。对于文的独立价值和地位，永叔是反复强调的，可以看出，欧阳修甚至将"事信"置于"言文"之先。在永叔眼中，只有两者完美地结合，文章才能传之于后世。由于欧阳修如此看重文章"不朽而存"的价值，所以他对文学创作甚为严谨，不敢掉以轻心。《代人上王枢密求先集序书》的语言，具有非常明显的特点，那就是形式上比较自由，语言平易而自然，对于"言文"的尊崇也让我们体会到欧阳修浓厚的感情色彩。

再如欧阳修在康定元年任馆阁校勘时所作的书牍《答吴充秀才书》：

前辱示书及文三篇，发而读之，浩乎若千万言之多，及少定而视焉，才数百言尔。非夫辞丰意雄，沛然有不可御之势，

① （宋）欧阳修：《欧阳修集编年笺注（四）》，巴蜀书社2007年版，第263-264页。

何以至此？……夫学者未始不为道，而至者鲜焉。非道之于人远也，学者有所溺焉尔。盖文之为言，难工而可喜，易悦而自足。世之学者往往溺之，一有工焉，则曰："吾学足矣。"甚者至弃百事不关于心，曰："吾文士也，职于文而已。"此其所以至之鲜也。昔孔子老而归鲁，六经之作，数年之顷尔。然读《易》者如无《春秋》，读《易》者如无《诗》，何其用功少而至于至也！圣人之文虽不可及。然大抵道胜者，文不难而自至也。故孟子皇皇不暇著书，荀卿盖亦晚而有作。若子云、仲淹，方勉焉以模言语，此道未足而强言者也。……若道之充焉，虽行乎天地，入于渊泉，无不之也，何患不至。先辈之文浩乎霈然，可谓善矣。而又志于为道，犹自以为未广，若不止焉，孟、荀可至而不难也。……①

欧阳修的这篇书牍批评文章在开头先论述吴充的文章之妙如"浩乎若千万言之多"，认为这都归功于文辞之丰厚，而文意又雄伟浩然，有势不可挡之气势。欧阳修向吴充谈到了学者求道不能达到最高境界之缘由，在于"学者有所溺焉尔""弃百事不关心于心"而又"只职于文"。要去关心百事，如果只是"职于文""弃百事"，就不能求道的最高境界，也就不能创作出好得文章。后面又举出孔子、孟子和荀子的实例，他们都是前半生都在追求"道"，而在晚年著书成文。并且欧阳修又采用了正反论证的方法，对比子云（扬雄）、仲淹（王通）之反面例子，他们"道未足而强言"结果只能是对古人的模仿，进而凸显出文章的中心。并且在段末点出，如若"道"已经充足，那么文章就算"行乎天地""入于渊泉"，也是可以无所不到的。欧阳修又在文章结尾点明自己的态度，称赞吴充之文"可谓善矣"，如果继续坚持对于道的追求，且保持自谦"以为未广"的态度，那么文章达到孟子、荀子的境地是不难实现的。我们可以看出，这篇书牍文结构非常严谨，首先称赞吴充的文采，中间部分论

---

① （宋）欧阳修：《欧阳修集编年笺注（三）》，巴蜀书社2007年版，第266-267页。

述自己的观点，并在文末点明自己的态度，让人有一气呵成之感，中间欧阳修对于文章创作中对"道"的坚持态度尤为精彩，篇幅中长，语言自由且具有平淡之美。

再看《答祖择之书》中说：

> ……夫世无师矣，学者当师经。师经必先求其意，意得则心定，心定则道纯，道纯则充于中者实，中充实则发为文者辉光，施于世者果致。①

这里的"道纯""中充实""充于中者足"是指文人健康的道德修养。欧阳修重视"道"，其目的在于使语用者立言能够达到一种不朽的境地。欧阳修认为要使文章语用内容达到高尚的境界，需要学者具备成熟健康的道德修养作为基础，才能"道胜"，欧阳修在这里提出学者应当是以圣人六经为师。这段话在《答祖择之书》的末尾处，属于中心句子。即便是中心句子，欧阳修的言辞用语也没有去雕琢求险，尽显其书牍体之平易闲淡之风格。

4. 序跋体

序跋文包括序文和跋文，褚斌杰在《中国古代文体概论》当中对序和跋下了定义："序，指序文，是写在一部书或一篇诗文前边的文字；跋，指跋文，又称题跋或跋尾，是附写在书后或诗文后的文字。序和跋的性质是相近的，它们都是对某部著作或某一诗文进行说明的文字。"②序跋在古代是一种十分常用的文体，作者通过序跋的创作表达自己对于作品的内容、缘由、态度等。而对于序的批评功能，李小兰曾经谈道："在某种意义上，序文的产生是为了消解著作和读者之间的欣赏障碍，促进文学交流，让著作和文学作品中的隐含意义被读者发掘和领会，让作者的追求和情感获得

---

① （宋）欧阳修：《欧阳修集编年笺注（四）》，巴蜀书社 2007 年版，第 306-307 页。

② 褚斌杰：《中国古代文体概论》，北京大学出版社 1990 年版，第 378 页。

社会认同。"①欧阳修在很多序跋文当中表现出了对于作品本身的理解和自己的一些文艺观点。据《欧阳修集编年笺注》的统计，欧阳修写的序有41篇，题跋有27篇。其中涉及文论观点的序有十多篇，大致可以将这些序分为两种，一种是欧阳修为他人的作品而写的序，如《释秘演诗集序》《苏轼文集序》《梅圣俞诗集序》等序文是欧阳修为同时代人的诗集所做的序文；另外一种是欧阳修为自己所作的序，如：《归田录序》《六一居士传》等。可以说序在欧阳修的批评文体当中占有一定的比例。欧阳修为文学作品写序作跋的具体内部原因，概括说来，一是由于欣赏诗人或作品而作，二是受人之托而作。而第一类序跋数量更多，质量上更为出众。欧阳修由于欣赏诗人或作品而作的这一类序跋文当中，《梅圣俞诗集序》特别有名：

> 予闻世谓诗人少达而多穷，夫岂然哉？盖世所传诗者，多出于古穷人之辞也。……内有忧思感愤之郁积，其兴于怨刺，以道羁臣寡妇之所叹，而写人情之难言，盖愈穷则愈工。然则非诗之能穷人，殆穷者而后工也。
>
> 予友梅圣俞，……学乎六经仁义之说，其为文章，简古纯粹，不求苟说于世。世之人徒知其诗而已。然时无贤愚，语诗者必求之圣俞；圣俞亦自以其不得志者，乐于诗而发之，故其平生所作，于诗尤多。……昔王文康公尝见而叹曰："二百年无此作矣！"虽知之深，亦不果荐也。……世徒喜其工，不知其穷之久而将老也！可不惜哉！
>
> ……予尝嗜圣俞诗，而患不能尽得之，遽喜谢氏之能类次也，辄序而藏之。……因索于其家，得其遗稿千余篇，并旧所藏……②

---

① 李小兰：《论批评功能与批评文体》，《宁夏社会科学》2008年第4期。

② （宋）欧阳修：《欧阳修集编年笺注（三）》，巴蜀书社2007年版，第177页。

欧阳修在开篇首先提出一种世俗观点，"诗人少达而多穷"，认为世间流传的文学佳作皆为"穷人"长期积忧感愤、兴于怨刺之产物；最后顺势得出结论：穷而后工。这实际上是从理论上阐释了自己的"穷而后工"的学说。接下来开始评论自己的友人梅尧臣。首先称赞其"学乎六经仁义"，并用"兼顾纯粹"四字高度概括了梅尧臣的文章之"工"，点出他"不求苟说于世"之高尚的品德。后又采用侧面烘托的写作手法，先谈民众"语诗者必求之圣俞"，随后又举出王文康公的具体事例来说明梅尧臣的不受重用，最后惋惜人们只欣赏梅尧臣的文章，却不了解他的"穷之久而将老"之困境，这实际上是以梅尧臣为具体实例来证明"穷而后工"的文论思想。文章最后又采用了叙事的手法，还交代了欧阳修非常认真地搜集、整理、编次梅尧臣的作品和为其作序过程，这一方面保有了序跋体的功能，另一方面，也是从侧面烘托出梅尧臣的文章之珍贵。此篇序文结构非常严谨，且运用了议论、叙事、侧面描写等手法和采用了较多的虚词，具有散文之音韵美，风格平易却又饱含深情，不即不离、从容淡定地论述"穷而后工"思想，让读者们非常流畅地读完这篇序跋文之后一方面感叹梅尧臣诗文之工，一方面同欧阳修一样难免悲从中来地惋惜其"穷"之不幸。

但是在序跋《薛简肃公文集序》中，欧阳修对于薛奎的评价却可以说是其"穷而后工"论的一个例外。此文虽然没有直接点明"穷而后工"的文论观，但也通过论述和举例阐述了这一观点：

> 君子之学，或施之事业，或见于文章，而常患于难兼也。盖遭时之士，功烈显于朝廷，名誉光于竹帛，故其常视文章为末事，而又有不暇与不能者焉。至于失志之人，穷居隐约，苦心危虑，而极于精思，与其所感激发愤，惟无所施于世者，皆一寓于文辞。故曰，穷者之言易工也。如唐之刘、柳无称于事业，而姚、宋不见于文章，彼四人者犹不能于两得，况其下者乎！……公之事业显矣，其于文章，气质纯深而劲正，盖发于

其志，故如其为人。……①

这里欧阳修开篇就提出"穷而后工"论，认为"君子之学"要么在他的事业当中有所发挥，要么在他的文学作品当中有所体现，因此君子的事业和文章是"患于难兼"的。后面再去对比二者进行论证，并举出了刘（刘禹锡）、柳（柳宗元）和姚（姚崇）、宋（宋璟）四人的具体事例，得出穷苦的人有时间作文辞的结论，也就是说明了"诗穷益工"之道理。但是欧阳修在这里论证"穷而后工"之学说，其目的却是以"穷而后工"之普遍性来对比称赞薛奎的才华卓越，在论证完"穷而后工"道理之后，直接转折，说薛奎不仅在事业即政坛上有所成就，其文章也是值得称道的。欧阳修称赞薛奎的文章"气质纯深而劲正""发于其志"，且"如其为人"。这也说明了欧阳修运用序跋体进行批评时的一个显著性格特征，那就是公正无私，并不以自己个人的态度去否定一个人的文学成就。从篇幅上来谈，欧阳修并未否定自己的"穷而后工"论，这里只是采用了对比的手法来称赞薛奎的文学成就。欧阳修在这里对薛奎的称赞手法极为巧妙，在古代文论当中很少见到，在序跋体文论批评当中更是凤毛麟角了。

《苏氏文集·序》也是欧阳修由于欣赏诗人及其作品而作的一篇优秀的序跋文。整篇文章中欧阳修悼念亡友苏舜钦，回忆往事，感情真挚。来看看文章当中欧阳修对其人其文的评论：

> 斯文，金玉也，弃掷埋没粪土，不能销蚀。其见遗于一时，必有收而宝之于后者也。……子美之齿少于予，而予学古文反在其后。天圣之间，予举进士于有司，见时学者务以言语声偶摛裂，号为时文，以相夸尚。而子美独与其兄才翁及穆参军伯长，作为古歌诗杂文，时人颇共非笑之，而子美不顾也。其后天子患时文之弊，下诏书，讽勉学者以近古，由是其风渐

① （宋）欧阳修：《欧阳修集编年笺注（三）》，巴蜀书社 2007 年版，第 210 页。

117

息，而学者稍趋于古焉。独子美为于举世不为之时，其始终自守，不牵世俗趋舍，可谓特立之士也。①

欧阳修先是高度称赞苏舜钦的文采，认为他的文章是"金玉"，并坚信其文一定会千古流传。苏舜钦虽然年幼于欧阳修，但欧阳修却尊其为文学前辈，这是欧阳修发自内心的对苏舜钦文采的赞扬，接下来又举出实例论证其文人之品格。在天圣年间，"学者务以言语声偶摘裂，号为时文"。而苏舜钦并没有向其他文人那样随波逐流，而是坚持自己的古文创作，始终坚守自己的主张。这里实际上表现出了欧阳修对西昆体的批评，欧阳修在语言内容和形式的关系上，他的态度是既反对语用脱离内容而仅追求词藻的华丽，又反对重内容轻形式不讲求艺术。《苏氏文集·序》感情至深至真，用字考究却又不失平易之风，可以说是欧阳修文情并茂之序跋文的又一佳作。

在《送徐无党南归序》中，欧阳修提出："修于身者，无所不获；施于事者，有得有不得焉；其见于言者，则又有能有不能也。"②这里他充分肯定了"文"的独立价值，极为赞同孔子"言之无文，行而不远"之观点，认为文人既要重视道德修养，也要重视语用艺术。总之欧阳修的序跋文数量颇多，涵盖了许多文论观点，且批评方式各异，总体来说大多情感丰富，语言用字考究，行文自然平易。

5. 碑志体

碑志是指刻在石碑上的书法、文辞，包括碑铭和墓志铭。碑铭的范围很广，有封禅和纪功的刻文，如秦始皇《泰山刻文》、韩愈《平淮西碑》等。有寺观、桥梁等建筑物的刻文，如韩愈《南海神庙碑》等。墓碑文则是记载死者生前事迹的，文章最后有韵文，称作

---

① （宋）欧阳修：《欧阳修集编年笺注（三）》，巴蜀书社 2007 年版，第 143-144 页。

② （宋）欧阳修：《欧阳修集编年笺注（三）》，巴蜀书社 2007 年版，第 183 页。

铭。在封建时代，人们的身份地位不同，死后的墓碑形制和名称也不同，分别叫墓碑、墓碣、墓表。大官的墓碑是树立在墓道上的，这种墓道称神道，所以又叫"神道碑"。官阶低的则树"墓碣"。"墓表"则不论死者生前入仕与否都可树立，也称为"神道表"。墓表一般没有铭（韵文）。墓志铭是墓碑文的一种。前有志（散文），后有铭，但后世也有变化。欧阳修的碑志文中涵盖文论观点的主要集中在墓碑文中，根据《欧阳修集编年笺注》统计，共上百篇之多，且不乏如《内殿崇班薛君墓表》《尹师鲁墓志铭》等优秀文论作品。

欧阳修的墓碑文当中最值得一提的，是他于北宋皇祐年间便已创作的《先君墓表》。熙宁三年欧阳修任青州知州之时，又对此墓表进行了精心的修改，并且最终改名为《泷冈阡表》，刻在其父墓道前的石碑之上。文章饱含深情、脍炙人口，为后世的散文开拓了更加广泛、更具文学价值的领域。

> 太夫人告之曰：汝父为吏廉，而好施与，喜宾客；其俸禄虽薄，常不使有余。曰："毋以是为我累。"……岁时祭祀，则必涕泣，曰："祭而丰，不如养之薄也。"间御酒食，则又涕泣，曰："昔常不足，而今有余，其何及也！"……"求其生而不得，则死者与我皆无恨也；矧求而有得邪，以其有得，则知不求而死者有恨也。夫常求其生，犹失之死，而世常求其死也。"……"术者谓我岁行在戌将死，使其言然，吾不及见儿之立也，后当以我语告之。"其平居教他子弟，常用此语，吾耳熟焉，故能详也。其施于外事，吾不能知；其居于家，无所矜饰，而所为如此，是真发于中者邪！呜呼！其心厚于仁者邪！①

全文以"有待于汝也"为主线，叙述了自己家境的贫苦、母亲对于自己的辛勤哺育及谆谆教导。欧阳修的父亲欧阳观是一个并不著名

---

① （宋）欧阳修：《欧阳修集编年笺注（二）》，巴蜀书社2007年版，第345-346页。

的文人，在他四岁的时候便已经去世，所以文中大多是以母亲的话来描述其父，这显得情真意切，先说父亲"吏廉""好施"，又描述了生活当中祭祀的片段，并从母亲的角度引用父亲的原话"祭而丰，不如养之薄也"。体现了父亲孝顺父母的优点，特别是描述父亲断案时的片段尤为细腻，我们从中可以看出此篇虽然是欧阳修追忆、缅怀其父欧阳观的碑志，但欧阳修却在展现父亲高尚品格的过程中，间接抨击了当时的贪官污吏因钱财所累、封建吏治的残酷不仁、官员断案的草菅人命之社会残酷现象，如此来教导后学晚辈应当为官廉洁、孝顺父母、宅心仁德，这实际上实践了欧阳修所提倡的文学主张——道是文的内容和根本。欧阳修对于道和文的态度，可以说既继承了韩愈认为文的根本是道的思想，强调了道对文，也就是内容对形式的决定性作用，又进一步谈到了文的重要性和相对独立性。而欧阳修并不是空洞地论述抨击不良现象、提倡上述儒家道统的道德伦理观，而是将道物化作百事，从母亲的所看所感其父的种种实例来表现"道"、提炼"道"，也体现了欧阳修的"事信"观点。整篇碑志文以叙事为主，语言真情自然，详略得当，并充分利用母亲的角度来刻画父亲的形象，活灵活现，也运用了"乎""也""之"等大量虚词，使其文具备音韵之美。

还有一篇《尹师鲁墓志铭》非常值得关注：

> ……然天下之士识与不识皆称之曰师鲁，盖其名重当世。而世之知师鲁者，或推其文学，或高其议论，或多其材能。至其忠义之节，处穷达，临祸福，无愧于古君子，则天下之称师鲁者未必尽知之。师鲁为文章，简而有法。博学强记，通知今古，长于《春秋》。……①

欧阳修提倡文章应"简而有法"，这里的"简而有法"也是欧阳修对尹师鲁为文谨严，不事繁缛的高度总结和称赞，欧阳修此篇碑志中

---

① （宋）欧阳修：《欧阳修集编年笺注（二）》，巴蜀书社2007年版，第436页。

并未具体地写尹师鲁的文学成就，而是说天下的士人认识他的、不认识他的都会称呼他为师鲁，他的名声被当时的人十分看重。仅仅这一句的高度概括，尹师鲁的文学的才能、议论的高明以及他的才干便了然于心。如此不言而喻的内容，欧阳修自然不会多讲，这样的表达虽然简约但可以说达到了以少胜多的效果。由于如此表述较为简单，还遭到了尹师鲁亲友的不满和质疑，欧阳修又作《论尹师鲁墓志》以阐述自己的观点，这种"简而有法"的写作方式，正是欧阳修对文章创作的要求之一，内容上真实可信的同时要做到言简意深，善于剪裁，因此《尹师鲁墓志铭》也是欧阳修"简而有法"思想的一篇创作实践。而全文以叙事为主，直接评论尹师鲁的言辞很少，且行文自然。

另外再看《内殿崇班薛君墓表》：

> ……然予考古所谓贤人、君子、功臣、烈士之所以铭见于后世者，其言简而著。及后世衰，言者自疑于不信，始繁其文，而犹患于不章，又备其行事，惟恐不为世之信也。若薛氏之著于绛，简肃公之信于天下，而予之铭公不愧于其兄，则公之铭不待繁言而信也。然其行事终始，予亦不敢略而志诸墓矣。今之碣者，无以加焉，则取其可以简而著者书之，以慰其子之孝思，而信于绛之人云。①

欧阳修在这里明确地提出了他的"事信"的文学主张。开头先论述"见于后世"的铭，都是"简而著"，而没有流传到后世的铭，都是那些连作者自己都不相信的、语言繁琐的文章。那么这里实际上是欧阳修的一个正反对比描写，他批评六朝以来的碑志文，欧阳修非常反感这个时期的碑志文的内容浮夸铺张，几乎千篇一律的歌功颂德。在欧阳修看来，是否符合现实，是文章好坏的判断标准之一，而碑志文是为"不朽而存"的，因此它应该具备真实性、客观性和

---

① （宋）欧阳修：《欧阳修集编年笺注（二）》，巴蜀书社 2007 年版，第310 页。

全面性的特征，欧阳修强烈反对碑志文当中的夸大事实、辞巧意浅和短气乏骨等不良风气。而此篇碑志文语言也十分平易自然，较为简练。

欧阳修在他的碑志当中，既提倡"平淡"之风又阐释了穷而后工论，如《梅圣俞墓志铭（并序）》中：

> 其初喜为清丽，闲肆平淡；久则涵演深远，间亦琢刻，以出怪巧。然气完力馀，益老以劲。……不戚其穷，不困其鸣。不踬于艰，不履于倾。养其和平，以发厥声。震越浑锽，众听以惊。以扬其清，以播其英。以成其名，以告诸冥。①

欧阳修对于梅尧臣诗风的概括非常准确，认为"平淡"是梅诗的基本风格倾向。"平淡"之中带有清丽，最初以情韵见长。后来又是"平淡"中显老健，意随言尽且"出怪巧"，准确地体现了梅尧臣诗风的演变。虽说梅诗的尝试有时会词句枯涩、缺乏韵味，但是这最终导致了新诗风的形成。后欧阳修又谈到梅尧臣的一生如何困顿，穷愁感愤，但是又称赞他的为人"仁厚乐易，未尝忤于物，至其穷愁感愤，有所骂讥笑谑，一发于诗"②。欧阳修最后说道："余尝论其诗曰：'世谓诗人少达而多穷，盖非诗能穷人，殆穷者而后工也。'圣俞以为知言。"③欧阳修在铭文中又称赞梅尧臣不以自己个人的境遇而停止言论，也不以生活的困顿而跌倒沉沦。梅尧臣涵养和平之气，使其诗文发出宏大震荡的声音，让听到的人甚为震惊。这实际上就是欧阳修借梅尧臣的实例论述了穷而后工论。全篇仍是以叙事为主，但较其他碑志来说，掺杂了更多的欧阳修的评论，特别是铭的部分，可以说是一首具有音韵之美的四言古诗，非常工

---

①　（宋）欧阳修：《欧阳修集编年笺注（二）》，巴蜀书社 2007 年版，第 583-584 页。

②　（宋）欧阳修：《欧阳修集编年笺注（二）》，巴蜀书社 2007 年版，第 583 页。

③　（宋）欧阳修：《欧阳修集编年笺注（二）》，巴蜀书社 2007 年版，第 584 页。

整，欧阳修的诗歌以五言、七言古诗居多，像这样的四言古诗，可以说是少之又少的，如此更加增添了此篇碑志文的审美享受。

除以上详细分析的几篇碑志文，欧阳修还有许多优秀的碑志文，并且其中或多或少地表达了欧阳修的文论观点，如在他的墓志铭《永州军事判官郑君墓志铭》论述了铭的功能："铭所以彰善而著无穷也。"①《张子野墓志铭》中欧阳修说："呜呼！予虽不能铭，然乐道天下之善以传焉。"②等等，这体现了欧阳修在创作碑志文时的目标是对"善"的记录和弘扬。在《徂徕石先生墓志铭》欧阳修对石介评论道："其余喜怒哀乐，必见于文。其辞博辩雄伟，而忧思深远。"③在《石曼卿墓表》当中，对其评价道："读书不治章句，独慕古人奇节伟行非常之功，视世俗屑屑，无足动其意者。……其为文章，劲健称其意气。"④这里谈到了石曼卿读书不去研究章节句读，只仰慕那些古时具有奇伟的品行并且建立过"非常之功"的人，他看轻一般的世俗功名，欧阳修称赞他写的文章正如同他的为人一般非常遒劲刚健。总之欧阳修的碑志文有上百篇之多，其中多为好友所著，以"事信"为原则，内容多为记叙逝者生平真实事迹，但其中又涵盖了欧阳修本人的许多文论观点，语言以平易自然为主，蕴含着丰富的情感。

欧阳修的批评文体种类非常多，除了这里详加介绍的五种批评文体之外，还有如祭文体、论体等。总之欧阳修的批评文体具有多种样式，既体现了欧阳修丰富活跃的思想，深厚的文学素养以及强大的文学功底，也体现其作为一代文宗文备众体的大家风范。

---

① （宋）欧阳修：《欧阳修集编年笺注（二）》，巴蜀书社 2007 年版，第 621 页。
② （宋）欧阳修：《欧阳修集编年笺注（二）》，巴蜀书社 2007 年版，第 411 页。
③ （宋）欧阳修：《欧阳修集编年笺注（二）》，巴蜀书社 2007 年版，第 599 页。
④ （宋）欧阳修：《欧阳修集编年笺注（二）》，巴蜀书社 2007 年版，第 599 页。

二、批评文体：古典韵味、美不胜收

欧阳修以博学多才闻名于世，是北宋文学革新运动的领袖人物，他的文艺评论也是十分优秀的，虽然并未创作出专门的文学理论著作，但是其文艺观点在许多文章当中均有体现，为天下所仰慕。欧阳修可以说是中国古代文学史上影响深远的一代宗师。研究欧阳修批评文体的审美特征，可以对当今的文艺批评起到一种启发借鉴的作用。欧阳修注重对前人的学习，尤其是对唐代的文学作品甚为欣赏，但是欧阳修并没有完全照搬其创作方式和风格，而是根据自己的文艺理念去创造性的改变。欧阳修的批评文体所呈现出的审美特征主要表现为：形态之美、行文之美和格调高远。

1. 形态之美

欧阳修批评文体的审美特征当中，十分耀眼的是它的形态之美。欧阳修的批评文体形态之美，主要体现于它的文体的多样性、形态的多变性和结构的复杂性上。欧阳修在评论某一个作家、某一部作品等文学现象的时候，都是随心而至，并没有刻意地去创作去批评，而是根据自己的信念和想表达的内容，自由、随性地写作，文章往往都是一蹴而就，简单当中又见其法度，自然而然地抒发其独到精辟的文艺观点，形态之美独具特色。

首先来看看欧阳修的批评文体当中，多样的文体所带来的形态之美。纵观欧阳修的文论作品，可以发现他的文体样式十分丰富，前文专门列出了诗话体、论诗诗、书牍体、序跋体、碑志体五种文体样式，欧阳修除了这五种批评文体之外，还有包括祭文体、论体、赋体等，这可以看出欧阳修的批评文体具有明显的文体多样性之美。郭绍虞的《中国历代文论选》（1979 年版）中可以看出，在欧阳修所处的宋代以前，文论的体式相对单一。两汉时期的主要的批评文体只有序跋和书牍。司马迁、班固、扬雄等都是汉代较为出名的文艺评论家，他们的文艺评论作品都仅采用了序跋和书牍而已。到了魏晋南北朝时期，文学批评得到了一定的发展，重要的文艺批评家有曹丕、陆机、挚虞、葛洪、刘勰、钟嵘、萧统等人，虽然说这个时候的文学批评较为繁荣，但是这些文艺批评家们的文体形式不外乎序跋体、书牍体、论体等。比如说刘勰的《文心雕龙》，它是中国古代的一部具有严密体系、宏伟结构的文学理论专著，刘勰《文心雕龙》所使用的文体是骈文。而陆机的《文赋》，首次将文学创作的过程、写作的方法和修辞技巧等内容进行了批评与阐释，陆机在《文赋》中所使用的文体是赋。再看曹丕的文论作品，主要的文体是书牍和论。到了隋唐五代时期，同样出现了一批优秀的文学批评家，有王勃、陈子昂、杜甫、白居易、柳宗元、司空图，以及影响欧阳修最深的韩愈和李白两位大文豪。伴随着诗歌的繁荣昌盛，一种新的批评文体诞生了，那就是论诗诗。隋唐有许多优秀的论诗诗作品，特别是杜甫的《戏为六绝句》尤为出色，杜甫虽然说是那个时期最有名的诗人之一，但是他所采用的批评文体样式主要为论诗诗，因而杜甫的批评文体种类也是十分单一的。除了杜甫之外，其他的著名文学评论家的文体形式也并不丰富，如韩愈、白居易等在创作文艺批评作品时大多仅仅采用了书牍体和序跋体两种文体而已。到了欧阳修所处的宋代时期，文人墨客如雨后春笋般涌现，除了一代文宗欧阳修之外，还有苏轼、梅尧臣、陆游、杨万里、黄庭坚、李清照等比较有名的文艺评论家。但是他们多是专攻一类自己所擅长的批评文体，如李清照的文论在《中国历代文论选》当中仅仅摘录了一篇论体《论词》，而摘录的较多文论作品的文论家，他们所采用的批评文体，不外乎是以往古人所常用的书牍体、碑铭体、论体等文体当中的有限的两到四种而已。如陆游擅长的批评文体有序跋体、记体、墓志铭体、书牍体四类，杨万里擅长的批评文体有论诗诗、序跋体、论体三类，黄庭坚擅长的批评文体有论诗诗、书牍体、记体三类，就算是与同样批评文体种类较多的苏轼相比，欧阳修的批评文体的种类也比他丰富，如诗话体等。因此可以看出，虽然说宋代的批评文体种类十分丰富，但是与欧阳修同处宋代的一些文艺批评家们，多只擅长其中非常有限的几个文体，欧阳修的批评文体的种类几乎是他们的数倍之多，欧阳修的同时代文艺评论家并没有一个人可以超过他的批评文体的种类的。总之欧阳修的批评文体种类很多，且复杂多变、各具特色，尽显其形态之美。

2. 行文之美

欧阳修批评文体的审美特征当中，另外十分重要的一点是其具有行文之美。欧阳修在进行文艺批评时，大多采用平实、简易的语言，在这种风格之下，又保有着文字本身流畅、自然的意蕴，具有很强的文学性、审美性，这正是欧阳修文论作品的其中一个独到之处。欧阳修一生的文艺创作之中，都崇尚用平实简练的语言表达出内容饱满、含义深刻的文艺观点。偶尔为了保持文章的整体之简洁，他甚至会放弃对语言的推敲和追求。在欧阳修的批评文本当中，很难出现，抑或是找不到在其他文人的文论作品中，经常有的类似于"文眼"的语言文字。欧阳修偏爱韩愈的文章众所周知，但是他的崇古行为并不盲目，他摒弃韩愈文章奇险深奥的方面，取法其文章的精华部分，也就是韩文的文从字顺之优点。韩愈的批评文字以造语奇突为特征，欧阳修的批评文字以措辞平易为特征，这是显而易见的不同。但欧阳修的文论的平易特征不等于平淡无味，欧阳修或采用长句一气贯注，又或用浅近文字深入浅出，语言是经过他自己的反复锤炼推敲的。事实上，欧阳修一生都在坚持着为文要平易自然，反对险怪奇崛的文学创作思想。欧阳修的批评文体，是在他同内容贫乏的"西昆体"和生僻险怪的"太学体"的不断斗争当中成长起来的，是中国古代文论史上平易自然的典范。如欧阳修的《答吴充秀才书》中说道：

> 修材不足用于时，仕不足荣于世，其毁誉不足轻重，气力不足动人。世之欲假誉以为重，借力而后进者，奚取于修焉？先辈学精文雄，其施于时，又非待修誉而为重、力而后进者也。然而惠然见临，若有所责，得非急于谋道，不择其人而问焉者欤？①

这是欧阳修在向吴充秀才阐释文道关系前的一段铺垫性的文字。欧

---

① （宋）欧阳修：《欧阳修集编年笺注（三）》，巴蜀书社 2007 年版，第266 页。

阳修在这里先是谦虚地称自己的才能并没有被当时所用，官职不高无法令后代感到荣耀，自嘲说自己对别人的批评和赞许也是无足轻重的，说自己的气势力量也无法打动别人，因此他疑问道，为何世间想凭借别人的赞许"以为重"，凭借别人的力量成功的人，要选择他欧阳修呢？这是欧阳修非常自谦的对于他自己的一种评论。后欧阳修又对吴充秀才进行了一番称赞。说吴充的文学学问精湛，文章雄伟都"施于时"，这些并不是靠欧阳修对他的称赞达到的，欧阳修在断尾以反问的语气提出自己对于吴充这种求教行为的看法，他认为吴充这样求教于自己，是一种"急于某道"的做法。最后一句是对下文真正要表达的中心思想的一种铺垫。从中可以看出这段书牍体当中，欧阳修并没有采用华丽的辞藻，也没有去引用典故，语言十分流畅，通俗易懂，毫无滞涩窘迫的感觉，真诚而且自然。读完之后让人感受到欧阳修批评文章所具有的一种朴素平易的内在气质。

欧阳修文论的行文之美还体现在它语言中的声韵之美上。如欧阳修在《与渑池徐宰书五》当中：

> 更自精择，少去其繁，则峻洁矣。然不败勉强，勉强简节之，则不流畅，须待自然之至，其如常宜在心也。①

这里欧阳修的看法是，在进行创作的时候，语言上需"精择，少去其繁"，要求做到"峻洁"，是不能造作的，更加不能勉强，因为"勉强简节"，就会有可能造成文章的"不流畅"。实际上，欧阳修是要求作者有一定的语言把握能力，是质朴平易，而非质陋简单；是恬淡自然，而非无意信笔。这种语言把握能力，是文学创作当中的一种深刻的丰腴和精微，如此创作出来的文学作品，体现着作家内在的深厚文学修养。其实从欧阳修自己的文论创作中也可以看出，正是由于欧阳修在批评文体的语言上尽了一番"精择"的功夫，

---

① （宋）欧阳修：《欧阳修集编年笺注（八）》，巴蜀书社 2007 年版，第220 页。

又不断强调"自然之至"的风格，所以欧阳修批评文体中的语言才会尽显精巧灵动之美。如杂题跋《读李翱文》中：

> 呜呼！使当时君子皆易叹老磋悲之心，为翱所忧之心，则唐之天下岂有乱与亡哉！然翱幸不生今之时，见今之事，则其忧又甚矣。奈何今之人不忧也？余行天下，见人多矣，脱有一人能如翱忧者，又皆贱远，与翱无异。其余光荣而饱者，一闻忧世之言，不以为狂人，则以为病痴子，不怒则笑之矣。呜呼！在位而不肯自忧，又禁他人使皆不得忧，可叹也夫！①

文段营造了欧阳修批评文体当中浅显易懂而又平易、自然的艺术之风，且运用了诸如"呜呼""也""矣"等虚词，十分巧妙，使其具备了声韵上一定的韵律和秀美，朗朗上口又和谐悦耳。这段文字让人读起来感觉相当的纯朴真挚，又具备了行文语言上的审美特征。

欧阳修崇尚追求文学语言中的韵律之美，如他在《六一诗话》当中曾经提到过：

> 而予独爱其工于用韵也。盖其得韵宽，则波澜横溢，泛入旁韵，乍还乍离，出入回合，殆不可拘以常格，如《此日足可惜》之类是也。得韵窄，则不复傍出，因而难见巧，愈险愈奇，如《病中赠张十八》之类是也。②

欧阳修的批评文体，不管是哪一种文体，都可以看出其音韵的和谐之美。他在这里先是总结了韩愈文章的广泛用韵、汪洋恣意、不拘束于常规体式的特点，并也指出了韩愈的这种用韵方式疾徐有节，恰到好处地表情达意。这是欧阳修对韩愈文学作品的肯定，也体现

---

① （宋）欧阳修：《欧阳修集编年笺注（四）》，巴蜀书社 2007 年版，第391 页。

② （宋）欧阳修：《欧阳修集编年笺注（七）》，巴蜀书社 2007 年版，第147 页。

出欧阳修对文章写作的一种自觉的追求。欧阳修批评文体当中所运用的语言，一般以"文从字顺"为原则，其文论有的读起来抑扬顿挫又节奏鲜明，有的读起来舒缓流畅又轻清柔美。王安石曾称赞其文章"其清音幽韵，凄如飘风急雨之骤至；其雄辞闳辩，快如轻车骏马之奔驰"。① 这里王安石主要讲的就是欧阳修的语言特色，欧阳修批评文体的语言正如王安石所说的十分娟秀清扬、温润而又自然。

　　欧阳修为了入仕曾经研习过一段时间的骈文，但是骈文并非他的心头所好。他将骈赋的优点运用到了批评文体的创作当中，体现在语言和句式两个方面，欧阳修在保持其文章语言朴素自然美的同时，又将语言推敲出了一种音韵和谐之美。这种审美特征的营造，也与欧阳修所采用的骈散句式的交错分不开。欧阳修在写作批评文体时，甚为注意语言的韵律。《与尹师鲁书》运用了十二个"也"字，这种写法使得这篇书牍的声调更加舒缓婉曲、柔和优美，增强了文章语言中音韵的审美特征。《祭石曼卿文》是欧阳修的一篇四六句相兼的优秀祭文，他在文章当中使用了很多押韵的字，如"卿、英、灵、名、星、嵘、精、茎、形、萤、嘤、生、城、情"等，可以看出这篇祭文是一篇工整的韵文且四六句相间，并且也推敲修饰了言辞，设计了抑扬顿挫的节奏，值得注意的是其中偶尔有句子的韵脚会泛入旁韵，旁韵一般会破坏文学作品的音韵之美，但是在这里竟然使其文在声韵上产生了波涛起伏。不仅仅是《祭石曼卿文》，欧阳修还有很多这样的具备音韵之美的文章，又如《祭苏子美文》《祭梅圣俞文》这两篇祭文体也是四言的韵文，欧阳修如此使用韵语有利于抒发内心的孤寂与忧伤。这说明只要运用得当，韵语可以增加作品思想的表达力度。

　　3. 格调之美

　　欧阳修批评文体的审美特征，还有一点是其具备了格调之美。格调是中国古代文艺评论当中的一个审美范畴，它是批评文体的一

---

① （宋）王安石：《祭欧阳公文》，《欧阳修全集》，中国书店 1986 年版，第 332 页。

种审美特质，因此格调也是评定批评文体价值的重要标准之一。格调在宋代是文人墨客精神风貌的一个艺术结晶，它不仅与文艺批评家的人格有关，也与整个时代的精神形态有十分密切的关系。方回是宋元之际的著名学者、诗人和诗论家，他评论格调道："格高为第一。"而且格调还被当时的文论家们定义为文学作品的重要组成部分之一。从晚唐到宋初的文学作品在欧阳修看来是不具备格调之美的，这个时候的文论家和他们的批评文体都存在着一种卑弱之风。欧阳修为了纠正宋初文坛的这种不良风气，倡导改造士风的同时将格调摆到了一定高度。以欧阳修为代表的北宋文坛的文艺批评家们关注于磨炼品节，在讲究行为操守的同时更是崇尚"气格"，在宋初文坛自然而然地产生了一种矫拔世俗、追求格调之美的风气。这样的思潮有利于此时的批评文体朝着积极健康的方向发展。欧阳修在《六一诗话》第二十四则中，曾经高度赞扬了友人石曼卿的高"格"："石曼卿自少以诗酒豪放自得，其气貌伟然，诗格奇峭。"①这里欧阳修是说石曼卿在小的时候就颇为自己的诗歌风格、自己的酒量豪放而骄傲，称赞他气度、容貌都很伟岸，他的诗歌风格奇丽峻峭。这里反映了欧阳修自己对格调的追求和称颂，影响着同时期的其他文艺评论家和他们的批评文体，因而在很大程度上提升了宋代文学作品的精神上的高度。著名文论家黄庭坚也对欧阳修的"诗语豪壮不挫"②表示钦佩万分。欧阳修重视格调的态度影响其创作和批评，将内心的高洁情操抒发于自己的批评文本之中，随之也使得欧阳修的批评文体具有一种不被世俗所魅惑，不愿随波逐流的浩然之气，这构成欧阳修批评文体审美特征当中的格调之美。

欧阳修批评文体的格调之美，首先体现于其人的洁身自持，其作品的旷达洒脱之气韵。在宋朝初期，政治稳定，且经济也呈复苏

① （宋）欧阳修：《欧阳修集编年笺注（七）》，巴蜀书社 2007 年版，第 146 页。
② （宋）黄庭坚：《豫章黄先生文集》，卷三十《跋欧阳公红梨花诗》，转引洪本健编：《欧阳修资料汇编》，中华书局 1995 年版，第 135 页。

状态，社会正积极向上发展着，欧阳修是封建士大夫家族出身，内心充满着振兴国家、建功立业的宏图大志。但是由于国家刚刚统一，政治弊端和社会矛盾都十分尖锐，朝廷内部的党派之争也日渐加剧。欧阳修在这样一种社会现实之下，仍然继续坚持自己重视个人修养的一贯作风，他洁身自持，并保持着自我完善道德的一种人生态度。欧阳修刚正不阿又清高拔俗，面对逆境处变不惊，这样的胸襟和高尚的品格影响着他的批评文体。如欧阳修在古诗《夜坐弹琴有感二首呈圣俞(其一)》中：

> 吾爱陶靖节，有琴常自随。无弦人莫听，此乐有谁知。君子笃自信，众人喜随时。其中苟有得，外物竟何为。寄谢伯牙子，何须钟子期。①

欧阳修甚为欣赏陶靖节即陶渊明，陶渊明除了是著名的文学家之外，又从小学琴，终生都对琴十分痴迷，淡漠名利又气节凛然，这里欧阳修抒发了自己对陶渊明的激赏之情。中国古代文论的发展有其自身的演变过程，其中一个方面是对于文学作品功用评价从重实的功能演化到重审美的功能上，而对于是重实还是重审美的判断，文本当中言情成分的分量是其判断标准。当然在历代文论作品中都有着情文并茂、令人心驰神往的优秀批评文体，如韩愈的祭文《祭十二郎文》、苏轼的序跋《书子由超然台赋后》等，可以说这些优秀的文艺评论作品都是出自作者的肺腑，真情绵远，读起来感人泪下。但是，这样的情况仅存在于少数的作家及其少数的作品当中。中国古代的优秀文论家很多，但是其中能够以个人的力量创造出文艺思想丰富的、文体多变而又情致悱恻的大量文论作品，在强化批评文体的审美功用的过程中又能够在自己所处的时代去开引一代文学风气的，却只有欧阳修一人了。

欧阳修的批评文体的格调之美，还体现在浓郁的抒情风格。欧

---

① (宋)欧阳修：《欧阳修集编年笺注(一)》，巴蜀书社 2007 年版，第 323 页。

阳修的文论相较于以前的文艺批评家的作品来说，在内容上增加了许多抒情成分，对情感的抒发本应该只在诗歌当中体现，欧阳修颠覆了这样一个传统，将真性情融合进了他的许多种类的批评文体当中。这样一来，欧阳修的文论作品就在俯仰慷慨的情思之中获得了诗歌般的充满感情的审美特征，可以说抒情化是欧阳修批评文体的一大特色与亮点。欧阳修批评文体的抒情特征具有自己独到的内涵，主要有两个方面，第一个是感情十分多样而又细腻深刻。欧阳修在感情极为丰富的批评文体中，十分擅长于从容自然地抒发包括悲伤、哀叹、激愤、畅游、友情、亲情等的各种情感，感人至深。例如说欧阳修表达亲情的《泷冈阡表》，这篇阡表是他为自己的父亲所做，欧阳修运用巧妙的语言融入了抒情的技巧，使得这篇阡表非常恳切动人且涵盖了欧阳修丰富的情感。而他的祭文体如《祭石曼卿文》《祭苏子美文》等，所表现的是欧阳修的对其好友过世的悲哀之情，其语言凄清哀婉而又情致缠绵凄恻。又如类似于《送杨置序》《送徐无党南归序》的文章，欧阳修意在抒发情真意切的师友之情，用如数家常般的语言自然而然地将浓烈的师友之情融入其中。而诸如《张子野墓志铭》《河南府司录张君(汝士)墓表》等碑志文当中，欧阳修又将其交游盛衰之感叹写了进去。具有低回吟唱特色的如《读李翱文》《五代史伶官传序》等文章，欧阳修又在其中寄寓怜才伤世之感和生死盛衰之意。欧阳修批评文体的抒情化第二个明显的特点就是感情细腻深刻。例如欧阳修的祭文《祭石曼卿文》，石曼卿也是北宋的著名文学家之一，才华横溢却又无法施展，最终英年早逝。欧阳修以情驭笔，细腻地描写出了石曼卿死后，他的坟墓一片荒芜的景象和他生前的器宇轩昂、意气风发的情况，形成了一种鲜明的对比，表现出欧阳修痛失亲朋好友石曼卿的悲伤，显得凄婉哀怨，整篇文章一气呵成，有浑然天成之感。还有在一些序跋文当中，欧阳修对其作品的作者并未如其他序跋一般的着重评价，而是借此表达了心头压抑已久的情愫，如同在《苏氏文集序》中，欧阳修舒展了对其好友苏舜钦怀才不遇的浓郁而又深刻的深深惋惜之情。

欧阳修通过北宋诗文革新运动，将自己的文论观点扩散到了当时整个社会，在文坛上掀起了一场包括内容、语言、风格、审美标准等方面的改革，将北宋文学发展引向了正轨。欧阳修继承了唐代的批评文体，在学习和借鉴韩愈和李白的基础上，创造了独具特色的批评文体——诗话体，对后世产生了极其深远的影响，欧阳修的批评文体在整个中国古代批评文体的发展中起到了承前启后的作用。

第二节　苏轼批评文体研究

钱锺书先生在《宋诗选注》中对苏轼评价道："他一向被推为宋代最伟大的文人，在散文、诗、词各方面都有极高的成就。他批评吴道子的画，曾经说过：'出新意于法度之中，寄妙理于豪放之外。'从分散在他著作里的诗文评看来，这两句话也许可以现成的应用在他自己身上，概括他在诗歌里的理论和实践。"①钱锺书先生认为"出新意于法度之中，寄妙理于豪放之外"这两句评语可以概括苏轼在诗歌里的理论和实践，我认为这两句评语也能非常恰当地概括苏轼的批评文体的某些特点。苏轼在进行文学评论的时候常常在特定的文体之中别出新的想法与观点，在豪放的文体风格之外蕴含着妙理。苏轼批评文体样式非常丰富，但不论哪种批评文体，他的批评文体都具有诗性化的特点。苏轼的批评文体采用的都是诗意化的语言，具有很强的审美寓意性。诗意化的语言不但蕴含着深厚的意义，同时也具有很浓的美文化色彩。中国古代文学家们使用的语言大多具有含蓄性的特点，苏轼使用的批评文体语言也继承了中国古代这种传统的语言特性。当然苏轼使用的批评语言也具有自己的特点。这主要体现在，苏轼批评文体的语言除了具有含蓄性外，还具有一种平淡而雅趣的特点。另外，苏轼在他的批评文体中采用的是一种直觉思维方式而不是抽象思维方式。直觉思维最大的特点是直观性，形象化。"直觉思维不仅是非逻辑的，非用意能得，非推理能知，而且是非时间的，来亦匆匆，去亦匆匆，藏若景灭，行

---

① 　钱锺书：《宋诗选注》，人民文学出版社 1989 年版，第 69 页。

犹响起。它往往是俯仰之间的天机自流、一瞥之下的主客兴会、蓦然回首时的心灵感悟……这种心理机制西方理论界称之为灵感，有灵气的吸入之意。"①由此可见直觉思维方式重在感悟、重在即兴，这与逻辑思维具有明显的差异。

苏轼批评文体在文化选择上采取的是兼收并蓄，苏轼吸收了儒、道、佛三家思想。苏轼批评文体行云流水、随物赋形、自然奔放、虚实结合、转折摇曳显然受到这三家思想的影响。苏轼批评文体审美体验的方式、直觉的思维方式、美文化的语言、自由的批评文体形式对我国当下枯燥单一和缺少情感关怀的批评文体模式有着重要的借鉴意义，对我国当代文学理论界走出困境也会有重要的启示。

一、苏轼批评文体分类

苏轼一生写了大量的文学著作，在古代是一位名副其实的多产作家。其文学文体形式呈现出多样性特点。他的文学著作文体形式主要有：诗、词、赋、序跋、书信、记等。同时，苏轼在宋代也是一名著名的文艺评论家。作为古代一位雄视百代、旷世而不遇的天才文学家，苏轼对各种文艺现象进行过独特而精当的评论。他的有关文学和艺术的观点散见在他写的各种文学文体之中。他的文学文体形式的多样性也就造成了他的批评文体形式的多样性。就总体而言，苏轼的批评文体主要有论诗诗、序跋、书信、祭文、记等。

1. 论诗诗

论诗诗，就是以诗歌的形式来议论、品评诗歌，是一种特殊的诗论形式。论诗诗不但语句精赅而且往往论理精到，三言两语，足见诗家之旨趣。在学术界，一般地，我们把郭绍虞编的《中国文学批评史》提到的论诗诗看成是"论诗诗"术语确立的标志。郭绍虞在《中国文学批评史》上卷第六编专列"论诗诗"一目，从此论诗诗获

---

① 李建中、吴中胜、褚燕：《中国古代文论诗性特征研究》，武汉大学出版社 2007 年版，第 148 页。

得了与其他诗论形式同等的重要地位。论诗诗在唐代就非常盛行，由于受到唐代的影响，论诗诗在宋代也非常繁荣。苏轼作为宋代最有学问与天赋的诗人，其诗集中有很多论诗诗。

首先，苏轼的论诗诗内容非常丰富。苏轼的论诗诗主要包括三个方面的内容：（1）以禅论诗——空静观。如苏轼在《送参寥师》中所言：

> ……欲令诗语妙，无厌空且静。静故了群动，空故纳万境。……①

苏轼在这首诗中提出了一个重要的诗歌理论问题——空静观。苏轼认为僧人固然需要"空且静"，诗人同样需要"空且静"。因为只有静而不为动所扰，只有空而不为成见所蔽，才能洞察万物的纷纭变化，纳万境于一心，只有达到这样的境界才有可能写出意境非凡的好诗。

（2）以画论诗，推崇清新之气的诗风。苏轼常常以画论诗或以诗论画，在他看来诗画是相通的。如他在一首有名的诗《书鄢陵王主簿所画折枝二首（其一）》中写道：

> 论画以形似，见与儿童邻。赋诗必此诗，定非知诗人。诗画本一律，天工与清新。……②

苏轼认为不管是论诗还是论画，以"形似"作为批评标准都是很肤浅的。如果以形式来论画，以苏东坡的观点来说，这样的人的见识与儿童差不多。那么诗画的标准是什么呢？"诗画本一律"，在苏轼看来诗画的标准应该是"天工"与"清新"。"天工"是顶级技术，是一种自然之功。只有自然又清新的诗才算是佳作。

（3）提倡情真、平易流畅风格的诗，反对艰涩险怪风格的诗。

---

① 王文诰辑注：《苏轼诗集》，中华书局1982年版，第905页。

② 王文诰辑注：《苏轼诗集》，中华书局1982年版，第1525页。

如《读孟郊诗二首(其二))》：

> 我憎孟郊诗，复作孟郊语。饥肠自鸣唤，空壁转饥鼠。诗
> 从肺腑出，出辄愁肺腑。有如黄河鱼，出膏以自煮。尚爱铜斗
> 歌，鄙俚颇近古。桃弓射鸭罢，独速短蓑舞。不忧踏船翻，踏
> 浪不踏土。吴姬霜雪白，赤脚浣白纻。嫁与踏浪儿，不识离别
> 苦。歌君江湖曲，感我长羁旅。①

苏轼在这首诗中主要表达了自己所赞同的诗歌的风格。其中"诗从
肺腑出，出辄愁肺腑"这两句讲得很深刻，前句是说孟郊的诗情
真，都是发自肺腑的；后句是说只有情真才能感人。在这首诗中诗
人明显对情真的诗给予充分的肯定与高度的赞扬。从以上对苏轼内
容的分析中，可知苏轼的论诗诗内容非常丰富，他在论诗诗中发表
了很多重要的诗歌理论见解，这对后世诗人及文学家具有很大的启
发作用。

其次，苏轼的论诗诗另一个重要的特点是体式多样。在苏轼的
诗集中，苏轼的论诗诗体式主要有：(1)五言古诗。苏轼写的有关
文学评论的五言古诗有十一余首。如《读孟郊诗二首》《书晁补之所
藏与可画竹三首》《书鄢陵王主簿所画折枝二首》《张安道见示近诗》
《送参寥诗》《次韵仲殊雪中游西湖二首·其一》《送欧阳推官赴华州
监酒》《病中夜读博士诗》等。(2)七言古诗。七言古诗有十二余首。
如《舟中听大人弹琴》《书韩干〈牧马图〉》《韩干马十四匹》《题王逸
少帖》《书林逋诗后》《题王维画》等。(3)七言律诗。七言律诗有十
余首。如《与舒教授、张山人、参寥师同游戏马台，书西轩壁，兼
简颜长道二首·其二》《答王定民》《次韵王定国得晋卿酒相留夜饮》
《村醪二尊献张平阳》。(4)七言绝句。七言绝句有十余首。如《金
门寺中见李西台与二钱唱和四绝句，戏用其韵跋之》其三与其四两
首、《赠李景元画》、《韩干马》等。从以上所列苏轼论诗诗体式可
知，苏轼的论诗诗采用的体式较多，有五、七言古体，有律诗，有

---

① 王文诰辑注：《苏轼诗集》，中华书局1982年版，第796页。

绝句。苏轼论诗诗之所以具有多种体式，这既与苏轼论诗诗内容的丰富性有关，也与苏轼自由的心态和充沛的才情有关。

2. 序跋体

序是古代一种常用的文体，放于一部作品之前，对写作缘由、内容、体例和目次加以叙述和申说。苏轼在很多序中表达了自己对文学与艺术的基本观点。据孔凡礼点校的《苏轼文集》可知，苏轼写的有关文学评论的序有十余篇。这十余篇序大概可为分两类。第一类是为他人诗集作的序如：《凫绎先生诗集叙》《王定国诗集序》等。第二类是为他人及自己的文集作的序如：《六一居士集叙》《送人序》等。由此可知序在苏轼批评文体中占了一定的比例。苏轼在这些诗集序及文集序中简约而又精练地指出了作诗与作文应遵循的原则，高度地赞扬了正确的文风。如苏轼在《凫绎先生诗集叙》中写道：

> ……先生之诗文，皆有为而作，精悍确苦，言必中当世之过，凿凿乎如五谷必可以疗饥，断断乎如药石必可以伐病。其游谈以为高，枝词以为观美者，先生无一言焉。①

在这里苏轼高度肯定了凫绎先生的诗文都是有为而作，具有实际的现实内容。从中可以反映出苏轼的文艺观是：诗文要反映现实，要对社会有指导作用，不能华而不实。这在他写的另一篇序《晁君成诗集引》中也有类似的表述：

> 吾是以益知有其实而辞其名者之必有后也。②

在苏轼为他人写的文集序中，表达了他对汉唐的文风崇尚与追求并且非常推崇儒家思想。如他在《乐全先生文集叙》中评论乐全先生的文章为：

---

① 王文诰辑注：《苏轼诗集》，中华书局 1982 年版，第 313 页。
② 王文诰辑注：《苏轼诗集》，中华书局 1982 年版，第 319 页。

　　　　及其他诗文，皆清远雄丽，读者可以想见其为人。信乎其
　　有似于孔北海、诸葛孔明也。①

在这里苏轼把乐全先生的文章比作孔北海与孔明的文章，说明乐全
先的文章有汉朝文风，从而体现了苏轼对汉代文风的肯定。在《六
一居士集叙》中苏轼认为欧阳修的文章论大道似韩愈，而韩愈被认
为是儒家的正宗继承人，所以苏轼认为欧阳修文章反映了儒家的正
统思想。从中也说明了苏轼崇尚儒家的文学观，以儒家的实用文学
观为正统。

　　苏轼除了在序中阐明了自己对诗文及艺术的观点外，他还写了
大量的题跋，在很多题跋中发表达了自己对文艺的见解。所谓题
跋，徐师曾在《文体明辨序说》一书提到：

　　　　"题跋"者，简编之后语也。凡经传、子史、图书之类，
　　前有序引，后有后序，可谓尽矣；其后览者，或因人之请求，
　　或因感而有得，则复撰词以缀于末简，而总谓之"题跋"。②

古代题跋多介绍著作写作缘由、内容体例和目次，同时也表述自己
的社会观点、历史观点和文艺观点。苏轼一生写了大量的题跋，据
孔凡礼点校的《苏轼文集》可知，苏轼写的有关文学评论的题跋有
130余篇。与苏轼为他人写的序相比，他的题跋比他的序要多得
多，而且在题跋中所展现的内容也比他写的序要广泛得多。因此，
苏轼的文艺观点大部分是通过他写的题跋体现出来的。苏轼的题跋
虽然很多而且反映的题材也很广泛，但作为批评文体的题跋，其题
跋主要分为四类：第一类是为杂文作的题跋，如《跋退之送李愿
序》；第二类是为诗词作的题跋，如《评韩柳诗》；第三类是为书帖
作的题跋，如《题卫夫人书》；第四类是为画作的题跋，如《书吴道

---

① 王文诰辑注：《苏轼诗集》，中华书局1982年版，第314页。
② 徐师曾：《文体明辨序说》，人民文学出版社1982年版，第136页。

子画后》。

在为杂文作的题跋里，苏轼主要对他人的文章作出评价和表述自己的文学见解。如在《跋退之送李愿序》中写道：

> 余亦以谓唐无文章，惟韩退之《送李愿归盘谷》一篇而已。①

这篇题跋对韩愈《送李愿归盘谷》这篇文章给予了很高的评价。另外在《书子由超然台赋后》对子由的文章也进行了肯定性的评价：

> 子由之文，词理精确，有不及吾，而体气高妙，吾所不及。……至于此文，则精确、高妙，殆两得之，尤为可贵也。②

在这篇题跋中，苏轼先是总体上评价了子由的文章，然后又对子由的《超然台赋》给予了相当高的评价。苏轼对他人诗词的评价的题跋有《评韩柳诗》《书苏李诗后》《书李峤诗》等。在《评韩柳诗》中苏轼采用对比的手法对诗人进行评价。如诗中言：

> 柳子厚诗在陶渊明下，韦苏州上。退之豪放奇险则过之，而温丽靖深不及也。③

在这里作者把柳宗元与韦应物、陶渊明和韩愈进行对比来评价。另外在这类题跋中，苏轼对诗词的创作原则与方法进行了表述。如在《题柳子厚诗二首》中提到：

> 诗须有为而作，用事当以故为新，以俗为雅。好奇务新，

---

① 王文诰辑注：《苏轼诗集》，中华书局1982年版，第2057页。
② 孔凡礼点校：《苏轼文集》，中华书局2004年版，第2059页。
③ 孔凡礼点校：《苏轼文集》，中华书局2004年版，第2109页。

乃诗之病。①

在这里苏轼指出了作诗的基本宗旨是有为而作，而不是无病呻吟，而且还指出一种作诗方法是以故为新，以俗为雅。苏轼为书帖作的题跋与为画作的题跋分别是对当时及历史上有名的书法家及画家的评论，另外苏轼在评论书及画的时候与论诗结合起来，苏轼认为书画的创作与诗的创作原理非常相似，它们之间有很多共同之处。因此苏轼对书与画的评论在很大程度上对文学也有较大的指导作用。

总之，苏轼题跋题材广泛，数量也很多。此外苏轼这类批评文体特点还体现在表达方式多样，行文如行云流水，自然畅达，富于才情，长于理趣，语言平实而流畅。总体上苏轼的题跋批评文体具有很强的文学性。

3. 书信体

书与尺牍都属于书信体。据褚斌杰所著的《中国古代文体概论》所言："'书'是古代书信的总名，而又称简、笺、札、牍，是由其所用的工具而得名；称尺牍、尺素、尺翰，是因所用以书写的木简、绢帛等约为一尺左右。"②因此书信也称尺牍，但苏轼的书信体包括书与尺牍两种。在苏轼写的有关文学评论书信体中，其中书有十余篇，如《与谢民师推官书》《与王庠书》等；而尺牍有二十四余篇，如《与何浩然一首》《与李通叔四首》等。由此可知，书在苏轼文集中占了一部分比例，而在苏轼的书信体中采用最多的是尺牍。所以尺牍是苏轼书信批评文体的主要部分。虽然书与尺牍两者都属于书信体，然而两者也并不是完全相同，它们之间还是有些区别。苏轼写的有关文学评论的书一般篇幅较长，而写的有关文学评论的尺牍一般篇幅较短，而且形式与诗话相似，是由一首首组成，就像诗话由一则一则组成一样。苏轼在写给朋友的很多书信中对朋友的诗文进行了评论、对当时的文风也进行了评价，并且在书信中

---

① 孔凡礼点校：《苏轼文集》，中华书局 2004 年版，第 2109 页。
② 褚斌杰：《中国古代文体概论》，北京大学出版社 2003 年版，第 399 页。

阐述了正确的文学主张与见解。如在《答张文潜县丞书》中评价其弟子由的文章写道：

> ……其文如其为人，故汪洋淡泊，有一唱三叹之声，而其秀杰之气，终不可没。……文字之衰，未有如今日者也，其源出于王氏。王氏之文，未必不善也，而患在于好使人同己。……仆老矣，使后生犹得见古人之大全者，正赖黄鲁直、秦少游、晁无咎、陈履常与君等数人耳。①

在这篇书信体批评文章中，苏轼先是高度赞扬了其弟子由的文章。然后他又在这篇文中对当时的不正文风进行了批评，同时指出造成这种现象的源头，可谓深刻。随后苏轼在这篇文中，表达了对古代文风的向往。苏轼最后在这篇书信中表达了对古人文风的肯定及把希望寄托于张文潜、秦观等当时在文学上很有成就的文人。总之，苏轼书信体批评文章对朋友的诗文进行了评论，并对当时的文风进行了评价。其书信体批评文章由于是写给朋友的私人信件所以总体上形式比较自由，内容比较广泛，语言简约而平淡，并且充满较强的感情色彩。

在苏轼的书信体中，苏轼写的尺牍占了绝大部分，在这些尺牍中，苏轼同样表达了自己的艺术见解及对当时和古人的诗文进行了有力地评价。如《与程全父十二首》第三首写道：

> 新诗过蒙宠示，格律深妙，非浅学所能仿佛，叹诵不已。②

这句话给了程全父的诗比较高的评价。另外苏轼在尺牍里对朋友的词也作了评价，如《与陈季常十六首》第十三首对陈季常词的评价。总之，苏轼写的尺牍涉及的范围很广，有对诗的评论、对文的评

---

① 孔凡礼点校：《苏轼文集》，中华书局2004年版，第1427页。
② 孔凡礼点校：《苏轼文集》，中华书局2004年版，第1623页。

论、对文风的评论、对词的评论。在对诗的评论中，分别对诗的语言、对诗的格律、对诗的内容、对诗的风格进行了约而精的评论。苏轼写的尺牍与书相比篇幅较短，形式更自由，而且苏轼写的关于诗的评论的尺牍，具有诗话的体制特点即形式自由、不拘一格的体式。如《与鲜于子骏三首》第二中所言：

> 近却颇作小词，虽无柳七郎风味，亦自是一家。①

这篇尺牍形式上较自由具有诗话特点。另外苏轼写的尺牍语言平淡、自然，很少运用艳丽的词藻，没有半点雕琢之痕。

4. 祭文体

苏轼写的有关文学评论的祭文有六篇，像他写的其他文体文章一样，苏轼的祭文也具有很强的文学价值。所谓祭文就是"祭奠亲友之辞也。古之祭祀，止于告飨而已。中世以还，兼赞言行，以寓哀伤之意，盖祝文之变也。其辞有散文，有韵语，有俪语；而韵语之中，又有散文、四言、六言、杂言、骚体、俪体之不同。"②苏轼写的许多祭文不像一般的人写的祭文一样仅仅是追述死者生前的功绩、言行及表达对死者的哀悼之情，苏轼还在祭文中对死者的诗文进行了评论并对其他文人及古人的文风进行了评述。如《祭张子野文》言：

> 清诗绝俗，甚典而丽。搜研物情，刮发幽翳。微词宛转，盖诗之裔。③

在这几句中，苏轼对张子野的诗进行了评论，认为张子野的诗语言清丽，风格清幽。另外在《祭柳子玉文》中不仅对柳子玉的诗文进行了评价，而且对其他历史上有名的诗人也进行了评论。如文中

---

① 孔凡礼点校：《苏轼文集》，中华书局 2004 年版，第 1560 页。
② 徐师曾：《文体明辨序说》，人民文学出版社 1982 年版，第 154 页。
③ 孔凡礼点校：《苏轼文集》，中华书局 2004 年版，第 1943 页。

写道：

> 元轻白俗，郊寒岛瘦。嘹然一吟，众作卑陋。①

在这里苏轼对元稹、白居易、孟郊和贾岛都进行了评价。苏轼的祭文主要是用散文和韵文两种体裁写的。其用散文写的祭文有《祭文与可文》；用韵文写的有《祭柳子玉文》《祭张子野文》、等。苏轼用韵文写的祭文，绝大多数是四言，如《祭蔡景繁文》言：

> 子之为文，秀整明润。工于造语，耻就馀馂。诗尤所长，锵然玉振。……②

这篇全部是用四言写成的。苏轼写的祭文语言特点是典雅、庄重。因为是追悼已故亲友的文章所以苏轼的祭文体的评论语言就自然不完全像他写的其他文体的语言一样随意、自由。为了表示对死者的尊重，语言比较典雅而庄重，但尽管是写祭文，苏轼的语言也并不显得板滞，其祭文的语言仍然具有他自己的特色：语言自然、流畅。另外苏轼写的祭文篇幅比较短，有的祭文就像几首律诗的篇幅，如《祭欧阳文忠公夫人文》只有十六句，每句八个字，与韩愈写的《祭十二郎文》相比，篇幅显得相当小。苏轼的祭文几乎没有长篇大论。此外苏轼写的祭文在文中流露出了很强的情感，因此有些祭文虽是一种批评文体但又像是抒情散文，具有很强的文学性。

5. 记体

记主要是记叙事件的一种文体，有时在文中发表一些议论。吴讷在《文章辨体序说》言："西山曰：'记以善叙事为主。《禹贡》《顾命》，乃记之祖。后人作记，未免杂以议论。'"③苏轼写的有关

---

① 孔凡礼点校：《苏轼文集》，中华书局 2004 年版，第 1938 页。
② 孔凡礼点校：《苏轼文集》，中华书局 2004 年版，第 1938 页。
③ 吴讷：《文章辨体序说》，人民文学出版社 1982 年版，第 41 页。

文学评论的记约有五篇。其内容比较丰富，主要反映了苏轼关于文学创作方法的见解及苏轼对文学作品的观点。

在《文与可画筼筜谷偃竹记》中苏轼提出了一个重要的艺术论点：胸有成竹。虽然苏轼在这篇批评文章中直接是论画竹的一种基本方法，但这种方法同样可以运用到文学创作中。因为"诗画本一律"，书画与文学艺术在很多方面是相通的，所以胸有成竹也不仅仅是对画画而言，对于文学创作也一样具有指导作用。要想创作一部好的文学作品，当然应该在写文章之前，对文章的内容、结构与观点做到心中有数，了然于心，只有这样才能写出好文章，否则写出来的文章就不够完美。在《虔州崇庆禅院新经藏记》中，苏轼对孔子关于诗经的评价"诗无邪"进行了评论，如文中言：

> 吾非学佛者，不知其所自来，独闻之孔子曰："《诗》三百，一言以蔽之，曰：思无邪。"夫有思皆邪也，善恶同而无思，则土木也，云何能便有思而无邪，无思而非土木乎！呜呼，吾老矣，安得数年之暇，托于佛僧之宇，尽发其书，以无所思心会如来意，庶几于无所得故而得者。谪居惠州，终岁无事，宜若得行其志。而州之僧舍无所谓经藏者，独榜其所居室曰思无邪斋，而铭之致其志焉。①

在这里苏轼并不赞同孔子关于"思无邪"的文艺观，认为有"思"就是邪。另外苏轼在评论孔子"思无邪"的观点时运用了佛家的思想。佛家讲究四大皆空，讲究无欲无求、心中没任何想法，只有达到这种境界才能算是无邪。苏轼在这里用佛教思想来论文学问题，可以说在古代还是比较新奇的。苏轼之所以会用佛教思想来论文学问题，主要是因为苏轼对佛学也深有研究并且苏轼又是个文学大家，这样他就会很自然地运用佛教思想来评论文艺现象。总之，苏轼写的记内容非常广泛，有很多记体评论文章体现了苏轼的文艺观点。由于记体这种文体也是属于文学散文中的一种，结构比较自由、形

---

① 孔凡礼点校：《苏轼文集》，中华书局 2004 年版，第 390 页。

式比较随意、体制长短不一，因此苏轼在运用这种文体来进行文学评论的时候就显得非常得心应手、灵活自如。因为苏轼思想是非常活跃的，他对文学进行评论的时候不喜欢使用严谨呆板的论体文体形式。所以，记体这种形式自由的文体成了苏轼时常采用的一种批评文体。

苏轼的文学批评文体除了以上介绍的五种样式外还有其他的文体形式，如论、传、碑、墓志铭等。总体而言苏轼的批评文体形式多样，这也充分体现了苏轼自由活跃的思想观与旷达的文学风格。"多样的批评文体表现着多样的批评形态，也表达着批评家不同的修养、气度和风格。"①苏轼文学批评文体的多样性也是他的"修养、气度和风格"所致。苏轼的思想非常活跃、天赋也很高、学问非常深厚而且多才多艺，因此苏轼对各种文体都非常擅长。在中国古代文学与批评并没有绝对地分开，文学文体与批评文体存在很大的内在联系，二者之间常常互相影响，互相渗透，有时融合为一体。因此苏轼文学文体的多样性就自然造成了苏轼批评文体形式的多样性。

二、批评文体：不拘一格、自由畅达

苏轼在宋代也是一位著名的文艺评论家，但他没有专门的文学理论著作，其美学和文艺观点散见在各种创作中，而文学作品是苏轼文论最重要的载体。因此他的文学文体形式的丰富多样性的特点也就造成了他的批评文体形式的多样性。苏轼的批评文体形式虽然多种多样，但就总体来看，苏轼的批评文体主要有论诗诗、序跋、书信、祭文、记等形式。所谓批评文体就是批评者在批评文学作品或文学现象时所采用的文体形态，是批评家在批评时对文体的应用。批评文体也是一种文体，也具有文体的一般特点：文学性、想象性等。当然批评文体也具有自身的特征：严谨性、逻辑性与客观性。下面主要阐述苏轼批评文体的四个显著特征：批评文体的自由化与文学性、语言的美文化、风格的抒情化和思

---

① 童庆炳：《文学理论教程》，高等教育出版社 2002 年版，第 321 页。

维的诗性化。

1. 批评文体的自由化与文学性

苏轼批评文体一个很显著的特征就是自由化。苏轼批评文体的自由化特征主要体现在三个方面：文随心生、文体自由和文体多样。苏轼在对文学现象进行评论的时候，往往是受某种事物或现象的启发，一时灵感再现，从而一挥而就。苏轼每次在进行文学评论的时候，不会去刻意写作，都是随着自己的心性，凭着内心对文学的感悟自然抒发深入而独特的文学见解。苏轼批评文体的自由化特点还体现在他的批评文体形式非常自由。苏轼批评文体形式没有固定的格式，他的批评文体形式很少受到押韵、对偶等文学手法的限制，而是结构灵活自如，整体文章风貌如行云流水，自然而流畅。苏轼批评文体自由的特征第三点体现在他的批评文体形式多种多样。苏轼采用过很多文学样式来进行文学评论，而且每种批评文体都具有很强的文学性。从整个中国古代文学批评史来看，苏轼的批评文体样式是非常丰富的。苏轼的批评文体除了上文提到的诗歌、序跋、书信、祭文和记这五种样式外，还有赋、论、墓志铭、碑、说等文体形式，因此苏轼的批评文体形式明显具有多样性特点。据郭绍虞主编的《中国历代文论选》（1982 年版）可知，在汉代，主要的批评文体是序和书信。而汉代比较有名的批评家如班固、司马迁、扬雄等都只是采用书信和序来进行文学评论。所以汉代的文学家们所采用的批评文体形式还是比较单一的。魏晋南北朝时期文学批评虽然相当繁荣，但这时期主要的文学家们所采用的文体也只是几种形式，如书、序、论、赋等。如这时期非常有名的评论家刘勰用骈文写了一部完整而系统的理论专著：《文心雕龙》。陆机采用赋体形式写了一篇评论文章：《文赋》。曹丕主要使用了二种批评文体：论与书信。由此可知在这时期的主要文学家们所采用的批评文体也是比较少的。到了唐代，出现了一种新的批评文体样式：论诗诗。论诗诗的主要代表作品是杜甫写的《戏为六绝句》。杜甫作为唐代最有名的诗人之一，其采用的批评文体样式主要是论诗诗，因此其批评文体样式也是很单一的。此外唐代其他著名的文学家所采用的批评文体主要是书信与序跋。如唐代著名文学家韩愈与白居易在进行文学评论时采用的都是书信和序跋这二种文学文体样式。在宋代，除了苏轼外比较有名的文学评论家有欧阳修、陆游、杨万里、黄庭坚等。据郭绍虞主编的《中国历代文论选》(1982 年版)，欧阳修的批评文体只有诗话、序跋、书信和墓志铭这四种文体形式。而在《中国历代文论选》中一共选了陆游的十三篇评论文章、杨万里的十篇评论文章和黄庭坚的五篇评论文章。陆游的十三篇评论文章按文体分为序跋、记、墓志铭、书信四种；杨万里的十篇评论文章文体可分为论诗诗、序跋、论三类；黄庭坚的五篇评论文章按文体可分为书信、论诗诗和记三类。由此分析可知宋代虽然有些评论家批评文体形式比较丰富，但是没有一位文学家的批评文体的种类能比苏轼的批评文体种类还要多。至于元明清时期，虽然这段时期有些文学评论家们在文学评论史上的地位非常显著，如金代的元好问，明代的王世贞、徐渭、李贽、汤显祖、王骥德、袁宏道，清代的金圣叹、王士禛、郑燮、袁枚、翁方纲、章学诚等，但这些文学评论家们在批评文体种类上相对来说并没有苏轼的多。如果从对中国古代文学评论史的贡献和影响的大小来看，苏轼在文学评论界并不是最有名的，但如果从批评文体角度来说，苏轼的批评文体种类的丰富程度在宋代无人能比。

苏轼的批评文体除了具有自由化特点外还具有很强的文学性特征。"中国古代文论有别于西方文论的显著特征就是批评文体的文学化。"① 在西方，文学与批评是分开的，文学有文学文体，而批评有专门的批评文体，而且西方的批评文体非常注重思维的逻辑性与结构的严谨性。而在中国古代，文学与批评是没有严格分开的，往往是两者融为一体。这主要是因为在中国古代没有专业的批评家，往往是文学家与批评家同为一人。作为古代最杰出的文学家之一，苏轼表达有关文学理论的观点与看法采用的都是中国古代最具有文学色彩的文学文体，其中最具代表性的是诗歌、序跋、书信、祭文、记等。苏轼在进行文学评论的时候不但借用文学文体，而且苏

----

① 李建中：《古代文论的诗性空间》，湖北人民出版社 2005 年版，第 12 页。

轼在行文中经常运用文学修辞手法如隐喻、借喻、通感等，这就使苏轼的批评文体具有很强的文学化特点。

首先论及苏轼的诗歌体。苏轼在很多诗中阐述了自己的文学观点。虽然是作为一种评论性的诗歌，但这种论诗诗如同苏轼及其他著名诗人写的一般诗一样具有诗歌的基本特征：讲究押韵、运用对偶、注重意境等。苏轼的论诗诗结构具有跳跃性、语言具有含蓄性、内容富有想象性，这就使他的论诗诗整体上也像其他抒情诗一样富有很强的意境。因此苏轼的论诗诗具有很强的文学性。如他的一首有名的论诗诗：《送参寥师》：

> ……
> 欲令诗语妙，无厌空且静。
> 静故了群动，空故纳万境。
> 阅世走人间，观身卧云岭。
> 咸酸杂众好，中有至味永。
> 诗法不相妨，此语当更请。①

这首诗是苏轼对空静观的阐述，显然是一首论诗诗，但这首论诗诗采用的都是诗歌的艺术手法，如这首诗运用了诗的优雅的节奏、精当的押韵、整齐的对偶、形象化的语言、优美的意境来阐明空静观、来评论诗歌，因而使这首论诗诗具有很强的文学化色彩。

不但苏轼的论诗诗具有很强的文学性，苏轼的其他批评文体如序跋、书信、记等同样具有很强的文学色彩。苏轼这些批评文体的共同特点是：体制形式自由、结构如行云流水灵活自如、文风平淡自然并且富有很强的抒情性。如他写的一篇有名的书信批评文章《答谢民师推官书》：

> 孔子曰："言之不文，行而不远。"又曰："辞达而已矣。"
> 夫言止于达意，即疑若不文，是大不然。求物之妙，如系风捕

---

① 王文诰辑注：《苏轼诗集》，中华书局 1982 年版，第 905 页。

影，能使是物了然于心者，盖千万人而不一遇也，而况能使了然于口与手者乎？是之谓辞达。辞至于能达，则文不可胜用矣。①

苏轼在这封书信里运用了比喻的修辞手法来表达自己的文学观点。比喻本来用在具有很强抒情意味的散文之中，从而增添文章的文学性和诗意化特征。而苏轼却把比喻非常自然地运用到文学批评当中，从而大大地增强了这篇书信的文学化色彩。并且这篇书信整篇文章文风平淡自然、语言平实而优美且富有很强的抒情色彩，就像一篇精美的散文，因此文学色彩相当浓厚。另外苏轼的祭文、记等批评文体在评论文学观点和作家作品的时候都采用了很多文学艺术方法，同样具有很强的文学色彩。

总而言之，苏轼在进行文学批评的时候都是文随心生自然成文，而且他采用的批评样式也是丰富多样的，因此苏轼的批评文体呈现出自由化与文学性的显著特征。作为文学艺术大家，苏轼对各种文学体裁都非常精通，对书、画、乐也非常擅长，这就造成了他的批评文体形式多姿多彩的特点。此外，苏轼在进行文学评论的时候，采用的是具有很强文学性的文学文体，并不像西方评论家在写文学评论时那样采用的是纯粹客观而又过于严格呆板的论文体式。由于西方的论文体式过于讲究逻辑性和客观性，因此西方的许多评论文章不但丧失了文学性而且显得很枯燥和冷漠。然而苏轼运用文学文体来论述文学观点，使得苏轼的批评文体具有非常浓厚的文学色彩。

2. 语言的美文化

由于苏轼在进行文学批评时采用的大多是文学文体，这种批评文体具有很强的文学性，这就使其语言风格也具有较强的文学化色彩。语言既是文学艺术的材料同时也是文学批评的材料。文学批评的文体产生于文论家对语言的运用，文体的特征说到底是由该文体的语言风格所构成的。文体与语言风格具有很多内在的联系。最早

---

① 孔凡礼点校：《苏轼文集》，中华书局 2004 年版，第 1418 页。

将文体与语言风格联系在一起的是西晋的陆机。陆机在《文赋》中提到："诗缘情而绮靡。赋体物而浏亮。碑披文以相质。诔缠绵而凄怆。……"①在这里陆机认识到了不同的文体其语言风格是不同的。陆机在辨体的时候，非常重视文辞的华丽，有着明显的唯美倾向。又如曹丕在《典论·论文》中写道："盖奏议宜雅，书论宜理，铭诔尚实，诗赋欲丽。"②曹丕在这里也认识到了不同的文体所使用的语言风格是不相同的。写给皇帝的奏书应该使用雅正的语言，诗和赋运用的是华丽的语言。所以从中可知语言是要受到文体的约束的，有什么样的文体就需要采用什么样的语言与其相适应，否则就会失去文学本色化色彩。"当文论家自觉选择用文学化文体来言说文学理论时，他们实际上也选择了对语言风格的美文化的追求。"③苏轼的批评文体采用的都是文学化的文体，如诗歌和书信等文体样式，因此苏轼在进行批评的时候运用的是含蕴性的语言。由于苏轼批评文体的语言具有很强的含蕴性，含蕴性的语言的语义具有多重性与想象性特点，因而他的批评文体的语言具有很强的文学化色彩，呈现出一种美文化的风格。

首先论述一下苏轼论诗诗语言所呈现出的美文化特点。苏轼论诗诗的语言总体上的特征是清新流畅。如《书鄢陵王主簿所画折枝二首》：

> 论画以形似，见与儿童邻。赋诗必此诗，定非知诗人。诗画本一律，天工与清新。边鸾雀写生，赵昌花传神。何如此两幅，疏澹含精匀。谁言一点红，解寄无边春。
>
> 瘦竹如幽人，幽花如处女。低昂枝上雀，摇荡花间雨。双翎决将起，众叶纷自举。可怜采花蜂，清蜜寄两股。若人富天

① 郭绍虞主编：《中国历代文论选》，上海古籍出版社1982年版，第171页。

② 郭绍虞主编：《中国历代文论选》，上海古籍出版社1982年版，第158页。

③ 李建中：《古代文论的诗性空间》，湖北人民出版社2005年版，第100页。

巧，春色入毫楮。悬知君能诗，寄声求妙语。①

这首诗虽然是一首评论诗歌的论诗诗，但语言并没有像一般评论文章的语言那样冷峻、严肃而又刻板，从而使人感到厌倦。相反这首论诗诗的语言特点是清新流畅、自然而又本色，语言明显具有一种清新流动之美。在这首诗中，作者还运用了很多审美意象，如瘦竹、幽人、幽花、树枝、雀、树叶等，这些审美意象共同形成了一种宁静而优雅的意境。读者在读这首诗的时候就像是在读一首抒情诗一样，深深地陶醉在诗中宁静而优雅的意境之中。读者为什么会有这样地反应，主要是因为这首诗语言明显具有诗性特征，也即语言具有很强的美文化特色。

不但苏轼的论诗诗语言具有美文化特色，而且苏轼的其他批评文体样式的语言同样具有很强的美文化特征。如苏轼的序跋、书信、祭文、记等批评文体语言风格总体特征是平淡而流畅、自然而本色。苏轼的批评文体无论是序跋、书信、祭文还是记使用的都是比较平淡而自然的语言，呈现出一种朴素平淡之美。苏轼在进行文学批评时所使用的语言文学色彩非常浓厚，读者在阅读他的批评文章的时候就像在阅读优美的散文一样，感到赏心悦目，不像读有些当代文学评论家写的缺乏文学色彩的评论文章那样感觉索然无味。如苏轼曾写过一篇有名的序《乐全先生文集叙》：

> 孔北海志大而论高，功烈不见于世，然英伟豪杰之气，自为一时所宗。其论盛孝章、郗鸿豫书，慨然有烈丈夫之风，诸葛孔明不以文章自名，而开物成务之姿，综练名实之意，自见于言语。至《出师表》简而尽，直而不肆，大哉言乎，与《伊训》《说命》相表里，非秦汉以来以事君为悦者所能至也。常恨二人之文，不见其全，今吾乐全先生张公安道，其庶几乎！……②

---

① 王文诰辑注：《苏轼诗集》，中华书局 1982 年版，第 1525 页。
② 孔凡礼点校：《苏轼文集》，中华书局 2004 年版，第 314 页。

这段虽然是对乐全先生文章的评论，然而其语言特点是平实且流畅，就像是一篇美文，让人心旷神怡。另外苏轼的书信批评文体语言也很平实、流畅，显然体现出一种平淡之美。

苏轼的批评文体的语言总体上的特点是朴实自然，具有一种平淡之美。然而苏轼的批评文体的语言还有其他的特点。第一，具有典雅的特点。据王文诰辑注的《苏轼文集》可知，苏轼写的有些批评文体中使用了如下语言："秀整明润""锵然玉振""粲然可观""雅制""清便艳发"，并且在苏轼的批评文体中多次使用了"妙"字等。这些词语不但有很强的文学性，而且显然体现了一种典雅的特点，具有一种典雅高贵之美，令人有一种肃然起敬之感。第二，具有豪放旷达的特点。王文诰辑注的《苏轼文集》中，苏轼有些批评文体多次采用了"超然"这个词语或带有"超然"这个词语的短语。如"超然""超然胜绝"等。苏轼在有些评论文章中还运用了与"超然"意思相近的语言。如："出尘之姿""萧然绝尘""超轶世俗""浩然""雄""清雄绝俗""超妙入神""英伟豪杰""富健"等。这些语言都体现出了一种豪放旷达之气，明显具有一种阳刚之美。

苏轼批评文体的语言，既有平淡之美、典雅之美又有一种豪放阳刚之美，苏轼的文学批评以一种恬淡、幽雅、豪放旷达的语言把握美的对象，以一种朴实的笔触沁入人的心脾、滋润人的心田，从而显示出美文化的特征。

3. 风格的抒情化

苏轼批评文体的一个重要特点是文章风格具有浓厚的抒情化色彩。作为一种对诗文进行评论的批评文体应该对文学进行客观而准确的论述，而不应该带有个人感情色彩。然而苏轼的批评文体在对文学现象进行评论的时候体现出很强的个人情感色彩。何谓情感？"情感就是人们对与之发生关系的客观事物（包括自身状况）的态度的体验。"①由此可知情感首先是人们对客观事物肯定或否定的评价，其次这种评价融入了个人的人生体验。只有符合这两个条件才

---

① 金开诚：《文艺心理学概论》，人民文学出版社 1987 年版，第 167 页。

能说具有情感。苏轼的批评文体写的真挚而质朴、自然而简约，文章结构如行云流水、灵活而多变并具有很强抒情色彩。苏轼批评文体风格的抒情性主要是通过苏轼文中平淡而简约的叙述体现出来的、通过苏轼对朋友真诚而肯定的评价中流露出来的。如苏轼在《书子由超然台赋后》中对子由文章的评价是：

> 子由之文，词理精确，有不及吾，而体气高妙，吾所不及。……至于此文，则精确、高妙，殆两得之，尤为可贵也。①

苏轼在这首题跋中对苏辙的文章先简约地进行了整体的评价，然后对苏辙的《超然台赋》给予了很高的评价。从苏轼对苏辙的肯定性的评价中，我们可以充分感受到苏轼对苏辙怀着深深的兄弟之情、亲人之义。同时苏轼在对子由的文章给予肯定性的评价中又融入了自己在文学创作过程中的人生体验，如"精确""高妙"这二个评价子由之文的词语也体现了苏轼的文章的特点，而且苏轼在创作过程中也是向这方面努力的，所以这篇评论性的题跋在对子由的文章表达了肯定态度的同时又渗入了自己的人生体验，因此这篇题跋情感色彩非常浓厚。再如苏轼写的一篇有名的书信《与王庠书》中写道：

> ……前后所示著述文字，皆有古作者风力，大略能道意所欲言者。孔子曰："辞达而已矣。"辞至于达止矣，不可以有加矣。《经说》一篇，诚哉是言也。……②

在这篇书信中苏轼运用平淡而简洁的语言对王庠的文章作了较高的评价，指出了王庠的文章有古人之风，值得提倡。从苏轼对王庠积极的评价中，展现出了苏轼对王庠具有深深的朋友之情。文中平淡而简洁的语言渗透着苏轼对友人的真挚情感。这篇书信虽然是苏轼

---

① 孔凡礼点校：《苏轼文集》，中华书局 2004 年版，第 2059 页。

② 孔凡礼点校：《苏轼文集》，中华书局 2004 年版，第 1422 页。

的一篇重要的批评文章，然而这篇书信就像苏轼写的其他普通书信一样充满了强烈的个人情感色彩。

苏轼在文中对亲友的诗文进行的肯定性评价体现出了他的批评文体风格的抒情性特点，而且他的文章气势也体现出了他的批评文体风格具有抒情化的特点。苏轼批评文章的气势表现在他在进行文学评论时对悲喜爱恨等情感节奏的把握。通过苏轼对悲喜爱恨等的节奏把握流露出他的批评文体风格具有很强的抒情色彩。如苏轼在《答李方叔书》这篇书信中写道：

> 惠示古赋近诗，词气卓越，意趣不凡，甚可喜也。……足下之文，正如川之方增，当极其所至，霜降水落，自见涯涘，然不可不知也。①

苏轼在这篇书信中对友人李方叔的诗的评价过程中运用了一个表示很强感情色彩的字——"喜"，这个"喜"字明显体现出了人的情感性。而且在这封书信中苏轼还运用了比喻的修辞手法，把李方叔的文比喻为"川之方增""霜降水落"。比喻可以增强文章的情感色彩而且也可以增强文章的气势，因此苏轼的这篇书信批评文章具有很强的抒情性。苏轼在他写的其他批评文体中也体现出很强的抒情化色彩。王世德教授曾评论苏轼的诗："苏轼在诗中不仅抒情，而且说理；但又不仅是说理，而且有理趣；其中又有情趣，不是枯燥乏味。"②王世德教授在这里虽然是对苏轼的所有的诗进行评价，但这种评价也可概括苏轼的论诗诗的特点。苏轼的论诗诗虽然与他写的其他一般诗相比具有较强的理论性，但他的论诗诗在说理的同时也具有很强的情趣性，洋溢着较深的情感因素。所以苏轼的论诗诗这种批评文体风格也具有抒情化特点。总体上而言，苏轼的各种样式的批评文体的风格都具有很强的抒情化色彩。因此风格的抒情化是

---

① 孔凡礼点校：《苏轼文集》，中华书局 2004 年版，第 1430 页。
② 王世德：《儒道佛美学的融合：苏轼文艺美学思想研究》，重庆出版社 1993 年版，第 49 页。

苏轼批评文体的一个很重要的文体特征。

　　4. 思维方式的诗性化

　　思维方式是人类观察世界、思考世界的方式。自古以来，由于中西方在经济发展、社会心理、民族特点、风俗习惯、价值观念、宗教信仰、生活方式等社会性因素不同从而造成了中西方人们的思维方式的显著不同。西方的科学是以逻辑推理和实验验证为基础，他们的思维更注重于智慧的逻辑性、思辨性、实证性、跨越性。因此西方人形成更重分析、重逻辑的思维模式。而在中国古代，人们的思维习惯注重的是整体性和感悟性，讲究的是只可意会不可言传的一种朦胧意境。因为在思维方式上，西方人与中国人存在着很大的差别，这就导致了西方的文学批评家们在进行文学评论时特别讲究逻辑性，而中国古代文学家们却是用审美的眼光去看待人生，去观照宇宙，因而中国文学家在进行文学批评时运用一种直观把握的方式将艺术的创作和欣赏融入到思维之中。"诗性的思维以直觉性、整体性为特征。"①这里讲的诗性思维就是指中国文学家思维的独特特点即直觉性与整体性。从苏轼的批评文章来看，苏轼的思维方式明显具有中国传统的思维特点，即以一种直觉感悟的方式来审美，他在把握艺术现象时，总是注重一种个人体验，而淡化严谨的逻辑。

　　首先，苏轼的论诗诗采用的是直觉性的思维方式，从而体现出他的论诗诗具有很强的诗性思维特征。所谓论诗诗就是采用诗歌这种体裁来对诗歌进行评论。诗歌是一种最具有文学色彩的文学体裁，因此论诗诗明显具有一种诗性特点。苏轼的论诗诗使用的语言、节奏、韵律无不具有诗歌的特性。苏轼采用论诗诗进行文学评论时，其使用的语言具有很强的形象性与朦胧性，并且论诗诗也很有节奏感并讲究押韵。此外苏轼采用诗歌这种体裁对文学进行评述时，不是主要采用逻辑性思维方式，而主要采用的是一种直觉的思维方式。苏轼在论诗诗中大量地运用了比喻、象征的手法，这就使

---

　　①　李建中：《古代文论的诗性空间》，湖北人民出版社 2005 年版，第 104 页。

很多很抽象的诗歌理论变得非常形象和通俗，具有一种朦胧之美。
如苏轼的论诗诗《送参寥师》：

> 上人学苦空，百念已灰冷。剑头惟一映，焦谷无新颖。胡
> 为逐吾辈，文字争蔚炳。新诗如玉雪，出语便清警。退之论草
> 书，万事未尝屏。忧愁不平气，一寓笔所骋。颇怪浮屠人，视
> 身如丘井。颓然寄淡泊，谁与发豪猛。细思乃不然，真巧非幻
> 影。欲令诗语妙，无厌空且静。静故了群动，空故纳万境。阅
> 世走人间，观身卧云岭。咸酸杂众好，中有至味永。诗法不相
> 妨，此语当更请。①

在这首诗中，苏轼指出了要想写出好诗应该做到"空且静"，但他
在这首诗中没有具体地说出"空且静"的概念，也没有讲怎样才能
做到"空且静"而只是将自己对创作诗歌的感悟直观而又形象地说
出来，读者只有对这些诗词进行认真体悟才能领悟到苏轼要表达的
艺术观点。又如苏轼写的《病中夜读博士诗》：

> ……君诗如秋露，净我空中花。古语多妙寄，可识不可
> 夸。……②

在这首诗中苏轼对博士诗的评论中使用"秋露"和"妙寄"二个词语，
这二个词语具有很强的形象性而且意义含蓄，因此苏轼的这二句诗
歌评论的涵义具有多重意味。要理解这几句论诗诗的真正内涵，就
要对中国古代诗歌和文学理论具有很深的造诣并且还要具有丰富的
想象力。苏轼一般是从直观上来对诗歌进行整体上的评论，因而其
思维方式具有很强的诗性特征。苏轼其他的论诗诗也都是运用直觉
感悟的思维方式来进行文学批评。苏轼采用诗歌的形式来进行文学
评论，这本身就可以说明苏轼的批评思维就是属于一种直觉感悟性

---

① 王文诰辑注：《苏轼诗集》，中华书局1982年版，第905页。
② 王文诰辑注：《苏轼诗集》，中华书局1982年版，第1845页。

的、整体性的方式。因为诗歌具有跳跃性、直觉性、音乐性等特点。苏轼的论诗诗也具有这些特点。因此苏轼的论诗诗明显具有诗性特征。

其次，苏轼用其他文学文体写的批评文章所体现的思维特点也一样具有诗性特点。如苏轼在其写的一篇有名的记《文与可画筼筜谷偃竹记》中用非常平实而自然的语言来描述他对胸有成竹这个概念的一种直觉体验：

> 今画者乃节节而为之，叶叶而累之，岂复有竹乎！故画竹必先得成竹于胸中，执笔熟视，乃见其欲画者，急起从之，振笔直遂，以追其所见，如兔起鹘落，少纵则逝矣。……①

在这篇文章中，苏轼提出了一个重要的文学创作理论：胸有成竹。然而苏轼在这篇文章中并没有对胸有成竹作出具体而准确的阐述，而只是把自己对生活的体验用一种很形象的语言表达出来，这就需要读者去仔细揣摩、去感悟才能体会其中的奥妙。很显然在这里苏轼使用的是一种直觉性的思维方式。苏轼的其他批评文章也是采用一种直觉感悟性的思维方式来阐述自己对文学的见解，运用抒情的语言来对文艺现象进行评论，感情色彩相当浓厚。如苏轼写的题跋《题渊明饮酒诗后》中言：

> "采菊东篱下，悠然见南山。"因采菊而见南山，境与意会，此句最有妙处。②

苏轼在这首题跋中认为"采菊东篱下，悠然见南山"这两句在整首诗中最有妙处，理由是这两句诗达到了境与意相融为一的境界。显然，苏轼在这里对陶渊明的《饮酒》这首诗的评论采用的就是直觉感悟性的思维方式。因为苏轼所评论的"境与意会"很难用逻辑思

---

① 孔凡礼点校：《苏轼文集》，中华书局2004年版，第365页。
② 孔凡礼点校：《苏轼文集》，中华书局2004年版，第2092页。

维去理解，这需要读者充分发挥自己的想象力及结合自身的人生体验才能了解作者的用意，才能真正领会"境与意会"的意义。又如苏轼在另一首题跋——《评韩柳诗》中对柳宗元的诗评价为：

> 所贵乎枯淡者，谓其外枯而中膏，似淡而实美，渊明、子厚之流是也。①

这首题跋中所评的"外枯而中膏，似淡而实美"真正的含义是什么，这很难用逻辑思维去解释，读者只有根据自己的人生阅历发挥自己的丰富的想象力才能解开其中的奥秘。此外苏轼的书信体批评文体所采用的思维方式同样具有直觉性特点。苏轼在写给亲朋好友的书信中也常常发表一些有关文学的评论。如《答张文潜县丞书》：

> ……其文如其为人，故汪洋淡泊，有一唱三叹之声，而其秀杰之气，终不可没。②

在这篇书信中，苏轼对苏辙的文章评价为"汪洋淡泊""一唱三叹""秀杰之气"。这些都是一种只可意会不可言传的词语，读者只有去联想、去慢慢体悟才能领会到其中要义。因此苏轼在这篇对苏辙文章的评论里显然也是采用一种直觉感悟性和整体式的思维方式，因而明显具有很强的诗性特征。苏轼的这种直觉思维充分体现了中国传统的思维方式，充分地挖掘了汉语的审美因素。

　　总之，苏轼在批评文体中使用的是一种诗性的思维方式，即直觉性、整体性的思维方式。因为苏轼采用的是诗性的思维方式，所以苏轼在进行文学评论的时候并不是很讲究行文的逻辑性而是采用直寻妙悟的方式对文学现象来进行论述。所以苏轼的文学评论具有朦胧性与随意性特点，其中传达的文学观点及见解只可意会不可言传，读者只有结合自己的实践与学识去认真体会、去感悟其中的言

---

① 孔凡礼点校：《苏轼文集》，中华书局 2004 年版，第 2109、2010 页。
② 孔凡礼点校：《苏轼文集》，中华书局 2004 年版，第 1427 页。

外之意、象外之象，境外之境，才能体味到苏轼的文学主张，才能
领悟出苏轼的评论话语所要表达的真正意蕴。

　　苏轼的批评文体可谓是中国传统批评文体的典型代表，具有很
强的文学色彩。他的批评文章采用的都是感悟式的思维方式及优美
的文学语言，文章结构如行云流水、写得酣畅淋漓，就像一篇篇优
美的散文一样，使读者读起来如痴如醉、沉浸在如诗如画的优美意
境之中。苏轼在进行文学评论时保持典型的文学家意识和自由的批
评心态，他的批评文章篇幅比较短，很少宏篇巨制，往往三言两语
就把文学现象论述得生动透彻。另外，苏轼在进行论文评述的时候
使用的是生动流畅并富有很强审美意蕴的语言，运用各种生动的修
辞手法，采用感悟性的思维方式，他的评论文章能给人带来一种审
美愉悦感，不会让人觉得索然寡味。苏轼的评论文章不是一种纯文
学理论的灌输，而是评论一种文学现象的同时也是一种文学创作。
所以，读者在阅读苏轼的评论文章的时候就会产生一种身心愉悦的
效果。苏轼诗性的批评言说对当代规范化格式化的批评文体和枯燥
干瘪的文论语言给予了很大的启示。

第四章　金圣叹、袁枚批评文体研究

第一节　金圣叹批评文体研究

金圣叹是我国古代文学史上一位成就卓越的文学奇才，更是一位伟大的文论家。本章从金圣叹文论的具体作品入手，分析总结出其在体制、体式、体貌等层面的特点，对这些特点进行归纳分类，总结并列出金圣叹批评文体的类型、独特性及影响。而这些方法的综合使用也是本篇论文的特点所在，不会给人以唐突之感，有一个逐渐接受的过程，并且文中大量的举例也增加了文章的说服力，可以较好地使读者对金圣叹的批评文体有一个较为全面和系统的认识。

对于金圣叹批评文体的研究不论是对金圣叹的研究工作而言，还是对文体学而言，抑或对于批评文体这一领域而言，都具有不可小视的文学意义。首先，对于金圣叹的研究可谓是从清末绵延至今，从个人身世到文艺理论，从审美接受到文学鉴赏，在足够长的时间半径内似乎已经形成了一个将近饱和的研究范畴。而选择批评文体这一新颖的视角研究金圣叹文论有利于突破这一饱和状态，进一步突破并推进研究的层层深入。其次，由于重内容而轻形式的文学观念长久以来都处于统治地位，所以文体学的发展与文学理论相比，一直处于相对滞后的状态，而本文选择批评文体这一视角有利于增强学者们对于文学形式的重视，从而在一定程度上推动文体学的创新与发展。再次，金圣叹可谓是我们历史文学长河中一颗极为闪耀的明珠，他的成就与贡献对于现当代的文学研究而言是一笔巨大的财富。他卓越的文学理论建树是世人所公认的，但是其批评文体并非是这些理论的附属品，相反，没有批评文体的承载，其文学理论怎能如此完美地呈现在世人的面前？因此选择金圣叹这样一位大家的批评文体为研究对象，对于批评文体这一文学领域也是极为有意义的，此举会扩充批评文体的研究视野，并丰富其理论体系的建设。

一、金圣叹批评文体分类

金圣叹是我国文学史上一位伟大的文学家、文论家，其自幼接受经典儒家教育，道家、佛家思想也对其产生了深刻的影响。扎实的文学功底和过人的文学天赋造就了他不凡的文学生涯。虽然自古以来金圣叹就是一个颇具争议的人物，但是，其在文学批评领域的卓越成就可谓是毋庸置疑的。说金圣叹在文学里安身立命，倒不如说他在文学批评里安身立命。金圣叹的文学批评之所以可以取得如此令人瞩目的成就，与其批评文体有着不可分割的联系，批评文体关乎文学批评的根本命脉。纵观金圣叹文论，其文体形式有序跋体、书信体、评点体等，可谓是丰富多彩，而多样的文体形式也成为金氏文论的一大闪光点。

金圣叹于农历三月三日，也就是民间俗称的文昌星的生日那一天降生在一个落魄地主家庭。也正因如此，其父亲自幼便对他寄予极大的希望，虽然家庭并不十分富裕，但还是极尽所能地给金圣叹提供接受教育的机会，很小就将其送进乡塾。金圣叹个人对于文学也是充满着热情，种种客观和主观的因素夹杂在一起为金圣叹打造了十分坚实的文学基础。金圣叹在进行文学创作时善于运用各种文体形式，诗、词、散文、序跋、书信等。对于各种文体形式的运用自如，自然而然使得其批评文体的形式呈现出多样性的特征。总体概括来说，金圣叹的批评文体主要有序跋体、书信体、评点体和选本体等。

1. 序跋体

序跋体。序跋兴盛于西汉时期，是古代一种重要的文体类型。序又称作序言、引言、绪言等，常常用来对解释说明作品的内容、写作缘由、写作目的、作者情况等，其中也有对作家作品的评价和

161

对相关问题的进一步阐述。跋又被称为后记、后序、跋尾等，位于作品的卷尾，其在内容和性质上与序相似，故序与跋常常合并在一起被称为序跋。关于序跋这一重要的批评文体，李小兰曾在《论批评功能与批评文体》一文中这样说："在某种意义上，序文的产生是为了消解著作和读者之间的欣赏障碍，促进文学交流，让著作和文学作品中的隐含意义被读者发掘和领会，让作者的追求和情感获得社会认同。"①这段话对于序跋的批评功能做了较为准确的概括和诠释。

　　对于金圣叹这样一个以批评著称的文学家而言，序跋这一重要的批评文体本应不会被其所忽略，但是如果我们翻阅一下金圣叹的现存文论，就会发现：在金圣叹的文论中，序跋体的数量可谓是屈指可数的。怎样看待这一矛盾而令人不解的现象呢？或许李重华先生在《沉吟楼遗诗序》中的话可以给我们些许的解答："平生吟咏极多，不自惜。"②金圣叹因哭庙案被害，导致其很多著作遗失，如今可以找到的金圣叹文论中的序跋体共有两类：一类收录在《金圣叹全集》，另一类是流散在民间，近来被研究者们发现的。第一类共有六篇，包括在对《水浒传》点评时的四篇以及对《西厢记》进行点评时，位于卷首的两篇。第二类共有四篇，即《风唫集序》《怀感诗序》《邵弥山水长卷跋》以及金圣叹为嵇永仁的诗集所作的《蓳秋堂诗集序》，其中前三篇均是金圣叹研究的领军人陆林先生在漫长而艰辛的研究过程中发现的，并且在《金圣叹佚文佚诗佚联考》③中有详细的阐述。虽然我们现如今能够看到的金圣叹文论中序跋体的数量不多，但是它仍然代表着金氏文论中一种重要的批评文体类型，其中反映了很多金圣叹的文学理论和文艺观点，并且在一定程度上反映出金圣叹批评文体在形式上的一些显著特征，因此，我们

---

①　李小兰：《论批评功能与批评文体》，《宁夏社会科学》2008年第4期。

②　（清）金圣叹著，周锡山编校：《金圣叹全集（小题才子书卷）》，万卷出版公司2009年版，第297页。

③　陆林：《金圣叹佚文佚诗佚联考》，《明清小说研究》，1993年第1期。

有必要对其进行一定的梳理。

在金圣叹的"六才子书"中，第五才子书《水浒传》和第六才子书《西厢记》可谓是光彩夺目，成绩斐然。提到金圣叹的序跋体，我们首先想到的是金批《水浒传》和金批《西厢记》中的六篇序，当然这六篇序也随《贯华堂第五才子书水浒传》和《贯华堂第六才子书西厢记》一起收录在《金圣叹全集》中。

在金批《第五才子书》中有序言三篇，还有一篇是伪说为施耐庵所作，实则为金圣叹作的序言，也就是共计四篇序言。金圣叹在序言中表达着自己的文学主张和具有独立创新性的文艺观点，发表着自己的文学见解。如《贯华堂第五才子书水浒传》的序三中写道：

> 《水浒》所叙，叙一百八人，其人不出绿林，其事不出劫杀，失教丧心，诚不可训。然而吾独欲略其行迹，伸其神理者，盖此书七十回、数十万言，可谓多矣，而举其神理，正如《论语》之一节两节，浏然以清，湛然以明，轩然以轻，濯然以新，彼岂非《庄子》《史记》之流哉！①

在这段话中，金圣叹堂而皇之地把《水浒传》与《论语》并举，其实金圣叹是想要表达自己一种前卫的文学观念，即被世人称为"下里巴人"的白话小说所具有的文学价值与儒家经典不分伯仲。在对这一观点进行阐述时，金圣叹的批评话语同样是极富特点的，比如"七十回、数十万言"以及"一节两节"，这样对比反差极强的短语的同时出现，可以在瞬间引起读者的高度注意，并对读者的深层思考起到了很好的激发作用。

除此之外，在金氏文论的序跋体中有一个很显著的形式特征，即问号的频繁使用。通读金圣叹的文论，你会发现，在他的批评用语中，对于问号的使用是比较有限的，除了在极为需要强调的地方，他会使用问号，或提问或设问，以引起读者的关注，大部分时

---

① （清）金圣叹著，周锡山编校：《金圣叹全集（贯华堂第五才子书卷）》，万卷出版公司 2009 年版，第 8 页。

候采用陈述或是感叹语句来进行文学批评。比如在周锡山编校的《天下才子必读书〈卷之一左传〉》中，金圣叹在对其中的二十六篇古文进行评点时，只有两处用到了问号；再如，对《水浒传》第十三回的整回评点中也仅仅用了两个问号。但是在金圣叹评点的《西厢记》序一中竟然用了十七个问号，在《水浒传》序一中金圣叹所使用的问号也多达十五个。问号的频繁使用也使得金圣叹的序跋体在形式上呈现出独有的特色，又如在《贯华堂地六才子书西厢记》的序二：

> 日中麻麦一餐，树下冰霜一宿，说经四万八千，度人恒河沙数，可也，亦一消遣法也。何也？我固非我也：未生已前，非我也；既去以后，又非我也。然则今虽犹尚暂在，实非我也。既已非我，我欲云何？抑既已非我，我何不云何？且我而犹望其是我也，我决不可以有少误。我而既已决非我矣，我如之何不听其或误，乃至或大误耶？①

在金圣叹序跋体的这段文字中，其用了四个问号，以表达自己对于人生短暂，何为消遣这一观点的认识和感慨。在语言的形式上，由于多个问号的出现，这段文字显得跌宕有致，层叠错落，从而使文字的内容、形式以及读者的阅读感受三者之间形成一个互融互动的和谐关系，语言就像音符一样有节奏地跳跃在整篇评语的乐谱之上，给人以美感十足的视觉冲击，同时对文段语义的表达也起到了显著的提醒与强调作用。

2. 书信体

书信体又称为书牍体、简牍体，是我国古代一种重要的文体形式。褚斌杰的《中国古代文体概论》中写道："'书'是古代书信的总名，而又称简、笺、札、牍，是由其所用的工具而得名；称尺牍、

---

① （清）金圣叹著，周锡山编校：《金圣叹全集（贯华堂第六才子书卷）》，万卷出版公司2009年版，第4页。

尺素、尺翰，是因所用以书写的木简、绢帛等约为一尺左右。"①此外，褚斌杰还把书分门别类地排列如下："古代臣下向皇帝陈言进词所写的公文与亲朋间往来的私人信件，均称为'书'。因此，古代以'书'名篇的文字，实包括两种文件。为了加以区别，一般把前者称为'上书'或'奏书'，属公牍文的'奏疏'（亦称'奏议'）类；后者则单称'书'，或称为'书牍''书札''书简'，属应用文的'书牍'类"。② 金圣叹书信体的文学批评我们可以在《贯华堂选批唐才子诗甲集七言律》中位于其卷首的《鱼庭闻贯》中找到现存的绝大多数。在《鱼庭闻贯》的开篇有一段类似于凡例的话写道："雍既于今年二月吉日，力请家先生，上下快说唐人七言律体，得五百九十五首，从旁笔受其语，退而次第成帙矣。既复自发敝箧，又得平日私钞家先生与其二三同学所有往来手札，中间但有关涉唐诗律体者，随长随短，雍皆随手割截，去其他语，止存切要，都来可有百三四十余条。今拣去其重叠相同者，止录得三十余条。又根括先生居常在家之书，其头上尾后纸有空白之处，每多信笔题记，其凡涉律体者，又得数十余条。又寒家壁间柱上，有浮贴纸条，或竟实署柱壁，其有说律体者，又得数十余条。一一罗而述之，亦复自成一卷。"③由这段话我们可以得知，金雍将父亲在日常生活中与各个至亲朋友所写的书信中涉及对于唐律诗的批评方法和观念的文字章节摘录出来，最终汇编成《鱼庭闻贯》。据统计，在《鱼庭闻贯》中共有 97 篇关于唐诗律体的文字，其中金圣叹的书信体批评共有 85 篇，其余 12 篇是金圣叹平时在柱间壁上留下的文字。除此之外，在金圣叹从事扶乩降神活动期间留下的书信体，在其友人的著作中亦可偶得数篇，如《与叶忠韶》等。在这些书信体批评中，金圣叹大胆而前卫地阐述了自己的文学主张及见解，而这一阐述过程丝毫

---

①　褚斌杰：《中国古代文体概论》，北京大学出版社 2003 年版，第 399页。

②　褚斌杰：《中国古代文体概论》，北京大学出版社 1990 年版，第 387页。

③　（清）金圣叹著，周锡山编校：《金圣叹全集（贯华堂选批唐才子诗卷）》，万卷出版公司 2009 年版，第 55 页。

没有死板说教之感，相反，金圣叹用了拉家常式的文体风格将自己的文学观点灌注其中，读来亲切细腻，仿佛是和一位多日不见的老友在聊着各种家庭琐碎一般。如：

> 辱垂注，弟比来体中粗好。连日日长无事，止是闲分唐人律诗前后二解自言乐耳。乃复有人谓弟奇特，不知弟正复扯淡，何奇特也。
>
> 昨正午，大雨时行，弟闲坐无事，因审看其来势去势。其来也，正犹唐律诗之前解也；其去也，正犹后解也。
>
> 辱先生信弟最过，今独不信弟律诗分解一事，知非不信，只是不轻信耳①

上述三个例子中，金圣叹都在信中阐述了自己对于唐律诗分解一事的主张和见解，字里行间流露着渴望被理解的期盼，用谈话式的语气娓娓道来，语势平缓而不乏说服力，一种无形的有力佐证推动着书信的行文脉络，让人读来有种不可抗拒的认同感和亲切感。

又如在金圣叹《与顾掌丸书》中说：

> 诗非异物，只是一句真话，弟近日所以决意欲与唐律诗分解也。弟见世人说到真话，即开口无不郁勃注射者，转口无不自寻出脱、自生变换者。此不论英灵之与懵懂，但是说到真话，即天然有此能事，天然有此平吐出来一句，连忙收拾一句；又天然必是二句，必不是一句。今唐律诗正复如此。前解，便是平吐出来之一句，所谓郁勃注射之句也；后解，便是连忙收拾之一句，所谓自寻出脱，自生变换之句也，所谓真话也。然不与分解，却如何可认？承快许与弟共事，便请携篑相

---

① （清）金圣叹著，周锡山编校：《金圣叹全集（贯华堂选批唐才子诗卷）》，万卷出版公司2009年版，第59页。

过，弟颙望颙望！①

在这段话中，金圣叹将自己"分解律诗"的文学观毫不掩饰地展现给世人，并为其找到生动且极具说服性的理由。金圣叹认为诗就是一句真话，而真话是世间最具有真情实感，最能表现出感情的自然流露之美，这种自热之美毫无矫揉造作之嫌，但是这种美酝与其中，并非每个人都能深切地体会到，只有将这种美做个清晰明了的生动阐释，方可引起读者心灵的震撼。所以，金圣叹要将"律诗"这一最真切动人的文体结构进行起承转合式的分解，以便将其中最自然真切之情诠释给每一个读者，对其阅读的期待视野产生有利的干预。而这一系列的文学主张并非是金圣叹用说教的模式强行灌输给我们的，而是我们在读此段文字的过程中自然而然地随着情愫的蔓延，触摸到金圣叹内心的柔软角落时感受到的。平易亲切的叙述风格让我们感受到金圣叹书信体批评的别样魅力。

金圣叹在壮年岁月的时候曾经从事过扶乩降神之类的活动，也正是这一原因使得金圣叹的终生都在被神化，或被魔化的非议声中度过。而金圣叹之所以会从事这一活动，一方面是由于当时吴地的巫咸之风盛行，另一方面源于金圣叹自身极强的心理洞察力、逻辑和组织能力。金圣叹在暮年时曾一度表现出对于这段人生经历的悔意，如他在《杜诗解》中写道："为儿子时，蛩蛩然只谓前亦不往，后亦不来，独有此身，常在世间。予读《兰亭序》，亦了不知假定何处。殆于三十四五岁许，始乃无端感触，忽地惊心：前此犹是童稚蓬心，后此便已衰白相逼，中间壮岁一段，竟全然失去不见。"②由"壮年一段"就这么"全然不见"可知金圣叹在排斥自己扶乩降神活动的同时，更多的似乎也在感慨着时光匆匆与万物皆空。而这些情愫也随着朋友闲聊式的行文风格而倾泻无余。如在金圣叹扶乩降

---

①　（清）金圣叹著，周锡山编校：《金圣叹全集（贯华堂选批唐才子诗卷）》，万卷出版公司 2009 年版，第 58 页。

②　（清）金圣叹著，周锡山编校：《金圣叹全集（第四才子书杜诗解卷）》，万卷出版公司 2009 年版，第 111 页。

神其间所写的书信中，曾这样说过：

> 即日接来信，知诸君在汾干甚快事，此约已久，拟赴之，直至今夕。天下事无大无细，洵皆因缘哉！午后不肖当过，幸少俟我。本堂今日修普贤观未成，诸公当约明日振锡还家耳。午后，某独到也。某稽首。①

这封书信录自叶绍袁《续窈闻》崇祯九年"释迦佛诞之月"二十六日，从这段话的字里行间我们可以洞察到一个看破红尘的金圣叹，这种蒙了一层佛家面纱的窃窃私语也使人读来不免为之动容。

由此可见，金圣叹的书信体中既包含着友人之间的别样亲切，又蕴含着动人心扉的佛理禅思，而这一切都得力于其拉家常式的文体风格，可以说这一金氏独有的风格在其书信体批评中得到了最为完美的阐释。

3. 评点体

评点体是一种非常重要的在对中国古典小说进行批评时所采用的批评文体，其渊源可追溯到传统的诗文评点。在评点体这种批评形式出现的早期，大都是由一些书籍出版商所写，并无太大的理论价值和借鉴之处，直到明代万历年间才逐渐发展成熟，"到了明代末年的金圣叹手里，这种形式就发展的更为成熟更为完善。"②叶朗先生对于评点体这一批评形式，曾经十分准确地归纳概括道："开头有个《序》。序之后有《读法》，带点总纲性质，有那么几条，十几条，甚至一百多条。然后在每一回的回前或回后有总评，就整个这一回抓出几个问题来加以议论。在每一回当中，又有眉批、夹批或旁批，对小说的具体描写进行分析或评论。此外，评点者还在一些他认为最重要或最精彩的句子旁边加上圈点，以便引起读者的

---

① 叶绍袁：《午梦堂集》，中华书局出版社1998年版，第523页。
② 叶朗：《中国小说美学与明清小说评点》，《学术月刊》，1982年第11期。

注意。"①

金圣叹自幼便是一颗读书的种子，他的一生都与文学相伴相随，最终他选择在文学批评里安身立命。在距离金圣叹生活的年代已有三百多年的今天，他仍然可以凭借"六才子书"而家喻户晓，其中一个很重要的原因便是他对于《水浒传》和《西厢记》这两部白话小说的评点。谭帆先生曾说："崇祯十四年，金圣叹《贯华堂第五才子书水浒传》刊行，这是中国小说史和小说评点史上的一部重要著作，也是明代小说评点中评点形态最为完备的评点本。"②我们大可以说评点体成就了金圣叹，同时金圣叹也成就了评点体。在金圣叹的评点体批评中，我们几乎可以看到一个全面而完整的金圣叹，无论是其文学观、文学思想、创作理念，还是语言特色、情感表达、批评风格，我们都可以窥见一斑。如在《水浒传》第二十八回，武松醉打蒋门神，金圣叹批：

　　如此篇，武松为施恩打蒋门神，其事也；武松饮酒，其文也。打蒋门神，其料也；饮酒，其珠玉锦绣之心也。故酒有酒人，景阳冈上打虎好汉，其千载第一酒人也；酒有酒场，出孟州东门，到快活林十四五里田地，其千载第一酒场也；酒有酒时，炎暑乍消，金风飒起，解开衣襟，微风相吹，其千载第一酒时也；酒有酒令，无三不过望，其千载第一酒令也；酒有酒监，连饮三碗，便起身走，其千载第一酒监也；酒有酒筹，十二三家卖酒望竿，其千载第一酒筹也；酒有行酒人，未到望边，先已筛满，三碗既毕，急急奔去，其千载第一行酒人也；酒有下酒物，忽然想到亡兄而放声一哭，忽然恨到奸夫淫妇而拍案一叫，其千载第一下酒物也；酒有酒杯，记得宋公明在柴王孙庄上，其千载第一酒杯也；酒有酒风，少间蒋门神无复在孟州道上，其千载第一酒风也；酒有酒赞，"河阳风月"四字，

---

①　叶朗：《中国小说美学》，北京大学出版社1985年版，第13页。
②　谭帆：《中国古代小说评点形态论》，《文艺理论研究》，1998年第2期。

169

"醉里乾坤大，壶中日月长"十字，其千载第一酒赞也；酒有酒题，"快活林"，其千载第一酒题也。凡若此者，是皆此篇之文也，并非此篇之事也。如以事而已矣，则施恩领却武松去打蒋门神，一路吃了三十五六碗酒，只依宋子京例，大书一行足矣，何为乎又烦耐庵撰此一篇也哉？甚矣，世无读书之人，吾未如之何也。①

这段批语读来朗朗上口，一连串的"其千载第一……"逐层罗列而出，并且层层递进，逐渐把读者引入当时的场景之中，让我们不知不觉中身临其境，无任何牵强附会的不适之感。整段批语在语言结构上不仅仅是并列与递进完美融合，同时又有着十分精严的框架，一览无余且无懈可击，读起来酣畅淋漓，读之后仍回味无穷。批语开头先引入人物、地点、时间，然后开始剥笋式的逐层深入，这种严丝合缝的逻辑不由得让人惊叹不已。金圣叹在批语中提到：本来这一回的故事是很简单的，其实简单到可以用一句话概括："施恩领却武松去打蒋门神，一路吃了三十五六碗酒。"但是，施耐庵却花费了整整一个篇幅来进行描写。由此可见，金圣叹在着重说明施耐庵重视的并非简单地陈述一件事情，而是强调怎样来陈述这个事情，也就是要把"事"和"文"区别来对待，并且要给予"文"更加充分的重视。金圣叹在评点时对于施耐庵这一写作方式给予圈点并且用如此慷慨淋漓的笔法将其大肆挥写出来，用鲜活生动的语言将其传达给读者，以期给读者留下深刻的印象并引起其高度关注。这样做的目的很明显，就是想要让读者，甚至是让后人能够学习和运用这种方法，从这一目的来看，金圣叹进行文学批评、抒发自己文学观点的同时，无时无刻不在想着把自己长期研读、摸索的创作方法授予后人。反过来，也正是因为金圣叹在进行文学批评时有着这样明确的批评动机和批评目的，所以其批评文体呈现出它独有的风格，我们从中不但可以感受到金圣叹的文学观念，创作主张，同时

① （清）金圣叹著，周锡山编校：《金圣叹全集（贯华堂第五才子书）》，万卷出版公司2009年版，第413、414页。

也深切地碰触到他那种让人欲罢不能的人格魅力。

在《贯华堂第六才子书西厢记》的第二本第四折《琴心》中，在描述赖婚之后莺莺的伤感之情时写到"云敛晴空，冰轮乍涌；风扫残红，香阶乱拥；离恨千端，闲愁万种"。金圣叹对于这段描写批：

> 只写云，只写月，只写红，只写阶，并不写双文，而双文已现。有时写人，是人，有时写景，是景；有时写人却是景，有时写景却是人。如此节，四句十六字，字字写景，字字是人。伧父不知，必曰景也。①

金圣叹用这样一段读来一气呵成却又有点绕口的文字道破莺莺心中的千愁万绪，批语中并未一再强调文中寓情于景的写法，而是用连续的四个短语"只写云""只写月""只写红""只写阶"概括文中的整句描写，这种极为醒目的概括形式一方面会引起读者的瞬间关注感，另一方面，与之后的"并不写双文，而双文已现"形成鲜明的对比，将情景相融情更浓的意境无形中传达给读者。金圣叹的评点正是这样，用典型醒目的文学形式代替纯语言式的说教，让读者在无形中引起共鸣，并感悟文中的精妙之处，毫无牵强之痕迹，尽显水到渠成之感。

又如，在金批《西厢记》的《后候》总批中写道：

> 若夫《西厢》之为文一十六篇，则吾实得而言之矣：有生有扫，生如生叶生花，扫如扫花扫叶。……然则如《西厢》，何谓生？何谓扫？最前《惊艳》一篇谓之生，最后《哭宴》一篇谓之扫。……而后则有三渐。何谓三渐？《闹斋》第一渐，《寺警》第二渐，今此一篇《后候》，第三渐。……而后又有两近三纵……而后则有两不得不然。……听琴者，红娘不得不然；闹简者，莺莺不得不然。……而后则有实写一篇，……如后文

---

① （清）金圣叹著，周锡山编校：《金圣叹全集（贯华堂第六才子书）》，万卷出版公司2009年版，第146页。

《酬简》之一篇是也。又有空写一篇。……如最后《惊梦》之一篇是也。①

这段文字读来往往让人觉得起伏有致，毫无乏味之感，即使是对于一件事情或现象的解释和陈述也不会引起读者的阅读倦意，而原因就在于金圣叹在这里运用了多种语言技巧，如设问句式，然后又用了收尾接龙式的递进句式等。这些都为金圣叹的文论增添了余音绕梁的韵味，也使得金圣叹文学批评读来朗朗上口，兴趣盎然，如风吹麦浪般一波一波遗韵无穷。

4. 选本体

选本体是一种以选寓评或选中兼评的比较具有特征性的文学批评样式。"选编者的主体意识使选本批评显现了审美主体的文学观念；科举考试的实际需要使选本成为揣摩法则的写作范本；选本的历史意识是文学史的独特书写；序、论、赞、评的批评方式使选本呈现出多元话语模式"②。对于选本这一较为独特且最具包容性的批评形式，张伯伟先生在《中国古代文学批评方法研究》一书中写道："将具有中国民族特色的批评方法总结为内在精神和外在形式，并将外在形式概括为六种，即选本、摘句、诗格、论诗诗、诗话及评点，其中最具包容性的当属选本。"③

金圣叹根据自己对于文学的理解，和自己根深蒂固的文学观以及创作理念对于诗文小说进行鉴别取舍。这种独具慧眼的鉴别取舍使得选本体成为金氏文论中一道耀眼的光芒。从宏观上来看，金圣叹选批的"六才子书"便是其典型的选本体文论。金圣叹能够从博大精深、纷繁复杂的诸多经典中选出"六才子书"，这并非是其一时兴起或随意为之的结果，相反，他是在自己独到文学观的烛照下

---

① （清）金圣叹著，周锡山编校：《金圣叹全集（贯华堂第六才子书）》，万卷出版公司 2009 年版，第 199 页。

② 方志红：《选本批评：中国文学理论批评方法之一》，《绵阳师范学院学报》2008 年第 12 期。

③ 张伯伟：《中国古代文学批评方法研究》，中华书局出版社 2006 年版，第 305 页。

才完成了这一选批过程。从微观上来讲，在"六才子书"内部，亦存在着相对独立的选本，如唐诗选本《贯华堂选批唐才子诗》《唱经堂杜诗解》，古文选本《天下才子必读书》等。这些选本自身的完成与体系构建都明显地反映出金圣叹个人的文学偏好与选批意图。

说到金氏选本必然最先提到他选批的"六才子书"。可以毫不忌讳地说金圣叹的家喻户晓与其选批的"六才子书"有着密不可分的联系。也正因如此人们在称赞金圣叹为伟大的文学家、文论家时，也不忘提及"选家"这个头衔。其实说金圣叹是个"选家"一点都不为过，他不但是个"选家"，而且是个大胆前卫、敢于创新的"选家"。金圣叹骨子里潜藏着一股狂傲之气，他嬉戏于科举考试的考场之间，屡次在岁试上做出奇怪的文字，这些行为都可以看做是对于统治者的提醒以及对于自己才识的标榜。但是，最终他也没有找到自己的伯乐，于是他决定在文学批评里安身立命，既然不能立德、立功，那么就依然选择立言。而在怎样立言上，金圣叹真可谓是费了一番心思，即选批"六才子书"。有人对于金圣叹选批"六才子书"曾这样评价："金圣叹对于'六才子书'的解读方式显然是一种形式化的解读。他以文学的准则，通过形式化的解读，将'六才子书'与经史子集隔离开来，从而建立了自己独立的美学品格，建立了与儒家经典不同的世界。"①由此可见，"形式化"无论是对于"六才子书"还是对于金圣叹。无论是对于"选"还是对于"批"，都是不可缺少的核心要素。亦可见得，在金圣叹的文学世界里，他对于"形式"有着自己独特的钟爱之情，这也正是其批评文体在形式上极具特点的情感根源所在。

在金圣叹选批的"六才子书"中包含了诗词曲文等多种文学样式，可见金圣叹是想要构建一个全方位的、并且较为完整的"才子体系"。从他所选的书目，我们已经可以真切地感受到他独特的不受那个时代固有的文学思潮所约束的文学观念和文学理想。如对于当时大多文人嗤之以鼻的小说，他却视为珍宝选入"才子书"之列，

---

① 樊宝英：《金圣叹的选本批评与文学的经典化》，《聊城大学学报》（社会科学版）2008 年第 1 期。

并将其与《史记》等被奉为经典的文学作品相提并论。但是，金圣叹毕竟不是生活在三百多年后的今天，他生活的那个时代有着那个时代独特的文学氛围，他不可能独立出那个特有的时代，他前卫和创新的文学思想也无形中必然受着那个时代的影响，其身上必然摆脱不了属于那个时代特有的印章。我们所能做的，就是在金圣叹的文论中更努力去触及更多其内心深处真实的关于文学的情感。

在"六才子书"内部各个相对独立的选本中，较为突出的是唐诗选本。金圣叹对于唐诗的选择与取舍极富典型性与专一性，比如他只选择七律，尤为重视"杜诗"，这也使得唐诗选本与金氏的其他选本相比，更为别具一格，更加引人注目。他曾经说："弟选唐诗六百篇，而必始之必简先生者，凡所以尊杜也。若曰唐一代诗，既于杜乎集大成矣，是更不能不托始于杜也。"①由此我们可知，金圣叹对于"杜诗"的重视是源于其"集大成"的本质特征，而这一特征与金圣叹力求构建一个全面系统的文学体系的目的可谓是不谋而合。

金圣叹对于唐律诗的偏重之情也时刻流露在他的文学批评中，如在《贯华堂选批唐才子诗》中金圣叹这样写道：

选言则或五或七，开体则起承转收。②

金圣叹选诗的文学原则从这短短两句、寥寥数语中浮出水面，他对于唐律诗的钟爱可谓到了为之着迷的地步。但是，作为一个思维严谨的文论大家，金圣叹并没有无头绪地盲目崇拜唐律诗，他用简单的"起承转收"四个字概括了自己喜爱唐律诗的原因，也从侧面反映出自己的文学创作原则和标准。可以说，在金圣叹的文论中，选本批评很典型地反映和昭显着他的文学观、创作理念以及极具个人魅力的批评风格。

---

①　林乾：《金圣叹评点才子全集（第一卷）》，光明日报出版社 1999 年版，第 38 页。

②　林乾：《金圣叹评点才子全集（第一卷）》，光明日报出版社 1999 年版，第 4 页。

总之，对于金圣叹这样一个文备众体的大家来说，其擅长运用各种各样的文体样式，这也为其在进行文学批评时对各种文体形式随手拈来、运用自如打下了良好的基础。由此也可见得，金圣叹批评文体的类型是极为丰富的，无论是序跋体中对于问号的频繁使用，还是书信体中拉家常式的行文风格，无论评点体中跌宕有致的大段书写，还是选本体中彰显出的特立独行，这些都反映着金圣叹批评文体鲜明的个人特色，可谓是魅力无处不在、颇具大家风范。

二、批评文体：精严细腻、独具只眼

金圣叹是个文论大家，如果用当今的视角和语言来诠释，他无疑是一位"全能选手"，对各种文学形式的涉猎之广泛，对多种文学技巧的应用之娴熟，都足以令我们瞠目结舌、立足惊叹。这样一位全能的文论大家，其批评文体有着自身的独特性，本章将主要以"金批水浒"和"金批西厢"为基础，深度挖掘金圣叹批评文体在批评语言、批评情感、批评方法、批评模式以及批评思维等细微层面的特点，并以此总结出金圣叹批评文体的独特性。

1. 语言之精严："金批水浒"显精严

在金圣叹选批的"六才子书"中，《贯华堂第五才子书水浒传》是他最早开始进行的大规模文学批评，也可称之为中国小说评点史上的巅峰之作。《水浒传》这部英雄大作，在明末清初那个战乱四起的特殊年代背负着"大逆不道"的罪名，金圣叹在那样一个时代环境中毫不犹豫地提笔对其进行大肆批改，其中的原因应该是多方面的。金圣叹面对当时的种种诋毁，也有过一定的反驳，如在《第五才子书》的序三中曾说："善论道者论道，善论文者论文。"①虽然后世对于金圣叹评点《水浒传》的原因有过多种猜测，但是在本篇着意对金氏批评文体进行研究的论文中，我们暂且不对其批评原因做深入的追究。但是有一点我们应该予以重视，那就是金圣叹之所以会选择《水浒传》这部书，并且对其进行呕心沥血地手批笔改，

---

① （清）金圣叹著，周锡山编校：《金圣叹全集（贯华堂第五才子书）》，万卷出版公司 2009 年版，第 8 页。

从纯文学的角度来看,《水浒传》在文学性和文学价值方面必定与金圣叹的文学观有着极为相似和契合的成分。在金圣叹对《水浒传》进行评点的过程中,其深度挖掘并重点指出的文学现象和文学特点一定是首先在他内心深处得到认可的,而这种认可之所以会形成,与其独特的个人经历、气质性格、价值观、文学观、文学倾向等都有着密切的联系,而对于文学批评这种隶属于文学的批评活动来说,文学观和文学倾向等文学因素在作家对作品的认知度方面发挥的作用是举足轻重、不可替代的。一个成熟的作家,其文学观、文学倾向以及文学信仰的形成并非是一朝一夕形成的,而是经过一个漫长的锤炼过程,并且一旦形成就不会轻易改变。金圣叹这样一个伟大的文论家,其在进行文学批评时必定会受到其文学观等方面的影响,这种影响会使得其批评文体呈现出别具一格的特征,而这些影响因素的根源我们完全可以在其批评作品中找到。而金圣叹对于语言精严性的重视乃是其文学观念中不可或缺的一个重要组成部分。

语言是文体学中的一个重要词汇,在文体学不断发展、完善甚至有所转型的今天,"回归语言"如今已成为文体学研究的一个重要课题。那么,我们在对金圣叹的批评文体进行纵向分析时,必然离不开语言这一重要的文体学视角,金圣叹在《贯华堂第五才子书水浒传》的序三中写道:

> ……若诚以吾读《水浒》之法读之,正可谓庄生之文精严,《史记》之文亦精严。不宁惟是而已,盖天下之书,诚欲藏之名山,传之后人,既无有不精严者。何谓之精严?字有字法,句有句法,章有章法,部有部法,是也。①

由这段话我们可以看出,金圣叹对于作品的语言是十分重视的,特别偏爱于语言的"精严",甚至认为一部好的作品如果想要"藏之名

---

① (清)金圣叹著,周锡山编校:《金圣叹全集(贯华堂第五才子书)》,万卷出版公司2009年版,第8页。

山""传之后人"，就必须要"精严"。我们大可以把"精严"一词拆分来看，"精"和"严"在语义上本来就有重合之处，但分开来看，"精"更多地强调的是"精准""精确"；"严"更倾向与整体框架上的"严整""严谨"。

金圣叹在进行文学批评时有一个很典型的特点，即他并非完全局限于原作来进行评点，在遇到对于原作不满的地方时，他会毫不犹豫地对原作进行删改，删改到自己满意为止。可以说对于金圣叹来说，"删改"也是他文学批评的一部分，"删改"过的文字也彰显着其批评文体的语言特征。在评点的过程中，有些时候金圣叹会先将原作进行改动，然后再对改动过的文字加以批语。如在《贯华堂第五才子书水浒传》的第三十六回："一只快船飞也似从上水头急溜下来。"金圣叹这样批到：

> 古本"急溜"二字，便写出船到之速。俗本改作"摇将"二字，谬以千里。①

从这一批语我们可以很明显地感受到金圣叹在揣摩语言准确性方面的认真与专注。金圣叹的批评语言十分的精准，他要求尽可能地把事物的准确形象传达给读者，不但如此，他还想尽一切办法缩小读者脑海中形成的形象与他所要传达给读者的形象之间的偏差。众所周知，人们在进行文学接受时，由于个体人生体验、年龄性别、兴趣爱好等方面的差异，会有不同的文学感受。但是金圣叹所做的就是用精准的语言对读者的阅读感受做有利的干预，以期达到缩小读者脑中联想的误差性。由此可见，金圣叹批评文体语言的精准性可谓达到了一个极致。

又如，《贯华堂第五才子书水浒传》的第五十二回："戴宗先去房里睡了。李逵吃了一回酒肉，恐怕戴宗问他，也轻轻的来房里睡了。"金圣叹在此处批：

---

① （清）金圣叹著，周锡山编校：《金圣叹全集（贯华堂第五才子书）》，万卷出版公司 2009 年版，第 522 页。

　　"轻轻"妙，李逵亦有"轻轻"之日，真是奇事，俗本作"暗暗"，可笑。①

　　在这一批语中，我们可以看出，金圣叹先是将原作中的"暗暗"一词改为"轻轻"，然后在批语中大为赞赏"轻轻"一词之"妙"，并批讽原作"暗暗"一词简直是"可笑"。我们注意到，原作中"暗暗"一词是叠词，而金圣叹改为的"轻轻"一词亦为叠词，这种现象或许是偶然，但是也不排除金圣叹是有意而为之，其目的除了为了与原作语言之间形成更为鲜明的对比之外，更多还应该是在进行了良久的推敲之后认为"轻轻"一词可以更精准地传达文意。"暗暗"只是一个简单的、平铺直叙式的形容词，而"轻轻"一词用于对动作的描绘，违反了李逵素日的性格特征，这种强烈的性格反差表现更能突出李逵此时的可笑与心虚，因此显得更加真实。

　　除此之外，金圣叹批评文体的语言是十分"严谨"的。"严谨"这个词在自然科学的学科领域是一个使用率极高的词汇，因为自然科学的学科性质注定了它的"严谨"特质，但是在人文学科领域，这个词似乎不太会引起人们的重视，而一代文人金圣叹正是将"严谨"赋予自己的文学批评，才使得其批评文体的语言呈现出了与众不同的风格。如在《贯华堂第五才子书水浒传》中，第五回："看那山门时，上面有一面旧朱红牌额，内有四个金字，都昏了。"金圣叹批"都昏了"道：

　　只用三个字，写废寺入神，抵无数墙坍壁倒语，又是他人极力写不出想不来者。②

---

　　①　（清）金圣叹著，周锡山编校：《金圣叹全集（贯华堂第五才子书）》，万卷出版公司 2009 年版，第 744 页。

　　②　（清）金圣叹著，周锡山编校：《金圣叹全集（贯华堂第五才子书）》，万卷出版公司 2009 年版，第 101 页。

又如，第十五回："那石头上热了脚痛。"金圣叹批：

只得一句七个字，而热极之苦描画已尽，叹今人千言之无当也。①

再如，第四十五回"病关索大闹翠屏山，拼命三火烧祝家店"，杨雄要潘巧云与石秀当面对质时写道："那妇人道：'哎呀！过了的事，只顾说甚么！'石秀睁着眼道：'嫂嫂，你怎么说？'"金圣叹批：

活画石秀。只四字，妙极。②

接上文，妇人道："叔叔你没事自把髯儿提做什么？"石秀道："嫂嫂，嘻！"在此处金圣叹又批：

只一字，妙绝。上只四字，此只一字，而石秀一片精细，满面狠毒，都活画出来。③

由上述并举的四个例子我们仔细观察会发现，"只用三个字""只得一句七个字""只四字""只一字"，这几个短语有一个显而易见的共同之处：都以一个"只"字开端。其实，除这几个例子之外，在整部《贯华堂第五才子书水浒传》中，类似于这样的例子可谓是俯拾皆是，数不胜数。这些密集分布、极具特点的短语使得金圣叹的批评文体呈现出独有的特色。金圣叹仅仅是偏爱使用这样的词语吗？不尽其然！用金圣叹"严谨"的文学观来解释这一现象应该是比较

①　（清）金圣叹著，周锡山编校：《金圣叹全集（贯华堂第五才子书）》，万卷出版公司2009年版，第222页。
②　（清）金圣叹著，周锡山编校：《金圣叹全集（贯华堂第五才子书）》，万卷出版公司2009年版，第656页。
③　（清）金圣叹著，周锡山编校：《金圣叹全集（贯华堂第五才子书）》，万卷出版公司2009年版，第656页。

合理的，正是因为金圣叹对于"严谨"的强调，使得金圣叹在对原作进行细读梳理的过程中，会仔细反复地咀嚼原作的每一个词，甚至是每一个字，然后统计其出现的次数和个数，最后用十分"严谨"的词汇将原作的语言特征概括出来，令读者读来在拍案叫绝的同时感受到"严谨"一词在文学批评作品中的完美诠释。"只"这个字，不但对于文字个数的少起到了很好的提醒和修饰作用，同时表达出金圣叹内心涌动的情感。我们在读到这些批语的时候，不但会认知并注意到语言以及文本自身的特征，而且我们似乎可以看到一位白发苍苍的老者站在我们身旁，滔滔不绝地向我们讲述着他内心深处的兴奋与激情。金圣叹批评文体的这种魅力让我们如痴如醉，欲罢不能。

金圣叹以"六才子书"而留名后世，他的家喻户晓再次有力地证明了其文论所具有的独特的个人魅力，而金圣叹的批评文体则是对其文论风格最为精彩的诠释。《贯华堂第五才子书水浒传》可以说是"六才子书"中，金圣叹最为得意和钟爱的一部，其中反映了许多金圣叹的文学观点和文艺主张，这些观点和主张又反过来影响着金圣叹的批评文体，使其批评文体有着与众不同的特色和风格。在金圣叹手批笔改的《水浒传》中，无时无刻不彰显着其批评语言的精严性，也正因如此，本节选取金批《水浒传》，并以此为重点来详细阐述、分析总结金氏文论的语言特色。当然这种对于语言精严性的偏爱不仅仅体现在这一部作品中，在金圣叹的整个批评生涯以及他所有的批评作品中都有所体现，批评语言的精严性可谓是其批评文体的一大特色。

2. 情感之细腻："金批西厢"露真情

细读金圣叹的批评作品，总会有一种莫名的情感涌上心头，这种情感很复杂，或欢喜或悲伤或愤怒或忧郁，这种情感上的共鸣实则源自金圣叹批评文体在批评情感上的显著特色。本节以《西厢记》为主，分析金氏文论在批评情感上的独特性。《西厢记》是一部十三世纪的元代杂剧，共有五本二十一折，作者王实甫。金圣叹将《西厢记》归入自己的"六才子书"之中，并倾尽心血对其手删笔改，最终成书，名为《贯华堂第六才子书西厢记》。《西厢记》在我国古代文学史上是一部有争议的作品，因为剧中的张生和莺莺没有遵守"父母之命，媒妁之言"，作者对他们首次幽会的情形进行了十分具象的语言描述，所以历来被道德家们所唾弃，与金圣叹同时代的归庄曾毫不避讳地将其称为"诲淫之书"。① 而金圣叹选择《西厢记》作为评点对象，他首先面对的就是要怎样看待这本书的问题，王靖宇先生说："对《西厢记》的编改和评点体现了 1644 年明朝灭亡以后金圣叹第一次重要的文学批评尝试。"②面对种种质疑和压力，金圣叹大胆地并且是毫不犹豫地全盘否定了《西厢记》是"淫书"的说法，在《读第六才子书法》中写道：

> 有人来说《西厢记》是淫书，此人后日定堕拔舌地狱。何也？《西厢记》不同小可，乃是天地妙文，自从有此天地，他中间便定然有此妙文。不是何人做得出来，是他天地直会自己劈空结撰而出。若定要说是一个人做出来，圣叹便说，此一个人是天地现身。
>
> 《西厢记》断断不是淫书，断断是妙文。今后若有人说是妙文，有人说是淫书，圣叹都不与做理会。文者见之谓之文，淫者见之谓之淫耳。③

由此可见，金圣叹非但没有称《西厢记》为"淫书"，反而大为赞赏地称之为"天地妙文"。这种行为的背后一方面是金圣叹我行我素性格的外化，另一方，这种情感的大肆流露也使其批评文体表现出一定的特色。在《西厢记》的评点中我们随处都可以感受到一股饱含感情的暗流涌动。

文学家常常都有一种莫名的感性，但这种感性在金圣叹身上表

---

① 归庄：《归庄集（卷二）》，上海古籍出版社 1962 年版，第 499 页。

② ［美］王靖宇著，谈蓓芳译：《金圣叹的生平及其文学批评》，上海古籍出版社 2004 年版，第 80 页。

③ （清）金圣叹著，周锡山编校：《金圣叹全集（贯华堂第六才子书）》，万卷出版公司 2009 年版，第 11 页。

现得尤为突出。在金圣叹对其幼年生活的追忆中，有一段是这样
写的：

> 某尝忆七岁时，眼窥深井，手持瓦片。欲竟掷下，则念其
> 永无出理；欲且已之，则又笑便无此事。既而循环摩挲，久之
> 久之，瞥地投入，归而大哭！此岂宿生亦尝读此诗之故耶？至
> 今思之，尚为悯然！①

在这段话中，写金圣叹在玩一个掷瓦片的游戏时，对于一个小小的
瓦片而产生的情感波动，金圣叹在年仅七岁的时候竟能表现出如此
之敏感的情愫，其感情之细腻可见一斑。青正木儿曾这样评价金圣
叹："圣叹的评点虽然不免有冗杂、离题的毛病，但是其感觉的敏
锐却完全是天赋之才。"②由此也可看出，金圣叹所具有的超出常人
的感性及其情感天赋可谓是被世人公认的。这样一个情感充沛且细
腻、感性而又敏锐的文学批评家，其批评文体必然有着十分明显而
又典型的特征。而这一特征在《贯华堂第六才子书西厢记》中表现
得尤为明显。如在《郑恒求配》的批语中，金圣叹这样写道：

> 前读《西厢》，见我莺莺有春雨闭门，下帘不卷之句，我
> 犹恐连阴损其高情；有见莺莺有隔窗听琴，月明露重之句，我
> 犹恐湿庭冰其双袜；又见莺莺有压衾朝卧，红娘弹帐之句，我
> 犹恐朝光射其倦眸；又见莺莺有杏花楼头，晚寒添衣之句，我
> 犹恐线痕兜其皓腕。盖我之护惜莺莺，方且开卷惟恐风吹，掩
> 卷又愁纸压，吟之固虑口气之相触，写之深恨笔法之未精。真
> 不图读至此处，乃遭奴才如此牴突也。王蓝田拔剑驱苍蝇，着
> 屐踏鸡子，千载笑其大怒，未可卒解，我今日真有如此大怒

---

① （清）金圣叹著，周锡山编校：《金圣叹全集（贯华堂选批唐才子
诗）》，万卷出版公司 2009 年版，第 311 页。

② ［日］青正木儿著，杨铁英译：《清代文学批评史》，中国社会科学出
版社 1988 年版，第 219 页。

也，恨恨！普天下锦绣才子，谁以我为不然？①

在这段批语中，金圣叹用了一连串精彩的并列句式来抒发自己内心深处对莺莺的惜爱之情。担心连日的阴雨会让莺莺心情忧郁，担心夜深露重会冰凉了莺莺的小脚，担心早晨的日光会刺痛莺莺的睡眼，担心衣服上的线会勒疼了莺莺雪白的手腕，在金圣叹的眼中，莺莺宛然就是一个有血有肉的令人怜惜的可人儿，他想打开《西厢记》来阅读一番，却生怕风会吹伤了莺莺；想把书卷合上，马上又担心纸张会压痛了莺莺；想要对她的楚楚动人进行一番描绘，又怕自己的拙笔会亵渎了莺莺的美丽……这一系列的语句是如此令人心动，读起来让人如痴如醉，一个楚楚动人的绝世佳人仿佛就在眼前。不仅如此，金圣叹这些如诗歌一般美丽的句子像一丝丝春风悄无声息地吹进我们内心深处最柔软的地方，撩动心中的那根琴弦，奏出天籁般的旋律。金圣叹的所有情愫仿佛都整装待发地排列在《西厢记》的旁边，打开书卷，所有情愫都各归其位地回归到它们的位置中去，每一则批语都是一个情愫的聚集地，都是一个情感的爆发点。正因如此，金圣叹的文论让人读来回味无穷，如痴如醉地徜徉其中而浑然不觉。这种包含感情的评点使得金圣叹的批评文体别有一番滋味。

又如，在《贯华堂第六才子书西厢记》的读法中，金圣叹酣畅淋漓地写道：

> 《西厢记》，必须扫地读之。扫地读之者，不得存一点尘于胸中也。
> 《西厢记》，必须焚香读之。焚香读之者，致其恭敬，以期鬼神之通之也。
> 《西行记》，必须对雪读之。对雪读之者，资其洁清也。
> 《西厢记》，必须对花读之。对花读之者，助其娟丽也。

---

① （清）金圣叹著，周锡山编校：《金圣叹全集（贯华堂第六才子书）》，万卷出版公司2009年版，第288、289页。

《西厢记》，必须尽一日一夜之力，一气读之。一气读之者，总揽其起尽也。

《西厢记》，必须展半月一月之功，精切读之。精切读之者，细寻其肤寸也。

《西厢记》，必须与美人并坐读之。与美人并坐读之者，验其缠绵多情也。

《西厢记》，必须与道人并坐读之。与道人并坐读之者，叹其解脱无方也。

……

读《西厢记》毕，不取大白，酹地赏作者，此大过也。

读《西厢记》毕，不取大白自赏，此大过也。①

读上述批语，我们仿佛看到一个手捋白须的老者在语重心长地给我们讲解要怎样去品读《西厢记》这部"才子书"，这种包含情感的谆谆教导让我们的心灵安静而清澈。批语中提到了"香""雪""花""美人""道人""酒"等极其富有中国古典韵味的意象，一股书香之气在字里行间弥漫开来。细细看来，这些语句哪里是文学批评之语，分明就是一篇优美至极的散文。金圣叹有意用批语给读者营造一个悠然高雅的环境氛围，给读者以联想，将读者带入脱俗的境界中去，并用其独有的感性的方式告诉读者：只有在优雅超然，清洁宁静的环境和心境下才可以更好地更完美地了解和欣赏《西厢记》。

除《西厢记》之外，在金氏文论中还有很多情感充沛的批语，这些批语所包含的感情是多样而繁杂的，不同的语境会给人不同的情感境界。我们在读金圣叹的批评作品时，其中作者所倾注的情感对我们审美接受有着不可忽视的影响。我们有时会感觉到那种宁静以致远的淡泊，有时会体察到一种难以言喻的喜悦，有时又会有一种莫名的淡淡的忧伤。我们的感情之所以会随着作品有此般的起伏

---

① （清）金圣叹著，周锡山编校：《金圣叹全集（贯华堂第六才子书》，万卷出版公司2009年版，第18、19页。

波动，与金圣叹批评情感的真实流露不无关联。

3. 方法之精细：分丝系缕觅"金针"

金圣叹在进行文学批评实践时，有着自己独特的批评方法，而其方法最大的特色可用"精细"二字概括。这种精细固然受其批评动机、批评目的的影响，但更多的时候我们读金圣叹的批语，在行文之间仿佛看到一位老者爬在密密麻麻的文字之上，眯着眼，拿着放大镜，用手指细细掰弄着每一个文字。这种仔细爬梳的批评方法使金圣叹批评文体呈现出独有的光芒。

金圣叹进行文学批评有一个很显著的动机：为子侄辈们做文章提供范本。金圣叹曾在顺治十四年批点完成的《小题才子书序》中这样说道：

> 先是余有世间"六才子书"之刻，去年高秋无事，自督诸子弟甥侄，读书学士堂中，每逢三六九日，即依大例出四书题二，观其揣摩，以验得失。……因不得已搜括宿肠，寻余旧日所暗颂者，凡得文百五十首，苍苍茫茫，手自书写，……人共传抄各习一本，仍其名曰才子书。①

这段话说金圣叹为了让子弟甥侄们写好八股文，四处搜罗了几百篇范文，并对其进行详尽的批改，也将其命名为"才子书"。除此之外，金圣叹还在《小题才子书序》中说过：

> 嗟乎！此非余一人之私言，是为天下父兄之所同欲言。昔者，吾先父兄盖时时苦为吾言，而余当时，襄然懵然，实不解为何言。今则余不幸，亦既忝为父兄，而因即以先父兄之言，殷勤与汝言也。②

---

① （清）金圣叹著，周锡山编校：《金圣叹全集（小题才子书）》，万卷出版公司2009年版，第36页。

② （清）金圣叹著，周锡山编校：《金圣叹全集（小题才子书）》，万卷出版公司2009年版，第37页。

金圣叹说自己在这里对于子弟甥侄们的教导并非是他所首创的，这些实际上是天下的父辈们教导弟子的通用之法，他的父兄就曾经用这种方法教导过他。金圣叹的父辈都是读书人，所以金圣叹自幼也受到了家庭氛围的影响，对于教导他人做文章这件事情是十分钟爱的。正是这种特有的钟爱和金圣叹在批《西厢记》时提到的"若其大思我，此真后人之情也"①的想要回报后人对他的思念之情的动机，这两方面因素使得金圣叹在进行文学批评时无时无刻不试图在文本中寻找出精彩的"金针"并希望它可以"普度众人"，金圣叹所认为的"金针"其实就是"文章之总持"，② 金圣叹寻找"金针"的过程也就是他在努力试图从文学创作的千变万化中找出不变来，这也就导致金圣叹的批评文体呈现出与众不同的一面。

　　金圣叹想要"金针度人"的文学观念并非完全体现在某一确定的作品中，他想要寻觅"金针"，却并不擅自将所搜"金针"的范围缩小。相反，他竭尽所能地拓宽自己进行文学批评的广度，力求涉及所有的文学样式，以期后人能够在其文论中找到任何想要寻找的模板，觅得做文章所需要的"金针"，这一点也可算是金圣叹批评文体的一大特色。谭帆先生曾这样评价过："金圣叹文学批评的广度是颇为突出的，一个文学理论批评家对批评对象的广泛涉猎和关注常常影响了这个批评家的眼力和识见。六朝时的刘勰深入品赏了当时所能见到的各种文学样式，从而促成了他'体大思精'的《文心雕龙》的问世。金圣叹文学批评的广度在中国文学批评史上是绝无仅有的，从体式而言，他批评了诗、文、词、小说、戏曲五大部类，再细分之，仅诗一格，金圣叹便广泛论述了《诗经》《离骚》《古诗》、唐诗等多种领域。这种不拘一格、博采旁取的批评精神体现了一个文学批评家的胆识和魄力。"③

---

①　（清）金圣叹著，周锡山编校：《金圣叹全集（贯华堂第六才子书）》，万卷出版公司 2009 年版，第 7 页。

②　（清）金圣叹著，周锡山编校：《金圣叹全集（贯华堂第五才子书）》，万卷出版公司 2009 年版，第 7 页。

③　谭帆：《金圣叹与中国戏曲批评》，华东师范大学出版社 1992 年版，第 11、12 页。

金圣叹的批评文体除了对批评对象的涉猎极为广泛这一特色之外，在批评过程中，他对于文本的细爬精梳以及在重点处的感情迸发，可以说是其批评文体的两大精彩看点。

金圣叹在进行文学批评时，可谓是反复地逐字逐句地对批评对象进行揣摩研究，用"分丝析缕"这个词来形容他的精细程度一点都不为过。虽然有的时候他的这种"精细"会被人冠以"肢解"之名，但实际上大多数时候这种"精细"带给我们的是对于文本更深的感触和觅得"金针"的惊喜之情。说到对于批评对象"分丝析缕"的解读，我们不得不提到的便是金氏"分解法"。金圣叹"分解式"的批评形式最初是用在唐律诗的批评实践中，他曾在《杜诗解》中这样阐述自己对于唐律诗"分解式"批评的文学观点：

> 唐制八句，原止二句起，二句承，二句转，二句合，为一定之律。徒以前后二联可以不拘，而中四句以属对工致为选，因而后人互相沿习，徒竞纤巧，无关义旨。至近代作诗，竟以中四句为身，而头上倒装两句为起，尾上再添两句为结。夫人莫不幼而学，长而以为固然。自提笔摇头，初学吟哦，以及倨坐捻髭，自雄诗伯，莫不以为此断断不易之体。抑岂知三四之专承一二，而一二用意高拔，比三四较严；五六转出七八，而七八含蓄渊深，比五六更切。宁可以起结二字抹却古人无数心血耶？圣叹所以不辞饶舌，特为分解。①

由此可见，对于唐律诗这种精炼短小的文学样式，金圣叹都可以对其进行细致的分解，逐字逐句给予评点，那么对于其他的文学样式来说，金圣叹对其进行详尽地分析就是必然之势了。比如，在对于《西厢记》的评点中，开头有两个《序》：一为《恸哭古人》，一为《留赠后人》；紧接着是《读法》；除此之外，在每一章的开头都有总评，在章内又附有夹批。这种层层递进的批评体制让人读了有渐

---

① （清）金圣叹著，周锡山编校：《金圣叹全集（唱经堂第四才子书杜诗解）》，万卷出版公司 2009 年版，第 161 页。

入佳境、赏心悦目之感。让人惊喜的是，金圣叹并不满足于这种"层分式"的批评，他在《西厢记》的某一个套曲或是某一个曲牌之中，根据文本含义再次将其进行分解，在其中插入自己的批语解释文章的妙处，点出文本的"金针"所在。

在《水浒传》的评点中，金圣叹的这种精细之举同样清晰可见。首先在整体大结构的层次划分上与《西厢记》是相同的，在文本的每一回有回前总批，其次有眉批、夹批。除此之外，在对于文本意义单元的评点中同样有着让人惊叹的细腻之处。如在《贯华堂第五才子书水浒传》的第二十二回"横海郡柴进留宾，景阳冈武松打虎"，金圣叹的批语夹在原文中，如下：

> 武松缚了包裹，拴了哨棒，要行。**哨棒此处起**。……背了包裹，提了杆棒，**哨棒二**。……三个来到酒店里，宋江上首坐了；武松倚了哨棒，**哨棒三**。……宋江取些碎银子，还了酒钱。武松拿了哨棒，**哨棒四**。……次日早起来，打火吃了饭，还了房钱，拴束包裹，提了哨棒，**哨棒五**。……武松入到里面坐下，把哨棒倚了，**哨棒六**。……绰了哨棒，立起身来，**哨棒七**。……手提哨棒便走。**哨棒八**。……这武松提了哨棒，**哨棒九**。……横拖着哨棒，**哨棒十**。……将哨棒绾在肋下，**哨棒十一**。……一只手提着哨棒，**哨棒十二**。……哨棒倚在一边，第七个身份。**哨棒十三**。……便拿了那条哨棒在手里，**哨棒十四**。……双手抡起哨棒，**哨棒十五**。……把那条哨棒，折做两截，只拿得一半在手里。**哨棒十六**。……武松将半截棒丢在一边，**哨棒十七**。……把棒橛又打了一回。**哨棒十八**。……眼见气都没了，方才丢了棒。**哨棒此处毕**。①

由这段话我们会惊叹地发现，原文洋洋洒洒几页纸中竟然隐藏着这样一个"哨棒"的线索，若不是金圣叹将其一一列出，恐怕我们不

---

① （清）金圣叹著，周锡山编校：《金圣叹全集(贯华堂第五才子书)》，万卷出版公司 2009 年版，第 324、325、326、327、328 页。

会注意到哨棒在文中的重要作用。如果没有这些零星分布的十八次"哨棒"将武松的一系列行为串联起来,武松打虎这一耳熟能详的经典片段或许会黯然失色很多。这里金圣叹煞费苦心将其一一列举,其对文本分丝析缕的功夫令人惊叹,其批评文体的细腻之感更是可见一斑。金圣叹除了在文中以这样的方法引起读者对文章中"金针"的重视外,还在"读法"中给予了精准形象的总结,而"草蛇灰线法"①便是最为集中反映出金圣叹批评文体精细之感的一"法"。上段武松打虎之例子也是对这一"读法"的最好诠释。

金圣叹千辛万苦地在文本中细细爬梳,以期寻觅到用以"度人"的"金针",每每发现"金针"的藏身之处便会兴奋不已,一瞬间情感禁不住地迸发出来,在这种强烈情感辐射下写出的文字有着极为典型的特色。我们统揽细看金圣叹的文论,会发现散布在文中的"金针"周围的批语有着如此和谐一致的共同点,这也成为金圣叹批评文体的一大精彩特色。

在金圣叹的批评实践中,每遇到令他欣喜的"金针",他都会用特别的文字或词汇表达内心感情的起伏,其中"奇"这个字是他尤为偏爱的。在《贯华堂第五才子书水浒传》中,如果我们稍加注意就会发现"奇"字可谓是金圣叹批语中的"常客",爬梳数来约有九百处之多,如:奇文、奇字、奇话、奇句、奇景、奇观、奇境、奇幻、奇绝等。这每一个"奇"字仿佛都是一个喷火点,这些"奇"字串起来就是金圣叹这座蕴含着无限能量与激情的活火山。略举一例,我们来感受一下金氏批评文体中的"奇"字特色,如在《水浒传》的评点中:

> 潘金莲偷汉一篇,奇绝了;后面却又有潘巧云偷汉一篇,一发奇绝。景阳冈打虎一篇,奇绝了;后面却又有沂水县杀虎

---

① (清)金圣叹著,周锡山编校:《金圣叹全集(贯华堂第五才子书)》,万卷出版公司 2009 年版,第 18 页。

一篇，一发奇绝。真正其才如海。①

在金圣叹的文论中，除了"奇"这个字之外，"妙""画"这两个字也是金圣叹的宠儿。如在《水浒传》的第九回中：

> 正是严冬天气，彤云密布，朔风渐起，却早纷纷扬扬卷下一天大雪来。**一路写雪，妙绝。**②

又如：在《贯华堂第五才子书水浒传》第三十一回：

> 当日武行者一路上买酒肉吃，只是敌不过寒威。上得一条土岗，早望见前面有一座高山，生得十分险峻。**先叙白虎山。古云"行人如在画图中"，今日笔墨都入画图中也。**③

上述两个例子中，金圣叹分别用了"妙"字和"画"字表达自己对于文本精彩之处的认同与赞赏之情。与此同时，读者读到此处批语时便会不自觉地再次回味原文与批语的完美融合，感触文章之妙处，领会金圣叹的一片苦心。

经金圣叹手批过的作品，其中的文章之妙法悄然浮出水面，作文之"金针"亦清晰可见，"金针度人"便顺理成章。而在这一过程中，金圣叹的精研细琢也在其批评文体中留下了其专属的印记。"分丝析缕"的功底使得其批评文体有着令人惊叹的细腻与精致之感，而"奇""妙""画"这些字眼在批语中有规律地出现更是彰显金圣叹的一片感思与才情，使得批评文体在体势和体貌上呈现出特有的和谐频率。

---

① （清）金圣叹著，周锡山编校：《金圣叹全集（贯华堂第五才子书）》，万卷出版公司 2009 年版，第 16 页。

② （清）金圣叹著，周锡山编校：《金圣叹全集（贯华堂第五才子书）》，万卷出版公司 2009 年版，第 153 页。

③ （清）金圣叹著，周锡山编校：《金圣叹全集（贯华堂第五才子书）》，万卷出版公司 2009 年版，第 452 页。

4. 模式之系统：一副手眼批"六书"

对于金圣叹这位伟大的文学家、文学批评家而言，其扎实的文学功底是世人所公认的，加之金圣叹又具有极强的文学天赋和文学敏感度，所以这些因素共同造就了他高度独立的人格意识。他将在中国传统观念中被视为阳春白雪的《离骚》《庄子》《史记》、"杜诗"与在文化等级上被列为"小道"的《水浒传》《西厢记》并与一列，并且将其统一称为"六才子书"。金圣叹这样做的目的并非完全是因为对现实的不满而故意反其道而行之，其实很大一部分原因应该归结为金圣叹相当独立的批评意识。他力求构建一个独具特色的兼具完整性和系统性的批评模式，而这一独特的批评模式也在他的文学批评实践中逐渐完善并臻于成熟，最终成为金圣叹批评文体的一大亮点。

金圣叹在进行文学批评时，打破对不同文学体裁用不同批评方法的俗定划分，将诗、文、小说、戏曲一举并谈，他曾说：

> 诗与文虽是两样体，却是一样法。一样法者，起承转合也。除起承转合，更无文法。除起承转合，亦更无诗法也。①

由此可见，金圣叹认为在进行文学批评的时候，完全可以忽略各种文学体裁之间的差异性，按照一定的系统性原则统一对其进行批评实践。对此观点，金圣叹自己在《读第六才子书西厢记法》中也提到：

> 圣叹本有"才子书"六部，《西厢记》乃其一。然其实六部书，圣叹只是用一副手眼读得。如读《西厢记》，实乃用读《庄子》《史记》手眼读得；便读《庄子》《史记》，亦只用读《西厢记》手眼读得。如信仆此语时，便可将《西厢记》与子弟作《庄

---

① （清）金圣叹：《金圣叹全集（贯华堂选批唐才子诗卷）》，江苏古籍出版社1985年版，第45页。

子》《史记》读。①

可见金圣叹在进行文学批评时力求建立一套完善的属于自己独创的批评体系，与此同时他还强调了这一体系的万能性，即任何体裁的文本皆可以套用此批评体系来进行文学批评。这一想法虽然有点完美主义，并且不太切合实际，但是在三百多年前，生活在战乱交加之中的金圣叹能够有这种想法，并用尽毕生心血将其付诸实践是件难得的事情。这背后彰显着金圣叹高度的自信和独立的批评意识，也正因如此，其批评文体呈现出了与他人截然不同的批评风貌和批评语势。

在金圣叹的文学批评中，将《西厢记》纳入自己的"才子书"并用"一副手眼"对其进行评点，可谓是最大胆的尝试了。张小芳曾说："《贯华堂第六才子书西厢记》是有《西厢记》评点以来风格最为鲜明的评本。金圣叹大通'文心'，以'一副手眼'读经、史、子、集，其鲜明的个人趣味凭借气势凌厉而思致严谨的文风横扫《西厢》，将一部流播世间四百余年的作品梳爬洗发，以全新的'圣叹《西厢》'的面目展示给世人，使其成为自身美学理想的完美载体。"②在金圣叹选批的"六才子书"中，我们很明显地可以看到：其对《西厢记》的批评模式与对《水浒传》的批评模式几乎是完全相同的，可谓是如法炮制。但是更为难得的是，即便是"如法炮制"般的批评模式也能把《西厢记》评点得如此透彻，毫无牵强附会之感。如在对《水浒传》进行评点时：有序，有读法，有回前总评，有夹批、眉批；而这些在《西厢记》的评点中我们同样可以看到。可见这一模式在金圣叹的评点系统中已经初具模型且较为完善，我们甚至可以认为在对于其他的小说、戏曲进行评点时完全套用此批评方法似乎并没有什么不妥之处。"一直到清末，小说批评家邱炜

---

　　①　（清）金圣叹著，周锡山编校：《金圣叹全集（贯华堂第六才子书）》，万卷出版公司 2009 年版，第 12 页。

　　②　张小芳：《金批〈西厢〉：从通俗剧本到诗性文本》，《长春师范学院学报》（人文社会科学版），2010 年第 4 期。

蒉仍不禁遐想，假如上天能够给圣叹百岁之寿，让他有足够的时间把《西游记》《红楼梦》《牡丹亭》三部妙文，一一加以批评，就像他批评《水浒》《西厢》一样，岂非是天地间一大快事！"①可见，金圣叹所建立和完善的关于小说、戏曲批评的批评体系在一定程度上是得到了大多数人的认可与赞赏的。我国古代的文学批评家可谓是繁若星辰、数不胜数，但是能像金圣叹这样拥有一个经过自己呕心沥血的批评实践创立的并且得到世人肯定的批评体系的批评家，除了金圣叹之外，恐怕别无二人。而这一独特的批评体系也是其批评文体中不可或缺的一部分，成为金圣叹批评文体中闪亮而华丽的一笔，显示了金氏批评文体的独特风貌。

在金圣叹的批评生涯中，除了其所建立的"一副手眼"式的批评体系是独一无二的之外，这"一副手眼"的语言特色也是不容忽视的。通读金氏批本，我们能够感受到语势上完美的一致与和谐，不论是对于诗文的批注还是对于小说、戏曲的评点，其独特批评语言总会在不同的批评文本中交相呼应，读来便知是出自金圣叹之手，霸气与凌厉之中亦有一股平易的暖流。

如在《第六才子书西厢记读法》中，金圣叹得意地写道：

> 圣叹批《西厢记》，是圣叹文字，不是《西厢记》文字。
> ……
> 《西厢记》，不是姓王字实父此一人所造，但自平心敛气读之，便是我适来自造。亲见其一字一句，都是我心里恰正欲如此写，《西厢记》便如此写。②

此段话可以看出金圣叹对于自己的高度自信以及对于自己文学天赋的标榜，他并不甘于自己对于《西厢记》的批评仅仅停留在是依附

① 张小芳、陆林：《话说金圣叹》，江苏人民出版社 2012 年版，第 3 页。

② （清）金圣叹著，周锡山编校：《金圣叹全集（贯华堂第六才子书）》，万卷出版公司 2009 年版，第 18 页。

原著的一种戏曲评点的基础水平上，他要求自己评点过的《西厢记》就是自己的《西厢记》，并且让读到他评点的《西厢记》的人也认同这一观点，这种霸气实在是极具感染力的。

众所周知，金圣叹对于"律诗"是十分推崇的，但是在那个时代，当金圣叹用类似于八股文的原则针对于律诗提出"分解法"时还是遭到了很多人的恶语相击，金圣叹给他的亲密好友稽永仁写信抒发自己心中不被理解的苦闷心情，并阐述自己对于律诗批评的独创观点，以期获得友人的支持和鼓励。他写道：

> 我辈一开口而疑谤百兴，或云"立异"，或云"欺人"。即如弟"解疏"一书，实推原《三百篇》两句为一联、四句为一截之体，伧父动云"割裂"，真坐不读书耳！①

当时金圣叹对于人们只重视律诗中间四句的做法很是不满，于是他顶着巨大的压力提出四句一解的观点，也因此引来众多人对自己的不满。虽然在这封书信体中我们看到了金圣叹心中的无奈以及情绪的低落，但是在之后对于"六才子书"进行选批的过程中，特别是在《唱经堂第四才子书杜诗解》中我们完全看不到被舆论打压的垂头丧气的金圣叹，一个霸气凌然的金圣叹依然屹立在我们面前，他对于自己的"分解法"再一次义正言辞地阐述到：

> 诗本以六句为律，圣叹何得强为之分解？须知圣叹不是好肉生疮，正是对病发药。……至近代作诗，竟以中四句为身，而头上倒装两句为起，尾上再添两句为结。……罪我者，谓本是一诗，如何分为二解；知我者，谓圣叹之分解，解分而诗合。②

---

① （清）金圣叹著，周锡山编校：《金圣叹全集（贯华堂选批唐才子诗）》，万卷出版公司2009年版，第76页。

② （清）金圣叹著，周锡山编校：《金圣叹全集（第四才子书杜诗解）》，万卷出版公司2009年版，第161页。

这段批语中，金圣叹用到了"本以""何得""不是""正是""竟"这样感情强烈的词语，一股舍我其谁的霸气溢于言表，读此批语未有不被其所动容者。之所以我们能清晰地感觉到金圣叹感情之澎湃，义气之凌厉，正是因为金圣叹批评文体在语势这一文体层次所表现出的独特性。

虽然金圣叹的文论读来会有一种难掩的霸气与凌厉，但是并非是一种冷若冰霜的距离感，相反其中酝酿着一股平易近人的暖流，读来倍感亲切。如在《贯华堂第六才子书西厢记》的第四本第三折中有这样一句唱词："马儿慢慢行，车儿快快随……"金圣叹对于这样看似简简单单的十个字，挥挥洒洒写了将近三百字的批语：

> 二句十字，真正妙文，直从双文当时又稚小，又憨痴，又苦恼，又聪明，一片微细心地中，的的描画出来。盖昨日拷问之后，一夜隔绝不通，今日反借饯别，图得相守一刻。若又马儿快快行，车儿慢慢随，则是中间，仍自隔绝，不得多作相守也。即马儿慢慢行，车儿慢慢随，或马儿快快行，车儿快快随，亦不成其为相守也。必也，马儿则慢慢行，车儿则快快随。车儿既快快随，马儿仍然慢慢行，于是车在马右，马在车左，男左女右，比肩并坐，疏林挂日，更不复夜，千秋万岁，永在长亭。此真小儿女又稚小，又苦恼，又聪明，又憨痴，一片的的微细心地，不知作者如何写出来也！文真是妙文，批真是妙批，圣叹亦不敢复让。①

这一大段的批语，乍一读来似乎觉得有些繁赘，但细细品来便有一种亲切之感。我们仿若能感觉到金圣叹在读到这十个字时的激动之情，他迫不及待地想要把这一文章之妙法传达给读者，于是淋漓尽致地挥洒下这篇看似近乎于絮叨的批语。就像是儿时耳边常常回荡

① （清）金圣叹著，周锡山编校：《金圣叹全集（贯华堂第六才子书）》，万卷出版公司2009年版，第243页。

的母亲的唠叨一般，繁杂却让人百听不厌，每每听来都有一番温暖在心头。批语中丝毫没有晦涩难懂之词语，更无缭绕回环之长句。数个简单明了的词语，若干简洁干脆的句子，在金圣叹的妙笔之下巧妙组合，营造出亲切、平易之语感，这不愧为金圣叹批评文体的特色之所在。

用一副手眼批"六书"的金圣叹，以其独有的自信和扎实的文学功底成就了独具魅力的"金氏批评体系"，这在我国文学批评史上可谓是独此一例。这"一副手眼"不愧为极具特色的"一副手眼"，在金圣叹的文论中，我们无时无刻不能感触到其霸气凌厉中又不乏温暖平易的批评风貌和文体语势，也正因如此，金圣叹的批评文体历久弥新地闪耀着独具魅力的光芒。

5. 思维之异端：儒者中走出的"异端"

明万历三十六年，金圣叹出生在苏州一户普通人家。据记载，在这一年里，水灾、旱灾、地震、军变，一波未平一波又起，而当时在位的万历皇帝完全不作为。虽然这些外在的大环境对于尚且年幼的金圣叹来说，并未产生显著的影响，但是金圣叹注定此生要面对的就是这样一个不平静的时代。金圣叹的父辈都是读书人，虽然并不富裕，但还是尽最大努力给予金圣叹接受教育的机会。在金圣叹十岁那年，父亲将其送到附近的乡塾读书，在那里金圣叹和其他的孩子一样接受了极为典型的传统儒家教育，其中包括儒家正统思想的灌输和为了参加科举考试而进行的时文教育。虽然在教书先生的监督下，金圣叹对于"四书五经"背得滚瓜烂熟，但是一颗叛逆的种子已开始悄悄地萌芽。金圣叹在《贯华堂第五才子书水浒传》的序三中提到："吾年十岁，方入乡塾，随例读《大学》《中庸》《论语》《孟子》等书，意恉如也。每与同塾儿窃作是语：不知习此将何为者？又窥见大人彻夜吟诵，其意乐甚，殊不知其何所得乐？又不知尽天下书当有几许？其中皆何所言，不雷同耶？如是之事，总未能明于心。"①可见，金圣叹在幼年便表现出了明显的反叛意识，这

---

① （清）金圣叹著，周锡山编校：《金圣叹全集（贯华堂第五才子书）》，万卷出版公司2009年版，第7页。

与其之后种种被称为"异端"的文学批评之间有着密不可分的联系。

在金圣叹的整个文学生涯中，其有许多与当时的时代潮流格格不入的举动，但是任何一个伟大的批评家都不可能摆脱时代的束缚，金圣叹毕竟生活在那个年代，他毕竟是接受着经典儒家教育长大的，所以其骨子里的"儒"性是不会被轻易磨灭的，我们仍然应该称其为儒者。但是金圣叹又不同于一般的儒者，他思想深处的"儒"会无形地蕴含在文学批评之中，而他的那份"异端"是我们在其文学批评中更明显地触摸到的。而金圣叹在进行文学批评时，其批评思维的"异端"主要表现在两个方面：一是对小说评点形态的改造和创新，二是在评点过程中对于原作的大肆删改。

小说的评点形态有一个逐渐发展变化的过程：小说评点最初只是在文本中做眉批、旁批或者夹批，对文本有着极高的依附性。后来又在每回的首尾加上总评，位于回首的总评有时又称为序，而位于回尾的总评亦可称作跋，序跋和文中的批注一起构成一个有机的整体。可以说这时的小说评点形态已经臻于成熟和完善，并且相对稳定。而到了金圣叹，在他"异端"思维的指导下，他大胆地对已有的小说评点形态进行改造和创新，其改造行为大致可以分为三个部分：一是独创性地增加了《读法》；二是将总评全都移置于回前；三是在极大量地扩充了正文中的夹批。这三处对于评点形式的改造，如果放到今天来看，或许有些人会不以为然，会觉得这些改动不足为道。但是，在金圣叹所生活的距今三百多年的那个时代，这种改造和创新即可称之为是开天辟地的创举，最关键的是，这一创举以它独到的优势被当时的众多文人所接受，并被众多后辈所效仿。

而金圣叹"异端"思维的成功之处并不仅仅止步于对于评点形态的改造，他并非是闭门造车一般，任凭自己的直觉改改就罢了。当然，如果是那样的话，也就没有后来的评点派，或者我们今天所看到的小说评点会改头换面。金圣叹在改造了评点派之后，不断地用自己的实际行动去传播这种改造，即用文学批评实践去印证这种改造的成功。他不但增加了《读法》，在《读法》中对于阅读文本的方法做了分条列举，而且在这一过程中又反过来形象地阐释了什么是《读法》，以至于后世的效仿者全然接受了《读法》以及它的具体内涵，并按照这一模式延续下来。金圣叹将总评都移置于回前，这一批评实践其实和他增加《读法》这一行为有着异曲同工之处。增加《读法》是为了更好地理解和赏析原本正文，先把方法告诉读者，让读者在心中先有个宏观的总括印象，然后利用这一总印象去具体赏析文本的内容、领会文本的精神实质。总评移置于回前，也是如此，先把这一回的内容做一个总结性评价告诉读者，让读者心中有数地去进行接下来的具体欣赏活动。总的来说，这两种改动是让读者在阅读之前可以提前做到胸有成竹。

至于金圣叹对于小说评点形态的第三点改动，即在正文中加入了更多的夹批，更为突出地反映出了他批评思维的"异端"。他极大量地扩充了正文中的夹批，一方面这种做法毫无疑问地可以更好帮助读者领会原文内容，另一方面，随着夹批数量地增多，它对于原作文本的依附程度也在逐渐降低，甚至可以脱离原文而单独存在。这对于金圣叹之前的小说评点来说是完全不可能的，之前的夹批一旦离开原文便面目全非，完全不知其所云。而金圣叹的这一举动使得夹批有了自己的独立领地，不再完全依附和从属于原文本。这也使得小说批评不再局限于原有的注解和注释的功能，而成为一种具有完整性、体系性的文学批评。

对于金圣叹文论，其批评思维之"异端"的第二个表现是在评点过程中大手一挥，对原文进行一系列的手删笔改，而这种删改最典型地表现在对于《水浒传》和《西厢记》的"腰斩"。金圣叹将袁无涯刻本的一百二十回《忠义水浒传》的后五十回斩掉，也就是将一百零八将在梁山泊齐聚之后的内容全部删掉，并且自己撰写了卢俊义梦见梁山好汉集体被斩的故事情节，让这一情节作为全篇的结尾。除此之外，他还把原来书中的"引首"与第一回合并在一起，并且吸取借鉴了元杂剧的专业术语，将其命名为"楔子"。原书的第二回变成金氏平本中的第一回，原来的第三回变为第二回，依次类推。因此，最终形成的金圣叹评点本的《水浒传》是七十回本，并且以梦作结。就《西厢记》而言，金圣叹认为其第五本无论是在艺术手法还是审美情趣上都无法与前四本相媲美。虽然最终金圣叹仍然在其评点本中保留了第五本，但是却在对第五本的评点中屡屡丢出贬斥之语。可以说，金圣叹对于《西厢记》的"腰斩"是十足的精神境界的"腰斩"。当然，与"腰斩"《水浒传》如出一辙，金评本《西厢记》也是以梦作结，即以"惊梦"作结。

除了"腰斩"之外，金圣叹的"异端"思维还促使他在细微层面对原本做了看似随心所欲的删改。如将《水浒传》第二十三回中，说武松在过景阳岗之前喝酒的碗数由"十五碗"改为"十八碗"，而如果细数一下会发现，之前武松在小店里叫酒的碗数加起来的确是十八碗，而非十五碗。或许在其他批评家眼中，对于原作的保留是首先应该考虑的，但"异端"的金圣叹偏偏不要人云亦云，他将自己发现的不当之处毫不犹豫地进行修改，狂傲与洒脱之情跃然纸上。

又如，在金评本《水浒传》第三十回中，武松为哥哥报仇杀了嫂嫂之后，去街上寻找西门庆，抓住西门庆生药店的主管叱问，对话如下：

> 武松……蓦然翻过脸来道："你要死却是要活？"
> 主管慌道："都在头上，小人又不曾伤犯了都……"
> 武松道："你要死，休说西门庆去向；你若要活，实对我说西门庆在哪里。"
> 主管说："却才和……和……一个相识去……去……狮子桥下大酒楼上吃……"
> 武松听了，转身便走。①

与原来的版本相比，此处金圣叹实则做了两处改动：一是在"翻过脸"之前加了"蓦然"两个字；二是对主管的回答做了断句处理。加上"蓦然"二字后，当时的场景立刻会呈现在读者的眼前，甚至在阅读接受的过程中可以凭借想象力看到武松转过脸时的表情

① （清）金圣叹著，周锡山编校：《金圣叹全集（贯华堂第五才子书水浒传）》，万卷出版公司2009年版，第382页。

和神态。金圣叹就是想要达到这种牵一发而动全身的引导效果，他就是不满足于单纯的复述，他就是凭借自己异端的思维来将自己所感受到的不差毫厘地传达给读者。我们再回头想象一下，如果没有这一改动，我们在读到此处时，或许根本不会注意到武松转头的这个动作，但改动之后，我们的思维就会跟随着金圣叹的批注一起跳跃，我们就是会莫名其妙不由自主地去想象当时到底是个什么场景，当时武松到底是在什么心态之下才会有这一动作。其次，金圣叹将主管的话语进行了断句处理，这并非是金圣叹闲来无事觉得好玩才这样做的，相反，金圣叹此举有着相当明显的动机和目的性，从中我们不仅可以感受到金圣叹对于主管的态度，对于这件事的态度，还可以从中感受到他这样给整个文体形式带来的跳跃性和波动性。如今，离金圣叹生活的时代已经三百余年，我们或许无法十分精确地理解金圣叹为什么会做如此的改动。但是，从金圣叹独特的人生经历和他以往一贯的异端作为，我们还是可以从中略推一二的。正是这种思维的异端性，使得金圣叹看似是个儒者又极为不像个儒者，这种复杂的矛盾直接导致了金圣叹批评文体的与众不同。如果我们稍加注意，就会发现，类似这样的改动在金圣叹的文论中可谓是俯拾即是，其实这些都是金圣叹异端的思维塑造出的异端之举，这种异端并非是简单的特立独行，这其中包含着种种复杂的因素，这也使得他的批评文体就像个简单的谜团一样，简单得让你觉得应该可以很快解开，复杂得让你一遍遍尝试无果，却又一次次意犹未尽。

　　在对《西厢记》进行评点时，金圣叹仍然不局限于原本，只要认为需要，他便会毫不迟疑地对原作进行擅改。《西厢记》的唱词是根据已有曲目的曲调编写成的，因此它具有极强的韵律感，这一约束性特点也使得金圣叹对于唱词的修改虽然可以想改就改，却不能因动作太大而破坏之前的韵律感。所以金圣叹对《西厢记》唱词的改动大多是在"衬字"的范围内进行的。而金圣叹批评思维的"异端"也会时不时地跳出来打破一下原有韵律。如第三本第一折中，红娘唱的"青哥儿"中。旧本和金本依次如下：

　　　　"（则说道）昨夜弹琴（的）那人儿"①

　　　　"（我只说）昨夜弹琴那人"②

　　这里金圣叹对于前三个"衬字"的替换并无大碍，但是对于原本中作为韵脚的"儿"字的删除却严重地打破了原来的韵律。尽管这样的改动在格律上并不十分妥当，但是前面章节也有提到，金圣叹"一副手眼批六书"的批评模式正是他批评文体的一大特色，因此在这里我们仍把金圣叹对戏曲《西厢记》的批评看做是纯文字的案头批评，如此看来，这种改动便使得文本整体更为简洁精练，别具一格。

　　金圣叹虽然是生活在那个特定时代的文人，但是他既不是那个时代随波逐流的书呆子，也不是那个时代甘于平庸的普通文人。不凡的人生经历造就了他独特的人生态度和思想性格。他是个儒者，但"儒"的并不本分，更多时候世人会把他称为"异端"，在这种"异端"思维的影响下，他的批评实践显得与时代是如此的"格格不入"，此"格格不入"造就了他独具特征的批评文体，成就了金氏文论的数代辉煌。

　　批评文体其实就是批评家的言说方式，金圣叹的言说方式是极具审美性的。从语言的角度来说，金圣叹的批评语言有着典型的精准与严谨，而这其中又不乏充沛情感的流露。金圣叹对于精严的要求，几近达到了严苛的程度，他一字一句地仔细爬梳着文段，将有价值的精彩之处一一摘取，并且用准确的表述传达给读者，这种传达虽然透露着不容毫厘之差的态度，但也给予读者足够的情感空间，情真意切、感同身受，在自由酣畅的文学接受中触摸到金圣叹批评文体的独特魅力。从批评模式的角度来看，金圣叹的一生其实都在力求建立一套金氏专属的、完整的、颇具系统性的批评模式，

---

　　①　吴晓玲：《西厢记（旧本）》，作家出版社1954年版，第80页。

　　②　（清）金圣叹著，周锡山编校：《金圣叹全集（贯华堂第六才子书）》，万卷出版公司2009年版，第164页。

他用尽一生的精力投身其中，在文学批评中安身立命。无论是小说、戏曲，还是古文、律诗，金圣叹都用他的"一副手眼"来手批笔改，这也使得金圣叹所有的文论作品在形式上呈现出整齐划一的审美特性。无论是语言，还是批评模式，以及方法、思维等，金圣叹文学批评的言说方式无时无刻不散发着审美特性，而这种特性正是当代文论所极为缺乏的，在当代文论正逐步陷入机械化、模板化的今天，对金氏批评文体进行系统性研究，挖掘其言说方式的审美性对于当代文论有着十分重要的启示作用。

第二节　袁枚批评文体研究

袁枚是清代乾嘉时期著名的文学家和文学理论家，他的一生作品众多，其文学批评作品也不胜枚举、蔚为壮观。袁枚所处的时期已经到了文学发展的鼎盛时期，因其时代状况和文学水平，他的批评文体可谓是博采众长，兼备众体，包括论诗诗、诗话、骈文、书信、序跋、笔记、选本、评点等体裁。然而一直以来，学界对袁枚批评文体这一领域尚未有过多涉及，只是在他的诗文观以及其个人思想方面大加研究。其实批评文体也是文学批评的重要组成部分，对袁枚批评文体的研究能够更好地加深其对文学理论观点的了解，同时这种方法也能为袁枚研究打开一个新的视角。

一、袁枚批评文体分类

袁枚是清代乾嘉时期著名的文学批评家，他的批评著作众多，在他的作品中占据了重要地位。袁枚的作品全部收录在由王英志主编的《袁枚全集》中，分为八册，其中批评作品收录的有《小仓山房诗集》《小仓山房文集》《小仓山房外集》《小仓山房尺牍》《随园诗话》《随园随笔》《详注圈点诗学全书》和第六、七两卷的选本。经过统计，大致分类出六个主要的批评文体，其中论诗诗约100首，骈体约30篇，序跋体约51篇，书牍体约40篇，随笔体有54篇，日记有2篇，此外还有选本7篇，《诗学全书》一部，《随园诗话》一部。可见袁枚批评文体的体裁之丰富，涵盖之广泛。

至于如何分类和归纳，中国古代批评文体由于形式多样且种类众多，并没有一个明确的文体界限，"从文本内容上看可以有'溯源流''第甲乙''求故实'等批评文体，从体制结构上看可以有语录、序跋、选本、评点之批评文体，从方法论上看可以有论说、笺注、摘句等批评文体，从语言形式上看可以有骈文、赋、诗等批评文体。诸如此类，不一而足"①。由此可见，文体之间相互影响、相互借鉴，其界限是相对的。因此在研究袁枚批评文体的时候，面对俯拾即是且无明确归类的文论及诗论篇目时，笔者从它的体裁样式入手，大致将其体制分列出来，进行论述。

1. 论诗诗

袁枚的诗歌作品中论诗诗约有 100 首，是他的批评文体中最多的一种形式，多存于《小仓山房诗集》。他的论诗诗形式多样，有论诗组诗也有论诗单篇，有对前人论诗作品的模仿，也有自己的全新创作，在他的论诗诗中较为著名的为两部论诗组诗《续诗品》和《仿元遗山论诗》，其余又有《偶然作》《自题四绝句》《论诗五首》《答曾南村论诗》等。

《续诗品》是袁枚以四言诗的形式写成的一部诗论，主要是对唐朝司空图《诗品》的一种模仿与创新，他在这部书的序里写道："余爱司空表圣《诗品》，而惜其只标妙境，未写苦心，为若干首续之。陆士龙云：虽随手之妙，良难以词谕，要所能言者，尽于是耳。"②可见《续诗品》意在阐明创作的经营过程、创作态度以及方法等种种内容。《续诗品》体式虽模仿《诗品》，但形式本身也独具特色，它在继承了论诗诗的文体特征之余，用更为宏阔的笔势补充了《诗品》中没有提及的部分，因此篇幅更为庞大。《续诗品》善于运用比兴手法，用几个喻体从不同角度反复设喻去说明一个论点，其语言形象鲜明，其韵律铿锵顿挫。

《续诗品》共三十二章，其中包括了诗歌创作与诗人自身修养、

---

① 李小兰：《古代批评文体分类研究》，《江汉论坛》2012 年第 12 期。

② （清）袁枚：《小仓山房诗集》卷二十《续诗品》，王英志主编：《袁枚全集》（第一册），江苏古籍出版社 1993 年版，第 415 页。

自身学识的关系，以及继承与创新的关系，尤其是对创作技巧和创作态度的论述更是不乏真知灼见。袁枚论诗讲究学识，主张继承前人的文化遗产，如《博习》一篇，不过在吸取前人知识的同时，他又反对盲目地推崇前人知识，并且不分优劣地一概而收。他认为创作的最高境界是"字字古有，言言古无"，在学习古人的同时保持自己，袁枚主张在创作的过程中，充分借鉴前人的经验，汲取前人的精华，但同时又要有去其糟粕的能力，以达到融会贯通的效果，"诗有工拙，而无古今"①，这也与他反对厚古薄今，反对沈德潜复古的主张密切相关。在创作态度上，首先，袁枚认为作诗需严谨，在创作中首先要以认真的态度认识到创作的艰巨性，而不可以将其当做随意之事，如《知难》一篇。其次，在创作《拔萃》《勇改》《割忍》等段落的过程中，袁枚表达了作诗需认真修改，勇于删繁就简，从而达到出类拔萃的效果的一丝不苟态度。这是司空图《诗品》中所忽略的部分，也是袁枚诗论中不可磨灭的一部分，他从诗作者本身出发，表达了诗与诗人之间密不可分的关系。再次，在创作技巧上，袁枚也提出了一系列精当的见解。关于意蕴和辞藻的关系，袁枚认为应该"意似主人，辞如奴婢……开千枝花，一本所系"②。关于选材方面，他提出"古香时艳，各有攸宜"③。此外《择韵》等篇目说明了关于诗歌格律的问题。《续诗品》中也通过部分篇目论述了诗歌风格，《布格》一篇说明诗的风格应与诗歌题材、主题相一致，《安雅》《空行》《振采》《固存》等几个篇目，阐明了诗歌应具备华美、典雅、空灵和持重等风格。另外关于他的诗歌主张"性灵说"，也贯穿在这部《续诗品》的著作中，如《葆真》一篇，他

---

① （清）袁枚：《小仓山房文集》卷十七，王英志主编：《袁枚全集》（第二册），江苏古籍出版社 1993 年版，第 283 页。

② （清）袁枚：《小仓山房诗集》卷二十《续诗品》，王英志主编：《袁枚全集》（第一册），江苏古籍出版社 1993 年版，第 415 页。

③ （清）袁枚：《小仓山房诗集》卷二十《续诗品》，王英志主编：《袁枚全集》（第一册），江苏古籍出版社 1993 年版，第 416 页。

在诗中写道"伪笑佯哀，吾其优矣"①，就是倡导真情实感而反对虚伪。不同于《诗品》以诗歌"品格"为首的创作角度和大量的比喻象征手法，袁枚以较为直接质朴的诗歌语言展现了创作诗歌中被前人所忽略的一系列问题，清人杨复吉评价其为"鸳鸯绣出，甘苦自知，直足补表圣所未及"②，由此可见袁枚的《续诗品》对于司空图《诗品》的沿革和发扬，以及他独立的文学价值。

袁枚的《仿元遗山论诗》同样也是模仿元好问的《论诗三十首》所作续作，他仿照元遗山论诗绝句所作的这组论诗诗，评价了以王士禛为首的一批诗人的作品。这批诗人大部分是与他同时代的人，如给高其倬所作的《高文良公神道碑》，给尹继善的《尹文端公诗集序》，又如给蒋士铨所写的《翰林院编修蒋公墓志铭》和给程晋芳所作的《翰林院编修程君鱼门墓志铭》等。由此可知，袁枚评价的诗人多是故交，只有王士禛、吴伟业、潘耒三人是所谓"古人"。正因如此，袁枚的论诗绝句不同于其他诗论，在内容上虽然保持批评态度，但更多的则洋溢着对于老友的追忆和惦念，从而使这组论诗绝句充溢着一股和睦的气氛。

袁枚的论诗诗，除了《续诗品》和《仿元遗山论诗绝句》以外，还有其他很多作品散落在《小仓山房诗集》里，虽然都是分散的体系，但同样是他诗论著作中重要的成就。其中题材上有题序，有应答酬和之作，也有一些闲暇时期写就的小诗。其形式上也丰富多样，古近体皆有，七言五言兼备。其中专门论诗的有《改诗》《编得》等诗，袁枚通过独立的篇目表明了他创作诗歌独立的主张，如《答曾南村论诗》一首：

> 提笔先须问性情，风裁休划宋元明。八音分裂宫商韵，一代都存雅颂声。

---

① （清）袁枚：《小仓山房诗集》卷二十《续诗品》，王英志主编：《袁枚全集》（第一册），江苏古籍出版社1993年版，第418页。

② （清）袁枚：《小仓山房诗集》卷二十《续诗品·跋》，王英志主编：《袁枚全集》（第一册），江苏古籍出版社1993年版，第423页。

秋月气清千处好，化工才大百花生。怜予官退诗偏进，虽不能军好论兵。①

这是一首七言律诗，是诗人与其友人关于诗论的答和之作，作者认为作诗主要是要重视性情，只要注重性情，就不必去分辨宋诗元诗或是明诗，因为每个朝代都会产生优秀的诗作。这点反映了他的"性灵说"这一主张。

另外还有如《题陈古渔诗卷》《题〈碎琴上人集〉》《题蒋申吉〈苏州竹枝词〉》等题序类的诗作，是对别人诗作的响应和评价，其体裁有五言，有七言，兼而有古体，可见袁枚在诗歌创作上的不拘一格。

除了这些论诗题序类的诗作，还有一类诗是诗人闲暇时期兴笔写成的，多是杂感、随笔、心路历程。如《读书》其一：

我道古人文，宜读不宜仿。读则将彼来，仿乃以我往。
面异始为人，心异斯为文。横空一赤帜，始足张吾君。②

这是一首论文诗，作者认为学古应当为我所用，而不只是仿照，这样才能独树一帜，找到自己特有的风格，才能使文章有生命力。

又如《自题》一首：

不矜风格守唐风，不和人诗斗韵工。随意闲吟没家数，被人强派乐天翁。③

这首七绝是作者对自己诗作的评价，表明了他不讲究格律，不效仿

---

① （清）袁枚：《小仓山房诗集》卷四，王英志主编：《袁枚全集》（第一册），江苏古籍出版社1993年版，第62页。

② （清）袁枚：《小仓山房诗集》卷六，王英志主编：《袁枚全集》（第一册），江苏古籍出版社1993年版，第95页。

③ （清）袁枚：《小仓山房诗集》卷二十六，王英志主编：《袁枚全集》（第一册），江苏古籍出版社1993年版，第570页。

任何一种诗歌流派，兴起而作诗，任何事物皆可入诗为题的创作态度，这种创作态度与他的诗歌主张同样是分不开的。

诗歌作为一种文学批评方式，更偏向于含蓄蕴藉，而疏于系统的阐释。郭绍虞曾在《杜甫戏为六绝句集解》序中说过这样一段话来表明论诗诗的特点："其为韵语所限，不能如散体之曲折达意，故代词之所指难求，诗句之分读易淆，遂致笺释纷纭，莫衷一是。杜甫诗学，求明反晦。解人难索，为之兴叹。"①袁枚的论诗诗在他所有的文学批评中占了较多的数量，他的论诗诗不仅继承了前人论诗诗的体例，还加入了新的诗学见解，在论诗诗的领域中产生了深远的影响。

2. 骈体

袁枚的骈体批评内容丰富，种类众多，有序跋、书信、墓志铭、碑文、祭文等，其中序跋类收录为全集之冠冕，袁枚一生交友广泛，这些序言多数是他为别人诗集画册所作的序，内容涉及作者生平以及对其作品的批评。《小仓山房外集》专门收录了其骈文创作，八卷共 92 首，其中表 7 篇，碑志 9 篇，墓志铭 10 篇，祭文 5 篇，书信 23 篇，疏 1 篇，序 37 篇。而在这些骈文著作中涉及批评理论的，约 30 篇，如《尹文端公诗集序》《李红亭诗序》《谢尹太保和诗启》《万柘坡〈乐于集〉》《许南台〈悼亡诗〉序》等。在他的骈体批评文本当中，有专门论述文学主张的著作，如《与杨蓉裳兄弟书》《陈古渔诗概序》等作品；有描述作者生平为人的著作，如《红豆村人诗序》；还有最多的就是兼顾作品与文学理论的论述的，如《李红亭诗序》《岳水轩诗序》等。

骈体作为一种批评文体，最早是在魏晋南北朝时期出现在众人视野当中的，以骈体文写就的《文心雕龙》一经问世就得到了广大的反响，之后关于它的研究和借鉴也不计其数。清代时期，由于骈文的复兴，对这部著作的关注度又高了起来，因此袁枚的骈体批评文体的创作，毫无疑问也受到了《文心雕龙》的诸多影响，其风格

① 郭绍虞集解、笺释：《杜甫戏为六绝句集解　元好问论诗三十首小笺》，人民文学出版社 2001 年版，第 3 页。

与刘勰的骈体批评文体有些许的相似，然而袁枚的骈体批评文体仍然有其独到之处，可以说是自成一格。关于其创作风格，其同代文人就有诸多论述。如石韫玉在《袁文笺正序》中就有这样的评价：

> 觉其鲸铿春丽，怪怪奇奇，真天地间别是一种文字。刘舍人所谓"树骨训典之区，取材宏富之域"，殆庶几焉！顾其学博、其辞赡，直如杜诗韩笔，字字皆有来历。读者不知所出，辄茫然兴望洋之叹。①

"鲸铿"和"春丽"这两个词，是石韫玉对于袁枚骈文创作的评价，这里的两个词分别代表着两种不同的创作风格，大致相互对应着婉约派和豪放派这两种派别，由此可见袁枚的骈体文创作是阴阳相济的，既有婉约派的温婉，又有豪放派的硬朗。他骈文中婉约的特点多从南北朝骈俪的风格继承而来，而他文章中豪放的风格更多的是从他文章好铺排，长句贯穿以及喜好议论这几点上得来。

袁枚的骈文观大体有一个核心的脉络，在对待骈文创作的理论主张方面，他更多的是将其与散文结合起来，辩证的来看待骈散观，形成了自己独到的见解。首先，他认为骈文和散文的存在都有它的道理，都是自然存在的，不被人的观点所转移。他在《胡稚威骈体文序》中说道：

> 文之骈，即数之偶也，而独不近取诸身乎？头，奇数也；而眉目，而手足，则偶矣，而独不远取诸物乎？草木，奇数也；而由叶而瓣萼，则偶矣。山峙而双峰，水分而交流，禽飞而并翼，星缀而连珠，此岂人为之哉！②

---

① 吴志达：《中华大典·文学典》明清文学分典第五卷，凤凰出版社2005年版。

② （清）袁枚：《小仓山房文集》卷十一，王英志主编：《袁枚全集》（第二册），江苏古籍出版社1993年版，第198页。

袁枚认为，骈散的区别就相当于奇数和偶数的区别一样，这两者并非对立的，而是两种自然存在的东西一样。头是奇数的，眉目和手足都是成双成对的，而并不可以取此失彼。在自然界也是同样的道理，自然界的草木山水，飞禽走兽也都是有偶有奇之分，但不可以认为这些不应该存在。所有骈散之分就是袁枚在《书茅氏〈八家文选〉》中说的那样："一奇一偶，天地之道也。有散有骈，文之道也。"①

其次袁枚也同样认为，骈文和散文作为两种形式对立的文体，都是有其价值的，并没有好坏之分。清中叶的文坛常常会有骈文是否无用的争论，然而袁枚却觉得这种认为骈文无用的观点略显偏颇，他认为被古人评为经典的著作，例如《尚书》之类，很多是由散文和骈文混合写就的，乃至到后世，仍有韩愈、柳宗元这类的散文大家习作骈文。在他的《答友人论文第二书》中，他就这么写道：

> 夫物相杂谓之文，布帛菽粟文也，珠玉锦绣亦文也，其他浓云震雷、奇木怪石，皆文也。足下必以适用为贵，将使天地之大，化工之巧，其专生布帛菽粟乎？抑能使有用之布帛菽粟，贵于无用之珠玉锦绣乎？人之一身，耳目有用，须眉无用，足下其能存耳目而去须眉乎？②

袁枚认为，不管是布帛菽粟还是珠玉锦绣，各自有各自的作用，布帛菽粟可以让人温暖，让人饱腹，珠玉锦绣也同样作为一个人所追求的东西，是一种美好的体验，在需要布帛菽粟的同时，我们也不可以完全摒弃珠玉锦绣的价值。同样在人的躯干上，耳目口鼻都是不可缺少的器官，而头发眉毛却并没什么功用，但整个面部，并不可能仅仅只有耳鼻口目这四个器官，须发和眉毛也是重要的组成部

---

① （清）袁枚：《小仓山房文集》卷三十，王英志主编：《袁枚全集》（第二册），江苏古籍出版社1993年版，第536页。
② （清）袁枚：《小仓山房文集》卷十九，王英志主编：《袁枚全集》（第二册），江苏古籍出版社1993年版，第322页。

分。总而言之，用有没有价值这个标准来衡量文章的好坏是不适当的，同样的道理，骈文和散文作为两种不同的表达形式也都是有所必要的。

最后，就骈文和散文两者不同体裁所提出的问题来看，上升到文学层面，袁枚认为所有文体的产生，乃至兴衰，都是遵循着文学和社会发展规律的，每个时代都有每个时代的文学，并且因为前代的文学都有其不可超越性，因此才有了文学史上一次又一次的文体革新运动。

3. 诗话

在清代诗话创作中，其中最具影响力的要属袁枚的《随园诗话》。清代的诗歌继唐宋诗歌盛世之后开始出现中兴之势，因此当时诗坛的诗话创作也连绵不绝，诗话这一批评文学样式也大量涌现出来。诗话是一种极具民族特色的文学批评样式，实质在于论诗，其批评的主要对象是诗歌，内容包括诗歌本身及作者自己的诗学观念。张伯伟曾在《中国诗学研究》这部著作中引用清人沈涛的《瓟庐诗话·自序》里的句子："诗话之作起于有宋，唐以前则曰品，曰式，曰条，曰格，曰范，曰评，初不以诗话名也。"[1]宋代是文学史上一个繁荣昌盛的时代，文人的主体意识高昂，因此在政治和学术领域存在着强烈的使命感，宋代文人喜好议论，无论是政治还是文学著作，平日里与友人闲谈之时难免思想迸发，因此以片段式为体制的诗话体就此应运而生。

袁枚的《随园诗话》是一部集采诗、批评、记叙为一体的百科全书式的诗话著作，这种庞杂的体制恰恰由《随园诗话》为开端，清代文人多有模仿。在这部诗话中，袁枚首先提出了自己"性灵说"的诗学主张，并加以论述，其次又通过大量性灵诗予以佐证，此外，他在传统诗话之外又独辟蹊径，记载了一些与诗论本身并没有关系的事件，因而一个以"论诗""采诗""记事"为框架的诗话著作就以风趣灵活的姿态呈现在世人面前。

这部著作阐述了一套有关"性灵说"的完整诗歌理论，它从真

---

① 　张伯伟：《中国诗学研究》，辽海出版社 2000 年版，第 262 页。

情、个性、诗才三个方面出发，分别论述了他们在诗学思想中的重要作用。首先，"性灵说"强调应以抒发真情实感为诗歌创作的主体，他在《随园诗话》第一卷中就做过这样的说明：

> 杨诚斋曰："从来天分低拙之人，好谈格调，而不解风趣，何也？格调是空架子，有腔口易描；风趣专写性灵，非天才不办。"余深爱其言，须知有性情，便有格律，格律不在性情之外。①

他通过引用杨万里的话，对以王士禛为首的一批倡导格调说的人进行了批驳，认为抒写性灵是诗歌创作的主要特征且符合诗歌创作的必然规律，并且提出抒发真情实感是诗歌的主要功用，而应当避免成为维护儒家思想及封建伦理道德统治的工具。其次，"性灵说"主张诗人必须具有自己的独特的个性及作诗的独创性，《随园诗话》卷七中就曾这样提到"作诗，不可以无我"。因为缺乏个性的诗人创作的诗歌通常缺乏生命力。而其中诗歌的独创性在于有独特的艺术表现力，这个是不同于前人且为其所独有的。最后，"性灵说"同时也强调诗才，指一个诗人天生所具备的灵气及灵感，他在《随园诗话》卷四里分别以苍鹰和猎犬作比，拿苍鹰之轻灵比作具有灵性的诗人，而以猎犬比作缺乏灵性的诗人。因此，以上三点组成了"性灵说"的全部诗学思想，只有当某个人兼具以上三者之时，才能成为一个合格的性灵诗人。

《随园诗话》共收录诗人1700多人，几乎涉及了各个时代、各个地域以及各个阶层。地域上，涵盖了苏、浙、徽等将近14个省份，上至达官显贵，下至平民百姓，且包括女性诗人。袁枚采诗的标准在《随园诗话》卷七中，就做了很好的阐述：

> 选诗如用人才，门户须宽，采取须严。能知派别之所由，

---

① （清）袁枚：《随园诗话》卷一，王英志主编：《袁枚全集》（第三册），江苏古籍出版社1993年版，第2页。

则自然宽矣；能知精采之所在，则自然严矣。①

因此他选诗以清代为主，但仍然涵盖了历代某些相关的诗作。且虽然以收录性灵诗为主，但对其他流派的优秀作品亦不避讳，如对曾经遭到他反对的王士禛等人，亦抱以惜才之心。最为突出的是，他采诗毫不带有对诗人本身的身份偏见，他收录的作者既有诗坛名家，也有无名人士，既有武将又有士人，既有孩童又有出家人，既有大家闺秀又有优伶歌姬，其名目三教九流之广，可见其所做诗话之用心良苦。

《随园诗话》描述的多是与当时诗坛创作动态或是与他采诗经历有关的事件，也有些是与作诗完全无关的奇闻轶事。其内容反映了当时的诗坛动态以及当时社会的世态人情，具有一定的史料学价值。他以较多的笔墨刻画了当时文人宴饮雅集的风气及创作盛况，可以从中得出在当时社会经济较为繁荣的时代背景下，文学是怎样一种繁荣盛况。

4. 序跋体

袁枚的序跋体批评大约有 51 篇，在他的批评著作中占据了一个较大的比重，这些序跋体批评多收录于《小仓山房文集》和《小仓山房外集》中，大多是为其亲友故交的作品所作，如他所作的《红豆村人诗序》就是给他弟弟的诗集所作的序，又如《簏斋诗序》就是他为好友作品所作的序，另外还有为他的弟子门生作品所作的序，如《陈淑兰女子诗序》就是为他的女弟子的作品所作。除此之外，还有部分是为应酬而作，因为清中叶时期文人之间的往来大多以唱和或题序为主要内容。

袁枚的序跋体批评作品在笔者看来大致可分为三种类型。其一，袁枚在序跋中专门论述了自己的文学主张，如《胡稚威骈体文序》一篇，袁枚就通过给胡稚威的骈文作序的方式，表达出了他对骈文，以至于对骈文散文这两种文体之间的关系的看法。这种类型

① （清）袁枚：《随园诗话》卷七，王英志主编：《袁枚全集》（第三册），江苏古籍出版社 1993 年版，第 222 页。

的序跋体批评在袁枚的著作中数量较少。其二，袁枚通过作序的形式点评其诗文集，隐晦地表现了自己的文论、诗论主张，这种序跋体批评数量较多，如《虞东先生文集序》这篇作品，他就通过对虞东先生的文学作品的品析，梳理出其中的精当之处以及特点，表现出大加赞赏之情。又如《何南园诗序》这篇，同样是通过对于何南园诗歌的品评和分析，总结出一些他所主张的文学理论。其三，考述和评价作家及其作品。袁枚在这里表现出的是一种文学理论家的身份，这样的篇目同样有很多，如《陶西圃诗序》《蒋心馀藏园诗序》《钱玙沙先生诗序》，这一类型的诗序品评人物的部分多过于品评其作品，虽是文学理论著作，但更多的是关注作者本身。

袁枚序跋体批评体裁多样，有散文有骈文，形式不一。序跋在古代是一种常见的文体，经常是作者用来给他人著作做介绍或是引出下面正文的引子，用来使读者更好地了解著作和原作者本身，"在某种意义上，序文的产生是为了消解著作和读者之间的欣赏障碍，促进文学交流，让著作和文学作品中的隐含意义被读者发掘和领会，让作者的追求和情感获得社会认同"①。因此在文学批评中，序跋就作为一种特有的文体成为文人墨客用来表达自己倾向看法的途径。清朝乾嘉时期，社会发展到一个顶峰，这一时期的文坛也处于一种欣欣向荣的境况中，越来越多的文人和学者涌现，他们出于各自的文学与政治目的进行文人与文人之间的交游和酬和，形式多种多样。其中为自己所创作的诗文集征序征跋，是比较广泛的交往活动，而像袁枚这样在文坛有显著声名的人，也乐意于为他人的诗集文集作序作跋。

袁枚身处的时代，由于社会因素的造就，涌现了大量的作者及作品集，这在文学历史上也是绝无仅有的状况，而袁枚作为那一时期显赫的文学大家，因其好交友、爱唱和的性格，邀他为作品作序的作家不胜枚举，因此在袁枚众多的批评文体中，序跋体有着举足轻重的作用。

---

①　李小兰：《论批评功能与批评文体》，《宁夏社会科学》2008 年第 4 期。

5. 书牍体

除了序跋之外，书信和尺牍也是袁枚阐述自己文论主张的一个重要途径。袁枚的书牍体在《小仓山房文集》和《小仓山房尺牍》里收录的最为繁多，大约有40篇，其内容多是对当下诗坛兴盛的考据风、格调说以及神韵说进行批判与革新，这种批判的过程中也蕴含着对于当时封建思想和僵化思想的反抗。书信的传递方式决定了书信往来多半是自由且私密的，因此其表达出的情感比之其他文体更为诚恳和真实。刘勰在《文心雕龙》里这样说过："书者，舒也。舒布其言，陈之简牍。"①书信使文人的思想得到最大化的放松，超出了文体本身的实用价值和功利目的的范畴，并且保持了作者独特的个性。同时，由于这种文体的独特性，其在写法上也灵活多变，不拘泥于某种特别体式，随着社会发展，人们也渐渐认识到了书信的优越性，越来越多的文人将他们的文学观点写入书信当中，以方便与友人交流和沟通。

在袁枚的书牍体中，最负盛名的就是《答沈大宗伯论诗书》的两篇书信。在这两篇书信中，袁枚对沈德潜的"格调说"进行了全面的批判。首先，他针对沈德潜"贵古贱今，尊唐抑宋"的复古论提出了"诗有工拙，而无古今"的言论，他认为这种观念是保守的，不符合社会发展趋势：

> 自葛天氏之歌至今日，皆有工有拙；未必古人皆工，今人皆拙。即《三百篇》中，颇有未工不必学者，不徒汉、晋、唐、宋也。今人诗有极工极宜学者，亦不徒汉、晋、唐、宋也。②

在这篇文章中，他认为不停的变通才是文章发展的必然趋势，在《答施兰垞论诗书》一文中，他也表达了相同的见解，袁枚认为诗

---

① （梁）刘勰著，周振甫注：《文心雕龙注释》，人民出版社2002年版，第277页。

② （清）袁枚：《小仓山房文集》卷十七，王英志主编：《袁枚全集》（第二册），江苏古籍出版社1993年版，第283页。

歌注重的是性情，与古今并无关系。

其次他否定了"温柔敦厚"和"必关系人伦日用"的诗教观，否定从儒家纲常功利主义的文学观念出发来创作诗歌。他对沈德潜所依仗的《礼记》提出了质疑，认为"礼记一书，汉人所述，未必皆圣人之言"①。同时他也认为孔子所提出"兴""观""群""怨"，这四者都是文学的必备效用，不可顾此失彼。在这两篇书信中，他认为诗歌的内容应该是多样的，发自性灵的，并且也反对封建教条主义对创作的禁锢，认为诗歌的艺术风格和表现手法同样也应该是多样化的。另外，在《再答李少鹤》中他将"神韵"和"性灵"辩证地联系起来，并在这种联系中表达出"神韵"与"性灵"的区别，同时他也深刻地指出王士禛创作诗歌的局限性，认为他的诗作并不是出于真情实感，而是"假诗"：

> 阮亭不喜少陵、香山，则又有说。阮亭一味修容饰貌，所谓假诗是也。惟是其假，故不喜杜、白两家之真。②

此外，这些书信也不乏袁枚对于性灵说的见解及阐述，袁枚对封建传统礼教对人性的压制表达了深恶痛绝之情，在这些篇目中他大力地主张人性与真情实感，诗歌的存在应该表达而不应该泯灭人的本性，如在《与何水部》一文中，袁枚就这样阐释到：

> 若夫诗者，心之声也，性情所流露者也。从性情而得者，如出水芙蓉天然可爱。从学问而来者，如元黄错采，绚染始成。③

---

① （清）袁枚著，章荣译注：《小仓山房尺牍》卷八，世界书局出版社1936年版，第198页。

② （清）袁枚著，章荣译注：《小仓山房尺牍》卷八，世界书局出版社1936年版，第394页。

③ （清）袁枚著，章荣译注：《小仓山房尺牍》卷七，世界书局出版社1936年版，第366页。

袁枚认为诗歌从心而来,是性情所自然流露,如果是出于本心,那么所作的诗就会自然可爱。这种观点既体现出了袁枚对于作诗的见解,也体现了他有意识地主张个性解放的思想。这种"性灵说"思想除了在《与何水部》一文中有所体现,在《与杨兰坡明府》《与程蕺园书》等篇目中都有所阐释。

袁枚通过这种文学批评体裁,对和他处在同时代文人的创作观点进行了辩证的评价及批判,并清晰地阐明了自己的文学主张。他在许多与别人往来的书信中对于当下诗坛"考据"风、"格调"说以及一些陈旧的思想进行了发人深省的革新,对诗坛重辞藻,推崇用典,贵古贱今以及重视诗歌的教化作用等一系列问题进行了深刻的批判。袁枚在书信以及尺牍中表现的文学主张,体现出清朝末期民间思想启蒙、个性解放潮流的到来,以至于他面对当时统治文坛的"神韵说""格调说"以及"考据说"都始终贯彻着他自己强烈的个性色彩以及文学创作主张,即性灵思潮。

6. 笔记体

袁枚的笔记体批评大多散落在《随园随笔》和《袁枚日记》当中,后者由王英志先生整理成册。《随园随笔》共 28 卷,分为 21 个门类,有关于文学批评的内容全部收录在"诗文著述类"这一门类下,共 54 篇。这一门类包括了文体、考据学、字义、方言等诸多方面,可谓庞杂,而其中与文学观念有关的,多从格律、探源入手,一方面蕴含了自己"性灵说"的理论主张,如他论及《古文摹仿》一篇;另一方面也表现出兼收并蓄的文学观,如《七言律即乐府》《联句始〈式微〉》。这些篇目中论述的内容多与考据学穿插而论,可见其虽然一方面摒弃"肌理说"的思想,但同时也可以照样将其运用在构建自己的文学观念中。

袁枚的笔记体批评文字之所以得以存在,大致是由中国传统的文学批评形式决定的,古代文学批评善于用一些简洁明了、直观通达的方式来点评一位文人或是一部作品,这种点评方式可以通过多种多样的方式来呈现,可以是一首诗或是一首词,也可以是一篇几百字的散文,这是传统文论惯用的方式。随着文学批评体系渐渐庞杂,一种追求对文章瞬间感知以及对灵感把握的文体应运而生,这种文体就是笔记体。笔记体是一种灵活而随便的笔记，宋代的洪迈在《容斋随笔》序里解释道："意之所之，随即纪录，因其后先，无复诠次，故目之曰随笔。"①可见随笔体的特点是不加修饰、随性成文。这种文体在思想被严重禁锢的时代，深受文人学者的追捧，因为这种批评文体既可以方便抒发真情实感，又可以表达自己的观点，因此在思想受到严重压抑的清朝中期，笔记体也理所应当地广泛地出现在人们的视野中。

除了《随园随笔》之外，这种批评文体还存在于袁枚的日记当中。袁枚日记相较于他的其它著作而言，被发现的时间较晚，是王英志先生在 2006 年发现并整理出版的，其内容涉及了文学、交游、饮食、娱乐、轶闻等多方面内容，其中关于文学批评的部分更接近于诗话的性质，因此王英志先生将这一部分内容视为诗话的补充。其文学批评的表现形式多样，大致分为两类。

第一种，是袁枚对别人诗作的摘录和采选，如《袁枚日记》第三本"十九日"：

> 张瑶英谢余，到四梦居。《索诗稿》云："露沾桃李千株树，次第春风到女萝。"《闻布谷》云："稼穑无关小鸟事，催耕还比长官勤。"《蒿师先生墨床》云："谁怜贪墨无休日，也合磨人有倦时。"《鹭丝》云："岂有诸君推甲乙，可怜公子最风标。"②

第二种，是袁枚随性所记的文学观点或记录，其中有关文学主张的只言片语，夹杂在一天的生活中，与前后事由毫无关联，如《袁枚日记》第五本"十五日"：

> 早微雨，点心后便晴，风不顺。晚始到扬州，泊三茆宫。

---

① （宋）洪迈：《容斋随笔》，北京燕山出版社 2008 年版，第 1 页。

② （清）袁枚著，王英志抄：《袁枚日记》，《文史补遗》2009 年第 3 期，159 页。

记问香岩驴肉，问王老太爷要驴肾。

魏公号顾幽，秦公号玉斋。

论诗之必宗唐，犹讲学之必宗宋也。然学唐而取其皮毛，学宋而流于迂腐，似觉其无味，而流弊甚大矣。

是晚方伯船亦到，因过船与之一谈。①

这种体例相对于其他文学体裁来说较为灵活，多为文人闲暇时的即兴、消遣之作，因此虽然庞杂而无甚系统性，且没有明确的理论论述，但同样也是作者文学观点中不可遗漏的一部分。

7. 选本和评点

《袁枚全集》共八卷，其中涉及选本体的分别是第六卷和第七卷，有《红豆村人诗稿》《南园诗选》《碧腴斋诗存》《湄君诗集》《袁家三妹合稿》《随园女弟子诗选》以及《续同人集》。由此可见，袁枚所作的选本多是其亲友门生，其中有其从弟袁树，有其三妹袁机，还有一些深受他赏识的人，以及他的女弟子的诗文。早在先秦时期，选本作为一种批评文体就已经产生，孔子删诗成《诗》三百零五篇就是选本批评的本源。② 到魏晋时期，这一批评体式得到广泛的发展，而其中最具有代表性的就是南朝萧统的《文选》，这部著作集合了从周代到汉朝以来最优秀的诗作。选本就是通过辑录、删减、品鉴等一系列过程，在保留前人的优秀作品的同时，也充分表达出作者本身的选诗标准和文学理论思想。此外，关于诗作本身的一些评点、注释、序言和引用等也被同样收录到选本中，以备读者理解。"读者通过选者在这一部分的具体指导，也可以更快捷更深刻地了解、把握选取者的文学思想、批评观念，使选本的批评价值获得最充分的实现。"③正由于这种兼收并蓄的特点，使得选本批评

---

①　(清)袁枚著，王英志抄：《袁枚日记》，《文史补遗》2009 年第 5 期，156 页。

②　(清)江藩编著、方国渝校点：《经解入门》，天津市古籍书店影印1990 年版，第 6 页。

③　邹云湖：《中国选本批评》，上海三联书店 2002 年版，第 9-10 页。

方式在中国文论史上广为流传。

袁枚在《续同人词集》里引冒巢民《同人集序》的论述：

> 海内才人，同声相应。当其始也，视为易得而弃置焉；及时移事易，其人已往，则雪泥鸿爪，往往思之于无穷，岂不可惜！①

念物思人，所以为作，这也正符合了他发乎性情的诗学思想。

另外一个需要论述的批评文体就是评点这一批评形式，袁枚的《详注圈点诗学全书》就属于评点体里的诗学评点，全书共四卷，从不同方面对诗歌体例、题材、章法、格律等方面，进行了详细的论述，袁枚的《诗学全书》是一个有着规范系统的批评体例，全书以体裁和内容这两个方面作为一个区分的界定，对这些条目之下的诗篇进行评点，并在每一分类的开篇进行了论述，以表明他点评方向和标准。评点是中国文学批评中特有的一种文体，它批评的对象囊括了几乎所有的文学体裁，有诗学评点、词学评点、戏曲评点、骈赋文的评点、散文评点、小说评点等。自唐朝开始，这一文学批评形式就开始萌生，最先出现的是评点著作是殷璠的《河岳英灵集》和高仲武的《中兴间气集》，这两部著作体例大致相同，都是以"序""文""评"为框架，开创了作品本身与批评相结合的体制，这也成为了文学批评中评点体的雏形。此外，在《小仓山房文集》的辑补中也收录了部分袁枚对于别人作品集的批注，如他对《瓯北诗钞》的批语，对《蒋清容先生遗稿》的批语，以及对《素文女子遗稿·随园杂诗》的批语。

除了以上一些比较常见的批评文体外，《袁枚全集》中还散落着一些其他的批评文体，像碑志体，如《翰林院编修蒋公墓志铭》《湄君小传》《高文良公神道碑》，这些篇目并非专门对文学观点的阐述，大多是以人物生平为主，但由于碑传所记之人，亦是作者同

---

① （清）袁枚：《续同人词集》，王英志主编：《袁枚全集》（第六册），江苏古籍出版社1993年版，第1页。

时代的文人，所以在篇幅之间，对于此人著述也有所批评。此外还有祭文体，如《胡稚威哀词》，其中亦不乏关于文学批评的真知灼见，但由于其中内容过于零散和稀少，因此笔者在这里不加赘述。

二、批评文体：生动自然、动荡开合

袁枚的批评文体表现出一种重视读者的接受度的审美风格，他一直以明白晓畅、生动直白的方式进行批评创作，并且更重视文章气势及情感上的倾泻。从论诗诗到骈文，从书牍体到序跋体，袁枚的批评文体都表现出一种希望得到读者共鸣的审美特征。下面我就这一特征从他的批评语言以及批评句式两个方面进行论述。

1. 批评语言的生动自然

在众多批评文体创作中，袁枚表现出了鲜明的语言风格，这种语言风格不同于他普通的文学创作，呈现出一种明白晓畅、生动直白的特点，下文就从意象、修辞和用典这三个方面，讨论一下袁枚批评文体这种独特的语言风格。

（1）"不许一字死"的意象之美

袁枚作为一位主张抒发性情的文学理论家，他的批评文体创作中关于意象的运用俯拾皆是，几乎篇篇都有，从他的意象表现中能够发现到一种独特的风格，可见他对于意象的挑选，自有一番心裁。意象营造于创作主体的审美构思当中，是构成诗歌意境的基础，是感性的东西经过内心反映而来的产物。《周易》中所说的"立象以尽意"就是说明，意象形态的差异及选取，决定着诗歌不同的意境、风格，作者选择用何种意象来创作，实则表明了作者的或心态或立场或观点。下面我们就来重点地论述一下袁枚批评文体中的意象所表现出的独特风格。

色彩斑斓的意象世界

由于论诗诗受到体裁的限制，篇幅短小，所用意象必须是精练的，并且能够给人强烈的印象。袁枚论诗诗善于在短小的篇幅中利用意象直观的鲜明色彩给予读者最为深刻的印象，善于选取合适的意象以及如何突出意象特点来彰显文学观点。

例如在他的论诗诗《读书二首》其二中就有这种描述："我道古

人文，宜读不宜仿。读则将彼来，仿乃以我往。面异斯为人，心异斯为文。横空一赤帜，始足张我军。①"袁枚在这首诗中论述了"仿古"和"著我"的话题，诗歌的第一句话点明了他的观点，后两句可作为对于第一句的解释，他在前三句中论述的对象是"古人文"，就"古人文"应该读，还是应该模仿的话题进行了探讨，而诗歌的最后一句其实才是他提出的观点，即前三句为否定"仿古"，这一句才是提出中心论点的"著我"。在最后一句中，他勾画出一幅场景，横空出现了一面鲜红的旗帜，来表现他力求革新的想法，"旗帜"代表了他"著我"的观点，"横空"是一种在当时仿古说盛行下的特立独行，而"赤"字极具画面感和表现力，一抹鲜艳的红色把整个画面点活，表现了他力求革新的决心。另外在《改诗》一首中，他用"吹角不笑徵，涂红兼杀青。相物付所易，千灯光晶莹②"一句描述了诗该怎样改的思想，他认为如果改得不好，既磨灭了诗歌原先的优点，也没有达到自己改诗的目的，而如果诗改得相得益彰，那么整首诗都能够大放异彩。在这首诗中，他分别用"涂红""杀青""光晶莹"代表改诗会达到的结果，颜色对比鲜明，表现了改诗的难度的艰深，因为一不小心就会无法得偿所愿，甚至造成前功尽弃的后果。

在袁枚的论诗组诗《仿元遗山论诗》中，他更喜欢用一些颜色鲜明的意象来凸显他的品评对象，如他评价申笏山、王蒉亭的诗，其中就有一句"青鸾独立瑶池雪，不着人间半点泥"，他以"青鸾""瑶池雪""泥"这三个意象颜色之间的对比，给人一种干净、纯粹的印象，也凸显了这两人的诗歌特点。还有评价严冬友的诗，其中"桃花一绝高僧偈，看到红云尽处无③"一句，袁枚将"桃花"比作"红云"，给人以直观的宏大的场景感，也充分地体现了严冬友虽

---

① （清）袁枚：《小仓山房诗集》卷六，王英志主编：《袁枚全集》（第一册），江苏古籍出版社1993年版，第95页。

② （清）袁枚：《小仓山房诗集》卷二十八，王英志主编：《袁枚全集》（第一册），江苏古籍出版社1993年版，第286页。

③ （清）袁枚：《小仓山房诗集》卷二十七，王英志主编：《袁枚全集》（第一册），江苏古籍出版社1993年版，第596页。

身在尘世但自命清高的性情。

活泼生动的意象组成

袁枚所选取的意象组成了他批评文体作品最基本的结构，由于其文学批评内容的规范，他的每篇批评作品都有着众多的意象组成，而极少有纯粹批评或者发表观点的篇目，他抛弃了一切直白的言论和苍白的观点，其文学批评作品更像是一幅幅耐人寻味的画卷。袁枚在《答东浦方伯信来问病》中提出"要教百句活，不许一字死"①的诗论主张，这也是袁枚在批评文体创作中力求达到的境界。具体表现在创作中就是在意象选取时注重画面感和生动性。

例如《品画》一诗："品画先神韵，论诗重性情。蛟龙生气尽，不若鼠横行。"②这一首诗就是描述了以"性灵"作诗的重要性，后一句他以意象之间生动的对比让人直观地感受到他的文学主张，在这句话中他以"蛟龙"和"鼠"进行对比，认为即使蛟龙再宏大，但一旦失去了灵气，那么与到处乱跑的鼠比起来也逊色了不少，虽是不足为道的老鼠，但"横行"起来却表现出了一派活泼的景象，实为活泼。这句话也贴合了袁枚论诗诗意象生动这一要领，他认为再好的体裁若没生机，便失了灵性，而再不起眼的体裁，一旦有了灵性，便充满了生机。在他的批评散文中这一点也尤为明显，如在《答兰垞第二书》中，他将过于追求辞藻的诗风称为"叠韵如虾蟆繁声，无理取闹。或使事太僻，如生客阑入，举座寡欢"③，由此可见袁枚选取的意象大多独辟蹊径与众不同，如在这里他用蛤蟆的乱叫声来形容叠韵的繁累，用不速之客来形容用典的不恰当，极具画面感和动态感，虽是一些常见的景象，用在此处却意外的恰当，让人顿生如鲠在喉之感。

此外，在《仿元遗山论诗》批评金冬心一篇中，"一缕清丝袅碧

① （清）袁枚：《小仓山房诗集》卷三十七，王英志主编：《袁枚全集》（第一册），江苏古籍出版社1993年版，第924页。

② （清）袁枚：《小仓山房诗集》卷二十九，王英志主编：《袁枚全集》（第一册），江苏古籍出版社1993年版，第666页。

③ （清）袁枚：《小仓山房文集》卷十七，王英志主编：《袁枚全集》（第二册），江苏古籍出版社1993年版，第287页。

空，半飞天外半随风"①，亦是对这一特点很好的体现，"清丝"随风飘袅飞出天外，意象之灵可谓动感十足。还有《题陈古渔诗卷》中的"孔翠屏开花烂漫"②一句，盎然的生机已经跃然于纸上，不仅有动感，且色彩感也十分充足，可见袁枚对于意象活泼生动的把握上是十分用心的。

琐细平凡的意象选取

除了选取活泼有生机的意象入诗入文以外，纵观袁枚文学批评作品，他选取的意象还有另外一个特点，就是生活化和琐屑化。他并没选取多么的有权威性或是无可辩驳的意象入文，而是从最平常最细枝末节的地方入手，汲取灵感，具有敏锐的观察力。所谓的细枝末节就是指一般人不容易察觉的地方，然而诗人却能够巧妙地拿来入诗入文，这些细小的意象不但不会局限文章眼界，反而散发出独特的光彩。如上文中所引用的《答兰垞第二书》中的"虾蟆""生客"都是人所未能想到的，存在于日常生活中的正常景象。在《续诗品》中就有许多能体现这一特点的意象，如《选材》中的"锦非不佳，不可为帽"③一句，又如《择韵》中的"食鸡取跖，烹鱼去丁"④一句，如《固存》中的"酒薄易酸，栋挠易动"⑤一句，他所描述的意象可以是如何制作一顶帽子，做饭的方法，以及对于日常生活中寻常事物的体会，虽然都是极其平常的道理，但用来论述他的诗论文论主张，都是极为贴切的。可见袁枚非常善于从极生活极细微的方面选取意象入诗文，虽无大境界，却格外恰当。在他的《胡稚威

---

① （清）袁枚：《小仓山房诗集》卷二十七，王英志主编：《袁枚全集》（第一册），江苏古籍出版社 1993 年版，第 595 页。

② （清）袁枚：《小仓山房诗集》卷十三，王英志主编：《袁枚全集》（第一册），江苏古籍出版社 1993 年版，第 235 页。

③ （清）袁枚：《小仓山房诗集》卷二十，王英志主编：《袁枚全集》（第一册），江苏古籍出版社 1993 年版，第 416 页。

④ （清）袁枚：《小仓山房诗集》卷二十，王英志主编：《袁枚全集》（第一册），江苏古籍出版社 1993 年版，第 417 页。

⑤ （清）袁枚：《小仓山房诗集》卷二十，王英志主编：《袁枚全集》（第一册），江苏古籍出版社 1993 年版，第 419 页。

骈体文序》一文中，他为了论述骈文和散文的关系，写道这样一段话：

> 文之骈，即数之偶也，而独不近取诸身乎？头，奇数也；而眉目，而手足，则偶矣，而独不远取诸物乎？草木，奇数也；而由叶而瓣萼，则偶矣。山峙而双峰，水分而交流，禽飞而并翼，星缀而连珠，此岂人为之哉！①

他以人体的各个器官之间的关系乃至天地间的草木花叶、山水飞禽来类比骈文和散文的关系，这些东西看似稀松寻常，却在袁枚的描述下显露出了颠扑不破的规律，而这种规律正是他论证的骈散关系最需要的部分，可见袁枚非常善于从寻常事物中发现事物发展的规律并且运用到他的说理当中。

（2）"字字立于纸上"的修辞之美

袁枚的批评文字表现出一种真实的生动美，即反对创作的呆板僵化，因此在批评文体的创作过程中，他更是要求一种"字字立于纸上"的生动美。在《与孙俌之秀才书》一文中，他称道："夫古文者，即古人立言之谓也，能字字立于纸上则古矣。"②在这里虽然是他关于古文观的表述，但推及其批评作品，这种观点不失为一种对他批评文体这一特点的概括。由此可见，"字字立于纸上"是他对于批评文体创作的要求，就是力求文章的真实感和可读性，而枯燥的议论和典故的堆砌是袁枚一直以来所批判的创作方式。这种追求真实感和可读性的修辞方式同样也是组成袁枚批评文体整体特征的一种表现。

隐喻的巧妙运用

在袁枚的批评作品中，修辞手法占据了相当大的比重，不同于

---

① （清）袁枚：《小仓山房文集》卷十一，王英志主编：《袁枚全集》（第二册），江苏古籍出版社 1993 年版，第 198 页。

② （清）袁枚：《小仓山房文集》卷三十五，王英志主编：《袁枚全集》（第二册），江苏古籍出版社 1993 年版，第 642 页。

一般文学批评家就理论论理论的风格，袁枚更倾向于表现文学批评的文学特性，因而在他所运用的修辞手法中，隐喻占据了不小的篇幅。隐喻又称暗喻，是比喻中的一个具体的分支，但它的关键之处却是在于"隐"，与比喻不同的是，隐喻不会让人明确地看出作者将某一物体比作另一物体，而是通过某个词或短语指出常见的一种物体或概念以代替另一种物体或概念。简而言之，隐喻就是通过形象具体的相关性事物来对所需要论述的事物进行一种描述，在这种转换过程中，可以使得本身所论述的事物或观点更为浅显易懂地展现出来。"隐喻所带来的语言快感和美感能消除批评推进过程中烦闷、枯燥的气氛，而且主要的还在于它能在理性的利刃未及深入和无法深入之处发挥自身的作用，迂回抵达批评对象的底里。"①而这种独特的批评手法在袁枚笔下大放异彩。

袁枚极其善于在他的文学批评中运用隐喻手法来品评作家或文学作品特点，无论是什么体裁类型，任何批评对象，他都可以把单调的说理转换成一种艺术化的美。在《诗学全书》中，他就对文学体裁发表了自己独特的看法。在评价七言古诗的时候，他这样说道：

> 其始发也，千钧之弩，一举透革。纵之，则舒卷绚烂。一入促节，又凄风骤雨，窈冥变幻。收之，则如铎声一击，万骑忽敛，寂然无声。②

在他看来七言古诗的开端要像弓弩一样有气势，随后可以舒缓铺排一些，再到后面又要有所波澜，变幻万端，而诗歌的结尾最需要一声有力的回应，就像战场上最后的鸣金之声，所有的人马都安静了，万籁俱寂。这是袁枚认为的七言古诗创作中需要达到的境界，

---

① 蒋原伦，潘凯雄：《文学批评与文体》，北京师范大学出版社 2006 年版，第 107 页。

② （清）袁枚：《详注圈点诗学全书》卷一，王英志主编：《袁枚全集》（第八册），江苏古籍出版社 1993 年版，第 15 页。

他没有对这个过程过多地展开说明，而是例举了一系列耳熟能详的场景来表现七言古诗的创作过程。在他论述诗眼的时候，他同样运用隐喻这种修辞手法：

> 诗句中之字有眼，犹弈之有眼也，诗思玲珑则字眼活，弈手玲珑则弈眼活。①

他将诗眼比作棋眼，认为棋手能够灵活思考那么棋眼就是活的，同理，如果在创作过程中思想玲珑剔透，那么字眼也就活泛了起来。这种隐喻手法让即使不理解"诗眼"的读者也能够准确理解他所要表达的观点。

此外，在他的其他文体中同样也有隐喻手法的身影，如在《万柘坡诗集跋》中，他写道：

> 不知明七子貌袭盛唐，而若辈乃皮传残宋，弃鱼菽而啖豨苓，尤无谓也。②

这句话说明袁枚认为明七子外表上承袭了盛唐时期的创作风格，肤浅地保留了宋朝末期的创作风格，这种行为是无益的，就像放弃了本应该食用的粮食而改吃药食一样，他在这里拿"鱼菽"和"豨苓"形容自己原本的创作风格与草草模仿之后生成的文学风格，在无需分别解释各时期文学风格的前提下，浅显明了地让人理解到发扬自己固有的创作风格的重要性。同样，在《龚旭开诗序》中，他也用"筑坚城而自围③"这种语句来形容那些有了一点学识，懂了些许作诗法则就沾沾自喜，不求进步的人。

---

① （清）袁枚：《详注圈点诗学全书》卷四，王英志主编：《袁枚全集》（第八册），江苏古籍出版社1993年版，第241页。

② （清）袁枚：《小仓山房文集》卷十一，王英志主编：《袁枚全集》（第二册），江苏古籍出版社1993年版，第201页。

③ （清）袁枚：《小仓山房文集》卷十一，王英志主编：《袁枚全集》（第二册），江苏古籍出版社1993年版，第192页。

纵观袁枚的文学批评作品，隐喻手法的运用俯拾即是，这种既灵动显诗思，又简洁自然的表达方式一直是他所热衷的批评手法。隐喻手法可以很好地帮助观者理解枯燥的理论问题，让一些无法用语言表达的文学理论内容得到充分的表达，因此，他非常善于运用隐喻这种批评手法阐释复杂难以理解的文学理论观点。

比兴的熟练运用

另一种袁枚的批评文体中常见的修辞方式就是比兴。首先，我们先来讲比兴与隐喻做一个区别。比兴与隐喻都是古代两种常见的批评方式，隐喻倾向于描述的隐秘性，而比兴则倾向于描述的关联性，即关键在于"兴"，这两种批评方式与比喻有所关联，但侧重点不尽相同。在批评文体中，比兴作为一种批评手法，更多的是汉代郑众提及的这一含义，"比者，比方于物也""兴者，托事于物"，也就是通过列举更为形象的事物来类比本身需要论证的观点或是事物，起到让原本所需要论证的观点或事物得到更好的阐释的效果。

在袁枚的文学批评作品中，对于比兴手法的运用比比皆是，例如在他的《续诗品》中，他在论述诗歌的创作过程中也大量运用了比兴的批评手法。他在论述作诗前需要"相题"时，写道"天女量衣，不差尺寸"①，通过举出仙女量的衣服尺寸分毫不差，来论证选题切合的重要性；在论述如何"选材"时，写道"金貂满堂，狗来必笑"②，满屋子都是金貂的地方，狗来了自然会遭到嘲笑，来否定选材的不合时宜；在论述"用笔"时写道"膏乃灭灯"③，这里是通过描述灯油太多灯就会灭掉的寻常道理表达下笔不应该过于累赘的道理；在论述"布格"时写道"造屋先画，点兵先派"④，以建造

① （清）袁枚：《小仓山房诗集》卷二十七《续诗品》，王英志主编：《袁枚全集》（第一册），江苏古籍出版社 1993 年版，第 416 页。
② （清）袁枚：《小仓山房诗集》卷二十七《续诗品》，王英志主编：《袁枚全集》（第一册），江苏古籍出版社 1993 年版，第 416 页。
③ （清）袁枚：《小仓山房诗集》卷二十七《续诗品》，王英志主编：《袁枚全集》（第一册），江苏古籍出版社 1993 年版，第 416 页。
④ （清）袁枚：《小仓山房诗集》卷二十七《续诗品》，王英志主编：《袁枚全集》（第一册），江苏古籍出版社 1993 年版，第 417 页。

前先画草图，出兵前先派将士的必然规律来肯定作诗前布局的重要性。在《续诗品》中，几乎每一则都运用到了比兴的批评手法，诗品因其句式短小、结构精练的特点，将袁枚善于比兴的特点发挥到了极致。

同样，在袁枚的其他批评文体中，也大量运用着比兴手法。在《沈大宗伯论诗书》中，袁枚提出了"诗有工拙，而无古今"的观点，否定了一味效仿古人诗文的守旧派，在论述中，他写道这样一段话：

> 今之莺花，岂古之莺花乎？然而不得谓今无莺花也。今之丝竹，岂古之丝竹乎？然而不得谓今之无丝竹也。天籁一日不断，则人籁一日不绝。孟子曰："今之乐，犹古之乐。"乐即诗也。①

在这句话中，他举出莺花和丝竹的例子来形容诗歌，说明诗歌就像莺花和丝竹一样，古时的诗歌和今时的诗歌并没有什么好坏之分，都是时代变化中文学发展的产物。表面上是在强调莺花和丝竹无古今的区别，实际上是通过对这两样事物的论述，更深刻地强调了"诗无古今"的道理。除此之外，他在《答施兰垞论诗书》中也有过比兴的运用，同样是论述唐诗和宋诗孰好孰坏的问题上，他举出了这样一个例子：

> 斫木为棋，刮木为鞠，皆有法焉。唐人之法，本乎汉、晋；宋人之法，本乎三唐。终宋之世，无斥唐人者。子忽欲尊宋而斥唐，是率其子弟攻其父兄也。②

---

① （清）袁枚：《小仓山房文集》卷十七，王英志主编：《袁枚全集》（第二册），江苏古籍出版社1993年版，第283页。
② （清）袁枚：《小仓山房文集》卷十七，王英志主编：《袁枚全集》（第二册），江苏古籍出版社1993年版，第287页。

在论述唐宋诗之优劣的问题上，先是举出了棋子和皮球不同的制造方法，一个是以砍的方式做成棋子，另一个是以刮的方式削成皮球，两种本不是同一个过程，各自有各自的法度。随后他说明，唐诗的法度来源于汉朝和晋朝，而宋诗的法度来源于唐朝以及晚唐时期。而宋朝自始至终都没有文学家批判唐诗法度的不适宜。在这里，比兴手法的运用能够让观者更好地理解到他所想要论述的内容，而不是单调空泛的议论之言。

（3）匠心独运的用典之美

袁枚的批评文体著作，由于体裁和内容所规范，在其中如何引用典故就成了一个独特的学问。一直以来性灵派对于考据派的寻章摘句是抱有批判性的，然而身为性灵派盟主的袁枚，在其批评文体的创作中，用典数量却不少，并且这些典故都拥有一种独特的呈现模式，他在批评文体的创作中从不运用生僻的典故，也不运用不贴合文章内容的典故，即追求用典的不着痕迹和用典的契合性，而下文就从这两个方面进行详细的论述。

水中着盐

在他的文学批评创作过程中，他的用典方式首先表现出"用典当如水中着盐"这一特点。就这一用典手法，袁枚曾在《随园诗话》中阐释过这样一种观点，他认为应当选取适合所写体裁内容的典故入文，而不应该生搬硬套、为用典而用典，用典就要像在水里撒盐一样，与诗文浑然一体相得益彰，不着痕迹却又使文章大放异彩。因此，我们可以看出，他对于自然而然、因学识和才情驱使的用典是大加赞赏的，而对于那些被用典所役，为考据而用典的行为是持否定态度的。如在《李红亭诗序》中，他就才情与作诗之间的关系进行了论述，在文章的开头，他写道：

夫才者情之发，才盛则情深；风者韵之传，风高则韵远。故悱恻芬芳，屈子为之祖；葩华萍布，建安畅其流。①

---

①　（清）袁枚：《小仓山房外集》卷二，王英志主编：《袁枚全集》（第二册），江苏古籍出版社1993年版，第22页。

在这句话中，袁枚先是表达了"才情"与"创作"之间的联系，他认为性情是受才情影响的，如果一个人的才情够了，则他的性情在诗歌中的表现会更为明显，风格也是同样的道理。于是为了论证这一观点他引出了屈原和建安七子这两组人物，因为两者在他们身处的时代都有很高的才华和风致，而他们的文学创作在各自所处的时代都有所成就。屈原因其才高开创出了悱恻凄切的诗歌风格，成为这类风格之祖，而建安七子同样也因为其才情使得奇崛瑰丽的诗歌风格到了他们这一派发扬起来。袁枚通过这两组人物的事迹论证了他的创作观点，不仅不显得突兀，同时也让读者不觉得有任何掉书袋之嫌。在另一首诗《〈周蓉衣因论中未及其诗，有陶胡奴拔刃之意，乃补三首以箴之〉其三》中他同样表现了这一特质：

> 从古风人各性情，不须一例拜先生。曹刚左手兴奴右，同拨琵琶第一声。①

袁枚在这首诗中主要表达了诗无贵贱的诗学观，他认为前人的诗歌也并没有什么高低贵贱之分，只有每个人的性情不同而已，因此也无需去求取别人的作诗风格。在此，他例举了两个善弹琵琶的人，分别是曹刚和兴奴，这两个人都是唐代出色的琵琶演奏家，但两人的技巧却完全不同，曹刚善于运拨，不事提弦，兴奴善于拢捻，下拨稍软，因此时人称曹刚有左手，兴奴有右手。正是这两个完全不同的演奏技巧，相和而谈，并没有什么可以比较，而正是这两人推动了琵琶技艺的发展。袁枚通过引用曹刚和兴奴的故事，来论证他诗无贵贱的道理，既恰如其当又发人深省。在他的批评散文中同样有这种用典方式的痕迹，在《从弟馥斋诗序》一文中，他开头即引出了五个典故，来提出他想表达的创作观点：

---

① （清）袁枚：《小仓山房诗集》卷二十七，王英志主编：《袁枚全集》（第一册），江苏古籍出版社1993年版，第597页。

> 羿之射，秋之弈；兰子之舞剑，淮南之飞升；夔典乐，皋陶典刑：彼皆知其难而精之者也。①

袁枚在论述诗歌创作之前，引用了这五个典故，后羿射箭，弈秋下棋，宋国兰子舞剑器，淮南子飞升得道，夔掌管音乐，皋陶掌管刑罚，无一例外都是经过大量的钻研摸索，而能在这些领域领先于他人。而他认为“诗亦然”，这些不能随便掌握的技巧都是经过慢慢锤炼才有如此的成果，作诗也是同样的，在这里他用这几个典故引出他想要论证的话题，不但不显得生硬，反而丰富有趣，并且正贴合这篇文章中他想要论证的诗学观，而没有被典故所奴役。

不专堆砌

其次，“不专堆砌”的用典方式是关于袁枚在批评文体创作中如何引用典故的第二个特点。他同时也在《随园诗话》卷五中就用典的技巧提出了自己的看法，即：“自《三百篇》至今日，凡诗之传者，都是性灵，不关堆垛。惟李义山诗，稍多典故；然皆用才情驱使，不专砌填也。余续司空表圣《诗品》，第三首便曰《博习》，言诗之必根于学，所谓‘不从糟粕，安得精英’是也。”②由此可以总结出，袁枚在批评文体的创作中，同样很看重学问的积累，而非有所偏颇，他只是不赞赏用典偏僻和堆砌典故，因此他提出了用典须以才情驱使，反对用拙典，而这一点同他不着痕迹的用典技巧一样，在他的批评文体创作中也尤为明显。如在《万柘坡〈乐于集〉序》中就有这样一句话：

> 夫神之所至，百骸听焉；志之所一，万物避焉。故□俞审音，不闻暴雷之骇，獿人运斫，不见疾驹之驰。③

---

① （清）袁枚：《小仓山房文集》卷十一，王英志主编：《袁枚全集》（第二册），江苏古籍出版社1993年版，第188页。

② （清）袁枚：《随园诗话》卷五，王英志主编：《袁枚全集》（第三册），江苏古籍出版社1993年版，第155页。

③ （清）袁枚：《小仓山房外集》卷一，王英志主编：《袁枚全集》（第二册），江苏古籍出版社1993年版，第9页。

这句话论述了创作时精神高度集中的重要性，他认为神思所到的地方，身体躯干都会跟从它，意志变得专一了，其他的一切万物都好像不存在。在后两句中，袁枚分别引用了"虪俞审音"和"擭人运斤"这两个典故来说明精神专一对于创作的关键之处。虪俞源于《列子》中的一篇文章，被誉为"古之善听者"，不仅善弹琴曲且有高超的识谱听音的技艺，袁枚用其典来描述暴雷都无法阻断他审音时的专一。擭人是古代善于涂刷墙壁的工匠，在《汉书·扬雄传》中就有关于擭人的典故，袁枚在此化用其典故为擭人在运送斤木的时候，即使路边有快马跑过都不受影响。这两个事迹本不是典故中原有的故事，然而袁枚为了论证他所主张的观点，将他们化用为与文章论点有联系的事迹，让典故充分地得到运用，而非为考据用典。同样是论述对待创作态度的问题上，袁枚在《俞楚江诗序》的开篇运用了一系列典故引出了他所认可的"义心苦调"的创作态度：

> 夫刻削者比肩，而班倕善巧；讴谣者成俗，而射稽称工。非其人则神为器滞，得其道则籁与天通。烦手淫声，乖恻隐古诗之义；绝节高唱，在义心苦调之人。①

"班倕"是公输班和倕的并称，泛指能工巧匠，射稽指古时善于唱歌的人，这些人之所以能够在众多的工匠和唱歌的人中脱颖而出，并不是因为他们受到上天的眷顾，而是他们甘愿受苦来打磨自己的技术，袁枚认为这种品质对于作诗来说也是极其重要的。在这里，他同样选取了能够用来论证他所提出观点的事例和人物，侧重描写这些人物与他所讲事物有巨大联系的方面，由此可见，袁枚的用典都是经过细心提炼和摘选的。此外在《题陈古渔诗卷》中袁枚就陈古渔的新诗表达了一系列赞美之情，在文章中，他说道：

---

① （清）袁枚：《小仓山房外集》卷三，王英志主编：《袁枚全集》（第二册），江苏古籍出版社1993年版，第38页。

新诗一卷胜方干，当做《楞伽》静夜看。孔翠萍开花烂漫，清商琴老调高寒。地当六代悲歌易，胸有千秋下笔难。我学王戎留赠语：森森常愿束长竿。①

这两句诗分别化用两个典故，一个是六代悲歌，一个是王戎赠予陈道宁的赠语。这首诗旨在对陈古渔乃至其人进行评价，在诗的前半段对其所赋新诗给予了肯定和赞赏，随后他便引用六朝的典故，表达出他所理解的创作观，即作者所想所怀所感会对作品产生或积极或消极的影响，因此好诗难作，在诗的最后，他化用魏晋时期王戎评价陈道宁的一句话"谡谡如束长竿"评价了陈古渔刚劲挺拔如长竿一般的诗歌风格。在这里他虽然直白不加修饰地运用了王戎给予他人的评价，但实际上借王戎之口给予陈古渔高度的评价，这种评价比之苍白的赞美更显珍贵。

2. 批评句式的动荡开合

除了袁枚的批评语言拥有明显的风格之外，袁枚的批评文体著作在句式结构的整合上也同样有着与众不同的地方。不同于普通的文学创作中率性而为的行文风格，在袁枚的批评文体中更多的是一种情感的倾向性。他的批评句式有一种刻意注意创作节奏，推动创作情感，试图让他的文学理论和观点更容易为他人所接受的倾向性。而这种倾向性表现在句式结构中就呈现出一种动荡开合的风格特征。这种独特的批评句式表现在具体创作中，呈现两种独特的批评手法，一种是追求行文的形式之美，而另一种是追求行文的情感之美。

（1）形式之美

袁枚的批评作品表现出一种独特的形式之美。这是一种不被体制和句式所局限的特点，这种特点使得他的批评作品脱离了单纯的品评和议论，增添了更多的文学性，也更容易引起读者的阅读兴趣。而这种追求句式多变的形式美感，更多地体现在他的骈文和散

---

①　（清）袁枚：《小仓山房诗集》卷十三，王英志主编：《袁枚全集》（第一册），江苏古籍出版社 1993 年版，第 235 页。

文创作中。他在散文及骈体文的创作上都秉持着这样一种特性，即不被体制和句式所局限，体现出一种有节奏、有韵感的句式风格。

骈散结合

骈散结合是袁枚批评文体的独特风格，纵观袁枚的批评文体，他的作品表现出寓奇于偶、奇偶共存的特点，这种特点使得这些文章在赋有骈体、工整华美的风格下同时具备了散体舒畅贯通、抑扬跌宕的特点。对于骈散之间的关系，袁枚早已有了自己的独特看法，即他所提出"骈散并重"的文学观，在这种文学观中他认为骈体散体都是自然存在的，都有其存在的道理，不应因人的观点所转移，他同时也认为骈散之间的关系就类似于世界万物之间的关系，二者之间没有高低贵贱之分，无论使用骈体进行创作还是使用散体进行创作都是文学表达的一种，各自有其风格特点。正因为有了这种观点的铺垫，他的骈文批评不局限于体式和内容，跳脱出骈体追求辞藻章法的牢笼，不局限在单一的一种体制当中，而是寓散于骈，寄骈于散，散体中蕴含韵文的华美和文辞，骈体中蕴含散文清晰的说理逻辑，而非单纯的辞藻堆砌，这种骈散结合的创作风格使得批评文字散发着独特的魅力。因此，在《小仓山房尺牍》的卷首，孙星衍就称其为"抑扬跌宕，得六朝体格"①。

如在《岳水轩诗序》中就兼顾了骈文和散文的句式特点：

> 夫高轩多簿领之劳，处士少江山之助。天下之文章，其惟幕府乎？是以邹、枚游客，珥笔梁园；应、刘才人，从军邺下。靡不序行役，纪星云，奋藻含章，扬华振采。②

在这句话中，袁枚就仕途与文采之间的关系进行了论述，他认为达官显贵多为官府的事情所忙碌，不愿为官的人却恰恰得不到由于社

---

① （清）袁枚著，王英志主编：《袁枚全集》附录二，江苏古籍出版社1993年版。

② （清）袁枚：《小仓山房外集》卷二，王英志主编：《袁枚全集》（第二册），江苏古籍出版社1993年版，第24页。

会政治因素所激发的才华。不管是从军还是为官，这些才华极好的文人没有不是服军役或是做门客的，同时他们的文章也光彩动人。作为摘录进《小仓山房外集》中的一篇骈文，这篇文章并没有严格地遵照韵文格式来写，而是以散文的逻辑写成的，无论是发语词还是反问句，皆没有尊崇对仗的工整，而只是追求形式上的工整，这句话在这篇骈文中实则包含了散文的气韵，并没有受到骈文的局限，且此句说理议论充分有力，完全没有传统意义上韵文的辞藻堆叠。又例如在《陈古渔〈诗概〉序》中的"如鼓琴然，期鸣廉修营，而不侈号钟滥脅；如协律然，务奋末广贲，而不矜驾辨劳商"①。这句话从整个对仗来看十分工整，四五七字句的排列严格遵循了骈文的创作要求，然而将这一整句拆分成两句话来看，它跳出了骈文传统的四六句或是三五句这类的句式，其语言习惯完全与散文无异。不仅是袁枚的骈文批评文体，在他的散文创作中，这种骈散结合的特点同样表现得十分明显，例如《从弟䑣斋诗序》的首句：

> 道无难，精之者至焉；道无易，习之者忽焉。羿之射，秋之弈；兰子之舞剑，淮南之飞升；夔典乐，皋陶典刑：彼皆知其难而精之者也。②

他在这句话的开头运用了一系列典故引出"知其难而精"的创作观点。这篇文章是他的一个散文创作，收录在《小仓山房文集》当中。然而这句话的句式体制却符合骈文的一些特质，如对仗的工整和句式的铺排，先是三五字句提出他所主张的观点，再者为三三字、五五字句运用典故论证观点，到最后总结论点的时候才转入到散文的行文模式当中。这种骈散结合的句式结构，不仅使本是单调乏味的说理变得生动起来，且使得整句话更加流畅，袁枚在作文过程中这

①　（清）袁枚：《小仓山房外集》卷二，王英志主编：《袁枚全集》（第二册），江苏古籍出版社1993年版，第26页。

②　（清）袁枚：《小仓山房文集》卷十一，王英志主编：《袁枚全集》（第二册），江苏古籍出版社1993年版，第188页。

种骈散并重的创作手法，使得文章更具有形式上的美感。

句式灵活

　　除了在创作时对于骈散关系的把握上，袁枚批评文体形式上的美感更多的则体现在句式的灵活多变方面，而其中最能体现他句式多样性的则是骈体文。骈文是一个在体制上有着严格要求和规范的文体，经过唐宋时期的改制和创新渐渐由最开始的骈四俪六向多种形式发展，逐渐符合后来人的行文习惯。袁枚所作的骈文加大了这种创新的力度，尤其当它以品评为主旨的时候，更是将骈文尽可能地以利于议论说理的形式展现出来，因此袁枚的骈体批评文除了具备骈文最基本的工丽以外，更多的则表现出了他清晰的议论逻辑。

　　袁枚所作骈文字数多样，句式复杂，单句对方面既有传统的四字句、六字句，又有二字、三字、五字乃至十一字句。在双句对方面更是极尽变化之能事，不仅擅长运用四六体行文，任何一种组合方式都可以成为他论文品评的最佳方式。如在《王郎曲序》中，他评价王郎其人及作品时就运用了传统的四六体：“数阕新歌，换中书而莫惜；一条牙笏，立帘外以晏如。”[1]这种骈四俪六的组合是骈文中的基本句式，在袁枚的骈文创作中数量众多，而最能体现其句式形式多样，变化多端的要数其他独特的单句组合。如《岳水轩诗序》中的“然两戒者，天之奥府也；百年者，寿之大齐也。”[2]一句，这句话是三五字句式，同时也表现出骈散结合的行文手法。又有《李红亭诗序》中的“雁门著姓，为宇文大呼药之官；柱下精苗，居建武小长安之地”[3]。这句话呈四八字句式，到了“纸醉金迷，三百六日之光阴如梦；笙清簧暖，二十五郎之歌管相随”，又是四九句式。甚至像出现在《陈淑兰女子诗序》中的“盖闻天章有七襄之制，知织女原近文昌；璇玑回八角之文，羡闺秀能通河洛”，这样

---

　　① （清）袁枚：《小仓山房外集》卷二，王英志主编：《袁枚全集》（第二册），江苏古籍出版社1993年版，第27页。

　　② （清）袁枚：《小仓山房外集》卷二，王英志主编：《袁枚全集》（第二册），江苏古籍出版社1993年版，第24页。

　　③ （清）袁枚：《小仓山房外集》卷二，王英志主编：《袁枚全集》（第二册），江苏古籍出版社1993年版，第22页。

的七七字句式组合，在骈文创作中亦属少见。除了以上这些句式，在袁枚的骈体批评中，以其他字数为开头的双句对式也同样不胜枚举。

除了对句的字数多少不一以外，袁枚又善于丰富对句与对句之间的组合，将原本一成不变的句式变得生动而富有节奏感，如《思元主人诗序》中的这样一段：

> 偶托卮言，以儒为戏；时参妙谛，着手成春。无一言不深入玄中，无一字肯寄人篱下。①

这段话概括了思元诗歌的艺术风格，即袁枚认为他的诗呈现出恣意随性而有禅意的风格。前一句是四四字句式的对句，四句话分别阐述了他的创作态度，后一句是八八字句，将前一句话概括为他整体的艺术风格，两句话的体式大不相同，却配合得工整严密。又如他在《与杨蓉裳兄弟书》中的这一段话：

> 才惟放也，而后收之不枯；气惟雄也，而后摄之愈密。能取淡于浓，则清泉皆沉滃矣；果得平于险，则拳石亦华嵩矣。②

这句话论述了"收"与"放"、"浓"与"淡"、"平"与"险"之间的关系，运用到文学创作中很好地体现了袁枚关于文学观的辩证思想。同是运用比喻手法来论述文学创作中的辩证思想，这段话的前两句呈四六字句，后两句呈五七字句，四六字句在五七字句在不管是结构还是对仗方面都有着巨大的差别，然而这种看似毫不相干的句式放在一起也丝毫不显突兀，反而使得语言更加流畅和自然。

---

① （清）袁枚：《小仓山房外集》卷八，王英志主编：《袁枚全集》（第二册），江苏古籍出版社 1993 年版，第 134 页。
② （清）袁枚：《小仓山房外集》卷四，王英志主编：《袁枚全集》（第二册），江苏古籍出版社 1993 年版，第 63 页。

（2）情感之美

"动荡开合"的批评句式其次表现在他行文富于情感性这一特点。灵活且多变是他批评句式的一个重要特点，而他的批评句式同时也表现出一种汪洋肆意的情感倾向性，这种情感倾向性使得他在句子与句子的构架之间，更注重情感的铺排，相比于普通文学作品追求其文学性而言，袁枚的批评作品追求更多的则是他文学理论的可接受性，因而在他的批评文体中情感倾向性更为重要，因而有姚燮评其文为"以气胜"。

长联纵横

袁枚善于在章法之间铺排情感，使得文章理气充足，他的批评文体创作手法中最能体现这一特点的就是对于长联的运用，而这一点最多地被运用在他的骈体批评创作中。骈文是句式结构相对受限制的一种文体，大多数骈文以对句的形式出现，而袁枚受到唐宋时期骈文革新运动的影响，将注意力从辞藻的修饰方面更多地转向文章整体的气韵，而这一点恰恰造就了袁枚长联纵横的骈文气象，因此康有为在论述骈文渊源流派时就称其"袁文最横放"①。袁枚在铺排长联的时候多将几组常见的句式串联起来，不但没有拖沓累赘之感，反而增添了抑扬跌宕的气势。如《陈古渔诗概序》中的这样一句：

> 如鼓琴然，期鸣廉修营，而不侈号钟滥胁；如协律然，务奋末广贲，而不矜贺辨劳商。②

这句话旨在说明作诗就如同弹琴和调音，不奢求名琴高调、奇章崛句，能够在细微中显真性便算得好诗。这段话是由两组四五六字的对句组成，对仗工整严谨，单看每句都兼有散体之随性、骈体之修

---

① 昝亮：《袁枚骈文试论》，《广西师范大学学报》（哲学社会科学版），1998年第2期。

② （清）袁枚：《小仓山房外集》卷二，王英志主编：《袁枚全集》（第二册），江苏古籍出版社1993年版，第26页。

饰，而丝毫没有拖沓累赘的感觉，典故的运用恰到好处，议论更是生动自然。整个句子的节奏是一个由缓到急的过程，在用典和句式的铺排中议论大开，行文隐隐有不容置喙的气势。同样是《陈古渔诗概序》中的另一段话，又呈现出不同的情感风貌：

> 当其未面也，红纱笼壁，钱王诵罗隐之诗；及其入谒也，如意贴笺，李相掩香山之卷。①

这句话是五四七字的对句组合，与刚刚四五六字句式不同的是，这种句式更显转折之风，而非节奏的渐急之势。袁枚在这段话里运用这种句式组合，也恰到好处地贴合了他所要论述的主旨。同样是以典故来隐喻陈古渔诗文，他将未读其诗比作钱王读罗隐的诗文，一个居庙堂之高，一个处江湖之远，自然无法神会，而读其诗后，又如李相读罢白居易之诗，因处境相当，自然就有种恨不相逢的同情感。而两句话中的中间四字句又分别渲染出其未读和读完之后的心境，一个是如坠雾里，一个是心有灵犀，先是铺垫出朦胧之感，最后又让人豁然开朗，呈现出一种转折跌宕之感。此外还有另一些经过变化的长联句式，仍起到激荡文气的作用，如在《周石帆〈西使集〉序》中的一句：

> 是以魏帝清商置令，萧家白藏名通，仲长《灞岸》之篇，越石《扶风》之作；莫不抗绝节于高唱，穆清风于妙音。②

这句话的前半段为四个六字句，而后半段为八六字的对句，是在长联的基础上加上了骈散结合的技巧，使得这句话不仅具有骈形散体的特点，更加深了说理的可信性。他同样引用了四个典故来论证他

---

① （清）袁枚：《小仓山房外集》卷二，王英志主编：《袁枚全集》（第二册），江苏古籍出版社1993年版，第26页。
② （清）袁枚：《小仓山房外集》卷二，王英志主编：《袁枚全集》（第二册），江苏古籍出版社1993年版，第19页。

所提出的观点，通过魏帝时期清商曲辞的制定，萧家白藏中药的显名，《瀍岸》《扶风》为世人所熟悉这一系列典故，论述了好的作品与创作态度之间的关系，袁枚认为只有潜心作文不为他人所动摇，才能够创作出真正为世人所敬仰的作品。在得出最后的观点之前，袁枚用四个六字句来进行铺垫，节奏短促而质地铿锵，其态度之坚定，此观点之重要，在这段话里便可见一斑。

袁枚的长联在他的批评文体创作中虽没有那么重点，但其独特的风格和开合的气势仍然值得我们去注意，他在对句式结构进行创新的基础上，不但改变了旧的句式习惯，而且开拓出了纵横绵延的气象，使得文章愈加的说理充分、气势连绵，深为读者所信服，使得他的骈文批评文体在议论畅达、形式变化多端的特点上又加入了情感上的起伏跌宕。

擅用排比

袁枚的批评句式讲求章法上的跌宕起伏，因此他的批评著作具有曲折崎峭之美，可读性较强。其骈文擅长以长句的组合来增添文章气势、铺垫文章情感，而他的散文则更多在创作技巧上追求情感上的开合动荡之美。因此他在批评文体的创作过程中从不以同一种基调贯穿始终，而是结合特殊的句式，穿插情绪的起伏来表现其思想。如在文章中，他擅长用反问句式从相反的角度来表达他的文学观，在句式结构方面，他更是将排比句式发挥到极致，通过排比句式的运用，铺排观点，增强文章议论情感，加强论点的可信度。如在《答沈大宗伯论诗书》一篇中就有这样一段论述：

> 今之莺花，岂古之莺花乎？然而不得谓今无莺花也。今之丝竹，岂古之丝竹乎？然而不得谓今无丝竹也。①

同样是一段论述"文有古今，而无贵贱"的文字，这句在比喻手法的基础上运用了排比的手法，他以莺花和丝竹来类比诗文作品，认

---

① （清）袁枚：《小仓山房文集》卷十七，王英志主编：《袁枚全集》（第二册），江苏古籍出版社1993年版，第283页。

为莺花和丝竹都是古来有之而今亦有的东西，因此没有任何的对比性，更没有高低贵贱之分，诗文也是同理，各个时代有各个时代之文学，我们不应厚此薄彼、妄加议论。他通过两个意象的引证来加强佐证力度，以排比的形式串联起来，使得文章情感更为丰富，论点更具说服力。另外在《再与沈大宗伯书》中有一段排比句式可谓论证充分、情感激荡：

> 庙堂典重，沈宋所宜也，使郊岛为之则陋矣；山水闲适，王孟所宜也，使温李为之则靡矣；边风塞云、名山古迹，李杜所宜也，使王孟为之则薄矣；撞万石之钟、斗百韵之险，韩孟所宜也，使韦柳为之则弱矣；伤往悼来、感时记事，张王元白所宜也，使钱刘为之则仄矣；题香襟、当舞所，弦工吹师、低徊容与，温李冬郎所宜也，使韩孟为之则亢矣。①

这段话旨在说明作诗者不必兼收，袁枚认为古今诗人各自有各自的长处，不能要求其兼善众体，如果一个诗人能够兼收众体的话，那想必这个人亦无甚长处。他在这里以唐朝诗人为例证，用一长段的排比句式来论证他的观点，沈宋所擅长的朝廷重典的诗风，贾岛孟郊一定不擅长，王孟擅长的山水田园，温庭筠李煜则不能驾驭，李杜所擅长边塞诗歌，王孟则失之风骨，而韩孟所擅长的奇崛，韦庄柳永则诠释不出，因而袁枚认为作诗者不必兼收众体，有一题之长便属大家。这一连串的排比中人物之多，论述之广，在他的批评文体创作中首屈一指。又如在《答友人某论文书》一文中，文章在举例论证的时候，多次运用到排比的修辞手法，他在论述技艺与天赋之间的关系时，说道"若笺注，若历律，若星经、地志，若词曲家言"②，在论述技艺与成就之间的关系的时候，他说道"夫艺苟精，

① （清）袁枚：《小仓山房文集》卷十七，王英志主编：《袁枚全集》（第二册），江苏古籍出版社 1993 年版，第 285 页。
② （清）袁枚：《小仓山房文集》卷十九，王英志主编：《袁枚全集》（第二册），江苏古籍出版社 1993 年版，第 318 页。

虽承蜩画策策亦传；艺苟不精，虽兵农礼乐亦不传"①。纵观其文，袁枚在运用排比句进行论证的时候，多用反问句来铺排例证、加强语气，而且运用排比手法进行创作的作品比之一般议论文更增添了延绵不绝的气势，且节奏强劲有力富于动态美。而这种文章通常更具有情感上的充沛肆意之美，读起来既是一种审美体验，又能够对其观点产生情感上的共鸣。

袁枚生活的时代正处于封建社会走向衰败的转折点，中国文学史上的传统文学批评体式基本已经达到了顶峰，所有的体式经过历朝历代的继承和创新都已经趋向完备。袁枚作为一个身处这个时代的文学理论家，他的批评文体几乎涵盖了所有的传统批评文体样式，遍览其文学批评作品，有论诗诗、骈文、序跋、书信、日记、评点、选本、诗话、随笔，其体式极其丰富和庞杂，这些作品从体制和规范方面多是对于前人成果的继承和发展，但其中也包含有独特的价值。这种独特的价值不仅仅表现在文学观点上的独树一帜，同时也表现在其批评文体创作上的别具匠心。因为袁枚在文坛的超凡影响力，当时的文学批评风格有了巨大的转变，乃至对于之后以及海外文学都产生了深远的影响。

---

① （清）袁枚：《小仓山房文集》卷十九，王英志主编：《袁枚全集》（第二册），江苏古籍出版社1993年版，第318页。

第五章　钱锺书、李健吾批评文体研究

　　"五四"以来的中国现代文学批评，是以反叛传统的姿态出现的，因此有人用"断裂""裂变"之类的词来描述现代批评与传统批评的关系。然而，若细致而深入地考察那些堪称"大师"或"大家"的现代文论家的文学批评实践，则可以发现他们的批评文本，既弥漫着现代西方的学术气息，又潜隐着古代中国的批评思维和批评方式。"现代批评的实践告诉人们：漠视西方学术文化对于现代中国文化所发生的深远影响，固然是盲人瞎说，而轻视固有传统的力量，以及那种深刻得多的民族文化心理所凝集的潜能，同样是痴人说梦。"①中国传统文论的力量是强大的，民族文化心理的潜能也是强大的，以至于现代文学批评家自觉顺应 20 世纪世界文学新潮流的同时，又不得不时时回到传统。在现代文坛上，在注重逻辑、体系、理性的论说体批评占据主导地位的同时，一些大批评家采用的批评文体又是有灵性、有神韵、有诗意的，如鲁迅的杂文体批评、宗白华的散步式批评、钱锺书的诗话体批评、周作人的美文体批评、李健吾的随笔体批评、沈从文的印象式批评等。因此，从批评文体角度而言，中国文学批评的传统不仅没有断裂，而且对现代批评产生了较大的影响。

第一节　钱锺书批评文体研究

　　中国传统文论的力量是强大的，现代文坛上的大批评家钱锺书

---

　　①　许道明：《中国现代文学批评史新编》，复旦大学出版社 2002 年版，第 2 页。

采用的批评文体是灵活自由的诗话体、札记体、选本体和序跋体，既为古代批评文体张目，又立中有破，发而不散，旧而弥新，寓生动活泼和逻辑条理为一体，散发着灵动的生机，为当下批评文体做出了一个好的榜样。

一、为古代批评文体张目

古代中国，人们怎样谈诗？用自由随意的诗话。自钟嵘《诗品》开诗话先河，欧阳修正式提出"以资闲谈"理论，从而奠定了诗话自由随性的特征。作为一种札记体的文学批评形态，诗话往往是若干没有直接关联或逻辑联系的知识片段的连缀，其结构比较松散，内容比较驳杂，行文也比较散漫，作者的种种玄思妙想、审美感悟以至美学趣味、生活情趣也因而得以较本真地呈现，诗话正因这种贴近人原始生命感触的特质比其他文体更具人文性和可读性。除了诗话外，古代批评文体丰富多样，就体制而言，还有语录体、序跋体、史传体、书信体、札记体、评点体、选本体等，它们在历史的长河中熠熠生辉，有着独特而持久的生命力。

现代中国，人们又如何衡文？"五四"以降，西方文学理论系统化研究模式成为学术界的衡量尺度和范式，传统的诗文评札记和注疏被弃若敝屣，"不成体系"成为其被抛弃的最大理由。甚至有学者把"不成体系"的传统人文学术，讥为"简直没有上过研究的正轨"[①]。针对这种偏激之词，当然有人提出反驳，如章学诚。章先生对热衷于构造"历史系统"的做法颇不以为然。他针对不少学者对中国传统史学"不合科学"的批评，反讥其开卷便是"历史的统系，历史的性质，历史的范围"乃"油腔滑调"。在章氏看来，中西历史发展不同，著述体例自然也大有差异。西洋有"哲学史"，中国有"学案"；西洋有"文学史"，中国有"文士传"，很难说孰高孰

---

① 陈平原：《中国现代学术之建立》，北京大学出版社 1998 年版，第 259-261 页。

低。① 还有陈寅恪也针对当时研究中过求"条理统系"之弊指出："今日所得见之古代材料，或散佚而仅存，或晦涩而难解，非经过解释及排比之程序，绝无哲学史之可言。然若加以连贯综合之搜集及统系条理之整理，则著者有意无意之间，往往依其自身所遭际之时代，所居处之环境，所熏染之学说，以推测解释古人之意志。由此之故，今日之谈中国古代哲学者，大抵即谈其今日自身之哲学者也。……所著之中国哲学史者，即其今日自身之哲学史者也。其言论愈有条理统系，则去古人学说之真相愈远。"②

钱锺书更以其批评理论及批评实践进行了深刻的方法论的反拨。西学东渐以来，尤其是"五四"之后，重理论系统和历史系统的人文研究取向渐成风气，西化的系统性论著大量涌现，在这样的学术氛围下，钱锺书坚持用传统的诗话体创作文论巨著《谈艺录》，20 世纪后半叶，仍然坚持以传统的札记体形式完成了他的学术巨著《管锥编》，充分表现了钱锺书的才情、学识与对传统之根的坚守。其实钱锺书《七缀集》中的单篇专论，亦是体式欧化、具体而微的系统性论著，这说明他不是不会写体系化的论文，而是对系统化研究模式的弊病及与之相对立的传统"不成体系"的片段思想的价值有着明确自觉的认识，这种自觉还以鲜明的理论自觉为指导。20 世纪 60 年代初钱锺书的《读〈拉奥孔〉》有一段方法论性质的陈词，算得上他的理论宣言：

> 倒是诗、词、随笔里，小说、戏曲里，乃至谣谚和训诂里，往往无意中三言两语，说出了精辟的见解，益人神智；把它们演绎出来，对文艺理论很有贡献。也许有人说，这些鸡零狗碎的东西不成气候，值不得搜采和表彰，充其量是孤立的、自发的偶见，够不上系统的、自觉的理论。不过，正因为零星

---

① 陈平原：《中国现代学术之建立》，北京大学出版社 1998 年版，第 259-261 页。

② 陈寅恪：《冯友兰中国哲学史上册审查报告》，见《陈寅恪文集之三金明馆丛稿二编》，上海古籍出版社 1980 年版，第 247 页。

琐屑的东西易被忽视和遗忘，就愈需要收拾和爱惜；自发的孤单见解是自觉的周密理论的根苗。再说，我们孜孜阅读的诗话、文论之类，未必都说得上有什么理论系统。

钱锺书接着从思想史的高度谈到古代批评文体的价值：

许多严密周全的想和哲学系统经不起时间的推排销蚀，在整体上都垮塌了，但是它们的一些个别见解还为后世所采取而未失去时效。好比庞大的建筑物已遭破坏，住不得人、也啸不得人了，而构成它的一些木石砖瓦仍然不失为可资利用的好材料。往往整个理论系统剩下来的有价值东西只是一些片段思想。脱离了系统而遗留的片段思想和萌发而未构成系统的片段思想，两者同样都是零碎的。眼里只有长篇大论，瞧不起片言只语，甚至陶醉于数量，重视废话一吨，轻视微言一克，那是浅薄庸俗的看法——假使不是懒惰粗浮的借口。①

这里所引的两段话，表现了钱锺书对所谓"理论系统"的构建的深刻反思，和对"不成体系的传统人文学术范式"的认同。在这里，钱锺书对诗话的特征作了点评，他说："我们孜孜阅读的诗话、文论之类，未必都说得上有什么理论系统。"由此可见，诗话在近现代的日趋绝迹，可以说是中国学人渐重"理论系统"和"周密思想"的研究取向在文艺研究领域的直接体现的结果。但是钱锺书逆潮流而上，推崇"具体的鉴赏和评判"②，在批评文体方面承继传统，创作出现当代文学批评史上无人能比的杰作，也描绘了一幅古代批评文体——诗话在现代复活的美丽画卷。

谈及《谈艺录》的写作，钱锺书这样描述："兴会之来，辄写数

---

① 钱锺书：《读〈拉奥孔〉》，见《七缀集》，上海古籍出版社 1985 年版，第 34 页。

② 钱锺书：《中国诗与中国画》，见《七缀集》，上海古籍出版社 1994 年版，第 7 页。

则自遣，不复诠次。"这句话可谓一语道破了传统诗话作者的那种重感悟、重性情的审美化、生活化的文人心态。由此，我们可以清晰地感觉到中国传统文人、传统诗学与中国现代文人、现代文学批评的内在关联。一如传统的诗话，《谈艺录》各则间没有必然的联系(作者本人没有标立则目，现看到的目录是周振甫先生整理的，《管锥编》亦是)，涉及的诸多论题，像是随意流动，各论题彼此引发，差不多就像随便牵联在一起的。读者必须从周边大量材料中，努力构建论旨。

继《谈艺录》之后，《管锥编》在混合了资料汇编(资料集)和心得选粹(思想录)这两种形式的基础上，以传统的札记体成书。札记体这一学术形态为中国传统学人所惯用，其体例如同诗话，由若干没有直接关联或逻辑联系的知识片段连缀而成，结构松散，内容驳杂，行文散漫，一则札记就是一个知识片段(一则小考据，一则小掌故，一则短论，等等)，也有包含几个知识片段的。《宋诗选注》(人民文学出版社1958年版)作为一部理论专著，使用的是传统的选本体和注疏体。在钱锺书的笔下，古代批评文体的大部分体制都有出现，序跋、笺、注、解、传、疏，有时或几种综合运用。他在西风最盛的氛围下，大胆为古代批评文体张目，并用杰出的批评实践表现出一个批评家非同寻常的魄力。

二、寓破于立，旧而弥新

如果说钱锺书在对传统的批评文体继承的同时，只是照搬照用，那他只会成为一个望着古代浩如烟海的典籍之洋而喟然兴叹的随波逐流者，绝对不会取得突破性的成就。事实证明，他运用其超凡的远见和渊博的学识，在得心应手地使用古代批评文体的同时，充分调动旧文体的灵活性和机动性，在无体系的框架中，随物赋形，触处逢春，纵横捭阖，涉笔成趣，创造性地让旧体承载的文论焕发出动人的魅力。

钱锺书的诗话、选本、注疏的文体形式，展示了一个无体系的体系，但他在对古代批评文体的"立"中，实现了三个"破"：把结构的片言只语变为纵横成章，把判断的模糊感悟变为清晰通达，把语言的严肃呆板变为诙谐有趣，让读者深刻领略和体味蕴含其间的"生命情趣、智慧境界和学思形态"①。

　　首先，古代批评文体特别是注疏体、诗话体和札记体，均采用随笔体式，由一条一条内容互不相干的条目连缀而成，行文轻松活泼，记录式、片段式的组织结构为突出特征。钱锺书的《谈艺录》《管锥编》和《宋诗选注》，从整体上看也是这么一个特点。

　　《谈艺录》中彰显着诗话论述的典型特征。《谈艺录》采用并列式论述。没有固定的论述中心，只有一系列对于不同作家和观念的阐释。在引人入胜的论述中，读者看到的是逐项论列的一大批史料，真可说是目不暇接；在进行具体论析中，讨论的皆是很少有关联的脉络，一个主题接着一个主题，没有提示，没有解释，也没有阐述。比如论李贺，涉及李贺的段落虽然有很多，但几乎可以用"散漫无序"来概括。乍一读来，读者的印象是，对李贺长达二十页的论析，其贯穿线索不过是每页上都有一点李诗或诗中引发的一个理论性题目的讨论，既没有对李贺的生平、创作背景作系统介绍，也没有对某一篇具体诗作进行独立完整的分析。《谈艺录》对李贺的探讨和论述流动而散漫，隔着许多明显的离题议论，比如将李贺独一无二的怪异，与对世纪初作家苏曼殊一些解释的批评以及李贺与古希腊人相类似的看法并列放置。通过并列方式的论述，作者不让自己论述的最终倾向暗示出来，这种方式显然是迥异于以逻辑推理取胜的论述方式（从大前提开始，随后一点一点地进行论证）的。《谈艺录》就是用这种旁敲侧击的方法，在从容自由的叙述中体现了作者对传统诗话和随笔文体的审美特征的信奉。钱锺书还运用诗话的形式多方面评析《随园诗话》，"这也表达了他的一个愿望，即论证诗话这一传统形式的长久价值和可能性"。②

　　钱锺书还喜欢在评论时采用联系、联想的比较方式，如《中国诗与中国画》里论及王维《卧雪图》有"雪中芭蕉"时，在注释中罗列

　　① 杨义：《钱锺书与现代中国学术》，《甘肃社会科学》2004 年第 4 期。

　　② ［美］胡志德著，张晨等译：《钱锺书》，中国广播电视出版社 1990年版，第 90 页。

可"参看"的文本与典籍竟达15种，再如，《管锥编·三四》先从《诗·郑风·狡童》的毛《传》经说开始，然后联系朱熹《集传》新解，再引出王懋竑《白田草堂存稿》卷四二《偶阅义山〈无题〉诗，因书其后》诗云："何事连篇刺《狡童》，郑君笺不异毛公。忽将旧谱翻新曲，疏义遥知脉络同。"这是说读李商隐之作要避免经师说《狡童》那样硬牵扯政治的附会之法。至此又语锋一转，引出自己对诗歌之"含蓄"与"寄托"的辨析文字："夫'言外之意'说诗之常，然有含蓄与寄托之辨。诗中言之而未尽，欲吐复吞，有待引申，俾能圆足，所谓'含不尽之意，见于言外'，此一事也。诗中所未尝言，别取事物，凑泊以合，所谓'言在于此，意在于彼'，又一事也。前者顺诗利导，亦即蕴于言中，后者辅诗齐行，必须求之文外。含蓄比于形之于神，寄托则类形之于影。"钱氏的这一精彩辨析，全由联想类比、借题发挥而来。《管锥编》中的"论毛诗"与"论楚辞"之作，每每是如此写法。《宋诗选注·孔平仲》中，指出郭祥正《青山集》续集里的诗篇差不多全是孔平仲的作品，后人张冠李戴，错编了进去。此时顺势联系说"就像洪迈《野处类稿》里的诗篇差不多全是朱松的作品一样"，说明古籍中这种情况的普遍性。《谈艺录》中，钱锺书论起李贺、莎士比亚、江西诗派来，都是古今中外，左右逢源，纵横捭阖，发而不散，所以片段的篇幅较之古代不仅明显增大，而且每个片段几乎已经纵横成章了，有学者就称，"他的不少思想闪现，若加以逻辑推衍，都有可能成为一个新的学理体系"①。

钱锺书在运用传统的训诂学的方法如笺、注、解、传、疏时，不仅仅从形、声、义方面进行训释，而是从自己的感悟出发，抉发申述，敢于表达自己的见解。他认为"古之哲人有鉴于词之足以害意也，或乃以言破言，即用文字消除文字之执，每下一语，辄反其语以破之。"②于是运用以言破言的方式，为读者提供相关信息，这对读者的进一步参考与研究提供了方便，所以读钱先生论著的注释

---

① 杨义：《钱锺书与现代中国学术》，《甘肃社会科学》2004年第4期。
② 钱锺书：《管锥编》，中华书局1979年版，第一册第13页。

和札记，充分领略了其学术的博大。

其次，古代批评家通过构筑鲜明的意象来隐喻批评意旨。南宋严羽《沧浪诗话》以禅喻诗，在推举盛唐诗之"兴趣"时，使用了如"不涉理路，不落言筌""羚羊挂角，无迹可求""空中之音，相中之色，水中之月，镜中之象""金翅擘海，香象渡河"等来隐喻诗境的灵动之美。清代刘熙载《艺概》也使用隐喻，如："花鸟缠绵，云雷奋发，弦泉幽咽，雪月空明：诗不出此四境。"用四种"景"隐喻四种"境"。古代批评家用自己的体验和感悟对文学现象进行判断和下结论，所以很多结论显得模糊而多义。钱锺书在《谈艺录》中明确表示希望承继传统，所以用密集的形象和令人感悟的比喻来支撑其议论。密集形象和感悟性比喻的使用令《谈艺录》更多地带上了一种审美批评的特点。钱锺书在1947年写的《中国诗与中国画》的第一页就说："批评史的研究，归根到底，还是为了批评。我们要了解和评判一个作者，也该知道他那个时代，对于他那一类作品的意见，……一个艺术家……总在某种文艺风气里创作。这个风气影响到他对题材、体裁、风格的去取，给予他以机会，同时也限制了他的范围。就是抗拒或背弃这个风气的人也受到它负面的支配，因为他不得不另出手眼来逃避或矫正他所厌恶的风气。……所以，风气是创作里的潜势力，是作品的背景，而从作品本身不一定看得清楚。我们阅读当时人所信奉的理论，看他们对具体作品的褒贬好恶，树立什么标准，提出什么要求，就容易了解作者周遭的风气究竟是怎么一回事，好比从飞砂、麦浪、波纹里看出了风的姿态。"①为了显示"风的姿态"（理论观点），《谈艺录》中充满着与"飞砂、麦浪、波纹"类似的形象和比喻。还把李贺比为"如短视人之目力，近视细察秋毫，远则大不能睹舆薪"。② 在具有寓意的比喻中，表达出钱锺书对李贺诗歌的基本看法，显示了作者创造性的感悟。

钱锺书善于旁征博引中外古今典籍，凡立一义，必设丰富的事

---

① 钱锺书：《中国诗与中国画》，见《七缀集》，上海古籍出版社1994年版，第1页。

② 钱锺书：《谈艺录》（补订本），中华书局1996年版，第46页。

例相互参证。这是钱锺书文体的突出特征之一，给人以鲜明的印象。他的这种随物赋形，由小而深，将每个题义都以流线型的姿态清晰地展现在读者面前。如《管锥编》中论"人情乐极生悲"：

> 人情乐极生悲，自属寻常，……转乐成悲，古来惯道。《庄子·知北游》、汉武帝《秋风歌》、《淮南子·原道训》、张衡《西京赋》《抱朴子》内篇《畅玄》、王羲之《兰亭集序》、陶潜《闲情赋》、王勃《秋日登洪府滕王阁饯别序》、杜甫《观打鱼歌》及《观公孙大娘弟子舞剑器歌》、韩愈《岳阳楼别窦司直》、李商隐《锦瑟》、杜牧《池州送孟迟先辈》等诗文中均有此说法。如"山林与，皋壤与，使我欣欣然而乐与；乐未毕也，哀又继之""所以游目骋怀，足以极视听之娱，信可乐也！……及其所至既倦，情随事迁，感慨系之矣！向之所欣，俯仰之间，以为陈迹""天高地迥，觉宇宙之无穷，兴尽悲来，识盈虚之有数""玳筵急管曲复终，乐极哀来月东出"，等等。莎士比亚 Antony and Cleopatra 剧中亦有类似说法：The present pleasure，/By revolution Low'ring, cloes become/The opposite of itself(眼前欢娱，渐成烟云，反生愁绪——郑译)。

钱锺书的这一番比照可令人悟出乐极生悲实为物极必反的一种表现形式。《谈艺录》《管锥编》《宋诗选注》中随处可见十分精彩的文本细读与鉴赏，并且在细读与鉴赏中纠正前人的误读、追溯文本渊源或点化某种现象，从而完成对文本的全新读解，给人以耳目一新之感。

再次，文人(或曰诗人)的内质决定了中国古代的文论家以诗人的情感内质、思维特征、表述方式来评说研究对象，来建构文艺理论，使得古文论一开始便具有感悟、虚灵、自然、随意等特征，批评文体也就必然着染上个性化、人格化、诗意化、审美化等文学特征。钱锺书的文论语言也继承了这个特点，他将创作文学作品的手法融入到理论写作中，并且比古代的文论语言更加个性化，更有趣味性。那独出心裁的用语、亦庄亦谐的幽默、化俗为雅的手法，常点缀在文本的字里行间。在《诗可以怨》中，不仅有中西、古今的例子对照，而且在演讲中，他就以意大利一个民间故事里乡下人"发明"雨伞并申请专利的笑话入题，告诉我们人的眼光与视野的重要性。这让人联想到文学研究，其实也常发生这种"乡下人式的无知"。他在研究历史，分析掌故，比较诗歌的同时会跟读者讲故事，会用很多比喻、反讽、正言若反的手法，把抽象的严肃的理论剖析变成趣味横生的文字和笑话，俗雅结合，引人入胜。如他认为无节制地表现情感"徒以宣泄为快有如西人所嘲'灵魂之便溺'"；他形容诗人王令的气概阔大而语言粗暴的诗为"仿佛能够昂头天外，把地球当皮球踢着似的""要把整个世界提在手里"；他讽刺"抄书当作诗"的形式主义为"要自己的作品能够收列在图书馆的书里，就得先把图书馆的书安放在自己的作品里"；他把历来视为崇高的政治、诗和形而上学说成是"并列为三种哄人的玩意儿"，在玩笑调侃中剥去了其神圣的外衣，露出平凡的本色，既有严密的逻辑语言又有不具确定性的非逻辑话语沟通中西，打破学科藩篱，创辟他独特的话语空间。

三、当代价值与启示

在近现代文学运动冲击下，传统文学批评和外来文学批评进行了深层整合，以一种新的面貌出现在中国现代文坛上，传统的批评文体在变革中求生存，固守着属于自己的那一份厚重。"现代文学批评类型是在继承古代批评类型的基础上，充分吸收西方批评体式，结合民族思维形式和语言形式而形成和发展起来的。"①

钱锺书是现代文坛的巨匠，集中国与西方文化智慧于一身，集创作者与批评者的身份于一身，在注重逻辑、体系、理性的论说体批评占据主导地位的学术语境中，钱锺书这些秉承传统衣钵，充盈诗性智慧的文字，显得相当的"另类"了。但是，正是这"另类"的著作，让人叹为观止。

---

① 　冯光廉主编：《中国近百年文学体式流变史》，人民文学出版社 1999年版，下册第 437 页。

　　作为现代语境下写成的融合了新思维的旧诗话，《谈艺录》被誉为"诗话的顶峰"①，已为后来者的探索提供了一个坚实的立足点。其实批评的继承与创造并非在诗话本身，而是非系统化的，更重"兴会"和具体鉴赏的文学研究模式。《谈艺录》以"谈艺衡文"为主体，重点评介了唐以后诗人如李贺、陆游、王士禛、袁枚等人的诗艺、诗论或为人，并涉及了古今中外的文学理论，精细地关注细节和论据，同时具备了丰富的材料，进行着一种传统式的再"创造批评"。当然，钱锺书在延续诗话等以"片段性"为特征的传统文学研究形态的同时，也有所发展。例如，在论述中更注重形式逻辑，在引用时博征中西、扩大了征引范围等。美国哥伦比亚大学夏志清教授说："无疑的，它（《谈艺录》）是中国诗话里集大成的一部巨著，也是第一部广采西洋批评来诠注中国诗学的创新之作。"②在钱锺书的影响下，20世纪60年代著名戏剧家丁西林就已开始提倡恢复评点体。他多次倡导"由前辈剧作家、剧评家每人选一篇话剧名著，不分古今中外，加上观点、立场正确的金圣叹式的批语和解释"③。他还亲自作了示范性的试验，译批了英国著名剧作家芭蕾的独幕剧《十二磅钱的神情》。

　　《管锥编》虽以札记体为著述体例，但在"谈艺衡文"之时，广泛涉猎了哲学、心理学、伦理学、历史学、文化人类学等各人文领域的知识和问题，因而在深层次上具有某种"系统性"，洋溢着浓厚的西式气息。《管锥编》被誉为"文化百科"④，书中凡哲学、美学、宗教、艺术、文化学、心理学、语言学等著作信手拈来，英、法、德、意诸国语言随意驱遣，幽默轻松的话语，妙趣横生的比喻，把我们带入浩瀚的知识海洋中。阅读这样的论著，追随其丰赡无碍的联想，解会其深刻洞透的学理，可以领略其博古通今、中西

①　李洲良：《诗话的顶峰——钱锺书〈谈艺录〉的历史地位和治学启示》，哈尔滨工业大学学报2001年第6期。

②　[美]夏志清：《追念钱锺书先生——兼谈中国古典文学研究之新趋向》，台湾《中国时报》1976年2月9日。

③　钱理群：《名作重读》，上海教育出版社1996年版，第133页。

④　蔡田明：《〈管锥编〉述说》，中国友谊出版公司1991年版，第40页。

融会、左右逢源的境界。可以说，《管锥编》的学术范式引领了一条旧学新变的发展道路。

《宋诗选注》的"序言"与"诗人评介"被认为是一部宋代诗歌的简史，具有很高的学术价值。有学者说："我认为《宋诗选注》是一部前无古人，后无来者的文学选本，其对诗人风格的透视、对具体诗篇的鉴赏、评注中对文学语言的运用都是他人无法模仿的。""真知灼见出以如珠妙语，读之真'若受电然'，我对古代诗歌的爱好就是由先生的这些光焰万丈之文点燃的。"①这充分说明学术论著的写作语言及其独特风格，不仅对论著的传播还起着决定性的作用，而且对读者的接受产生巨大影响。

总之，钱锺书提供了一种学术与艺术相结合的写作范式。他的文论著作和理论文章既有故事的可读性，美文的赏目性，反讽的哲理性和发散的逻辑性，在古代批评文体的旧瓶中装入了醇厚香甜的新酒。他正是运用了诗话、札记、选本、注疏这些灵活自由的形式，触处逢春，涉笔成趣，把有体系的僵硬和封闭，化解为无体系的灵动和开放，将自己独特的生命情趣和个性特征呈现出来，论著中的这种生命化、个性化，这种机智幽默、妙趣横生的笔调，正为钱先生所独有，恰恰这也是当代文学批评所缺乏的。

中国现当代文艺批评的发展是以放弃、遗忘、忽略中国传统批评的样式为代价的。钱锺书用他的文学批评实践，提倡一种融轻松活泼的具体感受与逻辑思辨的行文架构于一体的新的文体，并用他无人超越的批评成就，显示出对 21 世纪文学批评书写及学术书写的典范性意义。

第二节　李健吾批评文体研究

20 世纪 30 年代，当众多作家、批评家都在热衷社会政治批评时，非主流的印象式的鉴赏批评令人耳目一新，李健吾、沈从文、

---

① 刘永翔：《读〈宋诗选注〉》，《钱锺书研究集刊》第二辑，上海三联书店 2002 年版，第 137、142 页。

周作人等是其中的代表性人物。特别是李健吾，成就尤为突出，在二十世纪八十年代引起了许多年轻评论家的注目与追捧。李健吾有着极高的西方文学及文学理论造诣，又有着深厚的古典文学功底，既写文学作品又写文学批评，因此，西学与中学的融通，传统与现代的对接，创作与批评的互渗，在李健吾处来得更为容易、更为得心应手，中国古代文论鉴赏式批评的传统在李健吾的批评文体中有着明显的也是创造性的承续。

一、鉴赏式批评

与鲁迅、周作人、李长之、朱光潜等现代批评家一样，李健吾首先是一个作家，文学作品有小说、散文、戏剧等。正因为有文学创作的实践与体验，他很相信王尔德所说的，一个好的批评家同时又是好的艺术家。李健吾有一套自己的批评理念，他在《咀华集·跋》中说："一个批评家是学者和艺术家的化合，有颗创造的心灵运用死的知识。他的野心在扩大他的人格，增深他的认识，提高他的鉴赏，完成他的理论。"①《咀华集·〈爱情的三部曲〉》写道："当着杰作面前，一个批评者与其说是指导的、裁判的，倒不如说是鉴赏的，不仅礼貌有加，也是理之当然。"②他很赞成雷梅托所提出的对批评家的要求："不判断，不铺叙，而在了解，在感觉。他必须抓住灵魂的若干境界，把这些境界变作自己的。"他还一再称引法朗士的说法："好批评家是这样一个人：叙述他的灵魂在杰作之间的奇遇。"③因此，他把批评作为一种艺术创作来对待，作为批评家"灵魂的奇遇"来对待。李健吾文学批评的代表作是出版于1936年的《咀华集》和出版于1942年的《咀华二集》，"咀华"，取义是"含咀英华"，即把作品当作美妙的花朵来品味鉴赏，书名本身就标明

---

① 李健吾：《咀华集·跋》，《咀华集·咀华二集》，复旦大学出版社2005年版，第93页。

② 李健吾：《咀华集·咀华二集》，复旦大学出版社2005年版，第2页。

③ 李健吾：《自我和风格》，见《李健吾文学评论选》，宁夏人民出版社1983年版，第214页。

一种批评姿态：鉴赏的而非审判的。

一般认为，李健吾是在借鉴西方印象主义批评理论的基础上，形成了独特的鉴赏式的批评方法。这当然是事实。但另一方面，我们也应该看到，西方的印象主义批评在相当程度上与我国传统的意象式批评是相似和相通的。仔细考察李健吾的批评实践，不难发现这位现代批评家承继了中国传统文学批评的意象思维和意象评点的方法，庄子的"意致""得意忘言"，钟嵘的意象式评点，以及严羽的"妙悟"等，活跃在李健吾的批评文体中，散发着整体直观、印象鉴赏和审美创造的批评气息。李健吾在有意无意中使中国传统的直觉感悟式批评与西方印象主义批评实现了理论对接。

借用严羽《沧浪诗话》的话说，李健吾的文学批评有"别才别趣"。比如，他对印象主义诗人波德莱尔和法国批评家布雷地耶的比较：一个不想做批评家，却是在真正地鉴赏；另一个想做批评家，却不免陷于执误。一个根据人生，也就是严羽说的"非关书也，非关理也"；一个根据学问，也就是严羽说的"多读书，多穷理"。理论是灰色的，而生命之树长青。文学批评与文学创作一样，首先属于生命，属于生命体。"文体"之"体"，从词源学层面考察和追溯，其最初释义就是人的生命体之总属。因此，李健吾这种与生命体相关的随笔体批评，必然是鉴赏的、美文的，是品味的、识鉴的。如果将批评主体称之为"心"，将批评对象称之为"物"，那么李健吾的批评文本经由"心物赠答"而臻"心物一体"。这是古典批评文体的最高境界，也就是严羽《沧浪诗话》所极力推崇的兴趣、入神、透彻玲珑、第一义之悟。

《咀华集·〈爱情的三部曲〉》写道：

> 当着杰作面前，一个批评者与其说是指导的、裁判的，倒不如说是鉴赏的，不仅礼貌有加，也是理之当然。①

那么，什么是"鉴赏的"？"不判断，不铺叙，而在了解，在感觉。

---

① 李健吾：《咀华集·咀华二集》，复旦大学出版社 2005 年版，第 2 页。

他必须抓住灵魂的若干境界，把这些境界变做自己的。"①李健吾还认为，一位批评者"他不仅仅是印象的，因为他解释的根据，是用自我的存在印证别人一个更深更大的存在，……他不仅仅在经验，而且要综合自己所有的观察和体会，来鉴定一部作品和作者隐秘的关系"②。正是因为这种鉴赏的心态，李健吾的批评文字有特别的美，你看他的语言：

> 但是，读者，当我们放下《边城》那样一部证明人性皆善的杰作，我们的情思是否坠着沉重的忧郁？我们不由问自己，何以和朝阳一样明亮温煦的书，偏偏染着夕阳西下的感觉？为什么一切良善的歌颂，最后总埋在一阵凄凉的幽噎？为什么一颗赤子之心，渐渐褪向一个孤独者淡淡的灰影？难道天真和忧郁竟然不可分开吗？③

读这一段文字，我们自然地想到钟嵘的《诗品序》，想到司马迁的《报任安书》或者白居易的《与元九书》，因为他们有一个共同的特征：既可以读作文学批评，也可以读作文学散文。

李健吾的随笔体批评不仅优美，而且精练准确：

> 《边城》是一首诗，是二佬唱给翠翠的情歌。《八骏图》是一首绝句，犹如那女教员留在沙滩上神秘的绝句。④

读这一段文字，又使我们想到刘勰《文心雕龙·明诗》篇对嵇康、

---

① 李健吾：《自我和风格》，见《李健吾文学评论选》，宁夏人民出版社1983年版，第214页。

② 李健吾：《咀华集·咀华二集》，复旦大学出版社2005年版，第24页。

③ 李健吾：《咀华集·咀华二集》，复旦大学出版社2005年版，第37页。

④ 李健吾：《咀华集·咀华二集》，复旦大学出版社2005年版，第26页。

阮籍的评价："嵇志清峻，阮旨遥深"。用一句话甚至一个词来品
点一个作家或一部作品，这也是传统文论惯用的方式：一言以蔽
之。《咀华》二集中的文章都很短，最短的只有几百字，最长的也
不过四、五千字，真正是言简意赅、意在言外。温儒敏指出，李健
吾的语言方式"显然吸收了我国传统批评语言表达的特点：不重逻
辑分析，而重直觉感悟，通过形象、象征、类比等直观的语言方式
去引发读者的直觉性思维，由'得意忘言'之途去体悟、把握审美
内容"①。李健吾对批评对象之风格、意境的评析和把握，通常是
从整体审美感受入手。因此，他更多的是与读者一起体验和品味作
品，而不是对作品下断语、作判断。在语言方式上，李健吾实际上
是回归了传统，将自己对作品的透彻玲珑之悟表现为一种言外
之意。

　　李健吾的随笔体批评是评点式的：点评沈从文的《边城》"是热
情的，然而不说教；是抒情的，然而更是诗的"，点评赛先艾的小
说是"凄清"的，点评萧乾的小说是"忧郁"而"美丽"，点评曹禺的
《雷雨》是"伟大"而"罗曼蒂克"，点评李广田的散文是"素朴和绚
丽"，点评何其芳的散文是"凸凹，深致，隽美"，等等。② 使用描
述式而非判断式的评点语言来传达批评对象之神情和韵味，这正是
中国古代文学批评的文体传统。李健吾随笔体批评对古典批评文体
的复活，还有一点就是隐喻性言说。比如对萧乾《篱下集》的品评：
"《篱下集》好比乡村一家新张的店铺，前面沈从文先生的《题记》正
是酒旗子一类名实相符的物什。我这落魄的下第才子，有的是牢
骚，有的是无聊，然而不为了饮，却为了品。所以不顾酒保无声的
殷勤，先要欣赏一眼竿头迎风飘飘的布招子。"③多少年之后，我们
或许会遗忘李健吾这篇文章的具体内容，但"乡村新开张的店铺"

---

　　①　温儒敏：《批评作为渡河之筏捕鱼之筌——论李健吾的随笔性批评文
体》，《天津社会科学》1994年第4期。
　　②　李健吾：《咀华集·咀华二集》，复旦大学出版社2005年版，第26、
50、46、48、57、82页。
　　③　李健吾：《咀华集·咀华二集》，复旦大学出版社2005年版，第36
页。

和"迎风飘飘的酒旗子"这两个比隐，我们无论如何是不会忘记的。这也正是中国古代批评文体隐喻式言说的魅力之所在。

尤为可贵的是，李健吾的随笔体批评还有一种较强的现实感，《咀华集·〈答巴金先生的自白〉》指出："有的书评家只是一种寄生虫，有的只是一种应声虫。有的更坏，只是一种空口白嚼的木头虫。"又说：

> 批评不像我们通常想象的那样简单，更不是老板出钱收买的那类书评。它有它的尊严。犹如任何种艺术具有尊严；正因为批评不是别的，也只是一种独立的艺术，有它自己的宇宙，有它自己浓厚的人性做根据。一个真正的批评家，犹如一个真正的艺术家……①

看看我们今天的文学批评，"寄生虫""应声虫""木头虫"以及"被老板收买的书评"还少吗？所以，李健吾对批评"尊严"的呼唤，对批评家独立人格艺术精神的呼唤，有着很强的现实意义。20 世纪三四十年代的京派批评家，无论是李长之以传记体写人格、沈从文以印象体写真情，还是李健吾以随笔体写人和艺术的尊严，他们重视批评的人格化，重视批评的艺术精神，这些都是古典批评文体的人文传统在现代文学批评书写中的复活。

二、诗性言说

批评文体的诗性语体，是中国古代文论的正宗。诗性，不仅仅表现为诗歌形式，而且呈现为一种人生态度和人格精神。而这两种意义上的诗性却渗透进中国古代文论的批评文体。批评主体的非职业化、批评文体的文学化以及诗一般的批评话语，种种诗性的表达使中国古代文论具有特殊的文学性和审美性，它不是艰涩晦深的文字，而是亲切和蔼的对话；它不是对文学对象的无情解剖，而是竹

---

① 李健吾：《咀华集·咀华二集》，复旦大学出版社 2005 年版，第 15、16 页。

影山色之外的又一道风景，如李贽评《水浒传》之言："若令天地间无此等文字，天地亦寂寞了也。"在现代性语境下，在新旧文明的过渡期，现代批评家虽然在理性上追逐新潮、反对传统，但在深层文化心理和审美情趣上却不自觉回归传统，其"思想传统在内容方面虽已焕然一新，但思维的方式却一仍旧贯"①，一面做着新潮而现代的批评文章，一面运用着传统的语体及修辞方式，在现代化的"新瓶"里面，盛满诗性言说的"老酒"。

作为一位在中国新文学史和新文化运动中占有一定地位的文学家和批评家，周作人是在中西文化的碰撞与交融中走上中国文坛的，但他一直秉持着中国文化"意欲自为、调和持中"的精神。周作人曾说："我的学问根柢是儒家的，后来又加上些佛教的影响，平常的理想是中庸……"②儒家之中庸讲究"度"的把握，意味着不固守单一的既定的标准，以博大的胸襟去发现并包容一切有价值的东西。于是周作人能在那样一个极度情绪化的氛围里保持着一份难得的理性，在审美追求的融通中体现出新文学观与传统文论更深层次的契合。周作人晚年撰写的《知堂回忆录》总结道："在知与情两面分别承受西洋与日本的影响为多，意的方面则纯是中国的。"在吸收、借鉴东西方两种不同的审美观念中，周作人融合了科学与理性主义的西方审美意识，也展现了中国诗性与自然主义的审美理想，两者的完美结合从深层次上符合传统儒家的"中和"美学意蕴。他还在 1922 年发表的《国粹与欧化》一文中指出，国粹作为国民性"直沁进在我们的脑神经里，用不着保存，自然永久存在，也本不会消灭的……""我们欢迎欧化是喜得有一种新空气，可以供我们的享用，造成新的活力，并不是注射到血管里去，就替代血液之用"。他主张"以遗传的国民性为素地，尽他本质上的可能的量去承受各方面的影响，使其融合沁透，合为一体，连续变化下去，造

---

① 余英时：《文史传统与文化重建》，三联书店 2004 年版，第 393 页。
② 周作人：《两个鬼的文章》，刘应争编选：《知堂小品》，太白文艺出版社 1999 年版，第 536 页。

成一个永久而常新的国民性"。① 当别人说他是一个现代思想者时，他说："我自己相信，我的反礼教思想是集合中外新旧思想而成的。"②既不否定西方的影响，也不全部否定传统的影响，体现出周作人在人格追求、文学与批评思维方法方面的"折衷"取向。这直接影响了周作人的文学创作与文学批评。

　　周作人的文学批评多用散文笔法，于不经意处体现出平淡而有诗意的美文风格。他的文学批评倚重趣味与表现，是一种印象感悟式的艺术批评。在周作人看来，文学批评和创作一样，也是一种个性创造，受个人思想感情的导引与制约，批评的过程往往是"在文艺里理解别人的心情，在文艺里找出自己的心情，得到被理解的愉快"③。在《自己的园地》旧序里，周作人说："我相信批评是主观的欣赏不是客观的检察，是抒情的论文不是盛气的指摘。"④"批评应是印象的鉴赏，不是法理的判决，是诗人的而非学者的批评。"⑤1923 年，他在《文艺批评杂话》一文中说："我以为真的文艺批评，本身便应是一篇文艺，写出著者对于某一作品的印象与鉴赏，决不是偏于理智的论断。……而且写得好时也可以成为一篇美文，别有一种价值……因为讲到底批评原来也是创作之一种。"⑥周作人的文学理论和批评观总的来说是比较倾向回归传统的。从美学传统讲，重印象重感悟的批评方法、"趣味""冲淡""自然"等一些传统批评概念的运用、重视语言的审美性等，与道家美学有着更为直接的渊源关系。庄子提倡"虚静恬淡，寂寞无为""素朴而天下莫能与之争美"（《庄子·天道》）。周作人注重批评的文学性，强调批评与创作

① 周作人：《自己的园地》，北新书局 1946 年版，第 10-11 页。
② 周作人：《两个鬼的文章》，刘应争编选：《知堂小品》，太白文艺出版社 1999 年版，第 536 页。
③ 周作人：《自己的园地旧序》，《苦雨斋序跋文》，天马书店 1934 年版，第 22 页。
④ 周作人：《苦雨斋序跋文》，天马书店 1934 年版，第 20 页。
⑤ 周作人：《文艺上的宽容》，叶忘夏编：《周作人选集（第四辑）》，中央书店 1936 年版，第 78 页。
⑥ 少侯：《周作人文选》，启智书局 1936 年版，第 1-7 页。

同样都是主体的自我表现，批评"原来也是创作之一种"，并反复申说批评是"诗人的而非学者的"，这就令他的批评本身成为了"一篇美文"。加上周作人在批评过程中注重对文学作品的审美性审视，注重对文体、形式、语言、结构的研究，注重对作品的"印象与鉴赏""趣味的综合"，而"不是偏于理智的论断"①，这些都可看出传统文论的诗性言说方式与周作人批评文体之间极为明显的传承关系。

20世纪二三十年代，中国现代文学批评执欧美之标杆，逻辑性、论证性、抽象性等特征的语言成为主流批评话语，批评中充斥着抽象性语言以及欧化的长句。但有些颇具个性的批评家并没有被当时的批评潮流所左右，沈从文是其中突出的一个代表，他甚至完全摒弃了当时的主流批评话语，从传统文论中汲取灵感与营养，以敏感的心灵去感受作品，以创作的心态去写作评论，无拘无束，拥有散文随笔的灵动和亲切，从而造就了他独特的批评风格。

作为一位文学批评家，沈从文的成绩是有目共睹的，他的《沫沫集》以及有关现代文学运动的杂谈，都表现出他对文学批评的独特理解，也显示出他的批评的风采。且不说他的批评是否冷静宽容，也不说他的批评是否客观公平，我们看到的是，他在进行批评时，能够进入到评论对象的情境中去，细心体味、感受评论对象，然后以清新柔美的文字将体味出的情感描述出来。鉴赏式批评成了他文学评论的主要言说方式，他在表达方式上重形象，重诗意，重词采，使用一些生动的形容词和形象的比喻，引发读者的联想，并用精练的、富有诗意的语言，激发读者的情感，于是批评呈现出一种行文流畅、节奏明快、情理交融的文体风格特征。

沈从文喜欢用赏析的语气就某些段落发表见解：

> 这里是作者为爱所煎熬，略返凝静，所作的低诉。柔软的调子交织着热情，得到一种近于神奇的完美。使一个爱欲的幻想，容纳到柔和轻盈的节奏中，写成了这样优美的诗，是同时

---

①　少侯：《周作人文选》，启智书局1936年版，第1-3页。

一般诗人所没有的。①

评《山花》的作者刘廷蔚，说他是在"用透明的情感"和"明慧的心""在自然里凝眸，轻轻的歌唱爱和美"。② 精到的点评，诗化的语言，带来的是一种美的享受。每每读这种如诗如文的批评文字，都会在散文化的富有诗性的艺术感受中顿悟出对批评对象的艺术感知。

沈从文爱用点评式进行批评，在评汪静之《蕙的风》时，对同时代一批著名诗人的各种不同风格都进行了评点："热情的光色交错，同时不缺少音乐的和谐，如徐志摩的《翡冷翠的一夜》。想象的恣肆，如胡也频的《也频诗选》。微带女性的羞涩和忧郁，如冯至的《昨日之歌》。使感觉由西洋诗取法，使情绪仍保留到东方的、静观的、寂寞的意味，如戴望舒的《我的记忆》。肉感的、颓废的，如邵洵美的《花一般罪恶》。"③用非常简洁的语句将所体验到的印象浓缩呈现，这种感悟的方式比纯粹理智的分析更可能接近艺术真谛。从感性出发，使沈从文所作的评论、所发的议论，都那么真切新鲜、活泼有趣。

于是他就用这样的鉴赏方式观照同时代作家作品，他的评论恰当而准确。他说穆时英："多数作品却如博览会的临时牌楼，照相馆的布幕，冥器店的纸扎人马车船。"形象地画出了其作品"飘浮""华而不实"的特征。为了加深读者对不同作家作品的风格的理解，他常用比较法，无论是风格接近还是相异，放到一块来，同中见异，异中见同，互相辉映衬托，如将废名与穆时英放一起，认为废

---

① 沈从文：《论徐志摩的诗》，《沈从文文集》第 11 卷，花城出版社 1984 年版，第 194 页。

② 沈从文：《〈山花集〉介绍》，《沈从文文集》第 11 卷，花城出版社 1984 年版，第 187 页。

③ 沈从文：《论汪静之的〈蕙的风〉》，《沈从文文集》第 11 卷，花城出版社 1984 年版，第 160 页。

后期文字与穆一样，"近于邪僻"①，把郁达夫和张资平放一起谈，在人们认为风马牛不相及的两个作家之间，找到了内在联系。评施蛰存，把他放在现代乡土文学中，与黎锦明、许钦文等比较来谈。这样的比较很能诱导读者发挥各自的品鉴力来理解作家作品。

　　有人说沈从文或多或少受到西方印象主义批评的影响，如果有，那这种影响也是间接性的。沈平生不通外文，只是在与京派文人如李健吾、朱光潜等的交往中接触到法国印象主义批评及德国的直觉论，但总的说来，沈从文的文学批评模式显然继承古典批评中感悟印象的方式，"从批评体式上看，民族传统批评对沈从文有着天生的亲和力"②，他借鉴了中国传统诗学重感悟、重心灵体验的思维方式，传统的评点式，在他的批评里得到从容地运用，沈从文也正是借助这种直感式的体悟区别于他批评家，使他的文学批评的文体也表现出独有的风格。刘洪涛曾精辟地指出沈从文"情感和文字追求含蓄，纯净，优雅，思想趋于古典化，与传统文化寻求认同"。③

---

　　①　沈从文：《论穆时英》，《沈从文文集》第 11 卷，花城出版社 1984 年版，第 203-204 页。

　　②　许道明：《中国现代文学批评史新编》，复旦大学出版社 2002 年版，第 189 页。

　　③　刘洪涛：《湖南乡土文学与湘楚文化》，湖南教育出版社 1997 年版，第 6 页。

第六章 梁启超、王国维批评文体研究

1917 年初在文学革命这面大旗的指引之下，现代文学批评迈进一个崭新的历史时期。此时文坛上的作者与批评者，都身兼二任，既从事文学创作，又从事文学理论与批评活动。全面否定中国传统文化的论调在"五四"时期甚嚣尘上，然而文化发展前承后继的规律终究不可能被某些情绪化的言论所改变。历史已经昭示，外来的任何批评观念和范式都程度不等地经过了一个中国化过程。新文化运动的先驱们在热切渴望并全盘接受西方近现代文化的同时，对全面否定传统文化的弊端也有警觉，他们心怀"折衷"之念，从容游走于中西文化之间，尽情吮吸着两者的精华。在近现代文学运动冲击下，传统文学批评和外来文学批评进行了深层整合，以一种新的面貌出现在中国现代文坛上，传统的批评文体在变革中求生存，固守着属于自己的那一份厚重。"现代文学批评类型是在继承古代批评类型的基础上，充分吸收西方批评体式，结合民族思维形式和语言形式而形成和发展起来的。"①正是在中西文化精华的滋养下，梁启超和王国维等文学大家，以其逻辑的诗性的言说向中国现代文学批评贡献了学术的美文。

第一节 梁启超批评文体研究

在中国近代史上，梁启超可谓是以言论影响了学术界，影响了全国，其影响无人可敌。胡适曾赠与梁启超挽联："文字成功，神

---

① 冯光廉主编：《中国近百年文学体式流变史》，人民文学出版社 1999年版，下册第 437 页。

州革命！生平自许，中国青年。"张东荪也在给梁氏的挽联中说：
"言满天下，名满天下""知惟春秋，罪惟春秋"①。不管对梁启超
众多文论著述的内容及思想作何评价，但它确实冲击、震动并影响
了一个时代的文学，这些影响正是通过文字来实现的，而这些文字
所体现的文体特色确实影响了中国文学批评文体的转型，开文学批
评之新气象。

　　梁启超继承并突破传统，学习并借鉴西方文化，在特定的时代
背景下创造了独具特色的批评文体，他承担起文学批评转型的重
任，突破中国传统文学批评的藩篱，通过自身的批评实践，为中国
批评文体的现代化转型做出了突出的贡献，对后世文学批评文体的
发展产生了重大的影响。梁氏批评文体在思维模式上的理性思维与
感性思维的天然结合、兼收并蓄，使其既具有现代文论的严密性，
又增加了感情色彩，在说理论事的同时又使文章著述变得更加生
动，不至于枯燥乏味难以续读。在语言选择上，梁氏力求做到言文
合一，使文字尽可能地接近口语，"时杂以俚语、韵语""平易畅
达"，同时他还大胆引进外国语言中的新名词及语法，力求做到浅
显明白、通俗易懂，使普通民众能够读得懂。在风格上，"笔锋常
带感情"，这是梁启超对"新文体"特征的总结概括，同样，这一特
征在他的文论著述中也体现得淋漓尽致，论述中无所避讳，大声疾
呼，充满激情，有时语言虽稍显偏激，显得危言耸听，但其惊世骇
俗的议论使梁氏的批评著述形成了独具特色的文风，赋予了貌似枯
燥乏味的文论著述以丰富的情感。此外，在体裁形式上，梁启超批
评著述的体裁形式丰富多样，他不拘一格，广泛采用各种文体形式
为我所用，为自己的文学评论服务，只要能够清楚地表述观点，发
表议论，只要能够达到最好的说理效果，只要能够影响更多的读
者，皆可使用，这不仅丰富了写作形式，同时也能使自己在文学批
评中更好地打开创作思路，产生独到的见解。

　　综上，梁启超文学批评文体的这些特点，对当代趋于规范化的

---

　　①　丁文江、赵丰田编：《梁启超年谱长编》，上海人民出版社1983年
版，第1207页。

文论写作形式具有很大的借鉴作用。如今的文论著述，似乎只为学界内部讨论，或志趣于文学的爱好者所读，对更加广大的社会百姓缺乏吸引力，其中原因可能在于内容为广大百姓所不熟知，所不感兴趣，但其中更有文体形式的原因。规范化、程式化的论述模式自然缺乏吸引力，恐怕就连学界内部人士的研读也多为学术研究之目的，被著述文字本身吸引者恐寥寥无几。因此，感性加理性的思维模式、平易畅达浅显易懂的语言选择、妙趣横生的论述方式，将观点思想寓于精彩的文章之中，在清晰地表达观点思想的同时，吸引更多人的阅读兴趣和关注，这也许更有益于当代文论的写作。而梁启超的批评文体，正是基于此，对我们当代文论的写作具有更大的启示。

一、批评文体：半文半白、"笔锋常常带感情"

梁启超一生以政治闻名，然而在文艺理论上也成就斐然，总结起来，用"流质易变"四字形容颇为贴切，从早期激情昂扬的"托古改制"，到中期"教无可保"的西化思想，再到晚期游历西方后对西方文化的渐冷态度，他对中国传统文化经历了从全变到回归的一个过程，在此期间文论著述更是数量甚多，堪称中国近代文学批评史上一位独具风格的大家。而在对诸多文学现象进行评论阐释和描述时，其所采用的言说方式即批评文体也可谓独具特色，他将中国文学批评的言说方式从传统中解放出来，开一方之新气象，开辟了中国文学批评文体发展的新方向，在中国文学批评向近现代过渡的过程中起到了重大的影响和推动作用，对我们当代文论的写作具有很大的借鉴意义。吴其昌在其所著的《梁启超传》中曾评价梁氏文体说："雷鸣潮吼，恣睢淋漓，叱咤风云，震骇心魂；时或哀感曼鸣，长歌代哭，湘兰汉月，血沸神销，以饱带情感之笔，写流利畅达之文，洋洋万言，雅俗共赏，读时则摄魂忘疲，读竟或怒发冲冠，或热泪湿纸，此非阿谀，唯有梁启超之文如此耳！"①这虽然是对梁启超散文作品文体风格的评论，但梁氏批评文体中也饱

① 吴其昌：《梁启超传》，团结出版社2004年版，第50-51页。

含此种文风的基因。笔者收集整理梁启超的文论著述文献，现从体裁、风格、语言、思维模式等方面归纳总结梁氏文学批评文体的特色。

1. 体裁开放多样：报章体、演讲体、讲义体等新文体的使用

作为中国近代文学史上著名的批评大家，梁启超在进行文学评论时，体裁的选择并不囿于一种或几种，而是大胆创新，广泛、娴熟地运用各种体裁形式为其文学批评服务。其中既有中国传统形式的诗话、序跋、评点、传记、祭文体、书信体等，又有颇具西方现代特色的报章体、演讲体、讲义体、论说体、政论体、论文论著等新型文体。其批评文体体裁形式如此丰富多样，涵盖面如此之广，确可谓绰约多姿，尽显其"百科全书"式的学术家风采，在中国历代文学批评史上，单就体裁形式来说，可谓无人能出其左右。

梁启超自幼接受传统教育，深受中国传统文学观念的影响，有很深的国学情结，因此，从批评观念上来说，他很难舍弃中国古典形式；其次，梁氏天生聪颖，加之勤奋上进，其国学功底深厚扎实，对传统文学作文技巧及文学评论方式掌握熟练，熟识于心，自然能够娴熟地应用传统体裁形式。综合这两方面因素，梁氏在进行文艺评论时，大量采用中国传统文学批评体裁形式(尽管其中语言、风格、结构等与之不同)也便不使人觉得意外了。在梁启超的文论著述中，以中国古典批评文体体裁形式进行写作的，诗话有著名的《饮冰室诗话》；序跋有《重印郑所南心史序》《秋蟪吟馆诗钞序》《曾刚父诗集序》《曾文正公嘉言钞序》《丽韩十家文钞序》《译印政治小说序》《人境庐诗草跋》《跋程正伯书舟词》《跋四卷本稼轩词》《静春词跋》等；书信有《与严幼陵先生书》《致康有为书》《给孩子们书》《与令娴女士等书》等；传记体有《谭嗣同传》《陶渊明》《戊戌六君子传》《南海康先生传》《辛稼轩先生年谱》等；评点有《读陆放翁集》，《谷音》《南陵徐氏覆小宛堂景宋本玉台新咏》《巢经巢诗钞》《高青丘集》《王荆公选唐诗》《吴梦窗年齿与姜石帚》《广诗中八贤歌》《桃花扇注》等。关于梁启超对传统文学批评体裁形式的使用，笔者在此不再一一列举。除此之外，梁氏批评文体体裁形式中

另一个值得讨论的"亮点"，即是他对演讲体、报章体、讲义体、论文论著等新型体裁形式的使用。

首先，报章体。梁启超在报刊、新闻界同样取得了颇高的成就，在中国新闻传播史上，也是一位非常有建树的宣传活动家，曾被吴其昌称之为"舆论之骄子，天纵之文豪"①。而梁启超在进行文艺评论时，便有大量的文论著述发表于各类报刊中，这些作品在当时的文学界完全展示出一种崭新的、与众不同的文章气象，也被称之为"报章体""时务文体"或"政论文体"。说到这里，我们便不得不说到梁启超的政治梦想，任公一生热衷于政治，向来以觉天下为己任，而他的文学思想也具有强烈的政治功利性。他认为，要想实现改造中国、国家强盛，关键在于提升国民素质，改造国民性格，提倡"新民之道"，因此，他主张文学界应多作"觉世之文"，文学应传达"新民"思想、开启民智，文学应为政治、为国家服务。然而仅仅著书立说、学堂讲学则又很难依时势的瞬息万变而迅速作出改变和适应，受众面也有很大的局限，报刊则似乎更加能够应时之需而"救一时，明一义"，能够更好地宣传主义、介绍新学、启发民智、主持公论等。因此，梁启超便选择报刊作为舆论的阵地，参与创办了《时务报》《清议报》《新民丛报》《国风报》《新小说》等报刊，发表了大量文章著述传播西学，宣传西方文学主张。在这些发表于报刊的文章中，梁启超以华美犀利的文字，饱含情感的文风，严密的推理论述，"恣睢淋漓，叱咤风云，震骇心魂"，打动了很多人，更影响了一个时代，同时，一种全新的文学批评文体形式便因此得以确立并不断发扬。这种独具文体特色的"报章文体"也成为了梁启超进行文学评论、宣传文学思想时所经常采用的一种重要的体裁形式。其中比较著名的有《郭文语新解》《小说丛话》《论学术势力之左右世界》《论中国学术思想变迁之大势》等。

其次，讲义体。讲义体也成为梁启超众多文学批评著述中的体裁形式之一。通过此种体裁形式来表达文学观念，进行文艺评论的文学批评作品多为梁启超后期，在清华、南开、东南大学等教书时

---

① 吴其昌：《梁启超传》，团结出版社 2004 年版，第 51 页。

所作，其中最为著名的是其在清华学校讲国史时所著的《中国韵文里头所表现的情感》，该著以"天下最神圣的莫过于情感"为核心，共分为十四讲，以中国韵文为例分别详细论述了多种表现情感的方法。另外，《先秦政治思想史》《中国近三百年学术史》《中国文化史》等也都是在梁启超之前讲义的基础上修改而成的。

另外，演讲体。梁启超还是一位著名的演说家，从早期的戊戌变法到后期游历西方归国后任教清华、南开、东南大学，任公一生作过各种大小精彩的演说无数，演讲内容涉及面甚广，如政治、经济、文化、教育、艺术等。在文学方面，他讲演的既有文学思想，又有思维方法，既有治学理念，又有文化追求，既有对文学家个人的评判，又有对一代之文学现象的详细阐述，梁启超的这种演说在传达文学观念主张的同时，更丰富了文学批评的形式，其演讲文稿汇集成篇，创造出了演讲体这一文学批评文体形式。其中比较著名的有《屈原研究》《情圣杜甫》《陶渊明》《治学的两条大路》《美术与科学》《学问之趣味》《清华研究院茶话会演说辞》《东南大学课毕告别辞》等，其中前三篇作为演讲体的同时，还可以称之为传记体。

除此之外，梁启超文论著述中还有大量具有西方现代文论文体特色的论文论著，这些文论文本或单成一篇，简短有力，或自成一书，洋洋洒洒数万字，"纵笔所至不检束"。这种颇具西方现代理性批评特色的文体形式与中国古典文学批评文体的过于"检束"、各守章法、戒律众多对比鲜明，在篇幅长短上虽较为自由，可长可短，但在整体结构划分上，却都是脉络清晰，"条理明晰"，章节内论述严密，论点明确，论证紧紧相扣，论据充分，具有西方在逻辑思维模式指导下的理性批评的特色。梁氏文论中如《告小说家》《论小说与群治之关系》《梁启超论孟子遗稿》《清代学术概论》《中国之美文及历史》《中国近三百年学术史》《夏威夷游记》等都是这类文体类型的典型作品。

2. 文体风格："笔锋常带感情"

法捷耶夫曾说："传达情绪，是艺术最魅惑人的性质之一。"梁启超也曾自我评价道："我是感情最富的人，我对于我的感情都不肯压抑，听其尽量发展。"①而梁氏的文论作品之所以能够"震惊一世，鼓动群众"，其中固然有"凸新"，即引用新材料，选取新词语，宣传新思想等的原因，但更有其擅长赋予文学批评以情感特色，力求在论证中通过情感的力量去打动人，将感情传达给读者的原因。任公是性情中人，他善于更勇于写作，"笔锋常带感情"是其对自己所倡"新文体"特征的概括，同时，这一特征也同样体现在他的文论作品中。梁启超文论中的这种"感情"，包括对祖国的热爱，对专制集权的痛恨，对贪官污吏的憎恶，对社会改革的热情，还有对学术文化的真爱，对妻子、儿女、亲朋好友的亲情等，一个"情"字，可以说是阅读梁启超文论的关键。梁启超本身对于情感以及情感所具有的影响力的认识也可谓深刻。《中国韵文里头所表现的情感》中，他在第一章节开篇说道：

> 天下最神圣的莫过于情感。用理解来引导人，顶多能叫人知道那件事应该做，那件事怎样做法；却是被引导的人到底去做不去做，没有什么关系。有时所知的越发多，所做的倒越发少。用情感来激发人，好像磁力吸铁一般。有多大分量的磁，便引多大分量的铁，丝毫容不得躲闪。所以情感这样东西，可以说是一种催眠术，是人类一切动作的原动力。②

此外，他更在《情圣杜甫》中，专门从"情"字入手评论杜甫的诗歌，对杜甫诗歌中情感的表现赞誉有加，称其为"情圣"，并在文章结尾处"希望这位情圣的精神，和我们的语言文字同其寿命，尤盼望这种精神有一部分注入现代青年文学家的脑里头。"③该篇表面虽是评价杜甫诗歌中的情感表现，实则反映了情感在梁启超自己

---

① 梁启超：《"知不可而为"主义与"为而不有"主义》，《饮冰室合集·文集之十三》，中华书局1989年版。

② 陈引驰编：《梁启超学术论著集》（文学卷），华东师范大学出版社1998年版，第172页。

③ 陈引驰编：《梁启超学术论著集》（文学卷），华东师范大学出版社1998年版，第327页。

心中的地位。

而在梁启超自己的文论中，情感又是如何表现的呢？如《告小说家》中，梁氏在评论小说作品及小说家时，毫不留情地批评道：

> 观今之所谓小说文学者何如？呜呼！吾安忍言！吾安忍言！其什九则诲盗与诲淫而已，或则尖酸轻薄毫无取义之游戏文也。……近十年来，社会风习，一落千丈，何一非所谓新小说者阶之厉？循此横流，更阅数年，中国殆不陆沉焉不止也。呜呼！世之自命小说家者乎？吾无以语公等。……公等若犹好作为妖言以迎合社会，……其必将有以报公等。不报其诸其身，必报诸其子孙；不报诸今世，必报诸来世。呜呼！吾多言何益？吾惟愿公等各还诉诸其天良而已。①

从这段文字中，我们读出的不仅是梁启超对"诲淫诲盗"之小说以及其作者的不满，更是任公的愤怒之情，对低俗小说危害国家社会的无奈，对该类小说家直接毫不留情面的批判。这种感情的表述毫无隐晦之意，全表露于字里行间，排比、感叹词、设问等语法的使用也意在加强情感的表现。这种言论虽稍有偏激之嫌，但我们不得不承认，如此一泻千里的情感表现，在读者心中的印象确实要比平铺直叙的论述更有力量，更有感染力。

另外，梁启超文论作品中的情感体现并不只是通过词语及句法来实现的，还体现在对修辞的使用，通过比喻、排比等修辞手法的使用来加强语言的情感力量，更加畅快地抒发情感。如《译印政治小说序》中对排比的使用：

> 六经不能教，当以小说教之；正史不能入，当以小说入

---

① 陈引驰编：《梁启超学术论著集》（文学卷），华东师范大学出版社1998年版，第537页。

之；语录不能谕，当以小说谕之；律例不能治，当以小说治之。①

该段语言排比的使用反复强调了小说的社会功能性，一番排比对照的使用比直接肯定地表达小说影响何其之大似乎更能加深读者的印象，也更能体现梁启超所要表现的目的，即小说具有如此震撼的影响力。看似平常的排比对照句法，却无形中赋予了论者所要表达的内容以感情，使读者内心被论者的观点所感染，具有很大的鼓动性，也更加能够令人信服。

从上面列举的这些文字当中，我们不难看出梁启超在文学评论时情感表达的特色，他的这种情感的表达，并不同于中国传统文学批评中的"模棱两可""含蓄蕴藉"，而是广泛采用其在《中国韵文里头所表现的情感》中所论述的那种"奔迸的表情法"，即"向来写感情的，多半是以含蓄蕴藉为原则，像那弹琴的弦外之音，像吃橄榄的那点回甘味儿，是我们中国文学家所最乐道。但是有一类的情感，是要忽然奔迸一泻无余的，我们可以给这类文学起一个名，叫做'奔迸的表情法'"。② 正如梁启超自己所说的："这全是表现情感一种亢进的状态，忽然得着一个'超现世的'新生命。令我们读起来，不知不觉也跟着到他那新生命的领域去了。"③梁启超这种不受束缚的、充沛的感情被其注入文学评论的过程中，呈现出一种大气淋漓的感人力量，情感的波涛随着读者的阅读感受而去，在不知不觉中便被其观点所感染，产生一种认同感，即使其中有一些言论略有危言耸听之嫌，言辞也稍显偏激，但那种充满感情的宣泄、论述与呼号却是形成了梁启超文论作品独特的文风，也许这正是梁启超文论中的"魔力"所在。

---

① 陈引驰编：《梁启超学术论著集》（文学卷），华东师范大学出版社1998年版，第531页。

② 陈引驰编：《梁启超学术论著集》（文学卷），华东师范大学出版社1998年版，第174页。

③ 陈引驰编：《梁启超学术论著集》（文学卷），华东师范大学出版社1998年版，第178页。

3. 语言选择：文言俚语相结合，半文半白及国外新名词的引进

古希腊思想家亚里士多德在谈到演讲的技巧时，曾说："知道我们应当说什么还不够，我们还必须把它说得好像是我们所应当说的。"①像多数语言学家一样，他对语言的应用十分重视，认为怎么说和说什么同等重要，有时甚至比之更为重要。这些并非是一面偏激之词，很多时候，同样的内容，用不同的语言去表达，也确实产生不同的效果，因此，语言对于一部作品的重要性，对于整体文体特色的影响，也是十分重大的。而梁启超的文学批评中，也是十分重视语言的选择和应用的，他文学批评作品中的语言风格与中国传统文学批评有着很大的差别，可以说是别具一格、极具开创性的。梁氏文学批评文体的语言突破了中国传统文学批评中语言诗性和文学性的特色，将民间俗语、俚语、口语大量的引入文学评论中，将白话的语言形式大量引入文学批评，冲破了传统文学批评中文言体式的藩篱，改变了中国传统文学批评多是文人之间用来相互切磋沟通或"以资闲谈"的状况，而是为社会大众所著，开启了中国文学批评大众化、通俗化的道路。正如他在《论小说与群治之关系》中所说的："在文字中，则文言不如其俗语，庄论不如其寓言。"②另外，梁启超"竭力输入欧洲之精神思想"③，希望以此改变中国的封建旧制度，因此，在文学批评中，他为了更好地宣传西学，传播西方文化思想，便引进了大量的外国新名词、新语法等，使其文学批评作品更加具有现代性和国际性。梁启超在文学批评中语言选择上的大胆突破、创新和尝试，不仅给自己的作品赋予了独特的语言特色，同时由于其文论作品的影响力和普及程度，更是开一方之风气，影响了一个时代文学批评的发展，无形中为之后中国古典文学

① 亚里士多德：《西方文论选》（上卷），上海文译出版社1979年版，第88页。

② 陈引驰编：《梁启超学术论著集》（文学卷），华东师范大学出版社1998年版，第533页。

③ 张品兴主编：《夏威夷游记》，《梁启超全集》，北京出版社1999年版，第1219页。

批评文体的现代转型开启了大门。

在这里，我们要讨论一下梁启超的另外一重身份，即爱国主义政治活动家。梁氏文学思想与其政治主张有着密切的关系，梁启超主张要改变中国落后的面貌，推动社会的发展，关键在于开启民智，而学者应"以觉天下为己任"，文学家应多作"觉世之文"，作普通百姓能读得懂的文章，非"传世之文"，而"觉世之文，则辞达而已矣"。① 梁氏文论文章在保留汉语句法的基本结构同时，夹杂了许多外来新词语、新句法，在保证中国普通人所能读懂并接受前提下，对外来词语、句法的接受又称为了传入西学的重要手段，实现梁启超本身灌输新知识，改造国民的既定宗旨。因此，他在进行文学评论时，很多情况下并不是想要通过文学批评来与文学家进行交流和切磋，也很少是"以资闲谈"，而是大多具有明确的目标性，即通过文学评论传播新思想，为文学改良呼号，进而实现社会改革进步。另外，在论说紧张、情绪高涨或者论述结尾的时候，梁启超还喜欢使用韵文，再"杂以俚语"，把自己激荡的情感传达给读者的同时，还造成文章的跌宕起伏，给文章赋予一种不容抵制的气势。可以说，梁启超将文学批评的社会功能发挥到了极致，因此，他便"夙不喜桐城派古文"，也正因此，他作文时"务为平易畅达，时杂以俚语韵语及外国语法，纵笔所至不检束"②。在《饮冰室诗话》中，他曾评价丘逢甲说："以民间流行最俗最不经之语入诗，而能雅驯温厚乃尔，得不谓诗界革命以巨子耶?"③而他自身在文学评论时也在践行着这种文体语言观，努力做到言文一致，在他的文论作品中，我们随处可见口语、俚语、俗语等口语化或接近口语的语言。在语言形式的选择上，梁启超选择了半文言半白话的形式。首先，因为梁启超自幼接受传统教育，加之其聪明盖世，"六岁五

---

① 张品兴主编：《梁启超全集》，《湖南时务学堂学约》，北京出版社 1999 年版，第 109 页。

② 朱维铮校：《梁启超论清学史二种》，复旦大学出版社 1985 年版，第 70 页。

③ 梁启超：《饮冰室诗话》，人民文学出版社 1959 年版，第 30 页。

经卒业，九岁能做千言文章，十二岁中秀才，十七岁中举人"①，国学功底深厚，中国传统文学基础在其身上打下了深深的烙印，难以抹去，以至于对其后来的文学创作及文学批评写作都产生了很大的影响。其次，中国上下几千年的写作语言习惯不可能在短短的十几年就完全改变。因为在特定的历史条件下，西学在中国的传播并不普遍，很多新名词、语法、结构等并未被所有人接受及熟知，正如他在《晚清两大家诗钞题辞》中评论白话诗时说的："字不够用，这是做'纯白话体'的人最感痛苦的一桩事。……我们若用纯白话体做说理之文，最苦的是名词不够，若一一求其通俗，一定弄得意义浅薄，而且不正确。"②因此，以中国社会上读书人所习惯的古文语言作为写作的基础，同时再引进一些国外新名词及语法，夹入大量俗语和俚语，以此种语言形式来宣传新思想，介绍新知识，也许才能更好地"新民"，实现梁启超以文学艺术宣传"新民之道""开启民智"的最终目标。

认真品读，我们便可发现，在梁启超文论作品中，很少见到"境界""风骨""神韵""气象""文心"等传统批评术语，如"风格""政治小说""心理学""情节""叙述"等词语反而大量地出现，其中既有文学的，又有心理学、社会学、伦理学等方面的。《情圣杜甫》中，梁启超说："我文学素养浅薄，不能有甚么新贡献，只好把咱们家里老古董搬出来和诸君摩挲一番……"③在这里，梁氏将"咱们""老古董"等口语化词语搬上了文论著作之中，顿时拉近了作者和读者之间的距离，也更能为大众所能读懂和接受。另外还有《晚清两大家诗钞题辞》中："我为什么忽然编起这部书来呢？我想，文学是人生最高尚的嗜好，无论何时，总要积极提倡的，即使

---

①　吴其昌：《梁启超传》，团结出版社2004年版，第15页。

②　梁启超：《饮冰室合集·文集之四十三》，中华书局1989年版，第69页。

③　陈引驰编：《梁启超学术论著集》（文学卷），华东师范大学出版社1998年版，第315页。

没有人提倡他，他也不会灭绝。"①这段话采用了疑问的语言句式，犹如在同读者闲谈聊天一样，抛开了生硬说教的论述形式，使读者心态很自然地放松下来，为下文展开论述做好了轻快的情绪铺垫，再加上论者的论说有理有据，那么读者则更容易或者说"理所当然"地接受作者所论论点。类似的，有关梁启超文艺评论时针对语言的独特的使用风格，除了这些之外还有很多例子，如《夏威夷游记》中倡导"诗界革命"时，大量采用新词汇："新意境""新语句""欧洲之真精神""生产过度""旧世界""造新国""金星动物入地球""精神思想""革命"②，等等，笔者在此不再一一列举。

通过上述的论述，我们知道，梁启超文论作品中，语言是独具特色的，而梁启超对中外民间流行的诸多俗话、谚语或成语的大量使用，即是其力作"俗语文体"的践行和努力，又使得其文论著述的语言风格变得活泼。梁启超文论中这种文言俚语相结、夹杂大量俚语、俗语、韵语、西方新词汇、新句法以及半文言半白话的语言风格，没有传统的渊懿古茂、瑰奇奥诡，不只文人雅士能读得懂，同时又为大众所理解。这种文学批评语言已经超出了中国传统文学的本身，他使文学批评变成了更多普通民众读得懂的文学行为，而文字和口语的不断接近，大量新词汇、新思想以及多学科的专有名词和知识的引入，又让读者有一种耳目一新的感觉，能给读者留下鲜明的印象，这种"平易畅达"的表达方式也许正是梁启超文论之所以能够拥有很广大的读者的重要原因之一。

4. 诗性加逻辑：感性思维与逻辑思维的有机交融

关于文学批评的思维模式，我们知道，中国传统文学批评家大多为文学家，他们进行文学批评时的思维模式多为感性思维和直觉经验，是印象或妙悟式的鉴赏，例如《文心雕龙》《二十四诗品》《戏为六绝句》等，大多是用文学体裁的形式来进行文学批评，具有很

---

① 陈引驰编：《梁启超学术论著集》（文学卷），华东师范大学出版社1998年版，第515页。

② 易鑫鼎编：《梁启超选集》（上卷），中国文联出版社2006年版，第324页。

强的文学特性，而"中国古代文论有别于西方文论的显著特征就是批评文体的文学化。"①在《重印郑所南心史序》中，梁启超谈到读郑所南先生《心史》后的感受时说："启超读之，则如见先生披垢腻衣，手持八尺藤杖，凛凛然临于吾前，滔滔然若悬河以诏我以所谓一是之大义者。呜呼！此书一日在天壤，则先生之精神，与中国永无尽也。"②本段文字，梁启超从自己的印象出发，在脑海中勾画出了郑所南先生的画面，随之将其思想附加于郑先生文字之上，可以说是其直觉思维的直接表现。与中国古典文学批评不同，西方文学批评的思维模式则趋向于理性，他们更加注重抽象分析和逻辑思辨，具有很强的理论性。梁启超在论述文学现象、作品或文人时，其思维模式可以说是中西方中和起来的结果，更加趋向于诗性与逻辑的结合。在上面的论述中，我们曾讨论了梁启超文论作品中的"情感"，这种情感的表达并未影响到梁氏的逻辑思辨，而这种"情感"也并非是随意而发，通过对梁启超文论作品的大量研读，我们可以发现梁氏文论中情感的表达是完全建立在"理"的基础之上的，往往是情中有理，理中传情。在逻辑思维的统筹之下，梁氏文论的结构则更加趋于严密，加上逻辑辩证论述方法的大量使用，使他的文章能够在感人的同时又具有很强说服力，能为众人信服。另外，梁启超所讲的理，大都顺应时代潮流，合乎民众需求，代表了近代中国走向现代化的总体趋势，这样，其对于读者以及文论作品本身的影响与日俱增也就自在情理之中了。

例如，梁启超在《东南大学课毕告别辞》中讨论"精神饥荒"和"知识饥荒"时，曾辩证地说道：

近来国中青年界很习闻的一句话，就是"知识饥荒"。却不晓得还有一个顶要紧的"精神饥荒"在那边……苟无精神生

---

① 李建中：《中国古代文论的诗性空间》，湖北人民出版社 2005 年版，第 12 页。

② 陈引驰编：《梁启超学术论著集》（文学卷），华东师范大学出版社 1998 年版，第 513 页。

活的人，为社会计，为个人计，都是知识少装一点为好。因为
无精神生活的人，知识众多，痛苦愈甚，作歹事的本领也增
多……由此可见没有精神生活的人，有知识实在危险……故谓
精神生活不全，为社会，为个人，都是知识少点的为好。因此
我可以说为学的首要，是救精神的饥荒。

　　救济精神饥荒的方法，我认为东方的——中国与印度——
比较最好。东方的学问，以精神为出发点，西方的学问，以物
质为出发点。救知识的饥荒，在西方找材料；救精神的饥荒，
在东方找材料。……①

其中，前一段段首，梁启超首先提出"知识饥荒"和"精神饥荒"两
个基本概念，随后讨论了两种"饥荒"之间的辩证关系，他的这种
讨论正是逻辑辩证法最直观的反映。文中省略处为论证观点所列举
的例子，梁氏论证时引用了大量的例证，并最终得出总的结论，即
若"精神生活不全"，还是知识少一点比较好，否则知识的丰富对
社会的危害更加严重，而做学问首要的任务便是救济"精神的饥
荒"。而次段中，梁启超紧接上文，讨论如何解救两种"饥荒"时，
将其分为了东西方两个方面，分别进行论述，其条理清晰明白，从
论述之始便分为两条路线，其中既有辩证的结合，又有清晰的线路
划分。由此可见，任公在论述的整体思路上，方法、结构和顺序的
把握上，都是有十分有逻辑性。

　　另外，在《论小说与群治之关系》中，梁启超说小说有四种力，
即"熏""浸""刺""提"，"文家能得其一，则为文豪；能兼其四，
则为文圣"。在表明"四力"之于小说以及小说的重要性之后，论述
如何利用四种力时，梁启超则完全用辩证的论述方式展开，如：

　　有此四力而用之于善，则可以福亿兆人；有此四力而用之
于恶，则可以毒万千载。而此四力所以最易寄者惟小说。可爱

---

① 易鑫鼎编：《梁启超选集》（下卷），中国文联出版社 2006 年版，第
1083 页。

哉小说！可畏哉小说！①

在这里，梁任公认为"四力"能否发挥好的作用，即是造福社会还是贻害万年，主要要看掌握者是如何去运用的。这时，他采用了思辨的论述方式，将问题分为两面，用于"善"如何，而用于"恶"又将如何，然后回归文章的中心——"小说"，得出最终结论，即拥有四种"力"的小说即是"可爱"，又是"可畏"。他这种分两面、辩证的论述方式直观地体现了梁启超在逻辑思维的统筹下严谨的论述结构，使得其文章更加具有说服性。

除了论证方法外，其文论作品整体结构的安排也同样体现了梁启超文学批评思维模式的逻辑性。中国古代文论家在文学批评活动中以直接和形象为主的诗性思维模式决定了他们不太注重文论文章结构的特点，因为这种不注重逻辑和形式的思维方式常常造成他们的论述大多是有感而发、言到意尽，任情感及评论感觉肆意挥洒，而对待文章的结构却并无特意的安排和设计，因此整体结构的条理上不够鲜明，也谈不上完整，而是较为松散。纵观梁启超一生文学评论著作，不论篇幅的长短，体裁如何，语言是白话还是文言，其文体结构却大多有一个规律，即"开宗明义""条理明晰"。梁启超作文喜欢开篇即表明所要论述的主要论点或主张，随后按条梳理，分别进行论述，条理划分十分清晰，结构明确，论述按条理部分进行，同时会选用大量例子以充实论证，文章整体给人以严密完整，条理清晰的感觉。例如，在《陶渊明》中，梁启超开篇表明观点：

> 批评文艺有两个着眼点，一是时代心理，二是作者个性。古代作家能够在作品中把他的个性活现出来的，屈原以后，我便数陶渊明。②

---

① 陈引驰编：《梁启超学术论著集》（文学卷），华东师范大学出版社1998年版，第534页。

② 陈引驰编：《梁启超学术论著集》（文学卷），华东师范大学出版社1998年版，第257页。

梁氏开篇便明确说明本文的观点及主旨，即陶渊明可谓是屈原之后能在作品中体现自身个性的作家之首，而随后大篇的论述皆围绕此核心铺展开来。另外还有《韵文里头所表现的情感》，该论著第一句便定下了全文所要论证的中心主旨和基调，即"天下最神圣的莫过于情感"，而其后的论证则是完全围绕这一中心主张，将表情法分为"奔迸的表情法""回荡的表情法""蕴藉的表情法""西北民族的表情法""女性文学与女性情感""象征派的表情法""写实派的表情法"等，并分节逐一论述，最后一节以"表情所用文体的比较"总结收尾。① 全著整体结构严密，脉络清晰，全文结构划分明确，整体逻辑合理顺畅，让人一目了然。还有，梁启超在评点王荆公所编著的唐诗选时，所用篇幅虽小，但结构却是极为严密，开头即说：

> 兹选在初唐无王、杨、卢、骆，初盛之际无陈射洪、张曲江，盛唐无李、杜及摩诘，中唐无韩、柳、元、白及东野，晚唐无长吉、义山、牧之、飞卿。(《王荆公选唐诗》)②

文章首先介绍王荆公唐诗选所选诗的范围、特点和与别选的不同之处，此后评述之中再一一介绍了荆公与人不同之处、过人之处及此选为何值得一读。《论小说与群治之关系》也是同样，其开篇：

> 欲新一国之民，不可不先新一国之小说，故欲新道德，必新小说；欲新宗教，必新小说；欲新政治，必新小说；欲新风俗，必新小说；欲新学艺，必新小说；乃至欲新人心，欲新人格，必新小说。何以故？小说有不可思议之力支配人道故。③

---

① 陈引驰编：《梁启超学术论著集》(文学卷)，华东师范大学出版社1998年版，第171-172页。

② 陈引驰编：《梁启超学术论著集》(文学卷)，华东师范大学出版社1998年版，第502页。

③ 陈引驰编：《梁启超学术论著集》(文学卷)，华东师范大学出版社1998年版，第531页。

开篇即表明该文所论之主旨，此后均围绕这一论点进行直接论述，使读者对论点论据的阅读理解更为直接，文章结构简单但不乏气势。

另外，《饮冰室诗话》《清代学术概论》《中国之美文及其历史》《情圣杜甫》《告小说家》等文论作品皆此种结构特点，开篇明义，随后详细论述，或大量例证，或分条论之，整体结构严谨明确，让人读起来觉得全文脉络清晰易懂，毫无混乱之感。梁启超文论作品所体现出的梁氏诗性加逻辑，感性加理性的思维模式，使其文论著作情感感染力十足的同时又更加具有说服力，让读者读起来有一种一以贯之的霸气，合则留，不合则弃。这种以"情感"打动人，以严谨的逻辑结构和论证去说服人的方式，可以说是梁启超文论独具的魅力，其观点是否正确或顺应时风，在此尚且不论，但就其文章的综合效果来说，可以说是世为一震。

二、批评文体特色形成缘由

"纵观中国古代文学史的发展，文体以代变。"①纵观世界文学史，无论是何种文体，都有一个它自身产生、发展和消亡的变化历程，"天下百年无不变之文章"，汉代的"汉大赋"、魏晋南北朝的骈文等，这些曾风靡一时的文体形式，都早已成为历史的陈迹，走进了文学史的博物馆。文体的这种变化，是文学史发展的必然趋势，任何人都无法阻止和改变它的轨迹，批评文体也不例外。梁启超生长在多灾多难的中国，鸦片战争打开了中国的大门，从此，中国开始了一段屈辱的历史，晚清政府的腐朽和反动使民族危机空前加深，正是中华民族这段充满苦难的历史促就了任公强烈的爱国之心，他热衷于政治活动，希望通过自身的努力改变中国的贫弱和被列强瓜分的局面，实现国家的兴旺和强盛。而生长在特殊时代的梁启超，其文学批评著述所具有的"破"和创新的文体特色，也正是顺应了历史发展的规律。笔者将从政治功利性的文学思想、西学、

---

①　童庆炳：《文体与文体的创造》，云南人民出版社 1999 年版，第 39页。

传统国学三个方面对梁启超批评文体特色形成原因进行探讨。

1. 政治功利性的文学思想对梁启超批评文体的影响

首先，梁启超进行文学评论时文体的选择与政治改良之间有着不可分割的联系。在具体论说政治功利性的文学思想对梁氏批评文体的影响之前，有必要先说一下批评的功能，以此理清梁启超进行文学批评的目的和初衷。李小兰在《论批评功能与批评文体》一文中说："批评与现实不是没有瓜葛的独立个体，相反他们以文学为纽带，以对话或对立的形式，形成一种密不可分的关系。"①李小兰认为文学具有三类价值，即社会实用价值、自我认识价值以及语言审美价值。文学批评是围绕着这三点而进行的，而它本身也有着自己的价值。胡亚敏认为，批评的功能主要体现在审美功能、自我认识功能以及社会功能。② 而梁启超本身毕竟是个改良派政治活动家，他无论写什么文章，做什么评论，心中都怀有改良主义的政治目标，也就是改造国民，实现国家富强，文学批评的社会功能在梁启超这里表现得淋漓尽致。在《吾今后所以报国者》中梁启超曾说："我二十年来之生涯，皆政治生涯也。吾自距今一年前，虽未尝一日立乎人之本朝，然与国中政治关系，殊未尝一日断。"③他对自己"政治人物"的身份和政治生涯的认同毫不避讳，并将政治抱负与文学结合起来，可以说是将文学作为其实现政治抱负的武器之一，这不仅体现在他的文学思想内容上面，还体现在他的文学批评文体之上。

梁启超在进行文学批评时，最主要目的便是传播其政治理想和为文学改良而呼喊，而为文学改良的呼喊也是为了号召文学救国、"新民"，希望通过文学改良带来社会的变革，可以说，梁启超的批评实践与社会改良之间是有着密不可分的关系。在政治方面，有

---

① 李小兰：《论批评功能与批评文体》，《宁夏社会科学》2008 年第 7 期。

② 胡亚敏：《论当今文学批评的功能》，《社会科学辑刊》2005 年第 6 期。

③ 易鑫鼎编：《梁启超选集》(上卷)，中国文联出版社 2006 年版，第 177 页。

关梁启超的爱国革新运动，我们大致可以分两方面进行总结：其一，直接参与政治改革运动，希望将西方资本主义国家的模式引入中国，改革中国现有的政治体制模式，以实现国家的复兴，如其参与并主要策划了戊戌变法，并发表撰写了大量政论著述；其二，梁启超认为，要改变落后现状的关键便是提高国民素质，因此主张"新民之道""国恶乎强？民智，斯国强矣。民恶乎智？尽天下人而读书而识字，斯民智矣。"①而文学对于传播宣传"新民之道"，培育"新民"，都具有非常重要的地位和作用，正是这第二点，对梁启超的文学思想和主张产生了重大的影响，直接塑造了其"政治功利性"的文学观。梁启超为了宣传传播他自己的政治理想，不仅积极创办报刊，通过报刊发表大量文章，制造舆论，还致力于文学的改良运动，希望能够通过文化、教育等方面的改革来间接实现政治改革的理想和抱负。正如钟珍维、万发云在《梁启超思想研究》中说的："在当时的政治活动家中，数他和文学的关系最深。"②梁氏文论中，《论小说与群治之关系》《美术与生活》《告小说家》《湖南时务学堂学约》《论学术势力之左右世界》等，大多是以社会及政治改良理论的阐述为主要内容，通过文学评论方式来论述，或者可以说，梁启超对文学的批评有很多是为了表达他政治方面的观点和主张。

事实上，在中国文学史上，梁启超也并不是一个纯粹的文学家或文学批评家，而是以政治家、思想家的姿态出现在中国文坛上，如上文所说，他的文学批评实践主要也是立意于文学与社会改良之间的关系，他将带有鲜明政治特色的文章作为他宣传资产阶级改良主义的有力武器。梁氏以宣传政治思想为根本，主张文学应多作"觉世之文"，并竭力倡导"文界革命""小说界革命""诗界革命"，

---

① 张品兴主编：《梁启超全集》，北京出版社1999年版，第90页。

② 钟珍维、万发云：《梁启超思想研究》，海南人民出版社1986年版，第190页。

号召："学者以觉天下为己任，则文未能舍弃也。"①他自身也在文学实践中践行着这一根本，在文学批评作品中，他从政治改良的目的出发，借文学评论而来大发议论，阐述自身的种种政治主张和改良社会的种种见解。在此，我们暂且不论梁启超政治功利的文学主张是否粗疏浅陋或是多有偏激之词，但是，在这一文学主张和其政治思想背景的影响下，他大量的文学著述和文学批评著述所体现出的独特文体特色却是在中国文学批评史上产生了重大的影响，在中国传统文学批评向近代转型的过程中也具有无可代替的重要地位，它打开了 20 世纪初中国批评文体现代转型的大门，可以说，在中国文学批评史上，梁启超是"崛起于新旧两界线之中心的过渡时代之英雄"。②

其次，在梁启超的文论中，语言的选择他尽可能地向口语靠拢，还引进了大量外国新词语法及政治术语，大胆使用具有教化范畴的词句。在这一方面，梁启超突破了中国传统文学批评"诗性言说"的语言风格，而是采用了一套非文学性的话语系统，古代文学批评中的诸多批评术语、诗意十足的语言在梁氏文学批评作品中已不多见，如"风骨""境界""气象""文心""神韵"等。他之所以在文学评论时选择这种语言方式进行文学批评，其中主要的目的之一就是为了让除了传统文人之外的更多的普通百姓读得懂，看得明白，以此更好的传播政治改良思想，这样才能影响更多人，改变更多人，培养新民，开启民智，实现变革的政治目的。

另外，在结构上，为了能够更加清楚地表述自己的理论观点，让人更容易理解，除了理论描述要严谨严密之外，还要在整体结构的安排上下功夫，这样使论述上做到有理有据，使人难寻纰漏。如果像中国古典批评那样，将阅读感受和理论通过一种琐碎、隐喻等方式去表现，无疑给反对者留下更多的反驳空间，这显然对于梁启超的政论目的毫无益处。他曾在《清代学术概论》中说：

①　张品兴主编：《梁启超全集》，《湖南时务学堂学约》，北京出版社1999 年版，第 109 页。

②　张品兴主编：《梁启超全集》，北京出版社 1999 年版，第 466 页。

夫吾固屡言之矣，清儒之治学，纯用归纳法，纯用科学精神。此法此精神，果用何种程序始能表现耶？第一步，必先留心观察事物，觑出某点某点有应特别注意之价值。第二步，既注意于一事项，则凡与此事项同类者或相关系者，皆罗列比较以研究之。第三步，比较研究的结果，立出自己一种意见。第四步，根据此意见，更从正面旁面反面博求证据，证据备则泐为定说，遇有力之反证则弃之。①

在文学批评中使用这种逻辑的结构安排，使批评作品显得结构更加缜密，论述更加严谨，更有利于理论及主张的表达。梁启超曾写过《少年中国说》《呵旁者文》《过渡时代论》，从这三篇文章中，我们可发现其议论中充满着激情，无所规避，大声疾呼，可谓"开文章之新体，激民气之暗潮"。在文学批评作品中，诸如《论小说与群治之关系》《告小说家》《译印政治小说序》等，我们也都可看做是这类"笔锋常带感情"的批评作品。其中言辞或稍带偏激，或有危言耸听之嫌，但这种惊世骇俗的议论也赋予了梁启超批评文章一种独特的文风。我们可以说，梁启超的批评热情很大一部分来源于其政治热情。

2. 日本及西学对梁启超批评文体的影响

影响梁启超文学批评文体特色形成的因素很多，其中最为密切，最为直接的便可说是西学东渐的时代文化背景。随着第一次工业革命的发生，西欧资本主义工业国家迅速崛起，并开始大规模征服世界的活动。1840 年，鸦片战争爆发，面对西方的坚船利炮和铁甲巨舰，清王朝被迫签订了《南京条约》，中国的大门被彻底打开，中国从此进入半殖民地半封建社会，伴随着列强的入侵，西方政治、经济、文化上的思想也逐步地输入中国，西学东渐成为一种时代文化潮流。经历了戊戌变法的失败，梁启超清楚地看到了中国

---

① 朱维铮校：《梁启超论清学史二种》，复旦大学出版社 1985 年版，第453 页。

旧社会、旧制度的极端腐败与落后，认为要想挽救中国，改变中国腐败落后的面貌，实现振兴中华的愿望，必须要粉碎和抛弃一些旧的东西，而在政治体制和学术文化方面学习西方来改造中国的旧社会。梁启超最初接触西学是读徐继畬的《瀛寰志略》，"下第归，道上海，从坊间购得《瀛寰志略》读之，始知有五大洲各国"①。之后任公拜康有为为师，并开始不断地接触到更多的西学内容，这对其思想产生了很大的震动，让他"决然舍去旧学"。而梁启超真正的大范围、全面地接触到西方文明，则是在戊戌变法失败之后梁氏流亡日本期间。在日本，随着日本明治政府的文化开明政策，社会出现了一股崇尚和模仿西方的风气，而各种西方思想学说也于此时机被大量地翻译、输入日本，启蒙活动就此在日本蓬勃发展起来，而梁启超在大量的日文书籍阅读中，读到了许多经日本转译而来的西方文化，使其大有发现新大陆之感。梁启超通过日本文化对西方思潮的转输，大量接触到诸多的西方文明著述的译本，日本明治文化及其引入的西方文化对梁启超产生了深刻的触动和影响，梁氏本人对此也并不讳言。夏晓虹在《觉世与传世——梁启超的文学道路》中从两个方面看待日本明治文化对梁氏的影响，其中一方面是，他在日本读物中开阔了自己的眼界，读到、见到很多之前从未接触的思想、文化等（其中便包括大量西方文化思潮），"于精神、心理上获得极大的满足"；另一方面，通过对日本文化的接触，梁启超在思想上也发生了很大的变化，与之前可谓"若出两人"②。西方启蒙思想深刻影响了梁启超，而这种影响不仅体现在其文学意识的改变，还体现在他的文学创作和文学批评的活动中。

梁启超提倡将"欧洲之真精神真思想"输入中国，灌输新知识、改造国民，以实现救国之宗旨，而要想使西学更好传入中国，并得到大范围的传播，内容是一方面，形式也极为重要，即要在文体和

---

①　梁启超：《三十自述》，《饮冰室全集·专集》之十六，中华书局1989年版，第16页。

②　夏晓虹：《觉世与传世——梁启超的文学道路》，中华书局2006年版，第175页。

言说方式上下功夫。首先，在语言上，言文合一并大量吸收外来新名词。梁启超的文论思想中，有一个很重要的方面，即"熔炼新理想以入旧风格"，他在《夏威夷游记》中说："欲为诗界之哥伦布、玛赛郎，不可不备三长：第一要新意境，第二要新语句，而又须以古人之风格入之，然后能其为诗。"①《夏威夷游记》中，梁启超在阅读日本报人德富苏峰的《将来之日本》后，对其文体评价道："其文雄放隽快，善以欧西文思入日本文，实为文界别开一生面者，余甚爱之。"②输入"新意境"就不可避免地要采用大量外来新名词以表达新概念、新思想，因此，其文论中就出现了大量的诸如"自由""进步""自治""民族""平等"等之类的词汇。解决了西方思想表述的问题，那么，要想改造国民，改造社会，就要做普通民众所能读懂的文章，"文与言合，而读书识字之智民，可以日多矣"③。文章要浅显明白、通俗易懂，也就是言文一致，使文章尽可能地接近口语。日本的启蒙文学思潮中，对文体的改良是其中的一个重要方面，其目的便是改变旧文体中言文分离的状况，而试图建立言文一致的语言方式，因此，我们也看到了梁启超文论中大量口语化的论述方式。其次，在论述结构上，论证严密，"条理明晰"。梁启超实践能力极强，在大量吸收西方文化思想的同时，又非常善于吸收西方的学术研究方法和理念，并将其运用到中国学术研究当中，梁启超在进行文学批评时，便大量采用了西方的理性思维方式，将西方政论文体中逻辑推理及辩证思维的论述方式充分地运用到了自身的文学批评之中。梁启超的文论作品在论述一个问题的时候，往往先下一个准确的定义，为全文定下基调，然后采用诸多的具体例证，按照逻辑的顺序，分次序组织联系起来。在具体论证的过程中，又会采用辩证的论述方式，使论证更加具有说服性。

---

①　易鑫鼎编：《梁启超选集》（上卷），中国文联出版社 2006 年版，第324 页。

②　梁启超：《夏威夷游记》，《饮冰室合集·专集》，中华书局 1989 年版，第 191 页。

③　梁启超：《沈氏音书序》，《饮冰室合集》第 2 册，中华书局 1989 年版，第 2 页。

除了语言结构之外，日本及西方文化给梁启超文学批评所带来的最大的影响即是思维模式的转变。通过对西方文化及理论资源的接触，西方文学批评的思维模式和批评语言对梁启超产生了极大的冲击，他开始尝试借鉴西方批评思维中的逻辑、理性思维，借助对西方哲学、社会学、伦理学、文学、心理学、政治学等学科的相关认识，去寻求一种全新的、适用于中国的文学批评思维方式。这种文学批评的思维模式的引入，使梁启超文论在表述上重事实、重条理、重演绎，同时强调理性分析和逻辑论证，在概念上，力求遣词造句严密准确，使之具有解析性和准确性。同时，西方大量新名词、句法以及逻辑性很强的语言系统也频繁出现在梁启超的文论中。

综上所述，梁启超的文论文体特点无不渗透着西方现代批评的基因，不管是词语选择、结构安排，还是论述过程、逻辑思维模式，都体现着西方现代文化对其影响的印迹。当然，梁启超对西方现代文学批评方法，对西方文学批评文体的吸收，并非完全照搬，也并不是完全剔除了中国传统文学批评的陈迹。梁氏批评文体的这种突破，是继承的突破，他的这种创新，是在传统基础上的创新，他把中国古典批评文体的精华保留了下来，与西方现代文学批评文体进行了有机的融合。下面，我们将就梁启超文学批评文体中所含有的中国古典基因做出详细的论述。

3. 梁启超批评文体中的传统印迹

"文学的发展总是批评地继承。"①同样梁启超文学批评文体在突破创新的同时，也必然与中国古代文学批评有着千丝万缕的联系，在汲取中国传统文学批评文体精华的同时，他又能够即入即出，吸纳众长，可谓不名一家，自成一体。梁启超文论作品虽在很多方面突破了中国传统批评文体的藩篱，语言、结构、论说方式等多方面都广泛吸取外来模式，但其中仍旧具有较浓厚的古典特色。首先，文体风格上，梁启超并未照搬西方生硬的论述模式，而是赋

---

① 夏晓虹：《觉世与传世——梁启超的文学道路》，中华书局 2006 年版，第 117 页。

予文学批评以丰富的感情色彩，即"笔锋常带感情"。如《论小说与群治之关系》，该文是非常典型的政论文体，但其中并不乏情感的存在，梁氏给其注入了丰富的情感，是文章看起来更像一篇愤世嫉俗的散文，其中："呜呼！小说之陷溺人群，乃至如是，乃至如是！大圣鸿哲数万言谆诲之不足者，华士坊贾一二书败坏之而有余。斯事既愈为大雅君子所不屑道，则愈不得不专归于华士坊贾之手。……呜呼！使长此而终古也，则吾国前途尚可问耶，尚可问耶！"①这种感情的表达虽有些过于强烈和偏激，但确是与中国传统文论中诗性言说，饱含情感的论述方法一脉相承，不像西方现代文论过于程式化和枯燥。他在运用西方理性思维模式，以科学的方法，晓之以理的同时，又能够动之以情，而情感的表现，又是中国传统文学所擅长的。梁启超在他的文论中真正做到了理性与情感的并重，他用理性的论述分析赋予了文章强有力的说服性，有用"奔进"的表情法传达文学主张和见解，让读者在情与理两个方面都能够得到满足。可以说，这种情感的表现，无不体现了中国的古典元素。其次，语言上，即便是大量引用了外来新词句，引入外来思想，但仍不忘强调"以旧风格含新意境"。另外，梁启超虽大力提倡作白话俗语之文，但在其自身的文论写作中，却践行着半文言半白话的写作方式，并未完全脱古。例如在《告小说家》中有这样一段文字："公等若犹是好作为妖言以迎合社会，直接坑陷全国青年子弟使堕无间地狱，而间接戕贼吾国性使万劫不复，则天地无私，其必将有以报公等。不报诸其身，必报诸其子孙；不报诸今世，必报诸来世。呜呼！吾多言何益？吾惟愿公等各还诉诸其天良而已。若有闻吾言而惕然戒惧者，则吾将更有所言也。"②该段文字可谓半文半白之典型，在论述"妖言"坑害社会时，梁启超采用白话文形式论述，最后以文言收尾。还有，在体裁的选择上，序跋、评点、

---

① 陈引驰编：《梁启超学术论著集》（文学卷），华东师范大学出版社1998年版，第535、536页。

② 陈引驰编：《梁启超学术论著集》（文学卷），华东师范大学出版社1998年版，第537页。

传记、诗话等传统文学批评体裁形式，也大量出现在梁启超的文论中。《饮冰室诗话》《译印政治小说序》《读陆放翁集》《跋程正伯书舟词》等，其中虽语言、风格、结构与传统有所不同，但却是选择了中国传统最为常用的体裁形式，这种作品在梁氏文论中更是随处可见。

　　通过上文的论述，我们了解到了梁启超文学批评文体的特色，他大胆引入外来新名词、新语法，广泛采用逻辑的论证方式，大量地采用例证，结构完整清晰，等等，这些特点无不体现出西方文化的影响。但梁氏文学批评文体又与中国古典文学批评有着不可分割的关联。可以说，梁启超的文学批评文体时刻突破着传统，体现着变革，而又分分不离传统，继承着古典。即便是在他大力提倡引入西方文化思想之时，也不忘强调"以旧风格含新意境"，即使在他大力提倡白话俗语之时，也不忘坚持半文半白，同样，梁启超赋予其批评文体的感情特色，也正是中国古典文论写作之长。可见，梁启超的文学批评文体中，存在着大量的中国古典元素。

　　梁氏文学批评文体中渗透出的传统基因，其中主要原因之一便是梁启超自幼接受中国传统国学教育，对中国传统文化、历史、文学等都有很深的造诣，加上他天资聪慧，记忆力极高，对传统文学及写作方法掌握熟练。即便是梁启超这样大胆改革、敢于向传统话语挑战的人物，也并非是完全能够脱离古典文学的影响，他当时也是一面在大力提倡诗歌、小说、散文革命，倡导并亲身实践着"新文体"，一面又自觉地做着带有中国古典文学鲜明特色的批评文字。尽管梁启超非常重视文学革命促进社会改良，但在他的一些批评作品中，我们还是能看到最遵从于内心的，真实的他，"操练《饮冰室诗话》的梁启超，自然比写作《论小说与群治之关系》的梁启超，更真实，也更易于为人们接受"①。然而，即便是《论小说与群治之关系》《论学术势力之左右世界》《告小说家》等这一类批评文章，同样也没有脱离中国古典文学批评文体的痕迹。

----

　　①　冯光廉主编：《近百年文学体式流变史》（下），人民文学出版社1999年版，第454页。

总之，"文学的发展总是批评地继承"①，梁启超文学批评文体既与中国古典文学批评文体有千丝万缕的联系，又顺应时代的发展进行着不断的突破与创新，可谓不名一家，自成一体。梁氏的高明之处在于他能入能出，既能吸纳众长为我所用，又能随心所欲地畅所欲言，挥洒自如。也正因为梁启超文体改革家的胆识与气度，才使他从古典文学批评文体中解放出来，无所顾忌地选择任何可能为自己文艺批评服务的体裁形式。

第二节　王国维批评文体研究

作为重要文体之一的序跋，流经千年来绵延的历史长河，在经过诸多文人墨客的丰富和完善之后，在王国维这里，步入了相对成熟的时期。王国维所作序跋有别于他人的序跋创作，不仅具有独到的品格和丰厚的内涵，更重要的是体现出属于那个文化碰撞时代的精神内核。这些序跋，扩充了序跋这一文学形式的数量，将序跋的层次拉到了新的高度，同时也赋予了序跋这一传统文学体式以时代特色和现代意义。王国维序跋是他创作的重要组成部分，在其文章中占据重要的分量，共记200余篇，多收录在《王国维文集》里。和王国维的其他著作一样，序跋契合他的创作理念和学术追求，也同其他著作一起，作为其人生或直接或间接的映射，构筑起王国维独有的精神世界与美学追求。对于作者来说，序跋实际上是作者通过作品形成的一种自我解读，王国维自然也不例外。他在清末这样一个翻天覆地的转型时期，自觉地吸收西方文论精华，并有意识地融入至传统文学理论之中，不但体现了其学贯中西的理论基础，更重要的是体现出了他对美感所独有的深刻体悟。王国维运用书写序跋的方式使人们的阅读感悟得以丰富，一方面有助于读者更准确地理解作品本身的含义，另一方面也在创作的过程中实现了序跋作为

---

① 夏晓虹：《觉世与传世——梁启超的文学道路》，中华书局2006年版，第117页。

独立文体的特殊价值。①

一、序跋批评：中西综融、诗思结合

一部优秀的作品其形式与内容是相互作用，相互融合的，不可偏废，在形式的确定过程之中逐渐展开内容，因此批评文体作为批评文本的外在表现形式，并非只限于形式范畴，而是受批评主体的思维方式、学术修养、理论积淀等方面影响形成的。韦勒克曾说："文体可被视为惯例性的规则，这些规则强制着作家去遵守它，反过来又为作家所强制。"②文体要求人们遵守其特定的言说方式，但它也并不是一成不变的，言说者在寻求最优表述的途中会对其进行改造，以使其能适应不同需要。也就是说，文体意识主导了文体的选择。因此，晚清之后传统文论的言说方式便开始伴随着中国学术向现代的转型发生了变化，逐渐由优美、零散而着重主观性情表达的语言风格向严谨化、系统化转换，语言表述也更加突出逻辑性与理性。而王国维，作为中国传统文论体例转向西方学术范式的拓荒者，他证明了文体融汇中西，各取所长的可能性，加上他在诸多领域拥有的不可磨灭的成就，使他成为观念正值新旧交替的近现代文学史上大放异彩无法忽略的一个人。总的来说，中国传统的批评文体文学化色彩浓重，西方批评文体的重点则在于逻辑系统严密，而在王国维序跋中，这二者都有所体现甚至可以完美融合。

1. 诗性言说的古典传统品格

序跋作为中国传统批评文体的一种，有着感情丰沛、文学性很强的特点，而魏晋时期"一代之文学"的骈文文体，也是我国最具有代表性的诗性批评文体之一，在王国维的笔下，骈文的熟稔运用使其序跋美感得到了锦上添花的效果。"十六岁见友人读《汉书》而悦之，乃以幼时储蓄之岁朝钱万，购前四史于杭州，是为平生读书

---

① 李慕菡：《王国维序跋之文学观探微》，《东华理工大学学报》（社会科学版）2016 年第 1 期。

② ［美］韦勒克·沃伦著，刘象愚译：《文学理论》，江苏教育出版社2005 年版，第 266-267 页。

之始。时方治举子业，又以其间学骈文、散文，用力不专，略能形似而已"。自少年时期便耳濡目染骈文写作的他，在《宋元戏曲史·序》中提出了著名的文学史观："凡一代有一代之文学：楚之骚，汉之赋，六代之骈语，唐之诗，宋之词，元之曲，皆所谓一代之文学，而后世莫能继焉者也。"①王国维将"骈语"作为六代之"一代文学"，并时常在其序跋文中夹杂一些骈文体例的段落。这些文字采用四六式的骈体范式写成，注重对仗、声韵，夹杂在文章中，丝毫没有唐突之感。如：

> 帝杀其驱，天夺其胤，怙权不如介溪，而刑祸为深；文采过于钤山，而著述独晦；身后之事，又可悲矣。然没不二十年，南都坊肆，乃复梓其遗及。维时永陵倦勤，华亭当国，虽靡投鼠之忌，宁无吠尧之嫌，岂文章事业，自有公论，有不可泯灭者欤？(《〈桂翁词〉跋》)②

不仅如此，王国维也写过数篇全文骈体的序跋。如《国学丛刊序》《〈中国名画集〉序》《殷墟书契考释·序》等，足以见得他对骈文的重视程度。以《国学丛刊序》为例，这篇序文并不易写，因为它要讲清学术源流及其更替的过程，需要相当的逻辑条理，不能即兴发挥，尽情描绘。同时，骈文文体又要求对偶工整、言辞典雅，并且灵气生动，所以从这个方面来看王国维这篇序文也足以见得他的骈文功底之深，不再是少年时期的"仅形似而已"。

其实，他也曾在其著名的《人间词话》中表达过对骈体的排斥心态："近体诗体制，以五、七言绝句为最尊，律诗次之，排律最下。盖此体于寄兴言情，两无所当，殆有均之骈体文耳。词中小令

---

① 王国维：《王国维文集》(一)，中国文史出版社 1997 年版，第 307 页。

② 王国维：《王国维文集》(一)，中国文史出版社 1997 年版，第 68-69 页。

如绝句，长调似律诗，若长调之《百字令》《沁园春》等，则近于排律矣。"①由此可见，他对排律的排斥是因为"有均之骈体文"，因为骈文惯于用典、骈词俪语、修饰性很强，使得它"寄兴言情，两无所当"，与他追求的"自然"意境相去甚远。但奇怪的是，王国维的序跋文却有许多是以骈体写成。对比看来，这种矛盾十分值得玩味。或许，王国维写人间词话及其在《自序》中叙述曾学过骈体的时期都是在刚由哲学转向文学研究道路之时，他由于受西方哲学美学的影响比较深，将"自然才是美"的观念直接代入到文体审美方面，才会对辞藻华丽、讲求对仗的骈体感到不满，而在其经过岁月沉淀、可以更加游刃有余地应用西方理念展开治学之时，也便不再贬低骈体而是自觉应用其为治学之工具了。骈文作为魏晋六朝时期所孕育出的特色文体，同唐诗宋词一样是我国传统文化的瑰宝，足以使所有中华民族儿女为之骄傲。即使骈文被推崇流行的时代已经过去了，但构成骈文之美的诸多基本因素不会因此而消亡，它们也会像其他文化类遗产中可贵的部分一样，在历史的车轮向前滚动的过程中，被新的文化、新的文学作品所吸纳，再次展现其闪光的特质，这也是研究王国维与骈体文关系的原因之一。

2. 逻辑思辨的西方现代品格

和中国批评文体文学化色彩浓重的诗性特质相比，西方批评文体则体现出思辨化、系统化的特点，闪耀着理性的光辉。中国古代文论结构的不完整，很大程度上是由于长期以来的中国传统思维模式有关，中国文人形成了形象思维和直觉思维的习惯而不重视逻辑性的培养，文章表达多是有感而发，通过静观、灵感、顿悟等方式获得对事物的感知，忽略对思维过程的把握。随着近代西方文论传入中国，我国传统的文学批评逐渐由灵性式、感悟式向理论化、严谨化的方向发展，论文文体批评开始成为批评文体的主流之一。学者们开始学习西方文论的组织安排和结构、论点论据的表述、条分缕析的逻辑关系等，给中国传统文论带来一方新鲜的空气。王国维

---

① 王国维：《王国维文集》（三），中国文史出版社 1997 年版，第 470页。

便是将西方文体特点融汇于中国传统文论之中，形成了一种更加严谨的文学批评范式，这一点在他的序跋文中得到了充分的体现。如《奏定经学科大学文学科大学章程书后》的论述体便十分有西方特色，严谨精密，结构工整，以数条驳斥废除哲学学科的论据来支撑其支持哲学科发扬光大的论点。在文中王国维写到：

> 其根本之误何在？曰在缺哲学一科而已。……吾人且不论哲学之不可不特置一科，又不论经学文学二科中之必不可不讲哲学，且质南皮尚书之所以必废此科之理由如何：
>
> 　　必以哲学为有害之学也。……
>
> 　　必以哲学为无用之学也。……
>
> 　　必以外国之哲学与中国古来之学术不相容也。……
>
> 　　尚书所以废哲学科之理由，当不外此三者。……
>
> 由上文所述观之，不但尚书之废哲学一科为无理由，而哲学之不可不特立一科，又经学科中不可不授哲学，其故可睹矣。①

《秦阳陵虎符跋》中，也运用了论述体。

> 若云秦符，则有四证焉。《汉志》阳陵虽云景帝所置，然《史记·高祖功臣侯年表》有阳陵侯，《傅宽列传》亦同。……否则右符既不常在外，左符亦无入京师之理，二符无自胶固矣。此四证也。"②

这篇跋文实际上是对于阳陵虎符的年代进行考证，阳陵虎符一般被认为是汉景帝武帝以后之物，但据王国维的缜密考量，发现与汉制不符之五处并一一列举，此外，又以秦符身份进行论证，逐一

---

① 王国维：《王国维文集》（三），中国文史出版社 1997 年版，第 69-72 页。

② 王国维：《王国维文集》（四），中国文史出版社 1997 年版，第 116-117 页。

列出四条相符论据，严谨有序，十分详实。这也便是古代文论少见的论述文体赋予这篇考据以更使人信服的闪光点所在。

再如王国维所作跋文《日本奈良正仓院藏六唐尺摹本跋》，也是以论述体为载体进行论据考证：

> 唐尺旧史无述，亦不言其与前代尺之比例，余疑其即用周隋之尺。何以征之？……此一证也。……此二证也。……此三证也。……此四证也。……此五证也。故唐尺存而隋尺寸，隋尺存而《隋志》之十四尺无不存，学者于此观其略焉可也。①

其余之例还有《〈史籀篇疏证〉序》《〈齐鲁封泥集存〉序》等，都可以让我们清晰地发现，王国维在撰写序跋文时体现出了西方文艺批评的思维方式，即有了重分析、重逻辑、重系统、重清晰的特点。

3. 综融中西，糅合无间

在西学东渐的过程中，西方文艺理论无形中引起了中国传统文学观念的变化。特别是在批评文体方面，西方的文论文体对中国传统诗性批评文体的发展起到了指向性的作用，使得中国传统批评范式在这种影响下走向了中西融合的道路。不过，西方哲学、美学、文学等理论传到中国，影响中国数千年来固有的思维模式和文体形式，也经历了一个循序渐进的过程。首先是翻译西方著作，有介绍传播的效用。之后是对西学进行模仿，尝试把西学观念用到自己的批评作品中来。最后便是融会贯通，这是从诸多方面，包括思维方式、理论形态甚至是具体的研究方法，将西方哲学、美学、文学等各领域的先进理论与中国传统的批评理论相融合，建立起既不同于中国传统形态的文学理论，又与中国文化密切相关的别具一格的文学批评方式。这种新的方式虽然没有主动去追求其在外在文体上的变革，但由于内容更加清晰、富有逻辑以及一系列剧烈的变化而产生一种内在的力量，使得文体也逐渐发展变化起来，长此以往，一旦后人将形式外壳突破，新的文体就会产生。王国维便是融会贯通

---

① 王国维：《王国维文集》（四），中国文史出版社1997年版，第191页。

的先驱者，他的序跋文中可以看出其由于受西方思想的影响，无论在思维逻辑、治学方法、文体表达各方面都有别于古代传统序跋文体的大胆尝试。传统序跋文对文学体例要求比较松散，并不在行文之前规定具体框架，而是偏重于随心随见之意，结构灵活，长短也并无明确要求，这就在很大程度上与传统文学评论偏重个人主观感悟相契合。相比之下，现代的学术规范则对结构体例之类相当重视。然而，阅读王国维所著序跋文时，却总能令人感受到他以一种巧妙的方式将不同的体例融合在一起。比如在《国学丛刊序》中，骈文的表述文体却由于和论文体糅合无间，所以这篇序文条理清晰，层次细腻，同时拥有了行云流水而又逻辑严谨的特点：

> 学之义，不明于天下久矣！今之言学者，有新旧之争，有中西之争，有有用之学与无用之学之争。……故三者非翕然有疆界，而学术之蓄变，书籍之浩瀚，得以此三者括之焉。凡事物必求其真，而道理必求其是，此科学之所有事也；而欲求知识之真与道理之是者，不可不知事物道理之所以存在之由，与其变迁之故，此史学之所有事也；若夫知识道理之不能表以议论，而但可以表以情感者，与夫不能求诸实地，而但可以求诸想象者，此则文学之所有事也。……
>
> 夫然，故吾所谓学无新旧、无中西、无有用无用之说，可得而详焉。何以言学无新旧也？……故物理学之历史，谬说居其半焉；哲学之历史，空想居其半焉；制度风俗之历史，弁髦居其半焉；而史学加弗弃也。……此所以有古今新旧之说。何以言学无中西也？……彼愬愬焉虑二者之不能并立者，真不知世间有学问者矣！
>
> ……以上三说，其理至浅，其事至明。此在他国所不必言，而世之君子，犹或疑之，不意至今日而犹使余为此哓哓也。①

---

① 王国维：《王国维文集》（一），中国文史出版社 1997 年版，第 365-368 页。

　　从语言风格上来说，《国学丛刊序》是利用中国传统骈文体进行表述，多用排比句使其文字色彩更加浓重，但整体结构上却十分规范严谨，突出其说理效用。除此之外，王国维所撰写的《曲录自序》也是文字飘洒自如与征论健硕之典范，令人叹服。如果说中国的诗性批评文体向重论证的长篇论文转型只是形式改变的话，那么批评文体中方法论精神的转变则意义更加深刻。这些序跋兼具文学之美与学理之智，语言内容的灵动与结构的庄重糅合得十分巧妙，一方面尊重了序跋文这种较为随性自由的文体所应有的感性化特点，另一方面也体现了学术中论说事理所需的严谨性与逻辑性，这样一来，典雅与严密合二为一，便会给读者带来一定程度的杂糅冲击和愉悦体验。

　　当代文学创作，特别是文学批评写作，文体样式相对单一封闭。论者往往摆出高高在上的姿态，先设立论点，再通过层层论证以强硬的姿态向读者展示自己的观点，读者基本上没有独立思考的空隙。如果我们在这种态势愈演愈烈的情况下还没有意识到文体模式化的缺点，终将使批评走向封闭，处于被动地位的读者也会因此产生抵触情绪，即便作者见解独到，也仍旧不易产生大的反响。除了文体的单一化与封闭化，我国文论界的另外一个问题是批评话语的方向性迷失。百年来，在围绕"怎么说"的问题上，中国文论一直在向西方学术范式靠近，在愈发系统性、规范性的同时，中国古代文论所独有的诗性特质也逐渐流失，其间得失值得探究。在如今的学术界，无论个人气质秉性何异，却都不约而同地在书写规范的同时与挥洒自如的体式和言近旨远的语言愈来愈远。也正因为这个原因，能够将逻辑系统严谨的现代性框架与灵动优美感性的古韵巧妙糅合的王国维序跋才格外引人注目。

　　王国维的序跋文体除了对于传统文论的继承之外，又努力摆脱传统序跋常见的经验性批评，坚持从传统中寻找最适合自己的言说方式，使序跋提升到了具有科学性、系统性的高度。论说之文字本难赋骈言，然而如其《曲录自序》，除证论健硕之外，文字也飘洒自如，实为难得。那么，为什么王国维可以寻得这种中西融合的文体样式抒写序跋？除了他中西学底蕴俱为深厚之外，时代也是很重要的一个因素。王国维生活在中西文化前所未有的猛烈碰撞的时代，由传统文体范式向现代转型已经成为了时代要求，所以在这种情况下对中国古代文论进行合理改造，使其既能保留传统精髓，又能适应现代文论的发展就成为了必然趋势，王国维则自觉地担起了这个学术重任。反观当下，百年之后的中西文化交汇碰撞大有愈演愈烈之势，面对异质批评话语不能完全相融的情况如何取舍则成了不得不思考的问题。正如王晓华所说："因为传统话语体系已经很难满足中国学者的需求，所以转型更为彻底的西方话语体系便成为了他们的首选，也正是由于这股潮流使得中国汉语批评冲淡了原有的传统色彩，所谓的后殖民语境自此全面形成。"①中国传统话语体系的没落程度已经到了身处"后殖民语境"的地步，在这种情况下，很多学者只以效仿西方文学话语为目标，甚至在一些文章中生搬硬套一些西方术语，将简单问题复杂化以显示自己学术修养之深。但是，中国数千年来传承沿用的话语体系真的没有值得当下学界学习借鉴之处吗？传统的批评话语和思维就无法与世界沟通吗？实际上，从封建社会的崩塌至今，不过百年而已，无论其中历经多少变动，我们都不可能与传统划清界限。一个民族无论发展到何等境地，他所特有的文化精髓都是无法被抹去的。如果将中国文论的诗性传统置于追求逻辑性、严谨性的西方文论中加以考察，赋予他们既保持传统特质，又与现代语境相适应的内涵，他们自然便会如获新生地再次活跃在文学的舞台上。只要我们自觉将其视为己任，积极对传统文化中的精华进行梳理改造，那么在这个前提下创造出一种可以与西方话语兼容、对话的批评语言是有可能的。

因此，强调王国维序跋的文体价值，一方面是由于他的序跋文体的确有特色，最重要的是他的序跋文体能够给我国当代文学批评界提供宝贵的借鉴。这种文体范式的现代化"转型"，并不完全是迫于西方文论压力强制同化的结果，更是我国批评文体在顺应潮流的过程中最大限度获取生命力的过程。希望未来的我们拥有更多具

---

①　王晓华：《当代文艺批评的三重欠缺》，《人大复印资料文艺理论卷》2001 年第 6 期。

有生命力的文体类型进行学术创作。

二、《红楼梦评论》与《人间词话》的文体比较

浏览"王(国维)学"界关于《红楼梦评论》和《人间词话》①的研究著述，不难发现论者的关注点多在二者的理论内涵（"说什么"），对其批评文体（"怎么说"）却熟视无睹或轻描淡写，更无人从二者对比的角度来探讨《人间词话》独特的文体价值。笔者从批评文体的角度观照王国维这两个批评文本，认为二者文体皆是王国维自觉批评意识下的主动选择，而《红楼梦评论》的颇受指摘与《人间词话》的备受赞誉与二者的文体息息相关。钱锺书在谈到王国维《红楼梦评论》与叔本华哲学之关系时指出："利导则两美可以相得，强合则两贤必至相阨。"②在此借用钱先生的这两句话，剖析王国维文学批评之成败与其批评文体之选择的内在关系，从而在"相得"与"相阨"的比较中揭示《人间词话》的文体价值。

1. 自觉批评意识下的文体选择

王国维学术辙迹清晰可寻，研究路径明显是由传统而新学再回归传统。作为一个性格内敛、情感"主观"的诗人，在治学方面他也有自己独特的兴趣与主张。处于近代新旧交替、文化认同多元的时代中，他始终坚持"欲学术之发达，必视学术为目的，而不视为手段而后可"（《论近年之学术界》），并郑重申明他的治学原则：

> 余正告天下曰：学无新旧也，无中西也，无有用无用也。……事物无大小，无远近，苟思之得其真，记之得其实，极其会归，皆有裨于人类之生存福祉。(《国学丛刊》序)

在王国维看来，治学没有古今、中西之限，因此他凭借这深邃的领悟力和宽阔的视野透视古今中西，全身心致力于学术研究，"每治

---

① 以下王国维文章皆出自王国维：《王国维遗书》，上海书店出版社1996年版。

② 钱锺书：《谈艺录》，中华书局1984年版，第351页。

一业，恒以极忠实极敬慎之态度行之，……盖其治学之道术所蕴蓄者如是，故以治任何专业之门，无施不可，而每有所致力，未尝不深造而致其极也。"①他的研究给后世留下了值得深思的卓见，尤其是他的文学批评和使用的批评文体，显示了学者型批评家的沉稳缜密与特立超拔，折射出他选择文体时极为自觉的批评意识。

《红楼梦评论》发表于 1904 年，此时的王国维正在上海接受新学，一心研读西方哲学、教育学和美学，他对西方文化思维与我国传统思维的不同之处有着清醒的比较与借鉴意识，在《论新学语之输入》（1905）一文中他指出：

> 抑我国人之特质，实际的也，通俗的也；西洋人之特质，思辨的也，科学的也，长于抽象而精于分类，对世界一切有形无形之物，无往而不用综括及分析之二法，故言语之多，自然之理也。

正是在西方批评"长于抽象和精于分类"以及"综括及分析之二法"的启发和引导之下，王国维开始自觉地引进西方批评理论与方法进行文学批评，并借用西方思辨的、论说的批评文体来写作中国文学批评，《红楼梦评论》于是诞生。

《红楼梦评论》使用西式论文文体所体现的现代眼光与系统方法，显现出与传统文体、传统方法迥然不同的新面貌，令当时的学术界和批评界耳目一新。王国维独树一帜的批评实践无疑像一记重磅炸弹，产生了等同甚至超越当时改革家角色职能的巨大影响。

1908 年《人间词话》公开发表。《人间词话》回归传统，在继承前人成果的基础上提出"境界说"，并用传统的批评文体——词话写就。之后王国维更转向中国传统文学、古文字、古史等方面的研究，此后一直研治国学，致力于古代文化典籍的校勘、阐释、考证，取得了极大的成就。也许很多人会非常困惑：像王国维这样对

---

① 陈元晖：《论王国维》，《陈元晖文集》，福建教育出版社 1992 年版，第 3 卷第 158 页。

西方哲学经典著作曾经悉心研究且深有体会的学者，何以在那样一个西学路子越走越宽的时代，却选择重返古典，重返传统？

其实，在《人间词话》发表的前一年，王国维于《〈静庵文集〉自序二》中说："余疲于哲学有日矣，哲学上之说大都可爱者不可信，可信者不可爱，……此近二三年中最大之烦闷。"说明他已经对西方哲学有较深入的思索，看到了它们的矛盾和局限，这一点反过来促使他寻求传统文化的优点，王国维正是站在对中西文化进行比较研究、深入思索的高度创作了《人间词话》这部巨著的。

另一方面，《红楼梦评论》在获得巨大声誉的同时，也收取了如潮的指摘。面对指摘，王国维虽然没有回应，但他自己心里非常清楚，他所做的就是深刻反省自己。之后的《屈子文学之精神》和《文言十六则》的圆熟表现便是他思索和反省的结果，说明他已经意识到批评的关键在于如何谨慎选择学术方法和文体。从《屈子文学之精神》中他对屈原透彻而深刻的分析里我们可以看到他真实的批评态度，看到他自身的人格与审美情性在他的批评实践中所起的决定性的作用。在经历了对西方哲学的倦怠和《红楼梦评论》的失误之后，内敛的王国维将兴趣转移到了传统的文学创作，与此同时，王国维的文学批评也在积极寻求中外汇通之路，并最终将以内化外视为中国学术的唯一途径。正是在这种自觉批评意识的指导之下，《人间词话》关注传统词学，并用传统的词话演绎他的"境界说"，从而在近代文学批评上演绎出一部融通古今中西的典范之作。《人间词话》成功地以内化外，以中化西，为中国现代文学批评开辟了一条崭新的发展路径。

郭沫若曾高度评价王国维道："他是很有科学头脑的人，做学问实事求是，丝毫不为成见所囿，并且异常胆大，能发前人所未能发，言腐儒所不敢言。"①确实，王国维顺应文化发展的历史潮流创作了《红楼梦评论》，又随顺自己的审美性情和创作经验创作了《人间词话》，他承继传统而不泥古，融通西学而不媚外，其批评意识的自觉性和批评文体选择的主动性极其鲜明。

---

① 郭沫若：《历史人物》，中国人民大学出版社2005年版，第214页。

2. 强合与利导中的文体价值

文体是支撑内容的骨架，也是思想观念的外在表现。每种文体各有特点，与批评理论配合得当则兼美，反之则两伤。立足于批评文体角度来考察，我们会发现：《红楼梦评论》只因理论内容与文体样式的"强合"，故"两贤相厄"；《人间词话》终因批评文体对批评内容的"利导"，而"两美相得"。两相比较中我们清晰看到传统词话在《人间词话》中凸显出的文体价值。

《红楼梦评论》是最早用西方哲学、美学和文学观点对我国古典小说进行评论的"西式"论文，结构严谨、论证周密、系统性逻辑性强。该文所持有的西方美学价值和逻辑体系，作为中国现代文学批评范例开启了新的价值取向和思维方式，地位之高无人能及，王国维因此也被誉为中国现代学术史上但丁式的人物。

但《红楼梦评论》自问世以来却备受指摘，尤其是该文所持的"解脱论"观点受到严厉批评，不少学者（如夏志清、叶嘉莹等）都曾著文说明，《红楼梦》作品本身的意义内涵具有一种多元的、矛盾的性质，不可能以一种哲学观念来简单地认定。①"解脱论"不仅无法涵盖《红楼梦》精深博大之内涵，更是对这部伟大作品的"误读"。这些观点得到大多研究者的认同。

《红楼梦评论》采用的是西式论文文体，逻辑严密，结构明晰，本是无懈可击的好文体。问题在于，西式论文进行的是演绎推理，先有一个绝对的先入为主的论点。如果这个先入为主的理论观点对于论者所研究的对象（文学作品）是不合适的甚至是错误的，一切都会变得不同。钱锺书《谈艺录》早已指出，王国维从叔本华等西方哲人那里借来的"解脱论"并不适合《红楼梦》，用"解脱论"阐释《红楼梦》是"削足适履"，是"作法自弊"②，其牵强附会、生拉硬套是非常明显的。以既定的理论推绎代替对作品实际描写的分析，这种整体性意义上的评说不仅不符合作品实际，也背离了叔本华意

---

① 参见张洪波：《〈红楼梦评论〉的现代论方法意义》，《红楼梦学刊》2001 年第四辑，第 152 页。

② 钱锺书：《谈艺录》，中华书局 1984 年版，第 351 页。

志哲学的本意。

我们看到,《红楼梦评论》的主体部分都是在围绕"解脱论"进行论证,层次极为分明。中心论点"解脱论"在"西式论文"这种逻辑严密的文体规范的统驭下,以一种压倒性的地位和势力,主宰并操纵着各章节、各层次的具体论证,使得《红楼梦》作品的分析变成了服务于"解脱论"观念的引证。富于逻辑思辨的、新颖有力的思维表达与文章体式,在赋予《红楼梦评论》一种统摄性和一以贯之的理论气势的同时,强加在《红楼梦》头上的"解脱论"在势不可挡的逻辑推理中成为一种真正意义上的"误读"。而围绕"解脱论"的具体论述也存在许多牵强附会的错误。例如将宝玉之"玉"比附解释为"人生欲望"之"欲"。宝玉之"玉"确实有象征意义,但所喻指的绝非叔本华哲学所说的"生活之欲",而是指人的灵明本性,是典型的东方式的哲学观念,和西方有较大偏离。① 误读在条理密贯、逻辑谨严的论文体中被无限放大,最终走向一种理论的谬误,走向批评思想与批评对象的严重背离。

王国维在《红楼梦评论》中自始至终所贯彻的"解脱论",虽然赋予全文一种整体、贯一的理论气势,但相对于它所批评的对象《红楼梦》来说,理论观点虽新,却难逃一个"隔"字:中西文化和艺术的隔膜。《红楼梦评论》并没有能够显现出《红楼梦》真正的艺术价值和丰富复杂的美学内涵。不管作者借用"解脱论"是出于有意(突破传统思维)抑或无意(契合论者性情),其强合式误读是显而易见的。而且,《红楼梦评论》使用的"论文"体逻辑严密,*丝丝入扣*地将这种误读贯彻下去,从而将误读放大、扩展至人们最终无法接受的程度,以致论文最终如多米诺骨牌一样,一推即溃,令作者在理论的沙滩上建立起来的庞大建筑轰然倒塌,只留下一些语言的碎片。由此可见,这种先入为主、片面拘执的理论观点正是在"论文"体的运作下,批评思想与批评文体的"两贤相阨"。这种相阨的后果对我们是一种警示:在运用某种新的理论观点来诠释文学

① 参见温儒敏:《中国现代文学批评史》,北京大学出版社 2003 年版,第 6 页。

作品时，寻找最佳最适合的批评文体绝不仅仅是一个形式问题。选择得好就会达至"兼美"，否则就会"两伤"。

与《红楼梦评论》的颇受指摘不同的是，《人间词话》备受赞誉。《人间词话》公开发表后，有许多人进行过不同角度、不同层面的研究，不仅出现了难以计数的研究论文、著作，而且出现了佛雏、叶嘉莹这样的《人间词话》研究专家，以至于夏中义说："20世纪大陆王学史，大体上是对《人间词话》的探讨史。"①竹内好把《人间词话》视为"卓越的文艺评论"②。温儒敏指出："境界说是整个批评理论金字塔的顶端，也是最富光彩的部分。"③还有学者指出王国维的境界说是"世界上各文化体系完美交融的典范"④。

可以说，《人间词话》的巨大成功与王国维的文体选择有着直接的甚至是至关重要的关系。首先，《人间词话》选择了最为典型的古典批评文体：词话；其次，《人间词话》使用了大量的传统文论的概念与范畴：境界、隔、以物观物、赤子之心、情景、自然等。当然，《人间词话》也借用了某些西方美学概念，如主观之诗人、客观之诗人、理想、写实、关系、限制等。但无论如何，《人间词话》放弃了早先《红楼梦评论》的那种以中（中国作品）证西（西方美学理论）的做法，回到了以感性直觉来体悟诗词生命的中国文论的传统。透过《人间词话》，我们看到王国维继承了传统的感悟方法，在大量灵动感性经验的积累中重回中国文化传统，并使之更加富有生机和活力。

《人间词话》采用的批评文体——词话，是由诗话衍化而来，这种文体简约含蓄，点评式的批评灵妙飞动，警句迭出，能给人新

---

①　夏中义：《世纪初的苦魂》，上海文艺出版社1995年版，第212页。

②　［日］岸阳子：《竹内好之王国维论》，见孙敦恒编：《纪念王国维先生诞辰120周年学术论文集》，广西教育出版社1999年版，第209页。

③　温儒敏：《中国现代文学批评史》，北京大学出版社2003年版，第12页。

④　周锡山：《论王国维的伟大学术成就对当代世界的价值》，见孙敦恒编：《纪念王国维先生诞辰120周年学术论文集》，广西教育出版社1999年版，第276页。

奇的启示与感悟。它一方面向读者传达批评家的真切感受；另一方面，因为其不对概念作明确的界定，留给读者更多艺术想象的空间。《人间词话》与中国古代许多词话著作一样，都是一种主观感觉与直悟的艺术表白，形象化、情感化的语言比比皆是，对诸多命题并不作理论的界定，而是在反复的例证或隐喻中暗示出来。虽然研究者也指出《人间词话》存在的一些问题，比如论述问题常辞句模糊不清、概念的内涵与外延不够严密统一、理论色彩淡化、论证过于主观、某些观点不妥等，但是这丝毫没有影响它在人们心中的魅力。为什么？因为王国维所选择的批评文体（传统词话），利导其批评理论（"境界说"）的表达及深化，二者是"两美相得"。

温儒敏《中国现代文学批评史》指出：

> 中国传统的文学批评所依赖的不是固定的理论和标准，而是文人大致相同的阅读背景下所形成的彼此接近的思维习惯和审美趣味，以及由这些因素所影响形成的共同的欣赏力和判断力，这些都是沟通批评家与作者、读者感受体验的桥梁。……中国人的批评文章是写给利根人读的，一点即悟，毋庸辞费。①

王国维选择了完全和中国传统批评相契合（亦和"境界说"相契合）的文体——词话，这种"随笔录之"的"词话"，应该说比严谨周密的"论文"体，更能切入作品批评之中。批评家在阅读感受中，把属于文学艺术的方方面面真实地写了出来，片言只语，却往往能触及作品的要害。在这里，批评家只是一个欣赏者，他忘却自己批评家的身份，用平视和内省的眼光，真切地感受作品及作品中的世界，与之融合无间，并把体会到的美真实且细腻地表达出来，也只有这样的眼光和表达才能更切近文学作品的本真状态，也更切近文学接受者的心理真实。

---

①　温儒敏：《中国现代文学批评史》，北京大学出版社2003年版，第3页。

3. 相阨与相得后的文体假设

《红楼梦评论》因批评理论与批评文体的"强合"，最终"两贤相阨"，西式论文强烈的"聚焦性"，让《红楼梦评论》"解脱论"与所评作品的不合放大至不能自圆其说的程度；《人间词话》因批评文体对批评内容的"利导"，故而"两美相得"，传统诗话灵动的"发散性"，让《人间词话》既立足于"境界说"又对之有所突破。既然相阨或相得都源于批评文体，那么我们是否可以做一个假设：如果《红楼梦评论》用诗话体来写，而《人间词话》用西式论文（著）体来写，又将如何呢？

这个假设有些大胆，却并非是空穴来风。其实，《红楼梦评论》中并不缺少诗话的痕迹：如开篇对老庄哲学思想的感性演绎（"老子曰"一段），中间对超然忘物的诗性描绘（"此犹积阴弥月，而旭日杲杲"一段），还有对"优美""壮美"两大类型的具象排比（如"美之为物有两种"一段），等等。其生动直观的描写，行云流水的文笔，如同闪闪发光的珍珠，让人过目难忘。当《红楼梦评论》所采用的论文体将"解脱论"贯彻到底的时候，作者在沙滩上建立起来的理论大厦倒塌之后，留给人们回味的也只是以上提到的如珍珠般的语言碎片。假若王国维使用"诗话"体来阐释他的"红楼梦评论"，其"解脱论"就不可能取得统驭性地位，因而也不可能推导出"玉者欲也"这样简单的结论。在"诗话"体的言说框架内，"解脱论"的局限或缺憾将被淡化，而那些诗性的片断式言说将形成一种潜在的体系，如璀璨繁星在红学研究的天宇熠熠生辉。

在《人间词话》片断式言说的后面，就有着一个潜在的体系，这个潜体系的核心就是"境界说"。"境界"在《人间词话》中具有枢纽性的地位，首先下分两大类型："有我之境"与"无我之境"；其次发散到境界的不同表现形态，有"壮美"和"优美"；再次又从"境界"派生出"隔"与"不隔"的说法，并从境界的创造方法上提出了"理想"派与"写实"派；最后则推衍出"出入"说，等等。在第九则之后的"具体批评"部分，王国维评论太白、飞卿、后主、少游、东坡等众多诗人词人时，也没有脱离"境界说"。在"境界"这一轴心概念的串联下，《人间词话》有秩序地组合成一个多重层次的批评系统，传统诗话的"发散性"特点在这里也得到了绝好的体现。

诚然，《人间词话》关于"境界"的诸多论点并非没有缺陷（比如"有我之境"与"无我之境"的界定与划分），但这些缺陷在"诗话"体中得到有效的控制，不可能像"解脱论"在《红楼梦评论》中那样取得统驭性地位。笔者于是想象：假若《人间词话》用逻辑严密的"论文（著）"体来构筑与书写，"潜体系"就会浮出水面，某一两个有缺陷的核心论点就会取得统驭性地位，然后条理密贯、逻辑谨严地贯穿到底。其结果必然是核心论点的缺陷被无限放大，精心建构的理论大厦也会随之坍塌。在理论的废墟中，那些灵动而自由的语言碎片还有多大的价值和意义？

《红楼梦评论》和《人间词话》的书写实例告诉我们：有深度、有层次的批评理论需与相应的批评文体配合，择取批评文体时应该仔细慎重。只有灵活机动地把握好批评理论与批评文体之间"互为主观"的双向调整与双向阐释维度，才能使作品的意蕴阐释得到开掘和深入，同时也使理论的言说更为充实。

中国现当代文艺批评的发展是以放弃、遗忘、忽略中国传统批评的样式为代价的。今天，我们重提王国维，重新审视《人间词话》，重新评估传统批评文体的价值，意在提倡一种融生动活泼的具体感受与严密的思辨架构于一体的新的文体，如同《人间词话》一样：旧而弥新。诗话（词话）是中国古代文论家的独特创造，为西方所无，是中国文学批评史为世界文学批评史乃至文化史所作出的巨大贡献。王国维用他的文学批评实践，显示出对 20 世纪和 21 世纪文学批评书写及学术书写的典范性意义。

结语　批评文体研究与古代文论之现代转换

中国文论之批评文体有着丰富的理论资源和宝贵的诗性传统。本文认真理清中国文论批评文体的诗性传统，追寻这一传统的文化根荄和历史底蕴，揭示这一传统超时空的生命活力，从而为陷入困境的中国文论之现代转换另开诗径和理路。以批评文体为纲重构中国文学批评史，创造性转换中国文论批评文体的诗性传统，既可针砭当下中国文学批评之理论现状和书写实践存在的较为严重的失"体"失"性"、板滞枯涩之病，又可重建新世纪中国文论之批评文体。

一、批评文体研究与古代文论之现代转换

"五四"以降，中国现当代文论永远在忙着搬运西方的术语和阐释西方的理论，文论领域的城头不断变换着大王旗，从"浪漫主义"到"现实主义"，从"结构主义"到"解构主义"，从"精神分析"到"文本分析"，从"细读"到"误读"，如走马灯似的令人眼花缭乱、无所适从。而后"具有民族特征和文化内涵的文学理论范畴被分割、套用到西方文学理论的框架中，削足适履，使中国古代文论的一些概念失去了真实的、生气贯注的具体语境和整体意脉"①。引来他山之石，丢弃固有传统，古代文论被"体系"与"逻辑"肢解得面目全非，中国传统之根几近断裂。这样做还有一个后果："从整体上来看，20世纪的中国文学批评，不仅体式机械呆板，较为

---

① 刘绍瑾：《中国文学批评史学科建构中的中西比较意识》，《厦门大学学报》2005年第4期。

单一，语言文字也大多干瘪生硬，枯燥乏味，且散乱芜杂，空洞无物，缺乏个性。"①

　　20 世纪末"古代文论的现代转换价值"问题一经提出，文论界立即显示出群情激昂、众志成城的巨大热情，可惜这个问题始终没能得到很好的解决。应该说，从王国维到宗白华到钱锺书，再到20 世纪末的专家们，他们秉着振兴民族文艺的崇高理想，为古代文论的转换问题进行了从理论到实践的诸多探索，依然未见显著成效。笔者以为学界过分关注中国文论的思想内容，进而将其视为实现现代转换的唯一支点，是转换难以奏效的重要缘由。有学者曾深刻指出，"古代文论因其时代和思想的局限，有些内容在今天已失去了作用和价值：或衍为空泛（如'文以载道'），或成为常识（如'物感心动'），或无处可用（如'四声八病'），或无话可说（如'章表书记'）……"，既然如此，这些已经过时的理论还能有多大阐释空间和再生价值？又怎么能够将之转换成功，为当代文论所用？既然如此，积极开辟新的视域成为解决转换问题的当务之急。

　　中国文论的言说方式（即批评文体）丰富多样，极为鲜明地体现了我国文论的民族性特征，"不仅在文体样式、话语风格、范畴构成等方面表现出鲜明的诗性特征，而且以其言说的具象性、直觉性和整体性，揭示出中国文论在思维方式上的诗性特质。"②将古代文论的批评文体进行创造性地转换，即从中国文论的诗性言说传统之中发掘并吸取具有现代价值的言说方式及思维方式，或许可为机械生硬、枯燥乏味的当代文论注入清泉活水，让干瘪呆板的文论语言焕发出灵动的生机。对古代文论的批评文体进行研究，不应仅仅停留在学理层面，还应让它落实到实践中。笔者以为，我们不但要研究批评文体的文体特征和嬗变规律，还要关注文体创造发生的历史缘由，从中找到历史赋予文体的审美特性和依附着的思维方式。

---

　　①　杨守森：《缺失与重建——论 20 世纪中国的文学批评》，《中国社会科学》2000 年第 3 期。

　　②　李建中：《中国文论：说什么与怎么说》，《长江学术》2006 年第 1 期。

从批评文体的文学性表征中，我们要更多汲取其诗性特征的具体体现。当然更重要的是，我们要从现代大家们对古代批评文体的继承方面找到详尽可行的实践点，才能为古代文论的转换找到最好最根本的切入点，真正做到"古为今用"。

二、批评文体研究与批评史重构

"文学批评史"，无论是一个术语还是一个学科，都是舶来品，这导致了西方文学观念、批评方法和书写体例对中国文学批评史编撰的决定性影响。在西方文论的理论框架内排比中国文论的材料。这里面潜伏着一种危机：中西文化观念的异质性使得阐释深入不下去，众多论著在同一个层次上作重复研究。有学者说："如果我们还承认批评(本身)是文学经验的触角，并将之看作是一种与探索文学经验有关的、既表现思想又体现乐趣的活动，那么批评史就不应仅仅是一种枯燥无味的编年史或者罗列批评家及其经典著作与言论的'光荣榜'。"①文学批评既有理论思想也有言说方式(批评文体)，后者更能体现中国文论的本土特色，从而更具有现代转换的理论价值和现实可能。

笔者大胆提出一个新的思考：中国文学批评史的构建，应该回归传统文论话语本身，应该以批评文体为纲。用历史的和逻辑的方法，全面研究古代批评文体的内部结构、审美特征、发展规律以及各类文体之间的互相影响和互相融合。在此基础上，还要研究批评文体所反映出来的古代批评家的感受方式、审美心理以及文化心态的风貌及演变。以批评文体为纲构建中国文学批评史，具有以下方面的学理意义：

(一)中国文论本土特色的充分阐扬

现当代文学理论史无疑是一部西方文学观念、术语、文体的接受、消化与转化史，传统之根断裂了。故有学者深深感慨："一个

① 黄念然：《中国文学批评史研究中的历史叙述问题——以几部批评史著作为例》，《复旦学报》2004 年第 6 期。

民族在一个特定的历史开放时期居然失衡地未有效地利用本民族的有效理论表达语言，这又是一种怎样的悲凉呢?"①语言问题永远是一个文化问题，从而也就是一个民族问题。绵延数千年的中国文学创作和文学批评有自己的语言和自己的表达方式，我们应该首先对它有足够的关注。中国古代文学理论批评文体有着鲜明的特色，呈现出色彩斑斓的风貌。体制上，既有短小精悍的札记型体式如序跋、书信、论诗诗、诗话、词话、评点，也有博大恢弘的论文型体式如骈体、赋体、散文体等，篇章结构或完美精致或随意散漫，语言文字或通俗浅显或含蓄蕴藉。风格以自由舒畅为主。批评文体发展的脉络也很清晰，先秦寄生体，汉代史传体、书信体、序跋体，魏晋南北朝出现骈赋体，唐代论诗诗，宋代诗话、词话，明清评点体(小说和戏曲评点)，不同文体历时性出现，出现后又共时性存在，构成中国古代文学理论批评文体的多姿风貌。而中国古代文学理论家、批评家贯通于"道""艺"两端的特殊思维智慧，更为民族特色之所系。在"西式思维"已成定势的情况下，以批评文体为纲，珍惜并努力阐扬自己民族的传统理论话语特色，从而确认其自立于世界文艺领域的独立价值。

(二)批评史原生形态的整体解读

中国的文学理论，它的各类范畴和命题，它的观念和思想，它的批评实践与评价标准，首先是以其自身特有的"语言"形态"历史性"地存在着。尽可能地还原以历史形态存在的中国文学批评史，亦即学界通常所称的"原生形态的批评史"，我认为还得从"客观存在"的批评文体入手。批评文体虽直接呈现的是语言秩序和体式，但决不是一些规则的简单排列组合，而是透视文学批评史乃至文化史的一个窗口，它的产生演进是诸多社会文化要素作用的结果。批评文体如同骨骼，负载着批评家的思想成果、社会文化精神和批评家个体的人格内涵，推动着批评的历史鲜活生动地朝前发展。

---

① 杨乃乔:《新时期文艺理论的后殖民主义现象及理论失语症》，《徐州师范学院学报》1996年第3期。

中国有重视文体的渊远历史。在历史语境中，以"辨体"为先是中国古代文学批评与文学创作的传统与首要的原则，"文章以体制为先"①"论诗文当以文体为先，警策为后"②，文体作为文学批评和文学创作的核心要素受到重视。直至近代亦是如此。以批评文体为纲构建批评史，可以通过对历史连续性（突破时空朝代的限制）的表现与描述，让批评现象中那些不连贯的断裂的因素在同一文体的发展流程中、在连贯性原则中被化解整合，从而消弭了以朝断代、以西释中所带来的割裂感，体现出批评史书写活动中整合性的话语秩序，表现出对批评历史运转的总体营构倾向。

（三）诗性言说方式的现代传承

"我们在读西方文论著作时，经常会感到其中似乎是某种逻辑或规则在言说，而不是活生生的人在言说。中国古代文论则与之相反，其中始终贯穿着言说者（批评家）的主体色彩，即使在学理性很强的著述中，我们也能够很容易地感受到言说者的个性。"③为何会这样？文体。批评文体是批评家个性的显明而关键的体现点。文体形态不是纯语言现象，人类的生存环境与精神需求是文体形态创造和发展的内在因素。批评文体从来都是有意味的形式，并不只是一些规则的简单排比组合，在其背后，往往有着很深的文化渊源和蕴涵，对批评文体的透视，既可以揭示批评主体人生追求中所蕴涵的审美倾向，亦可以揭示批评主体审美机制中所蕴涵的人生意味。对于古代文论家而言，批评文体既是话语方式也是生存方式，因此无不对批评文体文学化有着相当自觉的体认。批评文体呈现出鲜明的诗性特征。

以批评文体为纲，关注对文论话语即批评文体的阐释和研究，

---

①　（明）吴讷著，于北山校点：《文章辨体序说》，人民文学出版社1962年版，第14页。

②　（清）曹溶辑：《学海类编》第五十三册之张戒《岁寒堂诗话》，民国上海涵芬楼影印，第2页。

③　张明：《关于中国古代文学批评史著作编写的思考——兼论中国古代文论的现代转化》，《学习与探索》2005年第3期。

把握古人生存方式与生存智慧，进入其精神世界的通道，为实现古今交流提供了一个对话的平台，也是期待引导人们对古代文学批评特别是对批评的话语方式的认识达到一个更高的层次，切实实现传统文论向现实的传承，改变当代文论干瘪生硬、枯燥乏味、缺乏灵气的状况，用诗性的言说构建一个诗意的家园。而抽象与枯燥风格的改变，会从根本上改造文学及艺术理论思考的形态。以批评文体为纲编撰的批评史所构建的新的学术平台，应该会逐渐改变和更新中国文学批评史的整体景观。

参 考 书 目

一、主要史料性文献

（汉）司马迁撰：《史记》，中华书局排印本 1959 年版。

（汉）班固撰：《汉书》，中华书局排印本 1964 年版。

（晋）陆机著，张少康集释：《文赋集释》，人民文学出版社 2005 年版。

（梁）萧统编、（唐）李善注：《文选》，上海古籍出版社 1986 年版。

（梁）刘勰著，范文澜注：《文心雕龙注》，人民文学出版社 1958 年版。

（梁）钟嵘著，陈延杰注：《诗品注》，人民文学出版社 1980 年版。

（唐）魏徵等撰：《隋书》，中华书局排印本 1973 年版。

（唐）日弘法大师原撰、王利器校注：《文镜秘府论校注》，中国社会科学出版社 1983 年版。

（唐）司空图、（清）袁枚著，郭绍虞辑注：《诗品集解·续诗品注》，人民文学出版社 1963 年版。

（宋）严羽著、郭绍虞校释：《沧浪诗话校释》，人民文学出版社 1983 年版。

（明）吴讷/徐师曾著，于北山/罗根泽校点：《文章辨体序说文体明辨序说》，人民文学出版社 1998 年版。

（明）许学夷：《诗源辨体》，人民文学出版社 2001 年版。

（清）王夫之等撰：《清诗话》，上海古籍出版社 1963 年版。

（清）姚鼐选纂，胡士明、李祚唐标校：《古文辞类纂》，上海古籍出版社 1998 年版。

（清）何文焕辑：《历代诗话》，中华书局 2004 年版。

（清）永瑢等撰：《四库全书总目提要》，北京中华书局 1965 年版。

（清）刘熙载撰：《艺概》，上海古籍出版社 1978 年版。

（清）严可均辑：《全上古三代秦汉三国六朝文》，中华书局 1958 年版。

丁福保辑：《历代诗话续编》，中华书局 1983 年版。

郭绍虞：《清诗话续编》，上海古籍出版社 1983 年版。

郭绍虞、王文生主编：《中国历代文论选》，上海古籍出版社 2003 年版。

宗福邦、陈世铙、萧海波主编：《故训汇纂》，商务印书馆 2003 年版。

二、主要研究性文献

（一）专著类

蒋伯潜：《文体论纂要》，正中书局 1942 年版。

钱锺书：《管锥编》，中华书局 1979 年版。

钱锺书：《谈艺录》，中华书局 1984 年版。

秦秀白：《文体学概论》，湖南教育出版社 1987 年版。

朱子南：《中国文体学辞典》，湖南教育出版社 1988 年版。

蒋原伦、潘凯雄：《历史描述与逻辑演绎——文学批评文体论》，云南人民出版社 1994 年版。

徐兴华：《中国古代文体总揽》，沈阳出版社 1994 年版。

王运熙等：《中国文学批评通史》，上海古籍出版社 1996 年版。

陈望道：《修辞学发凡》，上海教育出版社 1997 年版。

钟涛：《六朝骈文形式及其文化意蕴》，东方出版社 1997 年版。

刘世生：《西方文体学论纲》，山东教育出版社 1998 年版。

冯光廉：《中国近百年文学体式流变史》，人民文学出版社 1999 年版。

童庆炳：《文体与文体的创造》，云南人民出版社 1999 年版。

陶东风：《文体演变及其文化意味》，云南人民出版社 2000 年版。

刘明华：《丛生的文体——唐宋文学五大文体的繁荣》，江苏教育出版社 2000 年版。

谭帆：《中国小说评点研究》，华东师范大学出版社 2001 年版。

曹顺庆等：《中国古代文论话语》，巴蜀书社 2001 年版。

邹云湖：《中国选本批评》，上海三联书店 2002 年版。

吴承学：《中国古代文体形态研究》（增订本），中山大学出版社 2002 年版。

褚斌杰：《中国古代文体概论》（修订本），北京大学出版社 2003 年版。

韩高年：《诗赋文体源流新探》，巴蜀书社 2004 年版。

郭英德：《明清传奇戏曲文体研究》，商务印书馆 2004 年版。

申丹：《叙述学与小说文体学研究》，北京大学出版社 2004 年版。

王守元、郭鸿等主编：《文体学研究在中国的进展》，上海外语教育出版社 2004 年版。

赵宪章：《文体与形式》，人民文学出版社 2004 年版。

郭英德：《中国古代文体学论稿》，北京大学出版社 2005 年版。

袁晖，李熙宗等主编：《汉语语体概论》，商务印书馆 2005 年版。

张德禄：《语言的功能与文体》，高等教育出版社 2005 年版。

徐复观：《中国文学精神》，上海书店 2005 年版。

许力生：《文体风格的现代透视》，浙江大学出版社 2006 年版。

刘世生、朱瑞青主编：《文体学概论》，北京大学出版社 2006 年版。

蒋原伦、潘凯雄主编：《文学批评与文体》，北京师范大学出版社 2006 年版。

王庆华:《话本小说文体研究》,华东师范大学出版社 2006 年版。

郭建勋:《辞赋文体研究》,中华书局 2007 年版。

蒋长栋主编:《中国韵文文体演变史研究》,岳麓书社 2008 年版。

马建智:《中国古代文体分类研究》,中国社会科学出版社 2008 年版。

杨星映主编:《中西小说文体比较》,中国社会科学出版社 2008 年版。

赵宪章主编:《汉语文体与文化认同研究》,中华书局 2008 年版。

侯维瑞:《文学文体学》,上海外语教育出版社 2008 年版。

刘世生等主编:《文体学:中国与世界同步:首届国际文体学学术研讨会暨第五届全国文体学研讨会文选》,外语教学与研究出版社 2008 年版。

何镇邦:《观念的嬗变与文体的演进》,作家出版社 2009 年版。

过常宝:《先秦散文研究:早期文体及话语方式的生成》,人民出版社 2009 年版。

邱渊:《"言""语""论""说"与先秦论说文体》,云南人民出版社 2009 年版。

王晖:《时代文体与文体时代:近 30 年中国写实文学观察》,人民出版社 2010 年版。

郗文倩:《中国古代文体功能研究——以汉代文体为中心》,上海三联书店 2010 年版。

[日]青木正儿著,隋树森译:《中国文学概说》,重庆出版社 1982 年版。

[美]韦勒克、沃伦著,刘象愚等译:《文学理论》,三联书店出版 1984 年版。

[美]鲁道夫·阿恩海姆著,滕守尧、朱疆源译:《艺术与视知觉》,中国社会科学出版社 1984 年版。

［意］维柯著，朱光潜译：《新科学》，人民文学出版社 1986 年版。

［英］雷蒙德·查普曼：《语言学与文学：文学文体学导论》，王士跃，于晶译，春风文艺出版社 1988 年版。

［法］阿尔贝·蒂博代著，王逢振译：《当代西方文学理论》，中国社会科学出版社 1988 年版。

［英］特里·伊格尔顿著，赵坚译，郭宏安校：《六说文学批评》，生活·读书·新知三联书店 1989 年版。

［美］胡志德著，张晨等译：《钱锺书》，中国广播电视出版社 1990 年版。

［美］哈罗德·布鲁姆：《批评、正典结构与寓言》，中国社会科学出版社 2000 年版。

［美］宇文所安著，田晓菲译：《他山的石头记：宇文所安自选集》，江苏人民出版社 2003 年版。

［美］宇文所安著，王柏华、陶庆梅译：《中国文论：英译与评论》，上海社会科学院出版社 2003 年版。

［美］苏珊·朗格著，滕守尧译：《艺术问题》，南京出版社 2006 年版。

［美］勒文森（Levenson，Joseph. R）著，刘伟译：《梁启超与中国近代思想》，四川人民出版社 1986 年版。

郭正中：《欧阳修》，上海古籍出版社 1982 年版。

陈韵竹：《欧阳修苏轼辞赋之比较研究》，台湾文史哲出版社 1986 年版。

夏汉宁：《一代文宗欧阳修》，江西人民出版社 1986 年版。

黄进德、郭璇珠：《欧阳修》，江苏古籍出版社 1991 年版。

刘德清：《欧阳修论稿》，北京师范大学出版社 1991 年版。

刘德清、杨爱群：《欧阳修》，春风文艺出版社 1999 年版。

顾永新：《欧阳修学术研究》，人民文学出版社 2003 年版。

黄进德：《欧阳修评传》，南京大学出版社 1998 年版。

刘德清：《欧阳修纪年录》，上海古籍出版社 2006 年版。

刘德清、欧阳明亮编：《欧阳修研究》，学林出版社 2008

年版。

余敏辉：《欧阳修文献学研究》，人民出版社 2010 年版。

徐中玉：《论苏轼的创作经验》，华东师大出版社 1981 年版。

徐中玉：《苏东坡文集导读》，巴蜀书社 1990 年版。

游倍利：《苏轼的文学理论》，台湾学生书局 1981 年版。

刘国珺：《苏轼文艺理论研究》，南开大学出版社 1984 年版。

颜中其：《苏轼论文艺》，北京出版社 1985 年版。

黄鸣奋：《论苏轼的文艺心理观》，海峡文艺出版社 1987 年版。

陶文鹏：《苏轼诗词艺术论》，上海古籍出版社 2001 年版。

廖燕：《金圣叹先生传》，上海远东出版社 1991 年版。

徐立、陈瑜：《文坛怪杰金圣叹》，湖南教育出版社 1987 年版。

钟锡南：《金圣叹文学理论批评研究》，上海古籍出版社 2006 年版。

丁利蓉：《金圣叹美学思想研究》，武汉大学出版社 2009 年版。

吴子林：《经典再生产——金圣叹小说评点的文化透视》，北京大学出版社 2009 年版。

郭瑞：《金圣叹小说理论与戏剧理论》，中国文联出版社 1993 年版。

刘欣中：《金圣叹小说理论》，河北人民出版社 1986 年版。

铁琴楼：《金圣叹尺牍》，大通图书出版社 1935 年版。

孙中旺：《金圣叹研究资料汇编》，广陵书社 2007 年版。

张国光：《金圣叹批评才子古文》，湖北人民出版社 1986 年版。

林乾：《金圣叹评点才子全集》，光明日报出版社 1997 年版。

周栋：《剑胆琴心　快哉人生　金圣叹传》，安徽文艺出版社 1997 年版。

王汝梅、张羽：《中国小说理论史》，浙江古籍出版社 2001 年版。

陆林：《金圣叹全集》，凤凰出版传媒集团 2008 年版。

王云高：《十字街口的狂客　金圣叹外传》，东方出版社 2001 年版。

吴正岚：《金圣叹评传》，南京大学出版社 2006 年版。

韩进廉：《中国小说美学史》，河北大学出版社 2004 年版。

谭帆：《金圣叹与中国戏曲批评》，华东师范大学出版社1992年版。

（清）金圣叹著，周锡山编校：《金圣叹全集》，万卷出版公司2009年版。

胡明：《袁枚诗学论述》，黄山书社1986年版。

简有仪：《袁枚研究》，文史哲出版社1988年版。

王英志：《袁枚与随园诗话》，上海古籍出版社1990年版。

王英志：《性灵派研究》，辽宁大学出版社1998年版。

王英志：《袁枚暨性灵派诗传》，吉林人民文学出版社2000年版。

王建生：《袁枚的文学批评》，圣环图书股份有限公司2001年版。

石玲：《袁枚诗论》，齐鲁书社2003年版。

王英志：《袁枚与随园诗话》，上海古籍出版社1990年版。

钟法、毛翰：《袁枚〈续诗品〉译释》，宁夏人民出版社1988年版。

王英志：《续诗品注评》，浙江古籍出版社1989年版。

刘衍文、刘永翔：《袁枚〈续诗品〉详注》，上海书店出版社1993年版。

吴其昌：《梁启超传》，团结出版社2004年版。

丁文江、赵丰田编：《梁启超年谱长编》，上海人民出版社1983年版。

陈引驰编：《梁启超学术论著集》（文学卷），华东师范大学出版社1998年版。

夏晓虹：《觉世与传世——梁启超的文学道路》，中华书局2006年版。

梁启超：《饮冰室合集》，中华书局1989年版。

张品兴主编：《梁启超全集》，北京出版社1999年版。

易鑫鼎编：《梁启超选集（上卷）》，中国文联出版社2006年版。

复旦大学中文系1956年中国近代文学史编写小组：《中国近代文学史稿》，中华书局1960年版。

朱维铮校：《梁启超论清学史二种》，复旦大学出版社 1985 年版。

易鑫鼎：《梁启超和中国学术思想史》，中州古籍出版社 2003 年版。

(二) 论文类

郭绍虞：《提倡一些文体分类学》，《复旦学报》1981 年第 1 期。

穆克宏：《谈文心雕龙的表现形式的特点》，《福建师大学报》1983 年第 4 期。

曹善春：《文心雕龙"赞"语探微》，《咸宁学院学报》1984 年第 2 期。

邱伍芳：《试论鲁迅序跋的特色》，《九江师专学报》1985 年第 1 期。

王常新：《中国古代文体学思想》，《华中师范大学学报》1991 年第 1 期。

潘凯雄：《一种文学批评文体类型：意象总龟型》，《文艺争鸣》1993 年第 2 期。

温儒敏：《论茅盾的"作家论"批评文体》，《天津社会科学》1993 年第 3 期。

杨星映：《试论中国古代文论的形态特征》，《文艺理论研究》1994 年第 2 期。

申丹：《文学文体学的分析模式及其面临的挑战》，《外语教学与研究》1994 年第 3 期。

温儒敏：《批评作为渡河之筏捕鱼之筌——论李建吾的随笔性批评文体》，《天津社会科学》1994 年第 4 期。

曹毓生：《鲁迅文艺批评文体的特色》，《鲁迅研究月刊》1994 年第 5 期。

郑潮鑫：《论诗诗：中国古代文学批评园地的一朵奇葩》，《韩山师范学院学报》1995 年第 4 期。

曹之：《古书序跋之研究》，《图书与情报》1996 年第 2 期。

庄锡华：《严羽与诗话风气》，《江苏社会科学》1997 年第

5 期。

　　谭帆：《中国古代小说评点形态论》，《文艺理论研究》1998 年第 2 期。

　　毛庆：《略论文赋对我国古代文论表述方式的贡献》，《江汉论坛》1998 年第 3 期。

　　黄震云、任振镐：《论中国文体形态和文体学》，《徐州师大学报》1999 年第 3 期。

　　申丹：《西方现代文体学百年发展历程》，《外语教学与研究》2000 年第 1 期。

　　徐有志：《现代文体学研究的 90 年》，《外国语》2000 年第 4 期。

　　胡壮麟、刘世生：《文体学研究在中国的进展》，《山东师大外国语学院学报》2000 年第 3 期。

　　石万鹏：《文学批评的文体写作》，《扬州教育学院学报》2001 年第 2 期。

　　周兴华：《简论别林斯基的批评文体特征》，《文艺理论研究》2001 年第 3 期。

　　钟名诚：《审美性与学理性交合：沈从文的批评文体》，《云梦学刊》2001 年第 3 期。

　　沈金浩：《文体学研究的学术空间》，《学术研究》2001 年第 4 期。

　　李小菊：《20 世纪中国古代章回小说文体研究述评》，《中州学刊》2002 年第 4 期。

　　董希文：《李建吾文学批评文体探析》，《东方论坛》2002 年第 6 期。

　　刘世生：《文学文体学：文学与语言学的交叉和融合》，《清华大学学报》2003 年第 6 期。

　　刘家荣：《文体学方法论》，《西南师范大学学报》2004 年第 3 期。

　　郭英德：《中国古代文体学论纲刍议》，《中山大学学报》2004 年第 3 期。

　　钱志熙：《论中国古代的文体学传统》，《北京大学学报》2004

年第 5 期。

郭英德：《中国古代文体形态学论略》，《求索》2005 年第 1 期。

吴承学、沙红兵：《中国古代文体学学科论纲》，《文学遗产》2005 年第 1 期。

吴承学、沙红兵：《中国古代文体学研究展望》，《中山大学学报》2005 年第 3 期。

叶楚炎：《"中国古代小说文体研究：历史与理论"学术研讨会综述》，《明清小说研究》2005 年第 3 期。

张海鸥：《北宋"话"体诗学论辨》，《山大学学报》2005 年第 3 期。

郭英德：《中国古代文体分类学刍议》，《中山大学学报》2005 年第 3 期。

许结：《历代论文赋的创生与发展》，《文史哲》2005 年第 3 期。

王群：《中国近代文学理论批评文体的演进》，《复旦学报》2005 年第 3 期。

邓新跃、刘杼：《文体学视角与古代诗学辨体理论研究》，《上海交大学报》2005 年第 3 期。

叶楚炎：《"中国古代小说文体研究：历史与理论"学术研讨会综述》，《明清小说研究》2005 年第 3 期。

王水照：《文话：古代文学批评的重要学术资源》，《四川大学学报》2005 年第 4 期。

钱志熙：《再论中国古代文体学的内涵与方法》，《福建师范大学学报》2006 年第 2 期。

樊宝英：《金圣叹文学形式批评的现代思考》，《江汉论坛》2006 年第 3 期。

谭帆、王庆华：《中国古代小说文体流变研究论略》，《文艺理论研究》2006 年第 3 期。

朱玲：《中国古代文体的萌芽和演进》，《福建师范大学学报》（哲学社会科学版）2006 年第 2 期。

郗文倩：《中国古代文体的价值序列及其影响》，《河北学刊》2007 年第 1 期。

蒋寅:《中国古代文体互参中"以高行卑"的体位定势》,《中国社会科学》2008 年第 5 期。

余恕诚:《中国古代文体的异体交融与维护本色》,《文艺理论研究》2009 年第 5 期。

任竞泽:《宋人总集编纂的文体学贡献和文学史意义》,《学术探索》2010 年第 2 期。

陈迪泳:《宗经的生命意识创造风骨的审美意象——〈文心雕龙〉文体论的美学生命探微》,《广西大学学报》2010 年第 2 期。

吴承学主持:《中国文体学:回归本土与本体的研究》,《学术研究》2010 年第 5 期。

任竞泽:《论中国古代辨体发生的文化哲学渊源》,《江西师范大学学报》2010 年第 3 期。

孙克强、刘军政:《沈雄〈古今词话〉的文体特点、文献价值及其意义》,《南开学报》2010 年第 3 期。

蔡彦峰:《论古代文体学的内涵、分类方法及实践意义》,《宁波大学学报》2010 年第 5 期。

何志军:《刘熙〈释名〉与汉代文体形态研究》,《学术研究》2010 年第 5 期。

唐明生:《试论戏曲目录体批评以人类书的体制特点》,《小说评论》2010 年第 5 期。

蔡彦峰:《论古代文体学的内涵、分类方法及实践意义》,《宁波大学学报》2010 年第 5 期。

欧明俊:《古代诗体界说之清理与反思》,《兰州大学学报》2010 年第 5 期。

何诗海:《"文体备于战国"说平议》,《文学评论》2010 年第 6 期。

郗文倩:《中国古代文体功能研究论纲》,《福建师范大学学报》2010 年第 6 期。

李炳海:《关于中国古代文体的思考》,《学术交流》2010 年第 7 期。

任竞泽:《王应麟的文体学思想》,《济南大学学报》2011 年第

1 期。

任竞泽:《真德秀的文体学思想》,《兰州学刊》2011 年第 2 期。

解玉峰、何萃:《"诗变为词"说辨证》,《学术研究》2011 年第 2 期。

于景祥:《论徐师曾的骈文批评》,《广西师范大学学报》2011 年第 3 期。

张宏生:《辨体与合体——李渔的词曲渗透之论及其时代》,《中国韵文学刊》2011 年第 3 期。

何诗海:《明清文体学研究的学术空间》,《文学遗产》2011 年第 3 期。

欧明俊:《文学文体,还是文化文体?——古代散文界说之总检讨》,《文史哲》2011 年第 4 期。

袁志成:《论词学批评中的唐诗话语》,《青海社会科学》2011 年第 6 期。

任竞泽:《〈文章正宗〉"四分法"的文体分类史地位》,《北方论丛》2011 年第 7 期。

张金梅:《"简言达旨":"〈春秋〉笔法"与中国文论话语的会通》,《兰州学刊》2011 年第 10 期。

后　记

"时间永远都是旁观者"，不掺和你的成功与失败，也不分享你的喜怒与哀乐，它唯一能做到的就是，见证你的心路历程，记录你的成长轨迹。

十三年前，我求学珞珈，博导李建中老师将我引入学术研究之门。博士毕业后，我当上硕士生导师，开始指导自己的研究生。初次和学生面对面，望着他渴求而迷茫的眼睛，我是那样的诚惶诚恐。随着门下硕士生一个接一个毕业，我的自信心逐渐增强，这个时候，我会特别感激李老师，正因为我曾在他门下亲受其教，正因为他曾经对我们的指导是那样令人深刻难忘让人受益匪浅，我才能将老师的指导思想、指导方法贯彻到我的指导实践中去。不敢想象，如果没有这样的求学经历，我会陷入怎样的困境当中？当年，老师用渊博的知识架构，对选题把握成竹在胸，让我们少走了很多弯路；老师用循循善诱的方法，常常轻松化解我们写作困难，指引我们走出困境；老师平时讨论问题很随和，但对我们毕业论文严格把关，让我们刻骨铭记"平时不努力，毕业徒伤悲"的至理名言。如今，我正行之有效地将老师的指导步骤、指导方法和指导理念付诸实践。因为有老师优秀经验的引导和影响，我才能成长为一名独立而称职的导师。现在，看到留在我博士论文初稿和修改稿上密密的批注，历经多年未曾褪色，感动之余我更能感受到老师的辛苦和伟大。

博士毕业整整十年了！在这十年中，我把我的学生们一个接一个地引进批评文体研究领域的大门，一如当年老师待我一样。十年光阴在简单如直线的生活轨迹里倏忽而过，当重新翻开自己指导完成的硕士学位论文，看到同学们写的情真意切的毕业致辞时，温暖和感动伴随记忆一起涌上心头，越回想就越认同一个真理：有几多付出，就有几多回报。

在此我要特别感谢我的导师李小兰教授，李老师温文儒雅、淡泊名利、为人方正、治学谨严、在学业上一直对我进行有力督促和细心指导，既严厉又和蔼。在学术上，是李老师把我带进了批评文体的研究领域。在李老师的精心而细致的指导下，使我对批评文体这个新的领域由知之甚少到渐渐有所了解乃至有比较深入的理解。特别是本篇毕业论文的写作，从题目的拟定、材料的筛选、观点的提炼，结构的调整直至一个细小的注释都凝含着李老师的心血。正是李老师严谨学风的鞭策和高屋建瓴的点拨才使我能够顺利地完成这篇论文。惭愧的是，由于我的懒惰及学术研究能力有限，论文远未达到李老师的期望水准。对李老师的感激，难表万一。

——周美华

最先要感谢的，是我最敬爱的导师李小兰教授。李小兰教授治学十分严谨，在文艺学的专业领域里有着很深的文学造诣，导师不仅在学术上对我的态度是认真、细致的，而且在生活上，也对我关怀备至。从导师那里，我不仅学到了丰富的专业理论知识，而且也感受到了亲切的关怀与温暖。还记得李老师在给我选择研究方向的时候，充分尊重了我的意愿，不仅与我进行了长时间的沟通与交流，还给了我充分的时间去考虑自己的研究兴趣。而且在我确定了我的研究范围之后，李老师当天就把研究范围所需要的书籍单给了我一份，并且对我说道："书虽然很多，但是只要你静下心来慢慢阅读，就自然会很快看完。有什么不懂的地方尽管问我。……"李老师的体贴和对于我学习的严格要求，让我感动至深。三年的研究生学习生涯一晃而过，在学业当中遭遇到很多的问题，李老师都一一为我解答，在生活当中也是对我细心地关怀，是我学习和生活的一盏暖暖的明灯，为我指明了前进的方向，温暖了我的内心。千言万语也无法表达我对于李老师的感激之情。

——陈舟

2010 年 9 月，本科毕业的我来到了东华理工大学文法与艺术学院文艺学专业继续学习深造，我有幸能够投李小兰教授门下，进行文学批评文体方向的学习与研究。在近三年的学习中，无论是资料的收集，问题的讲解，还是毕业论文的选题，恩师都给予了我莫大的支持、鼓励和帮助，在这三年中，我收获了很多，也成长了很多，尤其是在所学专业领域，在李教授的谆谆教诲和指引下，我才能够在学习上不断进步，顺利完成学业。恩师的教育和帮助，令我铭记难忘。在这三年里，我从恩师身上学到的不仅是严谨的治学态度，还有她那淡泊名利、温文儒雅、从容不迫的工作生活态度，这些也都使我在工作学习和生活中成熟了很多。在本篇论文的写作期间，遇到了很多困难，恩师一直督促和指导着我，既严厉又和蔼，同时不厌其烦地为我解答学术上的问题，论文的选题、材料收集、观点提炼、结构调整等都凝聚了老师的心血。我深知，自己的论文离恩师的要求与期待还相差甚远，所以内心总有一丝惭愧之情，希望在未来的学习生活中继续努力，争取做得更好以回报恩师的教导。

——王犇

我特别要感谢我的导师李小兰教授，从最初我刚入校时对于文学批评的懵懵懂懂，到今天可以自己独立完成一篇关于文学批评的硕士论文，她一直用最大的耐心和包容心指引和教导着我。从最初的确定研究方向，到论文提纲的敲定，再到无数次对论文的精细修改以至最终成稿，每一步都有李老师的陪伴和指导，她温和而坚定的话语成为我在许多个瓶颈时刻的最大希望。从最初日夜在图书馆搜集论文资料时李老师多次打电话给予的鼓励，到她不远千里从武汉大学图书馆给我带回珍贵书籍资料，每次的感谢之语到了嘴边却又咽下，感激之情就这样无数次地在心中积累下来。她总是说，只要我能在文学批评方面有所收获就是她最大的欣慰。在最艰难的修改论文的日子里，我一遍遍地把修改过的论文发送到李老师的邮箱，她一遍遍地给我仔细批注后再发送过来，甚至每个错别字她都会帮我仔细地圈出。邮箱里的收件时间大部分是深夜，我每次看到那些标志着时间的小数字的时候，脑海中都会浮现出她在一天忙碌的上课备课之后在深夜坐在电脑前为我修改论文的场景，温馨而又令人有些心疼。李老师，千言万语的感谢与感激溢于言表，只汇集成三个字"谢谢您！"

——王文茜

　　最先要感谢的，是我最敬爱的导师李小兰教授。李小兰教授治学十分严谨，在文艺学的专业领域里有着很深的文学造诣，导师不仅在学术上对我的态度是认真细致的，而且在生活上，也对我关怀备至。从导师那里，我不仅学到了丰富的专业理论知识，而且也感受到了亲切的长辈的关怀与温暖。还记得当我研二更换导师时，一度迷茫，是李老师在充分尊重我的意愿前提下，手把手将我领入一个新的行当，她不仅与我进行了长时间的沟通与交流，还给了我充分的时间去考虑自己的研究兴趣。李老师的体贴和对我学习的严格要求，让我感动至深。三年的研究生学习生涯一晃而过，在学业当中遭遇到很多的问题，李老师都一一为我解答，在生活当中也是对我细心关怀，是我学习和生活的一盏暖暖的明灯，为我指明了前进的方向，温暖了我的内心。千言万语也无法表达我对于李老师的感激之情。

——李昱珂

　　首先要感谢的是我的导师，李小兰老师。由于我是跨专业报考，所以在刚开始接触文学专业时进度稍显缓慢，是在李小兰老师的耐心指导下，才使我有了充足的信心和毅力研读文献，进行学术研究。李老师以她温柔的话语、包容的态度和严谨细致的作风，一次次帮助迷茫的我寻得正确的方向。更加难得的是，李老师是一个非常民主，能够认真听取学生想法的人，即便很多时候我的想法非常稚嫩，她也不会严厉地打断我，而是在我表达完成之后认真地帮我分析利弊，再经由我本人的内心取舍，来做出更加合适的选择。这种理性引导之下仍能保持的自由一度让我觉得自己非常幸福。是李老师的存在，才给了我如此之大的归属感，让我知道，在南昌独自求学的我并不是无所依靠的。李老师除了在学业领域对我论文进行十分认真的指引和修改外，在生活方面，也会像对待朋友一样与我聊生活与未来，无形中对我的很多选择有莫大的助益，这都是我对李老师感激之情无以言表的原因。

——李慕菡

谢谢你，可爱的同学们。三年的相伴，一辈子的情分。老师永远牵挂和祝福你们。

本书是我和我的硕士生们相互学习、共同探讨、一起努力的结晶。全书总体思路及章节目录由李小兰设计拟定，书稿撰写由李小兰执笔完成，部分内容摘自周美华、陈舟、王犇、王文茜、李昱珂、李慕菡等六位同学的硕士学位论文，并由李小兰最终修订完成。本书得到东华理工大学科技创新团队经费资助。武汉大学出版社白绍华编辑为本书的出版付出了辛勤劳动，许淑琴、沈佳琪、刘佳丽三位同学参与了本书的校稿工作，在此一并表示感谢。

李小兰

2018. 11. 2